They Are Everywhere

1. Auflage 2025
© Ueberreuter Verlag GmbH, Berlin 2025
ISBN 978-3-7641-7142-1
Alle Rechte vorbehalten. Das Werk darf – auch teilweise –
nur mit Genehmigung des Verlages wiedergegeben werden.
Übereinstimmungen und Ähnlichkeiten mit lebenden Personen oder
Familien sind rein zufällig und nicht beabsichtigt.
Dieses Werk wurde vermittelt durch die Autoren- und Projektagentur
Gerd F. Rumler (München)
Lektorat: Judith Schumacher
Umschlaggestaltung: Agentur Zero Media unter der Verwendung
von SCM80485/Trevillion Images
Satz: Greiner & Reichel, Köln
Druck und Bindung: CPI books GmbH
Gedruckt auf Papier aus geprüfter nachhaltiger Forstwirtschaft.
www.ueberreuter.de

Andreas Langer

THEY ARE EVERY WHERE

ueberreuter

Home, sweet home
Hannah

Eigentlich mochte ich Überraschungen. Genau wie Gespräche und … Jungs. Doch wann immer zwei oder drei dieser Dinge zusammenkamen, war ich heillos überfordert.

Jedenfalls im sogenannten *echten* Leben. Im Metaverse war alles leichter. Dort merkte niemand, wie ich vor Aufregung rot wurde. Niemand sah die Schweißflecken unter meinen Achseln oder die kleinen Härchen, die meine Arme bevölkerten. Im Metaverse hatten alle mein virtuelles Ich vor sich und das war 24/7 selbstsicher und cool.

Doch blöderweise war mein virtuelles Ich im Augenblick offline und mein reales Alter Ego nicht in der Lage, Schweißflecken, rote Wangen und körperliche Makel geheim zu halten. Was umso fataler war, da ich mich auf einem Flughafenparkplatz in Columbus befand, wo ich die Tür eines Autos geöffnet hatte, in dem entgegen meiner Erwartung jemand saß. Ein Junge, das auch noch, und da er wach war und mich ansah, musste ich annehmen, dass er jeden Moment etwas sagen würde.

»Hey.« Da war es.

»Hey«, entgegnete ich und zwang mich, nicht auf meine Sneakers, sondern in seine Richtung zu schauen. Er war Afroamerikaner und sah schlank, aber sportlich aus, soweit ich das bei seiner weit geschnittenen Kleidung – Jeans und T-Shirt – auf die Schnelle beurteilen konnte. Seine Haare waren kraus und ziemlich kurz, sein Gesichtsausdruck ernst. Er lächelte nicht, weder mit dem Mund noch mit seinen großen braunen Augen.

»Ich bin Jarrett. Bist du das Mädchen aus Deutschland?«

Jarrett sprach schnell und nicht gerade deutlich, aber ich verstand ihn trotzdem. Im Metaverse unterhielt ich mich andauernd auf Englisch und mittlerweile fielen mir für viele Dinge erst englische Worte ein, ehe ich auf halbwegs passende deutsche kam. *Deep eyes* war das Erste, was mir zu Jarretts Augen in den Sinn kam, denn ich verlor mich beinahe in ihnen, so hypnotisch und gleichzeitig melancholisch war ihr Ausdruck.

Mit einem Mal wurde mir bewusst, dass ich nicht auf Jarretts Frage geantwortet hatte und ihn regelrecht anstarrte. Ich nickte kurz *(Wahnsinnsantwort, Hannah!)*, zerrte die Reisetasche von der Schulter und hielt sie beim Einsteigen wie ein Schutzschild vor mich. Am liebsten hätte ich sie auch noch wie einen Raumteiler hochkant gestellt, doch dann legte ich sie nur zwischen uns und zog die Autotür zu. Jarrett sah noch immer zu mir her, vermutlich weil er darauf wartete, dass auch ich mich vorstellte.

»Ich bin Hannah«, sagte ich und sprach meinen Namen englisch aus, während meine Gesichtsfarbe wahrscheinlich zu Stoppschildrot wechselte. Ich rang mir ein kurzes, peinliches Lächeln mit geschlossenem Mund ab, drehte mich weg und griff nach dem Anschnallgurt. Ich zog nur langsam daran, um den Moment hinauszuzögern, in dem ich ihn einrasten lassen und mich wieder in Jarretts Richtung drehen musste. Denn wenn auch das erledigt war, was dann?

Ein Teil von mir brannte darauf, zu erfahren, wer Jarrett war und woher er wusste, dass ich aus Deutschland kam. Aber ein anderer Teil von mir schmetterte diese Neugier nieder.

Pff, was soll schon dahinterstecken? Jarrett ist eben mit deiner amerikanischen Gastfamilie verwandt oder bekannt. Und nachdem er in Columbus Freunde getroffen oder irgendetwas erledigt hat, lassen ihn die Giddeys nun in ihrem selbstfahrenden Elektro-SUV mitfahren. Wahrscheinlich spontan, weshalb Jarrett von dir wusste, aber du nicht von ihm. Und das ist auch schon alles, mehr ist da nicht. Schnall dich an und danach widmest du dich am besten deiner Smartwatch. Stoppschildrot muss nicht das Ende sein, da geht noch mehr auf der Gesichtsfarbenskala, und das weißt du!

Wusste ich, leider. Rot war sozusagen meine Farbe und deshalb wollte ich meiner inneren Stimme gerade gehorchen, als ich die deutlich angenehmere Stimme des Bordcomputers vernahm.

»Vielen Dank fürs Anschnallen. Ich bringe Sie nun an das definierte Ziel«, verkündete die KI in akzentfreiem Englisch. »Die geschätzte Fahrzeit beträgt eine Stunde und 23 Minuten.« Kaum hörbar schaltete sich der Elektromotor ein und der SUV der Giddeys setzte zurück, um auszuparken. »Ihr Ziel liegt in Vinton County. Mit einer Bevölkerung von 12 000 Menschen ist Vinton County das am dünnsten besiedelte County des Bundesstaats Ohio, in dem etwa elf Millionen Menschen leben. Mehr als ein Viertel davon hat deutschstämmige Vorfahren.«

So wie Lauren Giddey, dachte ich. Wenn mein Vater sich nicht vertat, war meine Familie über fünf oder sechs Ecken mit Lauren verwandt. Dass ich im selbstfahrenden SUV der Giddeys saß, lediglich durch meine Reisetasche von einem amerikanischen Jungen getrennt, lag jedoch nur zum Teil an meinem Familienstammbaum. Vor allem lag es an meinen Eltern, die in mir so etwas wie einen Zombie sahen. Was sie mir als Amerikaurlaub verkauften, war im Grunde nichts anderes als eine Entziehungskur.

Aber nicht mit mir. Durch die Kunstfasern der Reisetasche ertastete ich die Rettung meiner Ferien. Ich hatte meine Eltern ausgetrickst und mir im Duty-free-Shop am Flughafen dieselbe Virtual-Reality-Brille gekauft, die mein Vater daheim aus meiner Reisetasche geholt hatte. Wahrscheinlich würde ich die Brille nur heimlich benutzen können, aber immerhin. Das Metaverse würde mich nicht ganz verlieren.

»Möchten Sie mehr über Ohio erfahren?«, fragte die weibliche Stimme aus dem Lautsprecher.

Ich spürte Jarretts Blick. Ich schluckte, dann bejahte ich leise, obwohl ich an Fakten über Ohio so wenig Interesse hatte wie an einem Podcast über Ahnenforschung. Der SUV fuhr vom Parkplatz auf eine mehrspurige Straße und die KI erzählte von Ohios Geschichte, die mir zum einen Ohr hinein und zum anderen hinausging. Doch solange der Bordcomputer redete, musste ich nicht mit Jarrett reden.

Sein Blick ging über die Reisetasche *(gelegt, nicht gestellt)* zu meiner Hand. Erst jetzt bemerkte ich, dass ich die Finger zur Faust geballt hatte und mit dem Daumen Kreise auf das Gelenk meines Zeigefingers malte: eine Marotte von mir, die ich nicht ablegen konnte und die sich immer dann zeigte, wenn ich keinen VR-Controller in der Hand hielt oder nervös war. Und Gott, ich war nervös!

Beschämt steckte ich die Hand unter die Reisetasche und machte unsichtbar für Jarrett mit meinen Daumenkreisen weiter.

»Ohio ist Teil des sogenannten Corn Belts des mittleren amerikanischen Westens, in dem lange Zeit hauptsächlich Mais angebaut wurde. Mittlerweile ist die landwirtschaftliche Produktion deutlich diversifizierter«, belehrte mich die KI und ein Blick durch die getönte Fensterscheibe des SUV zeigte, dass die landwirtschaftliche Produktion auch in den Großstädten angekommen war. Der Flughafen lag etwas außerhalb von Columbus, aber überall am Horizont schraubten sich Farmscraper in den dunstigen Mittagshimmel – vertikale Farmen, in denen auf unzähligen Etagen Gemüse für die Stadtbevölkerung angebaut wurde.

Da ich meinen Eltern noch eine Nachricht schreiben musste, aktivierte ich meine Smartwatch. Die Hologrammanzeige ploppte auf und auf meinem Unterarm erschien die Projektion einer Tastatur. Meine Finger flogen über die optischen Tasten, die auf meine blasse Haut und die dunklen Härchen projiziert waren. Wenn es nach meinen Eltern ging, sollte mir dieser zwangsverordnete USA-Urlaub helfen, allein in der Realität zurechtzukommen und selbstständiger zu werden. Es passte nur nicht so recht dazu, dass ich meinen Eltern Nachrichten schreiben sollte, sobald ich sicher gelandet war (was ich getan hatte), sobald ich im Auto saß (was ich in diesem Augenblick erledigte) und dann noch einmal, wenn ich bei den Giddeys angekommen war. Eine Stunde und 16 Minuten veranschlagte der Bordcomputer noch dafür und es sah ganz danach aus, als würden es 76 Minuten des Schweigens werden, denn Jarrett hatte sich abgewandt und sah, mit Kopfhörern über den Ohren, aus dem getönten Fenster.

Ich war erleichtert und gleichzeitig enttäuscht. Ich hatte vermeiden wollen, dass Jarrett noch einmal das Gespräch mit mir suchte, insgeheim jedoch hatte ich mir genau das gewünscht. Da war etwas in seinem Blick gewesen, das mich fasziniert hatte. Und davon abgesehen – wäre es nicht nett gewesen, zur Abwechslung mal im realen Leben ein paar Worte mit einem Jungen zu wechseln? Nett und obendrein gut fürs Ego? Wenn ich ehrlich war: ja, und zwar so was von ja. Aber natürlich war es nicht dazu gekommen, denn ich hatte wieder einmal sensationell versagt.

Mit einem Tastendruck deaktivierte ich die Smartwatch und sofort verschwanden die Hologrammanzeige und die auf meinen Unterarm projizierte Tastatur. Ich öffnete den Reißverschluss der Reisetasche, steckte die Hand hinein und strich über das Gehäuse meiner neuen Brille. Es verlangte mich danach, sie herauszuholen, aufzusetzen und ins Metaverse zu fliehen. Aber ich hatte den nur spärlich geladenen Akku noch vor dem Abflug in die Knie gezwungen und alles, was ich jetzt noch tun konnte, war, die Finger um den Controller zu schließen und den Daumen über die kreisrunde Taste kreisen zu lassen. Es bewirkte nichts, jetzt, da die Brille ausgeschaltet war, aber zumindest beruhigte es mich.

Ein Gähnen stemmte mir den Mund auf. Achteinhalb Stunden war ich nach New York geflogen, wo ich am Flughafen vergeblich nach einer freien Steckdose zum Aufladen der Brille gesucht hatte, ehe ich abermals in einen Flieger gestiegen war. Aufgrund der Zeitverschiebung war es in Amerika erst Mittag, aber ich war seit mehr als 14 Stunden unterwegs und während der ganzen Zeit nur einmal kurz eingedöst. Meine Beine hatten sich in beiden Flugzeugen als hinderlich lang erwiesen, in der Fahrgastkabine des SUVs jedoch konnte ich sie problemlos ausstrecken und jetzt lag ich mehr, als dass ich saß.

Aus den Augenwinkeln schielte ich zu Jarrett, der, wie ich feststellte, nicht nur große Augen, sondern auch ziemlich große Ohren hatte, und nach wie vor aus dem Fenster starrte. Am Straßenrand hinter der getönten Scheibe ploppte ein Werbehologramm für eine im Bau befindliche Hyperloopstrecke auf, die es möglich machen würde, von Columbus in zwei Stunden den Strand von Florida zu erreichen. Geplante Fertigstellung: Sommer 2057. Wenn die ersten Ohioaner (oder wie immer man die in diesem Bundesstaat lebenden Menschen nannte) in Kapseln stiegen, um mit Schallgeschwindigkeit einem Nachmittag am Strand entgegenzujagen, würde ich nicht mehr 16, sondern 18 sein. *Volljährig.* Ich bezweifelte, dass diese Tatsache mein reales Leben beflügeln würde.

Der SUV reihte sich in eine Kolonne von selbstfahrenden Autos ein, die auf einem Highway stadtauswärts fuhren, gleich neben den Hyperloopröhren. Es waren zwei, eine für jede Fahrtrichtung, und soweit ich das beurteilen konnte, sahen sie fertig aus. Wir fuhren an einer Wohnwagensiedlung vorbei und ein paar Minuten später durch irgendeinen Vorort von Columbus, dann zogen vor den getönten Fenstern nur noch Leitplanken, Stromleitungen und Natur vorüber. Was Jarrett immer noch interessanter zu finden schien als mich, das befremdliche Mädchen aus Deutschland. Die KI war mittlerweile beim Themenpunkt Religion in Ohio angekommen, woraus ich schloss, dass ich wohl kaum etwas verpasste, wenn ich die Augen zumachte und ein wenig döste.

* * *

»Hey. Hannah.« Jarretts Stimme drang wie durch Watte an mein Ohr. »Ich glaube, es ist Zeit zum Aufwachen.«

Ich blinzelte mich wach, kehrte aus dem Tiefschlaf in den SUV der Giddeys zurück. Jarrett hatte die Kopfhörer abgenommen und sah zu mir her. Auch diesmal lächelte er nicht.

»Noch ein paar Minuten«, er nickte in Richtung des Bordcomputers, »dann sind wir da.«

»Okay«, sagte ich und spürte den Speichelfaden, der aus einem meiner Mundwinkel geronnen war. Auch Jarrett musste ihn bemerkt haben, genau wie mein hervorstehendes Kinn, das den Speichelfaden bremste. Hitze überzog mein Gesicht, während ich mich hastig abwandte und versuchte, den Speichel beiläufig wegzuwischen.

Ich war froh, dass Jarrett mich rechtzeitig geweckt hatte, aber ich bedankte mich nicht bei ihm, ich stierte aus dem Fenster. Das Gelände war hügeliger als dort, wo ich eingeschlafen war, und wir fuhren auch nicht mehr auf dem Highway, sondern auf einer schmaleren Straße. Statt Leitplanken gab es jetzt einen zweifachen gelben Mittelstreifen, die Stromleitungen neben der Straße waren aber immer noch da, genau wie die Natur.

Der SUV bog auf einen asphaltierten Weg, der zuerst von ein paar Bäumen und schließlich von einem weiß gestrichenen Lattenzaun gesäumt wurde. Dahinter begannen Äcker und Felder, auf denen in endlosen Reihen grüne niedrige Pflanzen wuchsen. Noch eine Minute, kündigte das Display des verstummten Bordcomputers an, und durch die Windschutzscheibe drängten bereits die Gebäude der Farm. Oder vielmehr: meiner Entzugsklinik auf dem Land.

Das größte Gebäude war eine riesige, in kräftigem Rot gestrichene Scheune, vor der sich auf einem von dicken Kabeln umrankten Stahlgerüst ein Windrad drehte. Das weiß gestrichene Wohnhaus besaß eine Veranda, deren Überdachung ebenso wie das Hausdach mit Solarzellen gepflastert war, und auf der Veranda stand winkend die Klinikleiterin.

Der SUV kam zum Stehen, die KI bedankte sich für die Fahrt und Lauren Giddey öffnete die Tür zur Fahrgastkabine.

»Hannah, wie schön, dass du da bist!« Ihr Lächeln war so nett, dass ich drauf und dran war, ihr die Freude abzukaufen. »Und du musst Jarrett sein. Herzlich willkommen auf unserer Farm!«

Also doch kein Verwandter oder Bekannter der Giddeys. Aber wer war Jarrett dann?

Meine sperrige Reisetasche bewahrte mich nicht vor einer Umarmung. Lauren war Mitte bis Ende 20, hatte kurze blonde Haare und ein hübsches, ebenmäßiges Gesicht. Über einem Jeansrock trug sie ein blaues Top mit Spaghettiträgern. Ihre Arme waren kein bisschen behaart.

»Wie war der Flug, Hannah?«

»Äh, okay. Ziemlich lang.«

»Oh, das kann ich mir vorstellen.« Lauren tätschelte mir mitfühlend die Schulter, dann bemerkte sie Jarrett, der ums Auto herumgekommen war. »Ich bin Lauren, Quentins Frau.« Sie streckte ihm die Hand entgegen und Jarrett schüttelte sie, hatte aber auch für unsere hübsche Gastgeberin kein Lächeln, was mich aufrichtig erstaunte.

»Und«, sagte Lauren, »habt ihr beide euch schon angefreundet während der Fahrt?«

»Ähm … Na ja … Ein bisschen vielleicht«, stammelte ich und wagte es nicht, Jarrett in die Augen zu schauen. Von den anderthalb Stunden, die wir uns jetzt kannten, hatte ich den größten Teil verschlafen. In den wenigen Minuten, die ich wach gewesen war, hatte ich es geschafft, mehrfach knallrot zu werden (so wie jetzt), aus dem Mund zu sabbern und zusammengerechnet vier Worte mit ihm zu wechseln. Man konnte sagen, ich hatte mein Möglichstes getan, damit er sich *nicht* mit mir anfreunden wollte.

Laurens Blick verharrte etwas zu lang auf mir. Dann war ihr Lächeln wieder da, diesmal jedoch wirkte es aufgesetzt. »Na, dann kommt mal mit rein«, sagte sie und nickte uns zu.

Wir folgten ihr über die Veranda ins Haus, das hell, geräumig und ziemlich modern eingerichtet war. Auf dem Esstisch türmte sich etwas, das aussah wie eine Mischung aus Burgerpatties und nicht glasierten Elisenlebkuchen.

»Das ist Goetta. Eines der traditionellen Gerichte Ohios, das seinen Ursprung in Deutschland hat. Gekochte Hafergrütze, Zwiebeln, Gewürze und Schweinehackfleisch – also eigentlich. Bones ersetzt es auf unseren Wunsch hin durch Tofu.« Lauren deutete auf den Haushaltsandroiden in der zum Wohnbereich hin offenen Küche. Es war ein eher simples Modell, mit weißem Kunststoff verkleidet und einem Torso, der nicht auf Beinen, sondern auf großen Rollen aufsaß. Die Sensoraugen des Androiden waren auf eine Rührschüssel gerichtet, in die seine stufenlos biegbaren Finger ein Ei aufschlugen.

»Bones backt Himbeerkuchen«, erklärte Lauren, »für den Nachmittagskaffee. Heute Abend hätte ich an vegetarisches Barbecue gedacht. Aber nehmt euch erst einmal Goetta. Ansonsten ist Bones beleidigt.« Sie zwinkerte uns zu, woraufhin Jarrett sich zwei Tofulebkuchen auf seinen Teller legte. Ich murmelte etwas von wegen kein Hunger.

»Quentin füllt gerade Pflanzenschutzmittel in die Sprühtanks der Drohnen«, sagte Lauren in die etwas peinliche Stille hinein. »Aber er müsste jeden Moment fertig sein, dann kann er euch die Farm zeigen. Möchtest du dich vorher frisch machen, Hannah?«

»Ähm, ja, gerne, aber …« Mein Blick wurde von der brillenförmigen Ausbeulung in meiner Reisetasche angezogen. »Könnte ich mich nach dem Duschen vielleicht erst mal ausruhen?«

»Natürlich, Hannah.« Lauren nickte verständnisvoll. »Wollen wir nach oben gehen, damit ich dir das Bad und dein Zimmer zeigen kann?« Sie stand auf und lud sich die Reisetasche auf die Schulter. »Ich bin gleich zurück, Jarrett. Nimm dir ruhig noch einmal nach, ja?«

Er nickte und ich folgte Lauren nach oben, wo sie mir Bad und Gästezimmer zeigte und mich ermutigte, zu ihr zu kommen, sollte ich irgendetwas brauchen. Doch das Bad und das Gästezimmer waren völlig okay und was das Wichtigste war: Es gab eine strategisch sehr günstig gelegene Steckdose unmittelbar neben dem Bett. Ich holte die Brille und den Adapterstecker vom Duty-free-Shop aus der Reisetasche, stöpselte Kabel und Stecker zusammen und stülpte mein Kissen darüber. Lauren schien nett zu sein, aber meine Eltern hatten sie nun mal zur Leiterin meiner

Entzugsklinik auserkoren – oder eher: verdammt. Bis klar war, auf wessen Seite sie stand, war ich besser vorsichtig.

Die Dusche verfügte über eine coole Wasserfallfunktion, die ich nur kurz auskostete. Ich trocknete mich ab und schlüpfte eilig in die frische Kleidung, die ich aus meiner Tasche bereitgelegt hatte: Unterhose, Füßlinge, meine schwarze Lieblingsjeans, in der ich fast so etwas wie einen Hintern hatte, BH und ein schlichtes weißes T-Shirt, dessen Ärmel bis zu den Ellbogen reichten. Ich hatte es gerade über den Kopf gezogen, als sich mein Blick im Spiegel verfing. Es gab nicht viel, was ich an mir mochte: meine grünbraunen Augen, die geschwungenen, dichten Brauen und vielleicht noch meine hohen Wangenknochen. Der Rest hingegen … Mein Kinn war zu spitz, der Hals zu lang und meine Figur nicht nur hager, meine Arme und Beine waren obendrein von Heerscharen kleiner Härchen besiedelt.

Schnell streifte ich das T-Shirt über, floh aus dem Bad und in mein Zimmer. Ich verriegelte die Tür, schrieb meinen Eltern die dritte kurze Nachricht, dann stellte ich mich neben das Bett, setzte die VR-Brille auf und nahm die Controller in die Hände. Ich drehte die Lautstärkeempfindlichkeit nach oben, damit ich im Flüsterton sprechen und Lauren mich nicht hören konnte, und schaltete den Displaymodus von *Mixed* auf *Virtual Reality*. Prompt verschwand das Gästezimmer der Giddeys hinter den Polygonwänden meines virtuellen Lofts.

Ich seufzte, spürte, wie sich mein ganzer Körper entspannte. Ich war zurück in der Welt, in der auch ich mich hübsch, selbstsicher und beachtet fühlte. Zurück im Metaverse, zurück in *meinem* wahren Leben.

Es dauerte keine 30 Sekunden, dann klingelte es an der Tür meines virtuellen Lofts. Fjellas virtuelles Alter Ego trug Minirock und Lederjacke, die Lippen hatte sie knallrot geschminkt.

In Norwegen, wo die leibliche Fjella vermutlich in ihrer autofreien Garage stand, war es Freitagabend.

»Hannah! Ich habe mich sofort herteleportiert, als ich deine Statusmeldung gesehen habe. Ich dachte, du wärst in Amerika und deine Eltern hätten dir verbo…«

»Ich *bin* in Amerika, Fjella! Und deswegen kann ich auch nicht laut sprechen, aber ich bin trotzdem am Start! So in eineinhalb oder zwei Stunden muss ich mich wieder blicken lassen, also … was machen wir so lange? Heute ist doch das Konzert der *Spotted Beasts!* Oder sollen wir erst mal auf Marisas Ausstellung? Entscheid du, Fjella, mir ist beides recht. Gott, es ist so schön, hier zu sein!«

Mensch – Maschine
Jarrett

Die Räder des Traktors wirbelten trübgelbe Staubwolken auf, die vom Feldweg über die Äcker walzten. Quentin Giddey, ein drahtiger Kerl Ende 20, saß mit hochgerollten Hemdsärmeln am Lenkrad und erzählte, dass laut seiner Smartwatch so bald nicht mit Regen zu rechnen sei.

»In fünf Tagen vielleicht, 45-prozentige Wahrscheinlichkeit aktuell. Es ist zu trocken, Jarrett, viel zu trocken. Das Gewitter vorletzte Nacht war nur ein Tropfen auf den heißen Stein – jedenfalls hier auf dem Land. Hat es in Columbus mehr geregnet?«

»Ich weiß nicht«, sagte Jarrett. »Kann sein.« Er hatte die Regentropfen in jener Nacht aufs Dach prasseln hören und sie später auch auf Kleidung und Haut gespürt. Doch er hatte sie kaum beachtet, denn seine Gefühle waren Achterbahn gefahren und sein Körper geradezu übergelaufen vor Adrenalin. Quentin Giddey mochte jene Nacht mit dem Regen verbinden, der für seine Felder nicht ausreichte. Jarrett selbst verband sie mit dem, was er kaputt gemacht hatte.

»Das ist der vierte Sommer, seit Lauren und ich die Farm gepachtet haben, und mit Abstand der trockenste.« Quentin griff sich an die Baseballkappe, auf die das Logo der Ohio State University genäht war, eingerahmt von einem verblichenen Schweißfleck. »Wir haben den Pachtvertrag am Tag vor der Hochzeit unterschrieben, was es mir leichter macht, mich ans Datum zu erinnern. Also an das unseres Hochzeitstages.« Er lachte, dann zeigte er über das Getreidefeld zu dem asphaltierten Weg, auf dem der SUV in Richtung Landstraße fuhr. »Die Inspektion steht an, drüben in Chillicothe. Ich bin froh, dass der SUV das allein hinkriegt. Es gibt nur noch eine Maschine auf der Farm, die gesteuert werden muss, und das«, er trommelte aufs Lenkrad, »ist Little John hier.«

»Little John?«, wiederholte Jarrett, um nicht unhöflich zu erscheinen. Sie fuhren auf einem grünen Traktor der Marke John Deere – es war nicht schwer, sich zusammenzureimen, warum Quentin diesen Spitznamen gewählt hatte. Die Frage war höchstens, ob er Robin Hood gelesen oder gestreamt hatte. Wie sich herausstellte, kannte Quentin nur die Serie mit Denji Bassey. Er erzählte, dass der nach der Romanfigur benannte Traktor uralt und Teil des Pachtvertrags gewesen sei. Höchstgeschwindigkeit: 25 Meilen pro Stunde. Tankinhalt: 164 Liter. Verbrauch: 16,9 Liter pro Stunde. Jarrett musste an das Mädchen aus Deutschland denken, das verklemmt, aber clever genug gewesen war, Müdigkeit vorzuschieben und in ihrem Zimmer zu bleiben.

Dabei war die Farmtour eigentlich gar nicht so übel, nur Quentins Faible für technische Details nervte. Und davon gab es eine Menge auf einer Farm, die normalerweise nur von zwei Menschen, aber wer weiß wie vielen Maschinen bewirtschaftet wurde. Da waren Jätroboter, die zwischen langen Reihen von Sojabohnen hindurchzuckelten, über Kamerasysteme verfügten und darauf programmiert waren, alles wegzuhacken, was nicht nach Sojabohnen aussah. Über einem benachbarten Feld kreisten autonome Drohnen, die flüssige Pflanzenschutzmittel aus 18,1 Liter großen Tanks versprühten und bis zu 72 Minuten in der Luft bleiben konnten – nur zwei von dutzenden Zahlen, die Quentin ungefragt ausspuckte. Und dann, auf einem bereits abgeernteten Feld, kam der Technische-Daten-Overkill: ein massiver, kettenbetriebener Feldroboter, der, wenn man ihn umlackiert und mit einer Rohrkanone ausgestattet hätte, mühelos als Panzer durchgegangen wäre. Im Augenblick zog der Feldroboter einen Pflug und er war so vielseitig, dass Jarrett ein ums andere Mal nicken und Interesse heucheln musste, bis Quentin endlich alle Funktionen und Details abgespult hatte.

»Für einen jungen Kerl wie dich dürfte es ein Kinderspiel sein, die Roboter und Drohnen einzusetzen. Im Grunde brauchst du nur deine Smartwatch. Sobald ich sie freigegeben habe, kannst du sämtliche Maschinen mit ihr steuern. Da fällt mir ein: Ich müsste noch deine Ferienarbeitserlaubnis sehen.«

Jarrett ließ seine Uhr den entsprechenden Nachweis anzeigen. Die Zeitanzeige 15.22 Uhr verschwand und das Hologramm jenes digitalen Zertifikats ploppte auf, das man in Ohio brauchte, um mit fünfzehn einen Ferienjob anzunehmen. Quentin warf einen flüchtigen Blick darauf, während er Little John einhändig um ein Getreidefeld lenkte.

»Und deine Eltern sind einverstanden?«

»Ja.« Die Lüge kam prompt von Jarretts Lippen. Er wollte diesen Ferienjob, wenn auch nicht wegen dem, was er hier tun sollte, oder der Bezahlung. Dieser Job war kein Ausweg aus dem Dilemma, in das er sich selbst hineinmanövriert hatte, aber er verschaffte ihm zumindest ein paar Tage Zeit.

Über ihnen pinselte ein Flugzeug einen weißen Kondensstreifen auf den wolkenlosen blauen Himmel. Quentin faselte irgendetwas von wegen Landeschneise und Maschinen aus Charlotte und Atlanta, aber Jarrett war in Gedanken woanders. Als Quentin zu ihm herübersah, nickte er reflexartig, doch diesmal schien das nicht zu genügen, denn Quentin runzelte die Stirn.

»Entschuldigung, ich habe gerade nicht zugehört. Was hattest du gesagt?«

»Kein Problem.« Quentins forschende Miene löste sich zu einem sonnigen Lächeln auf. »Ich hatte dich nur nach deiner Meinung gefragt. Denkst du auch, dass sich Kontinentalflüge in ein paar Jahren erledigt haben?«

»Schon möglich. Aber erst einmal müssen all die Hyperloop-Strecken fertig werden, oder?«

»Ja. Und dann stellt sich noch die Frage, was so eine Kapselfahrt kos...« Quentins Blick wurde von dem Hologramm angezogen, das Jarretts Smartwatch nach wie vor projizierte. Aber nun zeigte das Hologramm nicht mehr das Ferienarbeitszertifikat an, stattdessen standen da Worte.

With God
All Things
Are Possible
(Mt. 19,26)

»Mit Gott sind alle Dinge möglich ... Das ist ja Ohios Staatsmotto! Wow, ich hätte nicht gedacht, dass ein Junge deines Alters diesen Satz als Standardholo wählt.«

»Das … habe ich auch nicht.«

»Ist doch cool.« Quentin schien zu glauben, dass Jarrett sich dafür schämte, das Bundesstaatsmotto als Standardanzeige festgelegt zu haben, die je nach Einstellung kurz zu sehen war, ehe sich die Hologrammprojektion automatisch abschaltete. Aber er hatte diesen Satz nicht gewählt. Irritiert drückte er auf seine Smartwatch, doch sie reagierte nicht.

»Wusstest du, dass Ohios Staatsmotto auf einen zehnjährigen Jungen zurückgeht? Er hat diesen Vers in einem Brief an den *Cincinatti Enquirer* vorgeschlagen. Müsste so vor hundert Jahren gewesen sein.«

Diesmal machte sich Jarrett nicht die Mühe zu nicken. Er mochte diesen Spruch nicht, hatte ihn nie gemocht. Wenn es einen Gott gab und wenn mit ihm alles möglich war, dann hatte der Gott, der für sein Leben zuständig war, eine Vorliebe für schlechte Dinge.

Seine Smartwatch, die bis eben nie groß aufgemuckt hatte, war jetzt ungewöhnlich warm. Und sie reagierte einfach nicht, weder auf Sprachkommandos noch auf Tastendruck.

Auch Quentin drückte mittlerweile an seiner Uhr herum. »Bei mir funktioniert die Hologrammanzeige nicht. Gar nichts funktioniert mehr, aber …« Auf dem Display von Quentins Smartwatch standen dieselben Worte, die als Hologramm groß über Jarretts Arm schwebten. »Ist heute irgendein Ohio-Jahrestag, von dem ich nichts weiß? Irgendein Jubiläum, wegen dem Gouverneur Baker unsere Smartwatches kapert?«

Jarrett antwortete nicht. Stattdessen versuchte er zum wiederholten Mal, seine Uhr neu zu starten. Er spürte, wie die Taste unter seinem Finger nachgab und sanft vibrierte. Aber es tat sich einfach nichts. Das Hologramm war wie eingefroren.

Ohne Vorwarnung trat Quentin auf die Bremse. Jarrett folgte

seinem Blick und landete bei zwei Jätrobotern, die quer durch ein Sojafeld in Richtung Traktor fuhren. Ihre Hacken bohrten sich in einem fort in den Boden. Ganz egal, was dort wuchs.

»Verdammt! Die machen mir die Bohnen kaputt!« Quentin drehte den Zündschlüssel herum und riss die Tür auf. »Komm mit, Jarrett! Wir müssen sie stoppen!« Er sprang auf den Weg und rannte aufs Feld.

Jarrett zögerte einen Moment, dann stieg auch er aus und eilte hinter Quentin auf die Jätroboter zu.

»Sie müssen ein Problem mit den Kameras haben! Und mit dem Datenbankzugriff!«

»Und wie stoppen wir sie?«, rief Jarrett zurück. An seiner Jeans streiften unentwegt Sojabohnen entlang.

»Normalerweise per App. Jetzt manuell. Siehst du die Kabel, die rings um die Roboter gespannt sind? Wenn man Druck auf sie ausübt, halten die Roboter an.«

»Das heißt, ich soll daran ziehen?«

»Genau!«

Quentin brauchte nicht mehr zu schreien, denn Jarrett hatte ihn eingeholt und gleich darauf überholt. Er war seit zwei Jahren im Leichtathletikteam der *Henderson High*.

Als er den Roboter erreichte, bückte er sich zu dem ringsum gespannten Kabel und zog daran. Doch der Roboter fuhr und jätete weiter. Jarrett zog erneut, diesmal noch fester, und wich gleichzeitig zurück, damit seine Turnschuhe nicht unter die Hacken gerieten. Aber egal wie fest er am Kabel zog, die Hacken gruben sich immer weiter in den Boden. Jarrett wollte gerade fragen, was er falsch machte, doch ein Blick zu Quentin zeigte ihm, dass es dem genauso ging.

»Keine Ahnung, was da los ist!« Quentin sah ihn mit umwölkten Augen an.

Sie versuchten es weiter, zogen an den Kabeln und liefen dabei rückwärts übers Feld. Quentin schrie seine Smartwatch an und hämmerte auf die Taste – aber die Steuerungs-App der Jätroboter zu öffnen, schien nicht mehr zu den Dingen zu gehören, die mit Gott möglich waren.

»Scheiße, scheiße, scheiße! Die ruinieren mir noch die ganze Ernte! Jarrett, komm her, wir versuchen, einen von ihnen umzudrehen!«

Jarrett eilte zu Quentin, aber wenig überraschend erwies sich der Roboter als zu schwer, um ihn hochzuheben. Erstaunlicher war, dass der andere Jätroboter seine Richtung geändert hatte und sie nun von der Seite bedrängte. Jarrett spürte das Kabel an seinem Knie und machte einen Satz rückwärts. Sofort korrigierte auch die Maschine ihren Kurs und hielt, unermüdlich Sojabohnen jätend, auf ihn zu.

Jarrett tauschte einen kurzen, verdutzten Blick mit Quentin, dann schlug er einen Haken und sprintete auf die andere Seite des Roboters. Doch der drehte sich prompt um 180 Grad und verfolgte ihn abermals.

Offensichtlich funktionierten die integrierten Kameras also noch. Nur schienen die Roboter plötzlich nicht mehr auf Unkraut programmiert zu sein, sondern auf Menschen.

Ein Sirren in der Luft ließ Jarrett herumfahren. Drohnen! Und sie flogen so schnell heran, dass die Jätroboter im Vergleich wie Schnecken wirkten. Aber es sah so aus, als visierten Schnecken und Drohnen dieselben Ziele an.

»Was zur Hölle ist hier eigentlich los?« Quentins Augen leuchteten blau aus seinem kreidebleichen Gesicht.

Das Sirren der Propeller schwoll an und Jarrett erkannte die Tanks (18,1 Liter groß, er hatte es sich tatsächlich gemerkt) und die Vorrichtungen, aus denen sich sprühender Regen ergoss.

»Das ist Pflanzenschutzmittel!«, schrie Quentin, der seine Kappe tief ins Gesicht zog. »Pass auf, dass es dir nicht in die Augen kommt!«

Jarrett schirmte die Augen mit den Händen ab. Er hörte, wie die Drohnen über ihnen kreisten, spürte den Sprühregen auf Haut und Kleidung.

»Warum spritzen sie auf uns statt auf die Pflanzen?«

»Ich weiß es nicht. Erst unsere Uhren, dann die Jätroboter und jetzt die Drohnen – alles spielt verrückt!« Quentins Stimme klang wacklig. »Wir steigen besser wieder in den Traktor, sonst verätzt uns das Pflanzenschutzmittel noch die Haut!«

Sie rannten los, doch aus dem bereits abgeernteten Feld walzte ein Panzer heran: Der kettenbetriebene Feldroboter, der noch immer den Pflug hinter sich herzog. Er war Little John näher als sie und obendrein schneller. Und wenn Jarrett sich nicht verdammt täuschte, nahm er dieselben Ziele wie die Jätroboter und Drohnen ins Visier.

Quentin kam armerudernd zum Stehen, fuhr herum und packte Jarrett am Arm. »Wir müssen ins Haus! Oder in die Scheune! Los, los, los!«

Jarrett rannte, und obgleich er seine Arme nicht einsetzen konnte, weil er mit den Händen die Augen schützte, hatte er Quentin bald abgehängt. Über ihm sirrten die Drohnen und besprühten ihn. Die Haut an seinem ungeschützten Nacken fing schon zu jucken an. Jarrett warf einen hastigen Blick über die Schulter und sah, dass Quentin ebenfalls von Drohnen bespritzt wurde und der pflügende Panzer beständig aufholte.

»Keine Sorge, der kriegt mich nicht!«, rief Quentin, der alles andere als schlecht in Form war. Außerdem war es nicht mehr weit zum Haus und zur Scheune.

Doch plötzlich ging eine der Drohnen vor Quentin in den

Sinkflug. Er schaffte es nicht rechtzeitig, die Hände hochzunehmen, und auch der Schirm seiner Baseballkappe schützte ihn nicht vor dem Beschuss von vorn. Schreiend fasste er sich an die verätzten Augen und während die Drohnen ihn aus allen Richtungen besprühten, walzte über den Feldweg der Panzer heran. Jarrett brüllte und endlich setzte sich Quentin wieder in Bewegung. Aber er taumelte nur noch vorwärts und geriet vom Weg in den angrenzenden Acker, wo er blindlings in eine Ackerfurche stolperte. Er ging zu Boden, seine Augen waren einen Moment lang ungeschützt und die Tanks der Drohnen noch längst nicht leer. Schreiend und wankend rappelte sich Quentin wieder auf. Doch im nächsten Moment walzte der Panzer über ihn hinweg und der Pflug grub seine eisernen Messer in ihn.

Jarretts Magen krampfte sich zusammen. Einen Moment lang glaubte er, erbrechen zu müssen, doch anscheinend überlegte es sich die zerkaute Goetta auf halber Strecke anders. Jarrett riss seinen Blick von Quentin Giddeys zerhacktem Körper los und zwang sich zu funktionieren. Zu rennen.

Es dauerte keine drei Sekunden, dann schwirrten sämtliche Drohnen über ihm, dem einzig verbliebenen lebendigen Ziel. Schon ging die erste Drohne in den Sinkflug und attackierte ihn von vorn, aber er versuchte erst gar nicht, sein Gesicht zu schützen, denn seine Arme mussten *schwingen*. Und sie schwangen, während er mit geschlossenen Augen weitersprintete, eskortiert vom sirrenden Regen der Drohnen.

Der Feldweg war ziemlich eben, aber er war keine Tartanbahn und Jarrett wusste, dass ein einziges Schlagloch reichen würde, um ihn aus dem Tritt zu bringen. Der Feldroboter wummerte immer lauter in seinem Nacken, aber als Jarrett vorsichtig blinzelte, sah er für einen Moment das Haus, weiß wie die Ziellinie im Stadion. Dann verschwamm es vor seinen fürchterlich brennenden Augen. Am liebsten hätte er geschrien, aber er hatte keine Luft dafür und durfte auch keine dafür verschwenden. Jarrett versuchte, wie auf der Tartanbahn zu denken, aber es klappte nicht, denn hier ging es nicht um einen neuen Rundenrekord, sondern um alles.

Das Rattern des Roboters und das Scharren der Pflugmesser schwollen an. Jarrett rannte, machte die Augen einen Spalt weit auf, sah die Stufen zur Veranda und spürte, wie das Pflanzenschutzmittel seine Bindehaut in Brand setzte. Zwei Stufen auf einmal, ein Sprung, ein Schlag nach den Drohnen, dann riss er keuchend Fliegentür und Verandatür auf und knallte sie hinter sich wieder zu, gerade noch rechtzeitig, bevor die vorderste Drohne hereindrängte. Wie durch einen Schleier sah er die Umrisse des Wohnraums, stürzte in die Küche und zum Waschbecken. Er schaufelte Wasser in die Augen, hielt sie direkt unter den Strahl, aber es nützte nicht viel – sie brannten wie Hölle.

Als er das Wasser abschaltete und sich umdrehte, machte er einen blau-roten Schemen auf der weißen Wohnzimmercouch aus.

»Lauren.« Er ging auf sie zu und das Hologramm, das noch immer über seinem linken Arm schwebte, bewegte sich mit ihm. Jarrett schluckte angesichts dessen, was er berichten musste. »Lauren. Die Maschinen draußen spielen alle verrückt! Und Quentin, er ...«

Aber Lauren Giddey musste nicht mehr erfahren, dass ihr Mann von einem Feldroboter geplättet und wie ein Truthahn an Halloween tranchiert worden war. Aus ihrer Brust ragte der Holzschaft eines Barbecuespießes, der sie durchbohrt und an die Couch gespießt hatte.

Jarrett spürte, wie sich die zersetzte Goetta in seinem Magen rührte. Einen Moment lang hoffte er, dass Lauren nur verletzt war, aber ihre fehlende Reaktion, der leere Blick und das viele Blut ließen nur einen Schluss zu: Sie war so tot wie Quentin.

Durch ein offen stehendes Fenster drang das Sirren der Drohnen. Lediglich ein Fliegengitter hinderte sie am Eindringen und es war sicher ratsam, das Fenster rasch zu schließen. Doch Jarretts Gedanken formten sich nur langsam und ebenso langsam und mit wackligen Knien trat er von Lauren zurück. Ein neues Geräusch riss ihn aus seiner Lethargie. Der Haushaltsandroide der Giddeys rollte auf ihn zu. Seine vormals schwarzweißen Sensorenaugen leuchteten rot und mit einer seiner biegbaren Kunststoffhände hielt er einen weiteren Barbecuespieß. Paprika- und Zucchinischeiben steckten darauf, aber es gab noch reichlich Platz für menschliche Innereien.

Bones stieß den Spieß nach vorn, aber Jarrett sprang gerade noch rechtzeitig zurück. Sein Rücken krachte gegen die Kante des Esstischs. Er war zum Nachmittagskaffee gedeckt. Bones' Arm schnellte vor, Jarrett wich geistesgegenwärtig zur Seite aus und der Barbecuespieß bohrte sich in den Himbeerkuchen. Der Androide zog ihn heraus und jetzt waren die Paprika- und Zucchinischeiben mit Himbeersahne überzogen.

Jarrett trat gegen den mit Kunststoff verkleideten Torso. Bones' Oberkörper kippte vor und zurück, mehr bewirkte der Tritt nicht. Sofort setzte der Androide wieder zum Angriff an, doch Jarrett flüchtete auf die andere Seite des Esstischs.

Polternd krachte das Fliegengitter auf den Dielenboden. Durchs offene Fenster drang eine Drohne. Sie versprühte Pflanzenschutzmittel und hielt auf das Mädchen aus Deutschland zu, das unbemerkt von Jarrett die Treppe heruntergekommen war.

»Mach die Augen zu!«, brüllte er und stürmte um den Tisch herum.

Hannah reagierte nicht. Wie versteinert stand sie auf der untersten Stufe der Treppe, den Blick auf ihre an die Couch gespießte Verwandte geheftet.

Die Drohne besprühte Hannah. Sie schrie und schützte endlich ihr Gesicht, aber Jarrett packte eine ihrer Hände, zog sie von der Drohne weg und die Treppe herunter. Bones wollte schon wieder zustechen, doch Jarrett trat ihm seitlich gegen den Arm und zerrte Hannah hinter den Küchenschrank.

Durchs offene Fenster schwirrte eine weitere Drohne. Auch ihr Tank war noch nicht leer.

»Wir müssen hier weg!« Jarrett zog das unter Schock stehende Mädchen in den hinteren Teil des Hauses. Das Sirren in seinem Rücken ließ ihn hastig über die Schulter blicken. Die Drohnen flogen um den Küchenschrank herum. Unmittelbar unter ihnen rollte Bones. Von den Gemüsescheiben tropfte Sahne.

Jarrett zerrte das Mädchen durch den Flur. Links war die Tür zur Toilette, rechts eine Tür, die vielleicht in einen Abstellraum führte. In beiden Räumen würden sie in der Falle sitzen. Was blieb, war die Haustür. Er riss sie auf, bugsierte Hannah ins Freie und schlug die Tür hinter sich zu. Über seiner Uhr schwebte eingefroren das Hologramm.

»Schnell! Hier draußen ist ein Feldroboter, der … Ach, renn einfach!« Er zog sie mit sich, und als er glaubte, dass sie begriffen hatte und auch allein weiterrennen würde, ließ er los.

Hinter ihnen sirrte es. Bones hatte mit seiner freien Hand die Haustür geöffnet und die Drohnen nach draußen gelassen, wo sie ihre Geschwindigkeit wieder voll ausspielen konnten.

»Wenn sie vor uns sind, musst du die Augen zumachen und blind rennen!«

»Aber wohin?« Ihre roten Augen tränten. »Was ist hier eigentlich los?!«

Er hatte keine Zeit für Erklärungsversuche. Aber die Frage nach dem Wohin war eine verdammt gute. Jarrett schwang die Arme und auf einmal kam ihm die Antwort. Er hatte zwar nicht den blassesten Schimmer, warum die Maschinen auf dieser Farm auf einmal Menschen jagten. Aber es gab eine Maschine, die es nicht tat. Eine Maschine, die sich nicht selbst gesteuert fortbewegte, sondern *gehorchen* würde.

Die Drohnen hatten sie überholt und sprühten jetzt von vorn. Jarrett riss den Kopf herum und sah, dass Hannah nicht auf ihn gehört hatte. Sie rannte nicht mit geschlossenen Augen weiter, sie rannte überhaupt nicht. Er stürzte zu ihr, nahm ihre Hand und zog sie wieder mit sich. Er wusste, wo er hinmusste und wie er dorthin kam, ohne ihren Vorsprung auf den wummernden, mit den Messern scharrenden Feldroboter herzuschenken.

Er zog Hannah quer übers Feld, wo die Sojabohnen gegen seine Hosenbeine klatschten. Dem stärker werdenden Sprühregen nach zu schließen, waren die Drohnen wieder alle vereint. Hannah war nervtötend langsam. Am liebsten hätte er sie losgelassen und die Arme so geschwungen, wie er es gewohnt war. Aber sie brauchte ihn. Und wenn er sich selbst nicht noch mehr hassen wollte, brauchte er sie auch.

Endlich waren da keine Sojabohnen mehr, stattdessen knirschte Kies unter seinen Sohlen. Und unter denen von Hannah. Sie keuchte wie die Dampflok in den alten Harry-Potter-Filmen, die er sich mit Desmond und Jazmine zur Weihnachtszeit ansah. Vielleicht keuchte sie aber auch wie seine leibliche Mutter, wenn die einmal im Monat den Weg zu Bobbys Bruchbude im fünften Stock auf sich nahm.

Das Rattern und Kratzen hinter ihnen schwoll an. Hannah stolperte. Sie fiel nicht, weil er sie mit eisernem Griff davor bewahrte, aber für einen Moment verloren sie jegliches Tempo. Jarrett zerrte sie weiter und machte die Augen einen Spalt weit auf. Sofort schrien sie vor Schmerz, aber da war Little John, nur noch ein paar Fuß entfernt!

Jarrett setzte zum Endspurt an, riss die Tür zur Fahrerkabine auf und schob Hannah die Trittstufen hinauf. Der Panzer machte keine Anstalten, langsamer zu werden, und rauschte frontal in den Traktor. Hannah verlor das Gleichgewicht, Jarrett flog beinahe von der oberen Stufe, aber seine Finger krallten sich in das Gummi des Türrahmens.

Er schubste Hannah in die Kabine und schlug nach einer Drohne, die hinterherwollte. Einer ihrer Propeller riss ihm die Hand und den Unterarm auf, aber für einen Moment geriet die Drohne aus der Balance, und während sie schwankte, zwängte er sich in die Kabine und knallte die Tür zu.

»Du blutest.« Hannah keuchte noch immer, aber sie sprach.

»Ist nicht so schlimm.« Was schlimm war, war der lodernde Schmerz in seiner Bindehaut. Auch in Hannahs Augen war kein Weiß mehr.

Die Drohnen versprühten ihr Pflanzenschutzmittel jetzt auf die Scheiben. Die Türen schlossen gut, lediglich auf der Gummidichtung bildete sich ein kleines Rinnsal. Der Panzer ratterte noch immer, aber er schaffte es nicht, Little John vom Fleck zu schieben.

»Okay«, Jarrett atmete durch, »jetzt müssen wir nur noch hier weg.« *Nur noch.* Er setzte sich hinters Lenkrad und klappte Hannah den kleinen Sitz herunter, auf dem er selbst gesessen hatte, als Quentin gefahren war. Der Schlüssel steckte noch, aber da waren eine Menge Hebel und er hatte nicht aufgepasst, welche Quentin benutzt hatte.

Hannah stöhnte auf. Jarrett blickte durch die besprühte Windschutzscheibe und sah den Haushaltsandroiden auf Little John zurollen. In seiner Hand steckte noch immer der Spieß.

»Er hat keine Beine. Er kommt hier nicht hoch«, murmelte Jarrett und widmete sich wieder den Hebeln. Hatte Quentin sie überhaupt benutzt?

Drauf geschissen. Er wischte die blutige Hand am Sitz ab und drehte den Zündschlüssel herum. Den hatte Quentin definitiv benutzt und Little John machte auch einen Satz vorwärts, aber dann stand er wieder und der Motor war aus. Bones rollte neben den Panzer hin. Es sah aus, als wären sie alte Kumpels.

»Was, wenn er in die Reifen sticht?«

Jarrett antwortete nicht. Irgendwas hatte er übersehen, aber er glaubte nicht, dass es die Hebel waren. Er blickte sich in der Kabine um. Da waren mehrere Pedale, die er mit den Füßen erreichen konnte. Doch welches sollte er drücken? Er hatte keine Ahnung, aber warum nicht zwei auf einmal? Er drehte den Zündschlüssel und trat die Pedale durch. Diesmal bewegte sich Little John nicht von der Stelle. Aber der Motor war an. Irgendetwas hatte er richtig gemacht. Nur nicht genug.

»Und wenn der Android in die Reifen sticht!?« Hannahs Stimme klang schrill in seinen Ohren.

Jarrett reagierte nicht. Er versuchte, sich die Fahrt mit Quentin ins Gedächtnis zu rufen. Der Farmer hatte viel geredet, aber was hatten seine Hände und Füße getan?

»Scheiße, jetzt sticht er!«

Jarrett blickte auf und durch die Glasscheibe. Tatsächlich, Bones stach zu. Aber er traf keinen Reifen, sondern eine Felge. Das Aufeinanderprallen von Stahl auf Stahl war selbst durch die Kakophonie aus Rattern, Kratzen und Sirren zu hören.

»Warum fährst du nicht los?!« Hannah starrte ihn mit feuerroten, vor Angst geweiteten Augen an.

»Ich weiß nicht, wie! Ich bin noch nie gefahren! Kein Mensch fährt mehr selbst! Und hör auf, davon zu reden, dass der Android gleich in den ...« Er brach gerade noch rechtzeitig ab. »Das Ding hat eine beschissene künstliche Intelligenz! Es kann nicht nur hören, es kann auch *denken!* Wir haben nur Glück, dass es ein einfaches Modell ist. Und dass es nicht zu seiner Routine gehört, mit einem Spie... Ach, verdammt!« Er schlug gegen das Lenkrad, das Hologramm über seinem Arm erzitterte und Little John machte einen Satz vorwärts.

Für einen Moment glaubte er, dass es an seinem Schlag lag. Dann begriff er, dass er vor Wut die Pedale nicht mehr durchgedrückt hatte. Die Pedale ... Da waren *drei,* nicht zwei.

Während Bones auf die Felge einstach, drehte Jarrett den Zündschlüssel und trat auf zwei andere Pedale. Der Motor sprang wieder an und Little John ein weiteres Mal vorwärts. Doch diesmal kam er nicht zum Stehen.

»Wir fahren! Scheiße, wir fahren!« Er sah zu dem Mädchen, das er eben noch angeschrien hatte, doch jetzt entfuhr ihm ein anderer, gänzlich unerwarteter Laut. Jarrett lachte. Es war ein trockenes, krächzendes Lachen – aber verdammt noch mal, es fühlte sich gut an!

Highway to hell
Hannah

Ich lachte nicht. Ich lächelte nicht einmal, ich starrte ihn nur an.

»Wir nehmen die Abkürzung übers Feld«, verkündete Jarrett und drehte am Lenkrad. »Weg von hier, zurück zur Straße.«

Es holperte ein bisschen, als er den Traktor durch die kleinen grünen Pflanzen lenkte. Ich drehte mich um und sah, dass Bones wieder rollte, aber rasch zurückfiel. Auch der Feldroboter schien langsamer als der Traktor zu sein, blieb uns jedoch auf den Fersen. Die Drohnen konnten unser Tempo mühelos halten, aber wir hatten die Scheiben als Schutz und im Gegensatz zu uns besaßen die Scheiben keine Bindehäute.

Meine brannten höllisch und die von Jarrett womöglich noch höllischer. Doch die Tatsache, dass er es geschafft hatte, den Traktor zum Fahren zu bringen, schien ihn für den Moment immun gegen Schmerz zu machen. Ich gönnte es ihm, schließlich brachte er uns hier fort, weg von diesen durchgedrehten Maschinen, und die Betonung lag auf *uns*: Er hatte mich mitgenommen. Obwohl ich ihn nur behindert hatte.

Ich wollte ihn fragen, warum. Aber die Stimme in meinem Kopf ließ mich nicht zu Wort kommen.

Warum er dich mitgenommen hat? Ehrlich? Ist das denn nicht offensichtlich? Na, weil er dich toll findet, schon von der ersten Sekunde an! Und als er dich dann schwitzen und sabbern gesehen hat, war es endgültig um ihn geschehen. Gewöhnliche hilflose Mädchen hätte er einfach bei den Killerrobotern zurückgelassen, aber dich – dich will er, Hannah!

Also fragte ich nicht, weshalb er mich mitgenommen hatte. Er hätte jede und jeden mitgenommen, das hatte mir meine innere, äußerst sarkastische Stimme eindrucksvoll klargemacht. Und überhaupt: Wieso dachte ich wieder nur an mich, wo doch gerade eine junge Frau gestorben war, die irgendwie sogar mit mir verwandt war? Und, noch überhaupter: Was war eigentlich mit Laurens Mann?

»Ist Quentin auch …?«

Erleichterung, Freude, Stolz – was immer Jarrett angesichts unserer geglückten Flucht empfunden haben mochte: Meine

Frage wischte alles weg. Er nickte, dann sagte er leise: »Der Feldroboter hat ihn überfahren.«

Ich wusste nicht, was ich darauf antworten sollte. Ich wusste nicht einmal, was ich fühlen sollte. Lauren hatte mich herzlich empfangen und einen netten Eindruck gemacht. Quentin hatte ich nur von einem Videotelefonat gekannt. Die Tatsache, dass sie beide tot waren, und das so plötzlich, schockierte mich. Ebenso wie die Art und Weise. Ich fragte mich, was mit Bones und den anderen Maschinen nicht stimmte, und gleichzeitig war ich mir sicher, dass ich nie, nie wieder Barbecue essen würde. Und wahrscheinlich auch nie wieder Himbeerkuchen. Aber ich war nicht wirklich traurig oder so was. Ich war eher verstört.

Ich blickte nach hinten und erkannte, dass unser Vorsprung auf den Feldroboter größer geworden und Bones kaum noch zu erkennen war. Da ich nicht wusste, was ich sonst tun sollte, setzte ich mich auf den kleinen Klappsitz und sah zu, wie Jarrett den Traktor durchs Feld und dann auf einen asphaltierten Weg lenkte. Nach einer Weile erkannte ich, dass es derselbe war, auf dem der SUV uns zur Farm gebracht hatte. Jetzt fuhren wir in die entgegengesetzte Richtung.

Jarrett wischte das Blut an seiner Hand und auf seinem Arm ein weiteres Mal am Sitz ab. Er trug dieselbe Hose wie auf der Hinfahrt, aber ein anderes T-Shirt. Das neue war so gelb wie das Fliegenpapier, das sich vom Rückspiegel kringelte. Ein großer Brummer und drei kleinere Fliegen klebten daran.

Jarretts unverletzte Hand war nicht rot, im Gegensatz zu meinen Händen und Armen, auf denen sich deutliche Anzeichen von Ausschlag zeigten.

Über Jarretts Smartwatch schwebte noch immer das seltsame Hologramm.

With God
All Things
Are Possible
(Mt. 19,26)

Die gleichen Worte standen auf dem Display meiner warmen, nicht reagierenden Smartwatch. Und auch meinen heimlichen Trip ins Metaverse hatten diese Worte jäh beendet, gerade als Marisa mich auf der Ausstellung mit einem der jungen Künstler hatte bekannt machen wollen. Die Anzeige war plötzlich auf *Mixed Reality* gewechselt und das Einzige, was sich noch über das Gästezimmer der Giddeys gelegt hatte, war dieser Spruch gewesen. Er war nicht mehr verschwunden, egal, was ich gesagt oder gedrückt hatte.

»Hast du eine Ahnung, was die Worte bedeuten?« Schüchtern deutete ich auf Jarretts Hologramm.

»Mit Gott sind alle Dinge möglich – das ist das Motto unseres Bundesstaats«, antwortete er. »Ich war mit Quentin auf dem Traktor, hatte ihm gerade meine Ferienarbeitserlaubnis gezeigt. Dann kamen diese Worte.« Er drehte den Arm ein bisschen und das Hologramm drehte sich mit. »Und sie gehen nicht mehr weg.«

Ferienarbeit. Die Frage, was Jarrett auf der Farm und im SUV der Giddeys verloren hatte, war damit beantwortet. Blieb die weitaus wichtigere Frage, warum unsere Uhren nur noch das Motto des Bundesstaats Ohio anzeigten. Ich dachte darüber nach, aber in meinem Kopf machte es einfach nicht klick.

»Was ist mit den Buchstaben und Zahlen in den Klammern?«

»Ich weiß es nicht. Falls sie uns das in Geschichte beigebracht haben, habe ich wohl gerade nicht aufgepasst. Außerdem hasse ich dieses Motto.«

Überrascht sah ich von meiner Uhr auf. »Warum?«

»Egal«, antwortete Jarrett nur, den Blick auf den Weg gerichtet.

Ich fragte nicht weiter nach und versuchte all das, was über mich hereingebrochen war, zu verarbeiten. Dass der Sprühregen der Drohnen aufgehört hatte, merkte ich erst, als Jarrett mich darauf hinwies.

»Endlich sind die Tanks leer. 18,1 Liter«, seufzte er.

Obwohl sie nichts mehr zu spritzen hatten, flogen die Drohnen weiter neben uns her. Der Feldroboter war mittlerweile deutlich zurückgefallen, die Gebäude der Farm waren gar nicht mehr zu erkennen. Ich musste an Lauren und Quentin denken.

»Wir müssen zur Polizei«, sagte ich. »Oder zu jemandem, der die Polizei ruft.«

»Ja«, sagte Jarrett.

Einfach nur ja. Ich hätte mir eine ausführlichere Antwort, eine Art Plan und irgendwie auch so was wie Trost gewünscht, aber ich bekam nur ein Ja.

Die Sicht durch die Windschutzscheibe war klar, jetzt, da sie nicht mehr besprüht wurde, und ich erkannte, dass wir uns der Straße mit dem zweifachen gelben Mittelstreifen näherten. Ich wusste nicht, wohin wir uns dort halten mussten, aber ich war mir sicher, dass Jarrett es wusste.

Ohne dass irgendetwas vorgefallen war, drehten die Drohnen auf einmal ab und flogen zurück in Richtung Farm.

»Sie können nur 72 Minuten in der Luft bleiben«, sagte Jarrett. »Schätze, die sind gleich um.« Er blickte auf das Hologramm über seinem Arm und dann auf seine Smartwatch, aber wie meine zeigte sie die Zeit nicht mehr an. Nur die Worte, aus denen ich nicht schlau wurde.

Ich überlegte, ob die Drohnen sich jetzt aufladen und danach wieder hinter uns herfliegen würden oder ob ihr abnormes Verhalten vorbei sein würde, sobald sie sich mit der Dockingstation verbanden. Aber im Grunde spielte es keine Rolle. Bis die Drohnen wieder aufgeladen waren, würden sie uns nicht mehr orten können.

Die Straße war jetzt nah und ich konnte zwei Autos sehen, die in entgegengesetzte Richtungen fuhren. Hören konnte ich sie nicht, denn der Traktor tuckerte, wohingegen die Autos natürlich Elektromotoren besaßen. Sie fuhren schnell, im Vergleich zu unserem Traktor geradezu irrsinnig schnell, und kurz bevor sie aneinander vorbeischossen, fuhren sie auf den gelben Mittelstreifen und krachten frontal ineinander.

Ich schrie. Keine Ahnung, ob Jarrett auch schrie, aber der Traktor machte einen Satz nach vorne und blieb dann stehen. Die Autos waren grotesk deformiert.

»Meinst du, da ist jemand drin?« Jarretts Stimme drang wie aus weiter Ferne zu mir.

Ich konnte es nicht erkennen, die Fahrgastkabinen waren zusammengepresst und verzogen. Die Autos sahen kaum noch wie Autos aus. Wie sollte es da erst um Menschen bestellt sein?

Trotzdem nickte ich, als Jarrett meinte, wir sollten nachsehen gehen. Als ich ausstieg und auf die Straße lief, fühlten sich meine Beine wie Pudding an. Unter einem der ineinandergekrachten Autos glühte plötzlich etwas. Keine zwei Sekunden später brannte das ganze Auto.

Wie angewurzelt stand ich da und starrte auf die Flammen, die nun auf das zweite Auto übergriffen. Ich lauschte auch, aber das, wovor ich Angst hatte, blieb aus: Niemand schrie. Falls sich jemand in diesen Überresten befand, war er oder sie schon tot.

Oder hatte keine Stimme mehr, um zu schreien.

Ich verdrängte diesen Gedanken und sah zu Jarrett. Der Adamsapfel an seinem Hals bewegte sich, dann nickte er stumm in Richtung Traktor. Ich folgte ihm und wir stiegen wieder ein, jeder an seiner Seite.

Der Feldroboter rückte uns erneut auf die Pelle, aber Jarrett wusste noch, was er tun musste, um den Motor in Gang zu bringen. Der Traktor machte einen kleinen Satz und wir fuhren vom Feldweg nach links auf die Straße ein. Rechts brannten die Autos.

»Sie sind mitten auf der Straße ineinandergekracht«, sagte Jarrett, vermutlich mehr zu sich selbst als zu mir. »So als hätten sie es darauf angelegt.«

»Ja«, sagte ich. Einfach nur Ja.

Meine Gedanken fuhren Karussell. Immer wieder stellte ich mir dieselben Fragen: Wieso zeigten unsere Uhren nur noch Ohios Staatsmotto an? Weshalb gingen die Farmroboter auf Menschen los? Und warum krachten selbstfahrende Autos ungebremst ineinander?

Wie hing das alles zusammen? Ich brannte darauf, mit jemandem darüber zu sprechen, aber mit Jarrett konnte ich es irgendwie nicht. Er sprach selbst nicht viel, jedenfalls nicht mit mir, dem Zombie und Lahmarsch, und ich konnte mich nicht dazu überwinden, den Anfang zu machen. Ich war zu schüchtern, zu unsicher und er so schwer zu deuten.

Also schwieg ich, folgte mit den Augen dem Auf und Ab des Stromkabels am Straßenrand und ließ meine Gedanken Karussell fahren. Oder eher Geisterbahn.

Außer uns und dem wieder zurückfallenden Feldroboter war nichts und niemand unterwegs. Und auch zu beiden Seiten der Straße deutete außer den Stromkabeln nichts auf Zivilisation hin. Da waren nur Wiesen und vor allem Wälder und mir fiel ein, dass der Bordcomputer des SUVs diese Gegend als die am dünnsten besiedelte in ganz Ohio bezeichnet hatte. Vielleicht war die nächste Polizeistation doch nicht so nah, wie ich geglaubt hatte.

Das Gelände war hügelig, und als wir eine bewaldete Anhöhe hinauffuhren, wurde der Traktor noch langsamer. Die Bäume wuchsen hier gleich neben dem Asphalt und ein paar der Äste hingen so weit und tief über die Straße, dass ich die schützenden Scheiben und das Dach über uns vergaß und instinktiv den Kopf einzog. Jarrett bemerkte es und sah mich von der Seite an. Meine Wangen wurden heiß und ich suchte fieberhaft nach etwas, was ich sagen konnte, um von meinem peinlichen Reflex abzulenken. Ein Schild am Straßenrand rettete mich. Es hatte eine ziemlich ungewöhnliche Form und zeigte nur eine Zahl. 35.

»Wofür steht die Zahl?«, brachte ich geradeso heraus.

»U. S. Route 35. Der Highway.« Jarrett schaute kurz auf meinen nervösen Daumen und dann wieder auf die Straße.

Ich wusste nicht, ob er in der Lage gewesen wäre, den Traktor anzuhalten und dann wieder neu anzufahren, aber es war nicht nötig. Er musste nicht bremsen, er fuhr einfach auf den Highway, der, soweit ich sehen konnte, uns gehörte. In jeder Richtung gab es zwei Fahrspuren, dazwischen einen breiten Streifen gemähtes Gras. Links und rechts der Straße hielten Seitenbegrenzungen die immer noch allgegenwärtigen Büsche und Bäume zurück. Nach einem flachen Stück bei der Auffahrt ging es in einer lang gezogenen Kurve bergauf. Nirgendwo waren Fahrzeuge.

»Quentin nennt den Traktor Little John. *Hat* ihn Little John genannt«, korrigierte sich Jarrett und drückte seinen Sneaker gegen eines der Pedale. Der Anstieg war ein bisschen viel für Little John.

Ich blickte nach hinten und hielt Ausschau nach dem Feldroboter, aber wegen der Kurve und der Bäume konnte ich nicht weit zurückschauen. Also drehte mich wieder um und sah zu, wie wir im Schneckentempo auf die Bergkuppe zuzuckelten.

Aus dem Augenwinkel nahm ich eine Veränderung von Jarretts Hologramm wahr. Da waren mehrere neue Zeilen. Ich blickte auf meine Smartwatch, deren Display das Gleiche anzeigte:

With God
All Things
Are Possible
(Mt. 19,26)

With God
There's No Need
For Technology

Mit Gott gibt es keinen Grund für Technik – ich wälzte die Worte im Kopf herum und sah zu Jarrett. Er hatte die neuen Zeilen ebenfalls bemerkt, denn er guckte ebenso irritiert wie ich.

Und dann, ehe einer von uns etwas sagte, sahen wir den Rauch. Wir erreichten die Kuppe der bewaldeten Anhöhe, der Traktor nahm wieder Tempo auf und wir bekamen freie Sicht auf den Highway, der sich als graugrünes Band ins Tal wand. Überall, auf dem Asphalt, vor allem aber auf dem begrünten Mittelstreifen, brannte und rauchte es. Mal waren zwei Autos zusammengekracht, mal ein halbes Dutzend. Plus mehrere Lastwagen. Manche der Fahrzeuge waren bis zur Unkenntlichkeit ineinander verkeilt, von anderen waren nur noch verzogene, verrußte Stahlgerippe übrig.

Wohin ich auch blickte, überall waren Rauchsäulen und Karambolagen. Ich blinzelte, wieder und wieder, aber das Band der Apokalypse, das sich vor meinen Augen entrollt hatte, wollte sich partout nicht wieder zusammenknäueln.

Metallaffen
Hannah

An den ersten Crashs fuhren wir vorbei – wir auf unserem Traktor, der so alt war, dass er noch nicht eigenständig fahren konnte. Ein benzinbetriebenes Relikt inmitten von deformierter, brennender Technik.

With God There's No Need For Technology. In meinem Kopf machte es ganz leise klick. Ich wusste nicht, was Gott damit zu tun hatte, und schon gar nicht, wie und warum das alles passierte, aber eines schien sicher: Das hier war keine örtliche Fehlfunktion. Kein Virus, der ausschließlich die Maschinen einer Farm und des engeren Umlands befallen hatte. Das hier betraf ... Tja, wen oder was betraf es? Den Süden Ohios? Den Bundesstaat? Sämtliche Maschinen in den USA, softwarelose Relikte wie Little John ausgenommen?

»Meinst du, das passiert überall?«

»Ich weiß es nicht.« Jarrett steuerte den Traktor an einer weiteren Unfallstelle vorbei. Selbst in unserer Kabine stank es mittlerweile nach Rauch.

Ich schaute auf die brennenden Wracks. Wie viele Menschen mochten hier gestorben sein?

»Es ist wohl besser, wenn wir uns erst einmal von Highways fernhalten. Und ... vielleicht auch von Städten.«

»Ja«, sagte ich und sah in Jarretts entzündete rote Augen, »wahrscheinlich.«

Er atmete laut aus und riss das Lenkrad herum. Wir waren im Tal angekommen, der Highway durchschnitt nicht länger den Wald. Es gab keine Schutzplanken mehr und Jarrett lenkte den Traktor über eine niedrige Böschung in die nächste Wiese. Vielleicht war es auch eine Steppe, keine Ahnung, Geografie interessierte mich nicht besonders. Jedenfalls waren die Halme ziemlich gelb und lang, und keiner von denen, die Little John platt rollte, richtete sich danach wieder auf.

Ich hörte auf, nach Fahrzeugen zu suchen, die uns verfolgten. In diesem Teil von Ohio schien es im Augenblick keine fahrtüchtigen Autos mehr zu geben und auch der Feldroboter der Giddeys war nirgendwo zu sehen. Vielleicht hatte er uns nicht mehr orten können und war auf dem Highway geblieben. Vielleicht war er auch umgekehrt, weil sein Akku eine Aufladung brauchte. Egal, Hauptsache, wir hatten das Feld für uns.

Mein Kopfkino kam etwas zur Ruhe, jetzt, da ich nicht mehr mit ineinandergerauschten Autos konfrontiert wurde. Dafür wurde ich mir wieder meiner brennenden Augen bewusst und mittlerweile juckten auch meine Arme. Tausende von Härchen und jetzt auch noch rote Pusteln. Obendrein schwitzte ich. Die Sonne brannte durch die Scheiben des Traktors und meine schwarze Jeans schien sie wie ein Brennglas anzuziehen.

»Wohin fahren wir eigentlich?«, fragte ich vorsichtig.

»Ich weiß nicht. Am besten irgendwohin, wo Menschen, aber keine Maschinen sind.«

»Und das heißt?«

»Keine Ahnung, was das heißt. Es gibt überall Maschinen, das ist ja das Problem.«

»Und was sollen wir dann tun?«

»Woher soll ich das wissen?! Ich kenne weder diese Gegend, noch hab ich mehr Plan als du! Niemand hat mir Bescheid gesagt, dass die Welt untergeht!«

Es war erst das zweite Mal, dass Jarrett die Fassung verlor. Eigentlich ein Wunder in Anbetracht unserer Situation, aber an der lag es diesmal nicht. Es lag an meinen hilflosen, dummen Fragen. Ich schluckte und schwieg. Und wie aus Mitleid fing auch Little John zu schlucken an. Er ruckelte und klang irgendwie komisch.

Jarrett drückte das Pedal durch, aber das änderte nichts. Er beugte sich vor und suchte mit den Augen das Armaturenbrett ab. Es war noch analog und schließlich fand er wohl so etwas wie eine Tankanzeige, denn er sagte: »Ich glaube, das Benzin ist alle.« Seine Stimme war wieder ruhig. Trotz dieser beschissenen Neuigkeit.

Little Johns vorsintflutlicher Motor bekam immer noch mehr Schluckauf und schließlich ging er ganz aus.

Und was jetzt?, hätte ich am liebsten gesagt, verkniff es mir aber. Ich war auf Jarrett angewiesen, doch er nicht auf mich. Ich durfte mich nicht wie eine Klette an ihn hängen. Und auch wenn es mir schwerfiel: Ich musste selbst ein wenig Initiative zeigen. Vorschläge unterbreiten. Und nicht immer nur Fragen stellen, auf die auch Jarrett keine Antwort hatte.

Also versuchte ich es mit einem konkreten Vorschlag. Na ja, eigentlich war es eher eine Frage. Aber zumindest eine, die Jarrett beantworten konnte. »Steigen wir aus?«

»Klar, was sonst?«, sagte er, öffnete die Tür und sprang ins Gras. Ich stieg über die kleinen Trittstufen nach unten. Von der Seite knallte mir die Sonne ins Gesicht, weshalb ich die Augen mit meinen von Pusteln überzogenen Händen abschirmte. Dann sah ich mich um. Der Highway duckte sich hinter die hohen gelbblonden Halme, aber am Himmel konnte ich noch Rauchsäulen erkennen. In der anderen Richtung war ein Wald auszumachen. Scheunen oder Häuser entdeckte ich keine und ich wusste nicht, ob ich deswegen enttäuscht oder erleichtert sein sollte. Vorläufig entschied ich mich für Letzteres.

Jarrett kam um den Traktor herum. »Sollen wir uns Richtung Wald halten?«

Ich überlegte. Für den Wald sprach, dass es dort wohl nichts anderes geben würde als Bäume, Büsche und so weiter. Ich war alles andere als ein Naturfreund, aber wie es schien, wurde Natur fürs Erste zu einer Art notwendigem Übel – was nicht leicht zu verkraften war für einen Zombie wie mich. Aber ich konnte mich nicht ins Metaverse beamen. Und hierbleiben konnten wir auch nicht. *Irgendwohin* mussten wir.

»Okay«, sagte ich, »gehen wir in Richtung Wald.«

Jarrett blickte zu Little John und ich hatte das Gefühl, dass er sich in Gedanken verabschiedete. Ich überlegte, ob ich ebenfalls ein paar stumme Worte an unser Fluchtfahrzeug richten sollte, aber mit einem Traktor zu sprechen, und sei es nur in Gedanken, war mir dann doch zu heftig. Außerdem hatte ich mich noch nicht einmal bei Jarrett dafür bedankt, dass er mich aus dem Haus gezogen und mitgenommen hatte. Wenn, dann sollte ich *damit* anfangen. Aber ich redete mir ein, dass es nicht der richtige Zeitpunkt war, und verschob es auf später. Ich wusste, dass ich mir etwas vormachte, aber so war ich nun mal. Ziemlich erbärmlich.

Jarrett ging voraus. Unter seinen schwarzen Sneakers teilte sich das Meer aus gelbblonden Halmen. Ich ging hinterher und es dauerte nicht lange, dann atmete ich schwer. Ich konnte zwar stundenlang stehen, wenn ich Controller in den Händen und eine Brille vor der Nase hatte, aber laufen, und dann noch durch die Natur, war etwas anderes. Ich war untrainiert, hatte null Kondition und schließlich hörte Jarrett mich keuchen. Überrascht drehte er sich um. Es war nicht das erste Mal, dass er mich keuchen hörte, aber diesmal floh ich nicht vor einem durchgeknallten Roboter, sondern spazierte durch eine Wiese-Schrägstrich-Steppe.

Danach versuchte ich, leiser zu keuchen. Und unterdrückte den Impuls, mich wie ein kleines Kind über Seitenstechen und Durst zu beklagen.

Als wir den Wald erreichten, wurden wir zumindest die knallende Sonne los. Unter den Bäumen war es angenehm kühl und die Luft nicht mehr so schwer und drückend. Doch es gab keinen Weg und wir mussten über Wurzeln steigen, Büsche umgehen und Zweigen ausweichen. Die meisten hatten Blätter, manche Nadeln und ich nicht die geringste Ahnung, wie sie hießen. Ich konnte noch nicht einmal sagen, ob es dieselben Bäume auch in Deutschland gab.

»Gott, ich muss zehn gewesen sein, als ich das letzte Mal im Wald war«, stöhnte ich und vergaß vorübergehend, dass ich mir aus eigenem Interesse verbale Zurückhaltung auferlegt hatte. Die ganze Situation war einfach zu bizarr.

»Ich war zehn, als ich das *erste* Mal im Wald war.«

»Was?!« Ich konnte es nicht glauben. »Haben deine Eltern dich vorher nie zu Sonntagsspaziergängen oder Ausflügen verdammt?«

»Ich habe meinen Vater nie kennengelernt. Und meine Mutter hat immerzu Löcher in die Luft gestarrt. Zum ersten Mal im Wald war ich mit meinen Pflegeeltern. Meinen zweiten Pflegeeltern.«

Seine *zweiten* Pflegeeltern. Fuck, hätte ich bloß nicht gefragt.

Danach sagte ich kein Wort mehr, schämte mich und dachte

über Jarrett nach. Schon als ich am Flughafen die Autotür geöffnet hatte, hatten mich seine Augen in ihren Bann gezogen: sein ernster, melancholischer und irgendwie auch erwachsener Blick. Das wenige, was ich gerade von ihm erfahren hatte, reichte, um diesen Blick zu erklären. Kein Vater, nicht genug Mutter, mehrere Pflegefamilien – das klang nach allem, nur nicht nach einer unbeschwerten Kindheit.

Durch die Baumwipfel brach ein wenig Sonnenlicht und sprenkelte den Waldboden mit hellen Tupfen. Irgendwann stießen wir auf einen Weg, was gemischte Gefühle in mir hervorrief. Einerseits freute ich mich, dass wir uns nicht länger durchs Dickicht schlagen mussten. Andererseits hatten wir mit Straßen nicht gerade gute Erfahrungen gemacht und dieser Weg hier war befahren worden – in der Erde waren Reifenspuren. Allerdings sahen sie nicht gerade frisch aus und das Dickicht war auf Dauer auch keine Lösung.

Da der Weg breit genug für ein Auto war, konnten zwei Menschen nebeneinanderlaufen, ohne sich zu berühren. Ich ging also neben Jarrett, aber nun konnte ich nicht länger unbemerkt meine stechende Seite halten, und laut zu schnaufen traute ich mich auch nicht mehr. Mir war bewusst, dass wir noch keine große Strecke zurückgelegt hatten, aber das änderte nichts daran, dass meine Beine und mein Kopf müde waren. Nachtflug, Jetlag, Apokalypse – scheiße, ich hatte ein Recht darauf, müde zu sein.

Mit jedem Schritt hoffte ich mehr, dass wir am Ende des Weges nicht einfach nur Natur vorfinden würden. Ich fantasierte mir so etwas wie eine Jagdhütte herbei, inklusive einem funktionierenden Telefon, Leitungswasser und einem weichen Bett. Einen Moment lang reichte meine Fantasie sogar für Strom und eine auf dem Nachttisch bereitliegende VR-Brille. Aber dann sah ich wieder Jarretts Hologramm und das eingefrorene Display meiner Uhr und begnügte mich gedanklich mit Getränken und einem Bett.

Neben der linken Fahrrinne des Weges lag eine alte Zigarettenschachtel auf dem Boden. Ich hätte sie nicht weiter beachtet, aber Jarrett beachtete sie und so warf ich ebenfalls einen längeren Blick auf sie. Newport hieß die Marke, und wie ich an den weniger ausgebleichten Seiten erkannte, war die Schachtel ursprünglich wohl türkis gewesen. Sie sah nach Mentholzigaretten aus, aber das machte sie für meine Begriffe nicht interessanter. Jarrett jedoch starrte sie aus irgendeinem Grund an.

Doch was dumme Fragen anging, hatte ich meine Lektion gelernt, und da er von sich aus nichts sagte, gingen wir schweigend weiter. Jarrett, mein Seitenstechen und ich.

Der Weg führte uns auf eine Lichtung, die in der Mitte von einer Reihe von Nadelbäumen unterteilt war. Nicht weit von der Baumreihe stand ein mobiler Container. Wahrscheinlich ein Arbeitscontainer, denn da war nur ein kleines Fenster und aus der Wand führten zwei Kabel. Eines ging zu einer Vorrichtung nahe der Nadelbäume, das andere zu mehreren auf dem Waldboden aufgestellten Solarzellen.

Die Containertür war nicht verschlossen. Im Inneren befanden sich eine schmale Bank und ein Tisch, auf dem ein Ventilator, ein Aschenbecher und eine leere Wasserflasche der Marke Deer Park standen. An der Wand, durch die die Kabel führten, war eine ziemlich große Solarbatterie angebracht. Es gab auch eine Steckdose, aber keine Brille, kein Bett und keine kühlen Getränke. Ernüchtert und erschöpft ließ ich mich auf die Bank fallen. Mein Mund war wie ausgedörrt, mein Daumen zu träge für Kreise.

Im Container war es stickig und heißer als draußen. Der Ventilator funktionierte, aber der Effekt war bescheiden. Also öffnete ich auch noch das kleine Fenster neben mir. Ein Fliegengitter kam zum Vorschein, doch an dem konnte es nicht liegen, dass sich die frische Luft von draußen nicht mit der im Container vermischte.

Ich rutschte zum Rand der Bank, damit auch Jarrett sich setzen konnte, aber er blieb neben dem Tisch stehen und schaute gedankenverloren auf die Kippen im Aschenbecher. Ich beugte mich vor, um die türkise Schrift oberhalb des Filters zu entziffern. Newport stand da, genau wie auf der Schachtel am Wegesrand.

Jarrett nahm den Blick von den Kippen. »Brauchst du eine Pause?«

Ich wusste, dass wir weitermussten. Aber ich wusste auch, dass wir vermutlich noch eine ganze Weile laufen würden, bis wir einen besser geeigneten Ort für die Nacht finden würden. Eine Pause war das Mindeste, was ich brauchte. Also bejahte ich Jarretts Frage, obwohl es mir megapeinlich war.

»Okay«, sagte er, »bleib hier und ruh dich ein wenig aus. Ich sehe mich solange um.«

Und weg war er. Kurz fragte ich mich, ob er zu aufgekratzt für eine Pause war oder ob er nur nicht dicht neben mir sitzen wollte, aber ich zermarterte mir nicht gerade das Hirn deswegen. Und auch die Apokalypse schaffte es nicht, meine Gedanken zu entern. Stattdessen saß ich einfach nur da und sah dem Ventilator bei seinen Schwenkbewegungen zu. Nach einer Weile lehnte ich mich nach vorn, legte den Kopf auf die Arme und dämmerte vor mich hin. Ein schrilles, schrecklich lautes Geräusch machte diesem Zustand ein jähes Ende. Neben meinem Kopf, Zentimeter von meiner Schläfe entfernt, rotierte ein Sägeblatt.

Ich erschrak so sehr, dass ich glaubte, mein Herz würde einfach stehen bleiben. Es schlug weiter, ich sprang auf und statt durch meinen Kopf, fuhr das Sägeblatt durch den Ventilator – knirschend, aber mühelos wie ein Messer durch Margarine.

Das Sägeblatt war an einer Art metallenem Arm befestigt, der über mehrere Gelenke und am Ende über Greifvorrichtungen verfügte. Durch das offene Fenster und das zersägte Fliegengitter schob sich der Arm in den Container.

Ich wich zurück, aber das Ding verfolgte mich. Durch den Krach hörte ich leise, wie jemand meinen Namen rief. Ohne zu wissen, was mich dort erwartete, stürzte ich ins Freie.

Das Erste, was ich sah, war Jarrett, der durch das Dickicht auf die Lichtung zurannte und gleichzeitig versuchte, seinen Gürtel zuzumachen. Der Krach stammte von Maschinen, denen aus Kugelgelenken lange Arme wuchsen. Am Ende der Arme waren metallene Greifvorrichtungen, die sich wie Hände um Baumstämme schlossen, so dass sich die Maschinen wie Affen von Baum zu Baum schwangen.

Ich nahm an, dass es Forstroboter waren, die autonom Bäume fällten, denn ihre frei beweglichen Metallarme waren wie Schienen für die Sägeblätter, die an ihnen entlangfuhren, zur Seite kippten und … sägten. Durch die Containerwand zum Beispiel, was meine Ohren zum Schreien brachte und mich weiter auf die Lichtung zurückweichen ließ. Neben mir tauchte Jarrett auf. Er hatte es endlich geschafft, seinen Gürtel zuzumachen.

»Deshalb haben sie mitten auf der Lichtung diese Baumreihe stehen lassen!«

Ich hatte es mir auch schon gedacht. Die mit Strom aus der Solarbatterie versorgte Vorrichtung auf dem Boden war offenbar eine Dockingstation, an der sich die Forstroboter abends aufluden. Doch sie konnten nicht laufen und die Station nur erreichen, indem sie sich von Baum zu Baum schwangen. Deshalb war die Lichtung nicht komplett gerodet.

Der Roboter, der uns am nächsten war, hielt sich mit einem Arm am Stamm fest, der andere glitt durch die Luft. Sein Sägeblatt rotierte vor unseren Nasen. Wir waren außer Reichweite, aber andere Metallaffen schwangen sich schon über die einsame Nadelbaumreihe auf den Rand der Lichtung zu. Sie wollten uns von beiden Seiten in die Mangel nehmen und die freie Fläche war nicht groß genug, um Sägeblättern von vorne und hinten auszuweichen.

»Wird Zeit, dass wir verschwinden!« Jarrett schrie, um den Krach zu übertönen.

Der Weg, der uns hergebracht hatte, endete auf der Lichtung. Ich wollte nicht wieder zurück. Und Jarrett offenbar auch nicht.

»Da lang?« Er deutete in Richtung Dickicht.

Ich nickte und wir rannten aus der Lichtung. Hinter uns kreischten die Sägen der metallenen Affen.

Löcher
Hannah

Die Forstroboter waren schnell, also mussten wir es auch sein. Meine Lunge winselte, die Seiten fingen wieder zu stechen an und entschieden zu oft klatschten mir Zweige ins Gesicht. Ich wünschte mir, dass Jarrett anhielt. Aber gleichzeitig verstand ich, dass er es nicht tat. Wenn ihre Sägen schwiegen, konnten sich die Metallaffen beinahe lautlos durch den Wald schwingen. Und wir mussten davon ausgehen, dass sie genau das taten, denn diese Dinger waren nicht dumm und mittlerweile eindeutig auf menschliche Ziele gepolt.

»Scheiße, noch nicht mal im Wald sind wir sicher!«, fluchte

Jarrett, als er endlich das Tempo drosselte. Ich hätte ihm gerne zugestimmt, aber mir fehlte die Luft dazu.

Wir rannten nun nicht mehr, aber wir marschierten und marschierten und es war nicht nur ermüdend, es war auch schrecklich eintönig. Ich dachte an meine Brille, an mein virtuelles Leben und an die Menschen, mit denen ich es teilte. Es waren fast immer andere, aber mit einigen hielt ich regelmäßig, eigentlich täglich, Kontakt. Mir fehlten Fjella und Marisa. Mir fehlte jemand zum Reden.

»Können wir uns unterhalten?«, piepste ich.

»Ja«, sagte Jarrett.

Und dann sagte er nichts mehr, weshalb notgedrungen ich den Anfang machen musste. Ich wollte weder über das Hologramm sprechen, das seine Smartwatch projizierte, noch über Metallaffen und andere durchgeknallte Maschinen. Aber ich wollte auch keinen belanglosen Small Talk starten, nicht jetzt. Was ich wollte, war, den Menschen kennenzulernen, mit dem mich das Schicksal zusammengebracht hatte.

»Warum«, sagte ich leise, »hat deine Mutter immerzu Löcher in die Luft gestarrt?«

Er drehte sich nicht zu mir um und ich hatte schon Angst, mit dieser Frage alles vermasselt zu haben, aber schließlich räusperte er sich.

»Meine Mutter hat mich allein aufgezogen. Es gab nur uns beide, aber irgendwie noch nicht mal das.«

Jarrett schwieg, doch es war eine Pause, nicht das Ende der Geschichte. »Als ich noch ganz klein war, hatte sie Tage, da sprach und lachte sie mit mir. Aber meistens saß sie nur auf der Couch, rauchte und starrte Löcher in die Luft. Manchmal vergaß sie sogar, dass sie eine Zigarette hielt. Unsere Couch war voller Brandlöcher.«

Unter meinen Sneakers knackte ein Ast. Ich hoffte, dass Jarrett weiterredete, obwohl mir klar war, dass der Teil mit seiner Mutter kein Happy End haben würde. *Zwei* Pflegefamilien.

»Zur Arbeit ging sie, jedenfalls oft genug, dass sie nicht rausgeschmissen wurde. Sie putzte, ausgerechnet in der Polizeidienststelle von East Cleveland. Aber dann schaffte sich die Polizei Reinigungsandroiden an. Meine Mutter verlor ihren Job und bekam keinen neuen. Danach war sie immer zu Hause.«

Aber sie hat sich nicht um dich gekümmert, oder?, fragte ich in Gedanken. Meine Mutter war jahrelang wie eine Drohne um mich gekreist, aber bei Jarretts Mutter ging ich intuitiv vom Gegenteil aus.

»Irgendwann mussten wir umziehen, aber die Couch mit den Brandlöchern nahmen wir mit. Wir stellten sie vor den Küchentisch. Die neue Wohnung war zu klein für Couch *und* Stühle. Und irgendwo musste ich ja schlafen. Meine Mutter hatte ein Bett, das gerade so in das einzige andere Zimmer passte. Sie rauchte auch dort, und obwohl sie früh schlafen ging, fing sie an, morgens nicht aufzustehen. Nach einer Weile lag sie sogar noch im Bett, wenn ich spätnachmittags von der Schule kam.«

Ich schluckte, was zum Teil auch daran lag, dass mein Rachen eine Wüstenlandschaft war. Aber eben nur zum Teil. Während ich immer damit gehadert hatte, dass meine Mutter mir kaum Freiheiten ließ, musste Jarrett sich nach Halt gesehnt haben. Wahrscheinlich auch nach Geborgenheit und vielleicht sogar nach so etwas wie Regeln.

»Sie war krank, vielleicht schon ihr ganzes Leben lang. Aber als sie keine Arbeit und keinen Grund mehr hatte, morgens aufzustehen, wurden ihre Depressionen immer schlimmer.«

»Aber sie hatte doch einen Grund«, hielt ich zögerlich dagegen.

Ruckartig drehte sich Jarrett zu mir um. Obwohl seine Augen schrecklich rot waren, konnte die Entzündung nicht die Trauer übertünchen, die tief darin nistete.

»Hat sie denn keine Tabletten gegen ihre Depressionen genommen?«

»Ihr Arzt hat ihr welche verschrieben. Jeden Monat aufs Neue«, sagte er, ohne den Blick von mir zu nehmen. Ich konnte ihm kaum standhalten, so intensiv war er. »Aber sie hat sie einem Typen namens Bobby verkauft, der sie im Darknet vertickt hat. Von dem Geld, das er ihr gegeben hat, haben wir Essen und Zigaretten gekauft. Vor allem Zigaretten.«

»Newport Menthol«, sagte ich zaghaft.

Er wirkte überrascht, was mich ein wenig ärgerte. Offenbar hatte er mir die Auffassungsgabe eines Kleinkinds unterstellt. Wahrscheinlich *war* ich in seinen Augen eines.

»Wie alt bist du eigentlich?«, fragte ich fast schon bockig.

»Fünfzehn. Und du?«

»Sechzehn«, sagte ich und schämte mich. Nie im Leben hatte ich damit gerechnet, dass Jarrett jünger war als ich. Er wirkte so abgeklärt und erwachsen, jedenfalls im Vergleich zu mir. Aber vielleicht, und dieser Gedanke war auch eine Rechtfertigung gegenüber mir selbst, war das seiner Kindheit geschuldet. Ich kannte nur einen kleinen Teil seiner Geschichte, aber schon dieser Teil legte den Schluss nahe, dass ihm gar nichts anderes übrig geblieben war, als früh erwachsen zu werden.

Nach einer Weile gelangten wir auf so etwas wie einen Pfad. Er war viel zu schmal für ein Auto, was ich nach dem Erlebnis auf der Lichtung als eindeutiges Plus bewertete, und er schien auch nicht von Robotern zu stammen. Ich war mir noch nicht mal sicher, ob er auf Menschen oder Tiere zurückging, und mit einem Mal spukten Bilder gewaltiger Grizzlybären durch meinen Kopf. Mein erster Reflex war es, meine Smartwatch nach der Fauna Ohios zu befragen. Aber das konnte ich natürlich vergessen, denn auch Fragen an die KI gehörten nicht mehr zu den Dingen, die mit Gott möglich waren – *Emtee Punkt Neunzehn Komma Sechsundzwanzig.*

Da es sich Meister Petz bereits in meiner Fantasie bequem machte, fragte ich Jarrett. Er antwortete, dass es in Ohio keine Grizzlybären gäbe, nur Schwarzbären und die auch nur in bestimmten Waldgebieten im östlichen Teil des Bundesstaats.

»Und wir sind nicht im Osten Ohios, oder?«

»Wir sind ziemlich in der Mitte. Aber eher östlich der Mitte.«

Großartig. In der wichtigen Fertigkeit des Hannah-Pöltl-Beruhigens hatte Jarrett eindeutig noch Luft nach oben.

Der Pfad verlief ungefähr in der Richtung, die wir bis dahin eingeschlagen hatten, und Jarrett fragte, ob ich ihm folgen wollte, was ich, ohne Bedenkzeit zu brauchen, bejahte. Also folgten wir dem Pfad. Auf einmal knurrte es leise, aber es war kein Schwarzbär, sondern Jarretts Magen.

»Hast du keinen Hunger?«, fragte er.

»Nein«, sagte ich wahrheitsgemäß. Wahrscheinlich hätte ich meine jüngere Schwester für ein Glas Wasser verkauft, aber Hunger hatte ich keinen. Ich aß nicht gerade viel und nicht gerade regelmäßig. Mein Energielieferant war das Metaverse. »Aber wenn du willst – in meiner Hosentasche habe ich kalte Pommes und einen zermatschten Burger.« Mir wurde bewusst, dass das die ersten nicht ernst gemeinten Worte waren, die ich an Jarrett richtete. Schlagartig war ich unsicher, wie er sie auffassen würde. Zu meiner Erleichterung zupfte ein Lächeln an seinen Mundwinkeln. Noch eine Premiere. Eine angenehme.

»Hast du auch eine Zahnbürste dabei?«, fragte er.

»Nein«, entgegnete ich, »aber auf Abenteuern putzt man keine Zähne, oder?«

Er antwortete nicht und in seinem Gesicht war nicht mal mehr die Spur eines Lächelns. Ich wusste nicht, was ich falsch gemacht hatte, aber wie es aussah, war ich in irgendein Fettnäpfchen getreten.

Mit der Zeit wurde es mir ein wenig frisch an den Armen. Meine nach wie vor warme Smartwatch wollte mir nicht verraten, wie spät es war, aber durch die Baumwipfel fiel immer weniger Licht. Ich schätzte, dass uns höchstens noch eine halbe Stunde blieb, bis die Sonne unterging. Und was dann? Weiterwandern? Im Dunkeln?

Mir fiel auf, dass Jarrett nicht nur große Augen und Ohren hatte, sondern auch einen ziemlich großen Mund. Aber das machte nichts, es passte zu ihm. Auch sein Kinn sah ich mir näher an. Es war nicht spitz, was einerseits gut war, weil ich spitze Kinns nicht mochte. Andererseits: Wäre es spitz gewesen, so wie meins, hätte uns das verbunden und eine der vielen Quellen meiner Unsicherheit trockengelegt.

Das Licht im Wald wurde immer fahler, weshalb die Pusteln auf meinen Armen die Farbe verloren. Jarrett schien überhaupt keine Pusteln zu haben, nur entzündete Augen, und auch deren Rot schluckte die hereinbrechende Nacht. Überall zirpten Grillen. Oder Tiere, die wie Grillen klangen. Es wurde dunkel, aber nicht so dunkel, wie ich befürchtet hatte, denn zwischen den Wipfeln ließ sich der Mond blicken. Der Bewuchs lichtete sich, der Pfad wurde ausgetretener, und dann, ziemlich plötzlich, war der Wald zu Ende. Vor uns lag freies Feld und dort war nichts, was eine Schilderung wert gewesen wäre. Außer der auf Stelzen stehenden Jagdhütte aus meinen Träumen.

Na ja, eigentlich war es nur ein Jägerstand. Und er war noch kleiner als der Container auf der Lichtung, aber er besaß eine Kabine mit Wänden und Dach, und wir waren nicht in der Position, wählerisch zu sein.

Wir stiegen die Holzleiter hinauf und Jarrett öffnete die Tür, die nur mit einem kleinen Schieber verriegelt war. Wir mussten die Köpfe einziehen und überhaupt war wenig Platz, denn in der Mitte der Kabine machte sich auch noch ein Drehstuhl breit. Immerhin: Auf der Sitzfläche lag eine Wolldecke. Ich hob sie hoch und roch daran. Ein wenig muffig, aber nichts, was mich ekelte.

Den Stuhl rollte ich auf die Tür zu und gab ihm einen Schubs. Als er unten aufschlug, knackte der Kunststoff. Ich überlegte kurz, ob ich ihm hinterhersteigen sollte, um mich ins Gebüsch zu verdrücken, aber meine Blase schrie nicht gerade nach Entleerung, was wiederum nicht gerade ein Wunder war: Ich hatte seit geschätzt zwölf Stunden nichts mehr getrunken.

Ich versuchte, es mir auf dem harten Bretterboden bequem zu machen, aber mich auszustrecken konnte ich vergessen, denn die Kabine war um einiges kürzer als ich. Also zog ich die Beine an und rollte mich auf die Seite. Die Schuhe ließ ich an, als Kissen benutzte ich meinen Arm. Doch egal, wie ich ihn unter meinem Kopf positionierte: Stets kitzelten kleine Haare meine rissigen Lippen. Kalt war mir auch noch ein bisschen und ich überlegte, wie Jarrett und ich die Sache mit der Decke lösen würden. Uns trennte höchstens eine Armlänge, das Maximum an Abstand in dieser Mikrokabine, und wenn wir noch ein bisschen zusammengerutscht wären, hätten wir uns die Decke wahrscheinlich teilen können, doch das schien Jarrett nicht zu wollen, denn er sagte: »Du kannst die Decke haben.«

Ich widersprach nicht, ich hatte sie gern für mich allein. Außerdem wollte ich nicht mehr sprechen. Ich wollte mich nur noch einkuscheln und schlafen.

Jarrett wünschte mir anstandshalber eine gute Nacht, woraufhin ich es schaffte, die Zunge noch einmal vom Gaumen zu lösen und ihm dasselbe zu wünschen. Das Hologramm schwebte wie ein Nachtlicht für Kinder über ihm. Unter uns und um uns herum zirpten Grillen oder anderes Getier. Es war ein eintöniges Lied, aber nach diesem unfassbaren Tag war ein wenig Monotonie zum Einschlafen nicht verkehrt.

* * *

»War das heftig! Meine Beine, sie … konnten einfach nicht aufhören! Es war, als ob sie sich verselbstständigt hatten! Mann, ich wette, morgen habe ich Muskelkater! Sollen wir … noch irgendwas machen?«

»Wie bitte?! Du fragst, ob wir noch was machen sollen? Echt jetzt, Hannah?!«

»Okay, okay.« Ich lachte. Ich wollte es ja auch und außerdem war alles, wie es sein sollte. *Ich* war, wo ich sein sollte.

Wir teleportierten auf eine Dachterrasse, die voller weiß gekleideter Leute war.

»Warte hier, Hannah. Bin gleich wieder da.« Fjella verschwand im Getümmel und ich setzte mich erst einmal auf eine der Couchen. Die *Spotted Beasts* waren der Wahnsinn gewesen und ich kurz vor dem Umfallen, so wild hatte ich vom ersten bis zum letzten Song getanzt. Ich summte die Melodie von *Suiting Freak*, als sich aus der Menge eine Frau mit kurzen blonden Haaren löste und entspannt auf mich zukam, die Hände hinter dem Rücken verschränkt.

»Lauren?« Ich war mir nicht ganz sicher, aber ja, sie musste es sein.

»Hallo, Hannah.« Sie lächelte mich an. »Schön, dass du da bist.«

»Äh, danke. Meine Freundin Fjella hat mich hergebracht, aber ich hatte keine Ahnung, dass du auch hier bist! Was für eine Party ist das eigentlich?«

»Oh, nichts Besonderes, Hannah. Einfach nur ein nettes kleines … Barbecue!« Lauren zog die Hände hinter dem Rücken hervor und hielt mir lächelnd einen Spieß vor die Nase.

»Barbecue! Wuu-huu!«, schrien die anderen Gäste und reckten ihre Spieße in die Luft.

»Hannah? Alles in Ordnung? Du siehst blass aus.« Lauren beugte sich zu mir runter, berührte mich an der Schulter. »Magst du etwa kein Barbecue? Fjella, ich glaube, du hast Hannah auf die falsche Party geschleppt.«

»Was? Nein!« Wie aus dem Nichts stand Fjella vor mir. Auf ihrem Spieß steckten Zucchinischeiben und Paprika. »Aber vielleicht muss sie erst auf den Geschmack kommen. Vielleicht braucht sie einen kleinen Stupser in die richtige Richtung.«

»Ja, womöglich hast du recht.« Lauren nickte und dann rammten sie und Fjella mir ihre Spieße in die Brust. »Besser, Hannah?«

Ich schaute auf die hölzernen Griffe, die Zucchinischeiben, die Paprika und das Blut. Es war rosa wie Himbeersahne.

»Hm«, machte Lauren, »ich glaube, Hannah ist noch nicht überzeugt.«

»Sieht ganz so aus«, pflichtete ihr Fjella bei. »Mehr Spieße! Wir brauchen mehr Spieße!«

Von allen Seiten schritten weiß gekleidete Menschen auf mich zu. Ich konnte mich nicht wegteleportieren und ich konnte auch nicht aufstehen und wegrennen. Ich war an die Couch genagelt. Die Barbecue-Fanatiker kamen näher. Ihre Spieße hielten sie wie Kerzen vor sich.

»Nein!«, schrie ich. »Ich will nicht!« Verzweifelt stemmte ich die Hände gegen das Polster und versuchte, mich von der

Couch hochzuwuchten. Mir fiel auf, dass sie voller Brandlöcher war.

Um mich herum schloss sich der Kreis. Ich wollte nicht bekehrt werden. Um nichts in der Welt.

»Nein! Nein!« Ich stemmte meinen Körper gegen die Holzgriffe der Spieße. Sie bewegten sich keinen Fingerbreit, aber mit einem Mal schaute ich nicht mehr auf die Griffe, die Paprika und die Zucchini, sondern auf die Brandlöcher. Eines von ihnen wuchs. Es wuchs tatsächlich.

Einer der Weißgekleideten trat vor mich hin. Fjella und Lauren nickten ihm zu, woraufhin er feierlich den Spieß senkte, mit dem er mich bekehren wollte.

»Nein«, schrie ich, »nicht! Ich hasse Barbecue!« Ich wollte die Augen schließen, aber mein Blick wurde von dem seltsamen Brandloch gefangen. Nur, dass es kein Brandloch mehr war, sondern ein sich rasant ausdehnender Krater und mitsamt der Paprika und der Zucchini saugte er mich ein. Ich sah noch, wie der Weißgekleidete mit dem Spieß ausholte, da verschlang mich das schwarze Loch.

Dächlein deck dich
Jarrett

Ihre Schreie weckten ihn. Immer lauter und panischer klangen sie und schließlich kniete Jarrett sich neben Hannah und redete beruhigend auf sie ein. Doch seine Worte holten sie nicht aus ihrem Albtraum, also berührte er sie an der Schulter, erst vorsichtig, dann fester. Unvermittelt riss sie die Augen auf und starrte ihn an.

»Hast du von Lauren geträumt?«

Sie blinzelte verwirrt. »Ja. Woher …?«

»Du hast im Schlaf geschrien. ›Nein!‹ und ›Ich hasse Barbecue!‹ Deshalb dachte ich …«

»Geschrien?« Sie setzte sich auf. Ihr Atem ging noch heftig.

»Du hattest einen Albtraum. Das ist alles.«

Sie nickte zaghaft, sog Luft ein und blies sie wieder hinaus. Gleichzeitig fing sie an, mit dem Daumen über ihren Zeigefinger zu reiben. Es schien sie zu beruhigen.

Jarrett stand auf und schaute aus den Fenstern. Die Sonne war noch nicht aufgegangen, aber es musste jeden Moment so weit sein. Fahles Licht lag über den Büschen am Waldrand und dem Feld, das sich endlos nach Westen erstreckte. Die Grillen waren verstummt.

»Willst du nochmal schlafen?«

Sie schüttelte den Kopf, obwohl sie dicke Ringe unter den Augen hatte.

»Okay, dann gehen wir weiter. Komm nach unten, wenn du so weit bist.« Er kletterte die Leiter hinunter und mit ihm das Hologramm. Es ließ sich noch immer nicht abschalten, was wohl bedeutete, dass der Spuk noch nicht vorbei war.

Unten angekommen, stieg Jarrett über die gebrochene Lehne des Drehstuhls und verdrückte sich in die Büsche, doch mehr als ein paar Tropfen hatte seine Blase nicht zu bieten. Dafür war seine Zunge über Nacht angeschwollen und sein Mundraum mit Schleifpapier tapeziert – ganz oben auf der To-do-Liste stand eindeutig Wasser finden.

Irgendwo in den Bäumen versteckt, fingen die Vögel zu singen an. Es war wohl ihre übliche Aufwachzeit, doch die von Hannah war es eindeutig nicht. Tapsig stieg sie die Leiter hinunter und danach schlurfte sie übers Feld. Jarrett hatte keine Ahnung, was hier angebaut wurde, aber Sojabohnen waren es nicht, dafür waren die Blätter zu gewellt und ausgefranst.

Südlich und nördlich des Felds ging der Wald weiter, aber von Bäumen hatte er erst einmal genug. Und so langsam hatte er auch von dem schlafwandelnden deutschen Mädchen genug. Sie war müde und dehydriert und ohne Zweifel war das alles ziemlich viel für sie gewesen. Aber was sollte er erst sagen? Sein persönlicher Albtraum hatte nicht erst mit dem Aufploppen des Staatsmottos begonnen. Und seine Gedanken bevölkerte nicht nur die durchbohrte Lauren, sondern auch der tranchierte Quentin. Doch verdammt noch mal, das hinderte ihn nicht am Laufen.

Mit jeder Minute, die Hannah dahinzuckelte, wurde er gereizter und genervter. Es verlangte ihn danach, seiner Wut ein Ventil zu geben.

»Was machen deine Verletzungen?« Ihre Frage kam aus dem Nichts.

»Meine Verletzungen?«, wiederholte er und schluckte die verletzende Bemerkung, die er auf den Lippen gehabt hatte, hinunter. »Du meinst meine Augen?«

»Und die Wunde von dem Drohnenpropeller.«

Er blickte auf seine aufgerissene Hand und den Unterarm. Er hatte, so gut es ging, darauf geachtet, dass kein Schmutz hineinkam, und bislang schien das auch nicht passiert zu sein. Der Riss war nicht tief, eiterte nicht und sah nicht gerade schlimm aus, seit kein Blut mehr floss. Hannahs Besorgnis erstaunte ihn.

»Die Wunde ist okay. Meine Augen brennen noch.« Er spürte, dass sie auf die Gegenfrage wartete. Darauf, wie es *ihr* ging, aber er hatte keine Lust, sie zu stellen. Nicht, wenn sie so langsam übers Feld zuckelte.

In ihrem Rücken kletterte die Sonne über die Baumkronen

und überspülte das Feld mit Farbe. Möglicherweise waren es Zuckerrüben, überlegte Jarrett, aber eigentlich war es vollkommen egal. Fast alles war egal geworden, und daran waren nicht die amoklaufenden Maschinen schuld. *Seine* Welt war schon vor dem gestrigen Nachmittag aus den Fugen geraten.

Aber was war mit den Menschen, die zu seiner Welt gehört hatten? Waren sie auf einmal auch von Maschinen bedroht und gejagt worden? Seine Mutter besaß nur eine Smartwatch, keinen Androiden. Ihr weniges Geld gab sie für ganz andere Dinge aus – und überhaupt: Sollte er nach dem, was in den letzten Tagen passiert war, nicht endgültig aufhören, an sie zu denken? War es nicht eher angebracht, endgültig mit ihr abzuschließen?

Auch Desmond und Jazmine hatten kaum Technik im Haus. Ein kleiner Staubsaugerroboter, eine Brille, Smartwatches: Das war alles. Aber das musste nichts bedeuten, wenn man in einer Stadt wie Columbus lebte, in der eine Million anderer Menschen mit der Zeit gingen, statt sich ihr zu verschließen.

Und er hatte sich nicht mal mehr bei ihnen entschuldigt.

Als das riesige Was-auch-immer-Feld zu Ende ging, wagte Jarrett kurz zu hoffen, dass sie Wasser gefunden hatten. Doch das Bachbett, das daran anschloss, war so vertrocknet wie seine Kehle. Auf der anderen Seite des Grabens folgte eine frisch gemähte Wiese. An verschiedenen Stellen lagen noch große Heuballen auf den Stoppeln, der überwiegende Teil lagerte jedoch schon am westlichen Rand der Wiese.

»Wer sammelt die alle ein?«, fragte Hannah, was, wie Jarrett zugeben musste, eine angebrachte Frage war.

Er kannte die Antwort in dem Moment, als er eine viereckige Kontur auf der Wiese ausmachte. Es war kein Panzer, wie der, der sie bis auf den Highway verfolgt hatte. Was da auf der Wiese stand, kam von der Größe her eher den Jätrobotern der Giddeys gleich. Aber fürs Unkrautjäten schien das Ding nicht gemacht zu sein, denn es hatte lange, scherengleiche Arme, die, wenn man die Umgebung betrachtete, nur einem Zweck dienen konnten.

»Wir sollten einen großen Bogen um diesen Roboter machen«, wisperte Hannah.

»Ja, wobei ich glaube, dass sein Akku leer ist. Da liegen noch einzelne Heuballen auf der Wiese und trotzdem steht dieses Ding einfach rum, anstatt sie aufzuladen und einzusammeln.«

»Vielleicht reagieren seine Sensoren seit gestern nicht mehr auf Heu.«

Ein berechtigter Einwand. »Aber wenn sie nur noch auf Menschen reagieren, dann nicht besonders gut. Wir sind kaum mehr als hundert Fuß entfernt.«

»Trotzdem. Wir sollten kein Risiko eingehen.«

Womit sie abermals recht hatte. »Okay. Waldrand?«

»Waldrand.«

Vorsichtig gingen sie los. Hannah beäugte die Maschine wie ein wildes Tier, das jede Sekunde zum Sprung ansetzen konnte. Doch der Roboter stand einfach nur da und weder die langen Scheren noch die Räder bewegten sich. Über dem Fahrwerk war ein massives rechteckiges Dach angebracht. Es war zu hoch, um drauf sehen zu können, aber auf einmal reflektierte die Oberfläche die Sonne.

»Was, wenn das Solarzellen sind?«

Jarrett wollte schon mit den Schultern zucken und *Na wenn schon?* entgegnen, aber die Worte blieben ihm im Hals stecken, denn der Roboter fuhr urplötzlich los. Sein Akku musste in der Tat leer gewesen sein, doch jetzt, da die Sonne hoch genug stand, um die Solarzellen zu erreichen, funktionierten seine Sensoren wieder. Und sie waren eindeutig nicht mehr auf Heuballen gepolt.

Hektisch sah Jarrett sich um. Aber wenn es eine Alternative zur Flucht in den Wald gab, dann sah er sie nicht. Da war nichts als gemähte Wiese.

Also rannten sie auf die Bäume zu, die noch ein ganzes Stück entfernt waren. Die Angst machte Hannah Beine. Zum ersten Mal an diesem Tag strengte sie sich wirklich an, aber Jarrett bezweifelte, dass das genügen würde. Der Wald war noch weit und der Roboter rollte rasant und lautlos hinter ihnen her, während Hannah schon wieder keuchte. Obwohl sie lange Beine hatte.

Jarrett verfluchte ihre mangelnde Fitness, doch er verwarf den Impuls davonzusprinten und blieb, mehr oder weniger, an ihrer Seite. Aus dem Augenwinkel sah er, wie der Roboter aufholte. In seiner Fahrtrichtung lag ein Heuballen, der noch auf den Abtransport wartete, und einen Moment lang wagte Jarrett zu hoffen, dass der Roboter sich seinen Sinn für Landwirtschaft bewahrt hatte. Aber die Maschine ließ den Heuballen links liegen und jagte weiter hinter ihnen her, die Scheren weit geöffnet. Das Solardach schien sie mit jeder Menge Strom zu versorgen.

Und da durchschoss es Jarrett: Es gab doch eine Alternative zum Wald! Das Problem war nur, dass diese Alternative die Maschine selbst war, genauer gesagt: ihr Dach. Ein ziemlich hohes Dach, und auch Hannah musste es hinaufschaffen, ohne zwischen die Scheren zu geraten. Die, entgegen ihrem eigentlichen Zweck, sicher auch gut menschliche Knochen brechen konnten.

Doch da lagen noch andere Heuballen auf der Wiese – und sie waren hoch genug, dass selbst Hannah von dort aufs Dach der Maschine kommen konnte. Was im Umkehrschluss jedoch bedeutete, dass sie es erst einmal auf ihr Sprungbrett schaffen musste.

»Siehst du den Heuballen da vorn? Kletter auf ihn drauf! Und dann springst du aufs Dach des Roboters!«

Was?! Nein! Das schaff ich nie!, schrien ihre Augen ihm entgegen.

»Du musst!« *Denn zum Wald schaffst du es auch nicht! Nicht du!*

Sie warf einen schnellen Blick zum Scherenroboter, erkannte, dass er sie einholen würde, bevor sie das Dickicht erreichte, und gab ihren stummen Protest auf. Sie änderte ihre Laufrichtung, hielt auf den Ballen zu und versuchte, hinaufzugelangen. Ihr Oberkörper plumpste auf das gepresste Heu, doch es sah nicht so aus, als könne sie die Kraft aufbringen, den Rest von sich hochzuziehen. Kurz entschlossen fasste Jarrett ihr an die Hüften und schob sie hinauf. Hannah rappelte sich auf und er wollte schon hinterher, aber dann ließ er es bleiben, aus Sorge, dass sie herunterfallen könnte. Es gab noch andere Strohballen als diesen.

»Spring, sobald die Scheren den Ballen berühren!«, rief er, schwang die Arme und rannte, denn der Roboter rauschte heran.

Über Jarretts Arm hüpfte das ewige Hologramm, hinter ihm kreischte Hannah. Dann rumpelte es, was alles Mögliche bedeuten konnte, auch einen weiteren überfahrenen Körper. Jarrett drehte den Kopf und atmete auf. Hannah war bäuchlings aufs Dach des Roboters geklatscht.

Der Ballen, von dem sie gesprungen war, lag nun auf den Scheren der Maschine, die ihn weiter verfolgte. Allerdings nicht mehr ganz so schnell, jetzt, da sie mit einem Passagier und einem riesigen Ballen Heu beladen war, der wahrscheinlich zehnmal so viel wie Hannah wog.

Jarrett sprintete auf den nächsten Ballen zu und zog sich hoch. Er wartete, bis die Scheren bedrohlich nahe kamen, dann sprang er. Nicht auf Hannah, neben sie. Stumm sahen sie sich an, zwei Gestrandete auf einer winzigen, viereckigen Insel.

Einer Insel im Grasmeer. Der Roboter war stehen geblieben. Auf seinen Scheren balancierte er nun *zwei* Heuballen, aber er fuhr sie nicht zum Lagerplatz. Er fuhr überhaupt nicht mehr, was ebenso viele Dinge bewies, wie er Heuballen aufgeladen hatte. Erstens: Er wollte wirklich nur noch Menschen jagen. Zweitens: Solange die Menschen sich auf seinem Dach aufhielten, konnten die darunter angebrachten Sensoren sie nicht orten.

»Und jetzt?«, fragte Hannah zaghaft.

»Ich weiß nicht. Der Roboter zermalmt dich, wenn du runtersteigst. Jedenfalls solange er Strom hat.«

»Aber wir können doch nicht bis zum Einbruch der Dunkelheit hier oben bleiben?! Bis dahin sind wir vertrocknet!«

Jarrett kratzte mit der Zungenspitze über seinen mit Schleifpapier tapezierten Mundraum. »Vielleicht können wir seine Stromversorgung unterbrechen.« Auf den Knien rutschte er über die Solarzellen, lehnte sich über den Rand des Daches und suchte nach Kabeln. Aber da waren keine, jedenfalls keine sichtbaren. Seufzend nahm er den Kopf wieder hoch. »Wir könnten uns ausstrecken, um den Sonneneinfall zu blockieren. Aber dafür müssten wir um einiges breiter und dicker sein.«

Hannah starrte auf ihre dünnen Beine, die sie mit den Armen umschlang. »Ich weiß, was wir tun könnten«, sagte sie auf einmal, aber es schwang keine Zuversicht und kein Triumph in ihrer Stimme mit.

»Und was?«

»Na ja, also, die Sache ist die, wenn überhaupt, kannst nur du es tun«, druckste Hannah herum. Sie war schon wieder knallrot im Gesicht, ihr Daumen rotierte. Jarrett war drauf und dran, etwas Gehässiges zu sagen, als sie endlich mit der Sprache rausrückte. Und ihre Idee war nicht nur gut, sie schien auch absolut machbar, wenngleich tatsächlich nicht für sie selbst.

Jarrett stand auf, trat ein paar Schritte zurück und sprang mit Anlauf auf die Wiese. Die Sensoren registrierten ihn sofort, denn der Roboter drehte die Scheren und rollte los. Aber Jarrett war schon außer Reichweite, schwang die Arme und rannte zurück in Richtung Was-auch-immer-Feld.

Die Maschine verfolgte ihn, doch sie hatte keinen Extra-Gang, keinen zuvor ungenutzten Turbo-Modus. Hannah saß als blinde Passagierin auf dem Dach, hielt sich am Rand fest und den Blick auf die Solarzellen gerichtet. Es war ihr offensichtlich peinlich, dass sie ihn brauchte, um ihre Idee in die Tat umzusetzen.

Während Jarrett rannte, schrie jeder Zentimeter seines Mundraums nach Wasser. Wie lange konnte der menschliche Körper ohne Flüssigkeit überleben? Drei Tage? Zwei? Ganz sicher jedoch länger als 18 oder 19 Stunden oder wie lange es auch her sein mochte, dass er in der Küche der Giddeys Zitronensoda getrunken hatte. Also vertrieb er die Gedanken an Dehydrierung und rannte weiter.

Nach dem Aufstehen, mit der schlurfenden und schlafwandelnden Hannah im Schlepptau, war ihm das Feld endlos erschienen. Jetzt, unter seinen alleinigen Schritten, schrumpfte es zusammen. Seine Sneakers plätteten die letzten ausgefransten Blätter, dann hatte er den Jägerstand und den kaputt im Gras liegenden Drehstuhl erreicht. Er kletterte die Leiter nach oben, krallte sich die Wolldecke und machte sich wieder an den Abstieg. Inzwischen war auch der Roboter angekommen und in seinem Wahn, den Menschen auf der Leiter zu erreichen, zermalmte er den Stuhl.

Jarrett hüpfte von der Leiter aufs Dach der Maschine und breitete die Decke aus. Hannah ging ihm zur Hand und sie mussten hier und da ein wenig zupfen und gleichzeitig darauf achten, die Decke nicht zu verrutschen, aber schließlich bedeckte sie sämtliche Solarzellen. Die Stromversorgung war gekappt.

»Tut mir leid, dass du so lange rennen musstest.« Hannah kniete am Rand des Daches und strich die eigentlich glatte Decke noch glatter.

»Immerhin hattest du die Idee.« Was stimmte. Sie hatten beide nichts davon, wenn Hannah sich unnütz fühlte. Ihnen war mehr geholfen, wenn sie ihre wenige Energie aufs Laufen verwendete.

»Meinst du, das Ding hat einen eingebauten Speicher?«

»Es gibt nur eine Art, das rauszufinden, oder?« Er ging vorsichtig zum Rand des Daches, um die Decke nicht zu verrutschen, und sprang auf den Boden. Die Maschine machte keinen Muckser.

»Kein Speicher! Wurde auch Zeit, dass wir mal Glück haben.«

»Ja.« Hannah lächelte ihr schüchternes Hannah-Lächeln, setzte sich auf den Rand des Daches und sprang ins hohe Gras zwischen Waldrand und Feld. Gemeinsam legten sie einen großen, ausladenden Ast auf die Decke – für den Fall, dass plötzlich Wind aufkam. Dabei verrutschte die Decke ein wenig, aber sie richteten sie, ehe die Maschine zum Leben erwachte. Und dann liefen sie wieder über das Feld, Hannah zum zweiten und er schon zum dritten Mal.

1 zu 80
Hannah

Mein Körper war mal wieder komisch. Während mein Mund es nicht mehr auf die Reihe brachte, Speichel zu produzieren, sonderten die Drüsen in meiner Haut jede Menge Schweiß ab. Wie konnte es sein, dass ein Organ Flüssigkeit produzierte und das andere nicht? Wenn es meinem Rachen an Wasser mangelte, warum dann nicht auch meinen Schweißdrüsen? Im Prinzip eine Frage für Biolehrer – aber würde ich jemals wieder Biounterricht haben? Und würde ich dann zur Abwechslung mal mutig genug sein, aus freien Stücken in der Schule den Mund aufzumachen? Also doch eine Frage für die Smartwatch, wenn sie denn mal wieder funktionierte. Oder für Fjella, falls ich jemals wieder ins Metaverse fliehen konnte und sie dann nach wie vor in ihrer autofreien Garage in Norwegen stand.

Doch in Ohio, wo man neuerdings Heuballenrobotern Decken auf die Dächer legte, war der Wahnsinn noch nicht vorbei. Jarrett hatte sich einen Kommentar dazu verbissen, dass er es gewesen war, der zum Jägerstand hatte zurücksprinten müssen, und ich war wirklich erstaunt, wie gut er sich im Griff hatte. Andererseits musste er auch nichts sagen, ich konnte in seinen großen roten Augen lesen, wie nichtsnutzig er mich fand – jedenfalls meine körperliche Komponente. Meine geistigen Ergüsse hatten sich als nicht ganz so unbrauchbar erwiesen.

Aber jetzt, da wir wieder über dasselbe Feld liefen, waren Ideen nicht nötig. Nur Kondition, die ich auch nach dem gestrigen Wandertag nicht hatte, und Überwindungskraft, von der ich an diesem Morgen noch weniger aufbieten konnte. Schlecht geträumt, viel zu kurz geschlafen und zu allem Überfluss hatten mir meine stechenden Seiten auch noch ihren neuen Kumpel vorgestellt. Er nannte sich Muskelkater und ich für meinen Teil konnte ihn von Anfang an nicht leiden. Er tat mir weh, ärgerte und behinderte mich. Und er ließ sich einfach nicht verjagen.

Genau wie die Kopfschmerzen, die ich seit dem Aufwachen mit mir herumtrug. Ich hatte nur selten Kopfschmerzen, aber ich war auch nur selten dehydriert. Vielleicht mal ein bisschen, wenn ich im Metaverse die Zeit und alles andere vergaß, aber nie so wie jetzt. Bis zu diesem von meinen Eltern ganz und gar nicht so geplanten Ohio-Trip hatte ich die Bedeutung der regelmäßigen Zufuhr von Flüssigkeit eindeutig unterschätzt.

Meine Lippen pappten zusammen, die Zunge pappte am Gaumen und wahrscheinlich pappten inzwischen sogar die Wände meiner Speiseröhre zusammen. Trank man durch die Speiseröhre? Ich glaubte schon. Aber war es dann nicht irgendwie diskriminierend, sie nur Speiseröhre zu nennen? Ich wollte nicht wirklich darüber nachdenken, aber irgendwie musste ich mich vom Laufen und all diesem Mist ablenken. *Mit Gott sind alle Dinge möglich. Mit Gott gibt es keinen Grund für Technik.* Na ja, es hatte einen Grund gegeben. Die Menschen hatten keine Lust mehr gehabt, selbst Heu einzusammeln, und hatten lieber Maschinen die Arbeit machen lassen, damit sie selbst mehr Zeit fürs Metaverse hatten. Ein absolut nachvollziehbarer Grund, bis gestern Nachmittag zumindest. Also, was zum Teufel steckte hinter dieser ganzen Misere? Oder vielleicht auch: wer?

Eine Weile brütete ich vor mich hin, aber es fiel mir schwer, mich zu konzentrieren, was wahrscheinlich auch am Flüssigkeitsmangel lag. Die Wiese mit den Heuballen war ziemlich lang und danach kam gleich die nächste. Ungemäht, doch es führte ein Feldweg hindurch. Oder besser gesagt: zwei Fahrrinnen, in denen das Gras weniger hoch wuchs als drumherum. Maschinen waren keine zu sehen, weder auf dem Weg noch auf der Wiese, aber plötzlich war da dieses Sirren in der Luft.

Sofort brannten meine Augen wieder, als wollten sie sagen: *Schütz uns! Bedeck uns! Oder, verdammt noch mal, schließ uns zumindest!* Doch ich behielt sie offen, denn inzwischen sah ich die Drohne und weder versprühte sie etwas, noch besaß sie Vorrichtungen dafür. Stattdessen trug sie ein Paket. Sie flog verhältnismäßig hoch und ich rechnete damit, dass sie abrupt in den Sinkflug gehen und uns attackieren würde, aber sie behielt ihre Höhe bei und flog über uns. Ich legte den Kopf in den Nacken und starrte auf das Ding, das da in rasender Geschwindigkeit auf mich zukam. Nicht die Drohne, das Paket. Wie belämmert stand ich da, aber dann reagierten meine Füße doch noch und ich machte einen überfälligen Satz nach vorn. Zentimeter hinter mir krachte das Paket auf den Boden.

Die Drohne kam auch jetzt nicht herunter. Sie drehte ab und flog in die Richtung, aus der sie gekommen war. Aber warum? Dass sie ihr Paket über mir abgeworfen hatte, wertete ich genauso als Angriff wie den gestrigen Sprühregen der Giddey-Drohnen. Doch die hatten uns erst in Ruhe gelassen, als ihre maximale Flugzeit sich dem Ende genähert hatte. Und nicht schon, als ihre Sprühtanks leer gewesen waren.

Mein trockengelegtes Gehirn fand keine Erklärung für dieses unterschiedliche Verhalten. Doch was viel wichtiger war: Durch die Ritzen des zerdätschten Pakets trat eine dunkelrote Flüssigkeit aus. Voller Hoffnung kniete ich mich davor, dippte den Finger hinein und roch. Fruchtig, irgendwie künstlich, aber ziemlich sicher genießbar. Jarrett riss schon das Paket auf. Zuoberst war Verpackungsmaterial, dann kam das, was ein gewisser Steven Kispert aus Sunders, Ohio, bestellt hatte: Vitaldrinks für Bodybuilder. Abgefüllt in wiederverschließbaren, jetzt jedoch aufgeplatzten Plastikflaschen. Geschmacksrichtung: Schwarze Johannisbeere. Ohne künstliche Farbstoffe, ohne Zuckerzusatz.

Ich tunkte den Finger ein und steckte ihn in meinen ausgedörrten Mund. Dafür, dass angeblich kein Zucker zugesetzt war, war das Zeug verdammt süß. Aber es war auch kein Saft, wie ein Blick auf die einzig heil gebliebene Flasche verriet, denn da stand: 1:80. Also ein Konzentrat. Zum Verdünnen. Mit Wasser.

Was. Wir. Nicht. Hatten. Großartig, wirklich großartig.

Ich nahm noch ein paar Fingerspitzen davon, aber ich hatte nicht das Gefühl, dass der konzentrierte Vitaldrink meiner voranschreitenden Dehydrierung entgegenwirkte. Und er linderte auch meinen Durst nicht, im Gegenteil. Doch zumindest führte er meinem Körper Energie zu. Die er brauchte, schätzte ich. Ich war eigentlich nicht hungrig, aber als ich zum letzten Mal etwas gegessen hatte, war ich noch im Flugzeug gesessen.

Auch Jarrett schleckte den Vitaldrink, sah jedoch nicht so aus, als ob er es gern tat. Das Zeug war einfach zu süß und klebrig. Trotzdem steckte er die heil gebliebene Flasche in die Tasche seiner Jeans, als er schließlich vom Boden aufstand. Wir liefen weiter und vielleicht lief ich sogar ein klein wenig schneller, nachdem ich das 1:80-Bodybuildergetränk im nicht vorgesehenen Verhältnis von 1:0 zu mir genommen hatte. Ich überlegte, was Steven Kispert wohl für ein Typ war, aber eigentlich wollte ich es gar nicht so genau wissen. Mit Muskelprotzen konnte ich nichts anfangen.

Die Sonne stand inzwischen hoch am Himmel, was meine Schweißproduktion immer noch mehr ankurbelte. Ich fuhr mit dem Arm über meine tropfende Stirn, aber meine behaarten Gliedmaßen taugten auch als Schwamm nichts.

Auf einmal sirrte es wieder. Erst leise, dann laut. Diesmal war es eine ganze Armada, mit Paketen bewaffnet. Reiner Zufall? Oder war die einzelne Drohne weggeflogen, um Verstärkung zu holen? Wenn ja, dann taten die Drohnen etwas, was Jarrett und ich an diesem Tag erst selten getan hatten: Sie kommunizierten.

Jetzt war jedenfalls keine Zeit für Gesprächstherapie. Stattdessen mussten wir rennen. Und anders als beim Kommunizieren hatte beim Rennen nur einer von uns Defizite. *Eine*. Über uns sirrte die Drohnenarmada und warf ihre Bomben ab. Aber ich konnte nicht nach oben schauen, ich musste in Bewegung bleiben. Ich hörte, wie es hinter mir einschlug, und die Einschläge hinter Jarrett sah ich sogar, denn er hatte mich innerhalb von Sekunden abgehängt.

Es regnete Pakete. Und die Drohnen waren clever. Sie fingen an, ihre Fracht nicht mehr nur über Jarrett abzuwerfen, sondern auch da, wo sie dachten, dass er eine Sekunde später war. Eines der Pakete knallte ihm auf den Kopf. Ich schrie innerlich, denn es war zwar ein kleines Paket gewesen, aber deshalb konnte sein Inhalt trotzdem schwer sein. Jarrett fasste sich an den Schädel und taumelte weiter. Hoffentlich keine Gehirnerschütterung.

Da ich als Ziel nicht weniger interessant zu sein schien, rechnete ich jeden Moment damit, selbst getroffen zu werden. Aber es passierte nicht. Vielleicht waren die Haken, die ich schlug, so dilettantisch, dass die Drohnen kein Muster darin erkannten – es gab ja auch keines. Vielleicht hatte ich auch einfach nur Glück.

Als das Bombardement zu Ende war, schwirrten die letzten Drohnen ab. Der Himmel über uns wurde wieder blau und Jarrett hielt sich noch immer den Kopf.

»Tut er weh?«

»Ja, aber es geht schon.«

»Ist dir schwindlig?«

»Nein.«

»Übel?«

»Nein.«

»Weißt du, welcher Tag heute ist? Und was passiert ist?«

»Tag zwei der neuen Ohio-Zeitrechnung. Die Maschinen mögen keine Menschen mehr. Fragst du mich das alles, weil du denkst, dass ich eine Gehirnerschütterung habe?«

»Ja.«

»Ich habe keine. Das Paket war nicht so schwer. Welches von denen war es eigentlich?« Jarrett blickte auf den mit Kartons gepflasterten Grasweg.

»Vielleicht das da.« Ich deutete auf ein kleines, ziemlich quadratisches Paket.

Jarrett hob es auf. »Das hier? Bist du sicher? Das wiegt ja überhaupt nichts.« Er riss das gedellte Paket auf. Ein kleiner Kinderrucksack kam zum Vorschein. Schwarz, mit Batmanlogo und angedeuteten Batman-Bauch- und Brustmuskeln.

Ich musste grinsen. Jarrett schüttelte ungläubig den Kopf. »Das kann es nicht gewesen sein.«

»Doch, ich denke, das ist es.« Es gab nur wenige Pakete, die so klein waren, und die Stelle passte. Außerdem war ein Batmanrucksack, der aus fünfzehn Metern Höhe fiel, schwerer als einer, den man vom Boden aufhob. Oder, um eine Formel aus dem Physikunterricht zu zitieren: Kraft ist gleich Masse mal Beschleunigung. $F = ma$. Wahnsinn, manchmal war Schulwissen tatsächlich zu etwas nütze.

Jarrett starrte die aufgedruckten Muskeln an. Dann warf er den Rucksack ins Paket zurück. »Lass uns den Rest aufmachen.«

Und das taten wir. Es war wie Weihnachten. Vielleicht sogar

noch besser, denn anders als an Weihnachten hatte ich nicht den Hauch einer Ahnung, was mich erwarten würde. Aufgeregt wie ein Kleinkind riss ich die Pakete auf und teilte Jarrett mit, was darin zum Vorschein kam. Auch er übermittelte mir seine Funde, vielleicht nicht ganz so engagiert, aber immerhin. Konsumgüterüberflutung als Gesprächstherapie: ein, wie ich fand, äußerst vielversprechender Ansatz.

Es machte so viel Spaß, auch wenn die Ergebnisse zu wünschen übrig ließen. Aber das nächste Paket war immer nur ein paar Schritte entfernt und vielleicht war an diesem Elternmantra, dass Vorfreude die schönste Freude ist, ja wirklich was dran. Ich fand chinesische Nudeln, eine riesige Plüsch-Schlange, einen aufblasbaren Pool, einen Sack Rindenmulch und drei Smartwatches, die nach dem Einschalten alle dieselben Sätze über den Grasweg projizierten. Außerdem verschiedene VR-Brillen, die allesamt nicht heil geblieben waren. Eine schwere Lautsprecherbox nahm mir dann endgültig die Freude an der Auspackschlacht. Jarrett hatte großes Glück gehabt, dass ihm nur ein Batmanrucksack auf den Kopf gefallen war.

Er wusste es mittlerweile selbst, denn er hob den Rucksack wieder auf und packte den Bodybuilder-Drink aus seiner Hosentasche hinein, außerdem ein Taschenmesser, einen Fünferpack Sneakerssocken und meine Chinanudeln. In einem der Pakete war auch ein Desinfektionsspray gewesen, das eigentlich für Klobrillen und so was gedacht war, aber Jarrett sprühte es auf seine von der Drohne aufgerissene Hand und den Unterarm. Dann ließ er es ebenfalls in den nicht gerade unendlichen Tiefen des Batmanrucksacks verschwinden. Ansonsten hatten wir nichts Brauchbares gefunden. Kein Wasser, keine Softdrinks.

Jarrett erkundigte sich, ob ich irgendwo Zahnputzzeug gefunden hatte, aber da musste ich ihn enttäuschen. Ich wollte schon nachhaken, warum er so auf Zahnhygiene fixiert war, aber da schnallte er sich den Rucksack auf den Rücken und ich musste abermals grinsen. Der reif und erwachsen wirkende Jarrett und der kleine, mit Muskeln bemalte Superheldenrucksack. Wenn sie wollte, konnte die Apokalypse ziemlich witzig sein.

Wir verließen die Paket-Allee und marschierten weiter. So ungefähr nach Westen, in dieselbe Richtung, aus der die Drohnen gekommen waren. Doch die Wiese war noch immer von Wald eingerahmt und im Wald standen unsere Chancen auf Wasser sicher nicht besser als an dem Ort, an den uns dieser Feldweg bringen würde. Wenngleich uns dort natürlich eine weitere Begegnung mit Maschinen drohen konnte. Wir redeten ein wenig darüber, aber eine andere Lösung fanden wir nicht und für den Moment lautete meine und vielleicht auch unsere gemeinsame Gleichung: Durst > Angst.

Mir fiel auf, dass das Gelb des Batman-Logos nicht ganz den Ton von Jarretts Fliegenpapier-T-Shirt traf. Und was wichtige Dinge anging: Als das Gelände nach einer Weile leicht abfiel, sahen wir, wo der Wald endete und der Wiesenweg letztlich hinführte. An den Rand einer Ortschaft nämlich. Von den Ausmaßen her schien es sogar eine kleine Stadt zu sein.

Wir waren noch zu weit entfernt, um zu erkennen, ob es auf den Hauptstraßen so aussah wie gestern Nachmittag auf dem Highway, aber ich ging eigentlich davon aus. Viele Häuser bedeuteten viele Autos und viele Maschinen. Noch so etwas wie eine Gleichung und keine, die mir Hoffnung machte. Doch gleichzeitig bedeuteten Häuser eben auch Wasser. Und vielleicht gab es in diesem Ort ja nicht nur etwas zu trinken, sondern auch lebende Menschen. Vor meinem geistigen Auge baute sich ein mit Sandsäcken verbarrikadiertes Rathaus auf, vor dem die Amerikaflagge wehte und auf dessen Flachdach Mitglieder einer

Bürgerwehr patrouillierten, die auf alles schossen, was nach Maschinen aussah. Aber vielleicht, eventuell, unter Umständen gab es so etwas auch nur in Filmen.

Jarrett machte mich auf einen dunklen Punkt über der Stadt aufmerksam. »Ich wette, das ist ein beladener Zeppelin.«

»Ein schwebendes Warenhaus?«

»Würde erklären, wo die Drohnen herkommen. Und wohin sie zurückfliegen.«

»Mist. Bestimmt hast du recht.« Über meiner Heimatstadt, die etwas größer war als der Ort, der vor uns lag, schwebten jeden Tag Zeppeline, von denen Drohnen ausschwirrten und Lieferungen zustellten. Aber in meiner Heimatstadt hatten sie das auf dafür vorgesehenen Flächen in Gärten und Einfahrten getan. In Ohio ging es ihnen nur noch darum, menschliche Gehirne zu zermatschen.

»Die Drohnen sind zu uns geflogen. Zu *uns*, Hannah. Obwohl das Warenhaus genau über dieser kleinen Stadt schwebt. Weißt du, was das bedeutet?«

»Dass auf den Straßen keine Menschen sind.«

»Genau. Also: Verschanzen sie sich in ihren Häusern? Oder sind sie alle …?«

Ich vollendete seinen Satz in Gedanken, sagte aber nichts. Ich schluckte nur.

»Angenommen es ist eine Mischung aus beidem«, fuhr Jarrett fort, »dann sollten wir trotzdem nicht in diese Stadt gehen.«

»Nein, sollten wir nicht«, sagte ich leise. Risiko + Widerwillen > Durst. Aber das hieß nicht, dass der Durst klein war.

»Was ist damit?« Ich zeigte auf ein Haus, das etwas abseits der Stadt und uns am nächsten lag. Es hatte einen Garten, doch der wurde offenbar nicht benutzt. Keine Sitzgelegenheiten, keine Spielgeräte, kein Grill. Aber ein rot-weißes Schild. »Wenn das ein Verkaufsschild ist und da niemand mehr wohnt, dürfte es auch keine Roboter geben. Aber Wasser.« Denn das Haus sah zwar alt aus, aber nicht *so* alt. Es musste ans Trinkwassernetz der Stadt angeschlossen sein.

»Klingt plausibel«, sagte Jarrett. »Sollen wir es uns aus der Nähe ansehen?«

Ich nickte, auch wenn mich der Mut schon wieder verließ. Aber es war mein Vorschlag und ich kam um vor Durst. Irgendwo hatte ich mal gelesen, dass der menschliche Körper zu mehr als zwei Dritteln aus Wasser besteht. Na ja, also … meiner nicht mehr.

»Kannst du rennen? Wenn es im schwebenden Warenhaus noch Pakete gibt, werden die Drohnen zurückkommen.«

Jarrett hatte recht, wir sollten unser Glück nicht herausfordern. Zumal Steven Kispert sich vielleicht nicht nur Bodybuilderdrinks, sondern auch Hantelscheiben bestellt hatte. Also rannte ich, so gut ich konnte.

Nach ein paar Minuten erreichten wir das etwas abseits der Stadt gelegene Grundstück. »For Sale« stand groß auf dem Schild, das nicht gerade wie frisch aufgestellt aussah. Es enthielt einen Barcode, vor den Jarrett seine Smartwatch hielt, doch das Hologramm zeigte weiterhin dieselben Sätze an.

Die Rasenfläche des Gartens war voller hoch aufgeschossener Pflanzen, die Stacheln und violette Blüten besaßen. Das Haus selbst war mit weißem Holz verkleidet und ziemlich alt, aber auf dem verwitterten Dach waren mehrere Solarzellen angebracht.

Plötzlich sirrte die Luft wieder. Jarrett stürmte zum Fenster neben der Haustür, ich hinterher. Der Raum, den wir sehen konnten, war gänzlich leer. Jarrett riss die Fliegentür auf und drückte die Klinke der Haustür nach unten. Sie war nicht verschlossen. Ich stürzte hinein, hörte, wie Jarrett die Tür zuknallte und draußen ein Paket auf den Boden krachte. Es klang nicht nach Kinderrucksack.

Wir befanden uns in einem Vorraum, von dem zwei Türen abgingen, die beide offen standen. Links ging es in den leeren Raum, den wir schon durchs Fenster gesehen hatten und der vielleicht als Arbeits- oder Gästezimmer gedacht war. Rechts begannen mutmaßlich die Wohnräume. Auch sie sahen leer aus, jedenfalls der Bereich, den ich von meinem Standpunkt aus sehen konnte. Obwohl wir einfach so in ein fremdes Haus hereingeplatzt waren, gingen wir weiter, ohne Hallo zu rufen oder uns irgendwie bemerkbar zu machen. Apokalypse > Anstandsregeln. Scheiße, ich musste wirklich aufhören, in Gleichungen zu denken.

Der Wohnraum war tatsächlich leer, mit Ausnahme einer in der Ecke stehenden Couch. Einer Couch, von der sich in diesem Moment ein Android erhob. Seine Sensoraugen leuchteten rot.

Augen und was aus ihnen herauskommt
Hannah

Der Android besaß Beine und lief zügig auf uns zu. Er hatte auch lange Arme und ziemlich sicher eine größere Reichweite als wir. Außerdem kannten Androiden genau wie Drehstühle keinen Schmerz, verfügten in der Regel aber über hochwertigeren Kunststoff.

Hinzu kam die Tatsache, dass ich grundsätzlich lieber vor Herausforderungen floh, anstatt mich ihnen zu stellen. Eine äußerst bequeme Herangehensweise – hier und jetzt war es für meine

Begriffe aber eindeutig die beste. Bloß, wo zum Teufel sollten wir hin? Draußen sirrten noch immer die Drohnen. Blieb eigentlich nur:

»Die Treppe! Schnell!« Jarrett hatte den gleichen Gedanken.

Ich nahm die untersten zwei Stufen auf einmal. Der Muskelkater hielt zur Abwechslung seine verdammte Klappe und oben angekommen, rannte ich hinter Jarrett auf die am weitesten entfernte Tür zu. Keine Ahnung, ob das eine gute Idee war, aber der Android stieg mit rot leuchtenden Augen die Treppe hoch und für eine Tür mussten wir uns ja entscheiden.

Das Zimmer, in das wir stürmten, war nicht ganz so leer wie die Wohnräume unten. Unter dem Fenster stand ein Schreibtisch. An der Wand rechts davon ein Schrank und links ein Bett, auf dem ein Lattenrost, aber keine Matratze lag.

Jarrett pfefferte die Tür ins Schloss. »Hilf mir, sie zu verbarrikadieren!«

Er zog schon am Schreibtisch und ich zog mit, aber der massive Tisch war nicht gerade ein Leichtgewicht.

Wir wanden uns um die Platte herum und schoben von der anderen Seite. Jarretts Arme sahen zwar nicht besonders muskulös aus, aber er hatte entschieden mehr Kraft als ich. Er wuchtete seine Ecke des Tisches gegen das Türblatt, doch meine hinkte hinterher und fatalerweise war meine die, auf die es ankam – die, die unter die Klinke musste. Wir hatten uns nicht gerade clever positioniert und bevor meine Hälfte des Tisches die Tür blockierte, ging sie auf. Nur einen Spalt weit, denn Jarrett hatte seinen Teil getan, aber durch den Spalt drängte und drückte der Android.

Jarrett schrie. Kein Wort, eher ein wild entschlossenes »Rrrrrraaaaahhhh«. Gemeinsam wuchteten wir den Rest des Tisches gegen die Tür. Der Spalt schloss sich, aber leider nicht ganz. Zwischen Türstock und Türblatt steckten die Finger des Androiden. Wir stemmten uns gegen den Tisch, Jarrett und ich, und jeder Mensch hätte geschrien, weil wir ihm die Hand zerquetschten. Aber die klobige weiße Kunststoffhand ließ sich nicht zerquetschen. Und, falls ich es noch nicht erwähnt haben sollte: Androiden kennen keinen Schmerz.

Der, mit dem wir es hier zu tun hatten, gab nicht auf. Er krallte seine drei Finger um das Türblatt und drückte dagegen. Er bekam die Tür nicht weiter auf, aber Jarrett und ich bekamen sie auch nicht zu.

»Dieser Scheißkerl! Was hat er hier überhaupt verloren? In einem Haus, in dem niemand lebt!«

Ich glaubte, die Antwort zu kennen. Dieser Roboter war hier, um potenziellen Käufern das Haus zu zeigen. Wann immer jemand kam, erwachte er aus dem Standby-Modus und spulte all die Phrasen ab, die ihm die Immobilienfirma einprogrammiert hatte. Bis gestern jedenfalls. Aktuell hatte ich Zweifel, dass der Android nur deshalb so hartnäckig die Tür blockierte, weil er uns von den Vorzügen dieses *Kleinods auf dem Lande* überzeugen wollte.

Jarrett blickte sich im Zimmer um, wahrscheinlich in der Hoffnung, etwas zu entdecken, was uns helfen konnte. »Sieh im Schrank nach! Ich kann den Androiden allein in Schach halten!«

Was ich nicht bezweifelte, denn ich war keine große Hilfe. Also schlüpfte ich um den Tisch und öffnete die Schranktüren. Nichts. Noch nicht einmal Zwischenbretter, die man dem Androiden zwischen die Sensoren rammen konnte. Aber der Lattenrost hatte Latten. Ich musste sie nur freibekommen. Ich zog, rüttelte und trat, doch die Latten brachen nicht aus dem Rahmen.

Über die dreifingrige Hand des Androiden flog brummend eine Fliege. Ich stieg auf den Lattenrost und fing an zu hüpfen. Es knackte und beim dritten Hüpfer brach die Latte an einer Seite durch. Ich verlor beinahe das Gleichgewicht, war aber dennoch einen Moment lang stolz auf mich. Doch jetzt war die Latte nicht mehr in den Rahmen gespannt und ich konnte nicht mehr hüpfen, um sie auch auf der anderen Seite herauszubrechen. Also trat, riss und ruckelte ich aufs Neue und ich war ein ausgesprochen schlechter Treter, Reißer und Ruckler.

Ich hörte, wie Jarrett hinter mir stöhnte. Mit allem, was ich hatte, ruckelte ich an der Latte, drehte sie nach oben und wieder nach unten und endlich, endlich, endlich brach sie aus dem Rahmen. Erledigt drehte ich mich um und hielt sie Jarrett hin. Natürlich hätte ich sie dem Androiden auch selbst gegen den Latz knallen können. Aber wenn wir damit erreichen wollten, dass der Android nach hinten taumelte und endlich die Tür losließ, war es besser, wenn Jarrett das übernahm.

Er trug mir auf, mit meinem ganzen Gewicht von hinten gegen die Platte zu drücken, nahm die Latte in beide Hände und blies Luft aus. »Ich zähle jetzt bis drei. Bei drei hörst du auf, dich gegen den Tisch zu stemmen. Verstanden?«

Ich nickte ein bisschen.

»Eins.«

Neben meinem Ohr brummte die verdammte Fliege.

»Zwei.«

Jetzt setzte sie sich auch noch auf meinen Arm.

»Drei.«

Ich trat einen halben Schritt zurück und nahm die Hände von der Platte. Sofort bewegte sich die Tür und mit ihr der Tisch. Jarrett nahm gleichzeitig Anlauf, holte mit der Latte aus und rammte sie dem hereindrängenden Androiden gegen die Kunststoffbrust. Die Tür verdeckte meine Sicht und ich erkannte nicht, ob der Androide nur taumelte oder fiel, aber da waren keine Finger mehr am Türblatt und noch während Jarrett »SCHIEB!« brüllte, schob ich. Der Tisch kratzte über die Dielen und rumste gegen die Tür, die krachend ins Schloss fiel.

Die Klinke wurde nach unten gedrückt. Aber ich stemmte mich weiter gegen den Tisch, der jetzt in seiner ganzen Länge vor der Tür stand. Jarrett zog am Bettgestell und ich half ihm, so gut es von meiner Position aus ging. Das Bett war schwer, aber schließlich hatten wir es hinter den Tisch gezerrt und nun konnte der Android drücken, so viel er wollte – die Tür bekam er nicht mehr auf.

Jarrett sank zu Boden und keuchte. Ich stieß eine der Schranktüren zu und lehnte mich gegen das einzige Möbelstück im Zimmer, das noch an seinem ursprünglichen Platz stand. Die Fliege ließ sich wieder auf meinem Arm nieder. Sie fand menschlichen Schweiß wohl so anziehend, dass sie sich auch von Härchen und Pusteln nicht stören ließ.

Der Android drückte noch immer die Klinke herunter und vermutlich drückte er auch nach wie vor gegen die Tür. Aber unsere Tisch-Bett-Kombination war stärker.

»Hoffentlich haben die früheren Bewohner nicht ihre Kettensäge im Keller vergessen«, murmelte ich, woraufhin Jarrett mit einer Hälfte seines Mundes lächelte.

Der Fliege gefiel es auf meinem Arm. Ich hob die Hand und patschte nach ihr. Für Eindringlinge war schließlich kein Platz in diesem Zimmer. Doch natürlich war ich zu langsam.

»Und jetzt?«, fragte ich leise. »Der Android kommt zwar nicht rein, aber wir kommen auch nicht raus. Und es gibt noch nicht mal einen Wasserhahn hier drin.«

»Ja, wir hätten das Badezimmer nehmen sollen.« Jarrett streifte den Rucksack vom Rücken, holte den Bodybuilderdrink heraus und rollte die Flasche unter dem Schreibtisch durch. Sie landete genau zwischen meinen Sneakers. Ich drehte den Verschluss ab und würgte einen Schluck hinunter. Das Zeug war immer noch klebrig und viel zu süß. Ich machte die Flasche wieder zu und rollte sie zu Jarrett zurück, aber natürlich blieb sie an einem der Tischbeine hängen.

Jarrett stand auf und holte sie. »Zumindest haben wir jetzt eine Waffe«, sagte er und deutete auf die Latte. »Und an einer zweiten scheitert es auch nicht.« Er nahm einen Schluck aus der Flasche, stieg auf den Bettrahmen und trat gegen eine der noch im Rost fixierten Latten. Anders als bei mir fiel sie augenblicklich zu Boden. War ja klar.

»Selbst wenn du den Androiden noch mal umhaust«, sagte ich matt, »mit einer Holzlatte – oder mit zweien – werden wir ihn nicht los.«

»Nicht auf Dauer, nein.«

»Angenommen du bringst ihn noch mal zu Fall und wir rennen ins Bad – wer weiß, ob sich die Tür da zusperren lässt? Und ob das den Androiden aufhält? Verrammeln werden wir sie jedenfalls nicht können, denn was soll es in einem Bad schon für Möbel geben? Und außerdem: Vielleicht kommt nicht mal Wasser aus dem Hahn, weil man erst im Keller den Anschluss aufdrehen muss?!«

Statt zu antworten, ging Jarrett zum Fenster und schaute hinaus. Nach einer Weile stellte ich mich neben ihn, aber natürlich nicht *dicht* neben ihn. Wir hatten uns ein Zimmer mit Stadtblick ausgesucht, aber was ich von der Stadt sah, hätte auch ein Poster oder Standbild sein können. Nichts und niemand dort bewegte sich. Noch nicht einmal das schwebende Warenhaus.

Jarrett starrte abwechselnd auf sein eingefrorenes Hologramm und die eingefrorene Stadt. »Wir müssen uns nicht mit dem Androiden herumschlagen«, sagte er schließlich und senkte die Stimme, damit die Maschine ihn nicht hören konnte, »wir können auch hier raus, Hannah. Durchs Fenster. Und falls du dich nicht traust, ins Gras zu springen, helfe ich dir.«

Ich fragte mich, was Jarrett unter Helfen verstand. Aber bei dieser Aus-dem-Fenster-spring-Nummer gab es auch noch ein anderes Problem.

»Und die Drohnen?« Ich hörte sie noch sirren. Vermutlich kreisten sie nach wie vor um die Eingangstür, aber wenn wir aus dem Fenster sprangen, würden sie uns wieder orten können.

»Ihre Basis ist der Zeppelin über der Stadt. Aber auch er hat eine Basis, er muss eine haben! Und spätestens vor Einbruch der Dunkelheit wird er sie ansteuern. Und dann«, Jarrett flüsterte nun wieder, »ist die Luft rein und wir können verschwinden.«

Die *Luft*. Und was war mit Maschinen auf dem Boden? Und wie genau sollte ich überhaupt vom Fenster in den Garten gelangen? Aber okay, ich hatte keinen besseren Plan, und über die Details konnten wir auch später noch sprechen. Inzwischen musste es früher Nachmittag sein. Falls der Zeppelin bis zum Abend über der Stadt schweben sollte, hatten wir noch eine Menge Zeit in diesem Zimmer vor uns.

»Meinetwegen«, sagte ich, »einverstanden.« Dann ließ ich mich wieder vor dem Schrank nieder. Die Türklinke war immer noch heruntergedrückt, aber ich machte mir keine allzu großen Sorgen deswegen. Der Android konnte nicht herein und wenn er es trotzdem weiter versuchte, war das zwar lästig, aber das war die brummende Fliege auch, ganz zu schweigen von den Kopfschmerzen, die munter gegen meine Schädeldecke hämmerten.

Mein Körper war inzwischen noch weiter davon entfernt, zu zwei Dritteln aus Wasser zu bestehen, aber noch war ich zu aufgekratzt, um mich auf dem Dielenboden auszustrecken und verpassten Schlaf nachzuholen. Adrenalin schien wie Schweiß zu sein: Der Körper produzierte es sogar dann, wenn es ihm an Flüssigkeit fehlte.

Ich dachte an den Albtraum, der mich heute früh geweckt hatte. Und ans Metaverse, wie es in Wirklichkeit war. Nicht nur mein Daumen vermisste es. Fast 24 Stunden. Wann war ich zuletzt so lange offline gewesen? War ich *jemals* so lange offline gewesen, seit ich die virtuelle Welt für mich entdeckt hatte? Meine Eltern wären stolz auf mich gewesen: beinahe ein ganzer Tag, an dem ich gar nicht mal so oft ans Metaverse gedacht hatte. Was natürlich nicht an mir lag, sondern an der Apokalypse. *Mit Gott gibt es keinen Grund für Technik*. Wären meine Eltern gläubig, ich hätte diesen Satz wahrscheinlich täglich zu hören bekommen. Aber meine Schwester und ich waren nicht einmal getauft.

Mara war zehn, gerade erst geworden. Sie durfte noch nicht ins Metaverse und sie traute sich noch nicht, meinen Eltern *nicht* zu gehorchen – sie meckerte, diskutierte, bockte, aber am Ende gab sie klein bei. Sie war ja auch noch klein, irgendwie. Als ich zehn gewesen war und sie vier, hatten wir noch viel Zeit miteinander verbracht.

Ich sah durch die Tischbeine zu Jarrett, der sich an die Wand gegenüber gesetzt hatte, an der zuvor das Bett gestanden hatte. »Hast du eigentlich Geschwister? Also, ich meine, Stiefgeschwister?« Ich war mir nicht sicher, ob das die richtige Bezeichnung für leibliche Kinder von Pflegeeltern war. Und ob das eine Frage war, die ich stellen sollte.

Aber ich hatte es schon getan und Jarrett schien sie mir nicht übel zu nehmen. »Nein«, antwortete er ziemlich prompt, »Desmond und Jazmine haben keine eigenen Kinder. Und meine ersten Pflegeeltern hatten auch keine.«

Oh Gott, richtig, er hatte ja schon zwei Paar Pflegeeltern durch. »Wie alt warst du überhaupt, als deine Mutter … ich meine, als du zu deinen ersten Pflegeeltern kamst?« Verdammt, ich war so schlecht darin, jemandem beim Reden in die Augen zu schauen.

»Neun.« Für einen Moment begegnete er meinem nervösen Blick, dann starrte er auf den Rucksack am Boden. So wie er da lag, waren Batmans Muskeln ein wenig verzogen. »Ich weiß noch, wie ich von der Schule nach Hause kam und meine Mutter weinte. Das war … *neu*. Sie weinte sonst nie. Nie. Ein paar Tage später stand ein Typ vom CPS vor unserer Tür.«

»CPS?«

»Child Protective Services. Wir saßen zu dritt auf der Brandflecken-Couch, und nicht meine Mutter saß neben mir, sondern dieser CPS-Typ. Ich verstand nicht alles, was er sagte, aber das Wesentliche schon. Dass meine Mutter krank sei. Zu krank, um für mich sorgen zu können. Und dass ich zu Menschen kommen würde, die nicht krank seien und sich um mich kümmern würden.«

Jarrett verstummte. Die Sonne schien inzwischen direkt durchs Fenster. Da, wo bis zu unserem Möbelverrücken der Schreibtisch gestanden hatte, tanzte nun Staub durch die Luft.

»Es ging keine zwei Monate. Wahrscheinlich dachten meine Pflegeeltern, dass sie einen kleinen Jungen bekämen, den sie nach ihren Vorstellungen formen könnten. Aber es war zu spät dafür. Also kam ich in ein Heim.«

Ich schluckte. »Und dann?«

»Dann?« Er sah mich an und ich schluckte noch einmal.

»Dann kamen Desmond und Jazmine. Erst nur für ein paar Minuten, dann länger. Sie unterhielten sich mit mir. Jazmine brachte selbst gebackene Kekse mit, Desmond ein altes Buch. *Oliver Twist* von Charles Dickens. Es war ein ziemlicher Wälzer und ich hatte vorher noch nie ein gedrucktes Buch gelesen, aber es gefiel mir, und als mich das CPS schließlich fragte, ob ich mir vorstellen könnte, bei Desmond und Jazmine zu leben, sagte ich Ja. Ich war nicht gern im Heim, hasste es, nie allein sein zu können.« Jarrett sah weg, an seinem Kiefer zuckte ein Muskel. »Als mich die beiden abholten, sagte Desmond, dass ich ab jetzt zur Familie gehörte. Aber das waren nur Worte für mich. Noch nach Monaten war mein Schrank so leer wie der hier.« Jarrett nickte in Richtung des Kleiderschranks hinter mir. »Ich ließ meine Sachen in meiner Tasche, die gepackt unter dem Bett stand. Ich tat auch Essen hinein, das ich heimlich aus dem Kühlschrank holte. Jeden Tag rechnete ich damit, wieder ins Heim zu müssen, was zu meiner Verwunderung nicht passierte. Trotzdem vertraute ich Desmond und Jazmine nicht. Ich konnte mir nicht vorstellen, dass sie mich wirklich liebten. Also lief ich weg. Ich wollte wissen, ob sie mich suchen würden. Ob sie mich vermissten.«

Ich sah ihn an, nein, wahrscheinlich *starrte* ich ihn an, hing an seinen Lippen und seinen traurigen Augen. »Und?«

»Sie haben mich gesucht. Und sie haben mich gefunden. Danach hörte ich auf, Essen zu horten. Ich räumte meine Sachen in den Schrank und die Tasche auch. Ich hatte ein Zuhause. Es war nicht wie im Märchen, aber es war ein Zuhause. Mit Menschen, denen ich wichtig war und die sich um mich sorgten.« Um Jarretts Züge spielte ein trauriges Lächeln und für einen Moment blitzte es auch in seinen Augen auf. Dann legte sich ein Schatten über sein Gesicht. »Aber innerhalb eines Tages habe ich alles kaputt gemacht. Und jetzt gibt es kein Zurück mehr.«

Er nahm einen grimmigen Schluck aus der Flasche und rollte sie wieder zu mir. Ich setzte sie an, doch in meinem verödeten Rachen staute sich das Konzentrat wie Nudelwasser in einem verstopften Waschbecken.

»Was war das Schlimmste, was *du* deinen Eltern angetan hast?«

Eigentlich hätte ich gerne gewusst, was Jarrett getan hatte, aber nun hatte er mir eine Frage gestellt. Und was für eine. Ich zwang das Konzentrat meinen ausgetrockneten Hals herunter und schraubte die Flasche zu, um mir mehr Zeit zum Nachdenken zu verschaffen. Mir fiel nichts Konkretes ein, jedenfalls nicht *eine* bestimmte Sache, es war mehr eine Kette von Dingen. Endlose Diskussionen. Beschimpfungen. Terror. Immer dann, wenn meine Eltern mich mal wieder nicht ins Metaverse gelassen hatten. Und die Konsequenz dieser wiederkehrenden Konfrontationen, die langfristige, in Wellen verlaufende, aber letztlich unaufhaltsame Entwicklung war:

»Dass ich mich abgekapselt habe«, sagte ich und spürte, wie Hitze mein Gesicht überzog. »Dass ich nur noch neben meinen Eltern her, aber nicht mehr mit ihnen gelebt habe.«

»Das ist besser«, sagte er leise.

»Was ist besser?«, erwiderte ich verwirrt.

»Sich schleichend von seinen Eltern zu entfremden. Nicht abrupt wie bei meinen Pflegeeltern und mir.«

»Und … warum war es so abrupt? Was war der Grund?«

»Ich. Und meine leibliche Mutter.« Jarrett rann eine Träne über die Wange. Er wischte sie weg, doch es kam schon eine neue. Er weinte lautlos und ich sah ihm dabei zu, gebannt, perplex und unfähig, irgendetwas zu sagen oder zu tun.

Niemals hatte ich erwartet, Jarrett weinen zu sehen. Der Erste von uns, der auf diese Weise Schwäche zeigte, hatte eigentlich nur ich sein können. Im Kopf wälzte ich Worte herum, die ich sagen konnte. Mir war bewusst, dass ich nicht unbedingt etwas sagen *musste,* dass ich mich auch einfach neben ihn setzen und ihm eine Hand auf die Schulter legen konnte. Aber ihn so zu trösten, hätte mehr Mut erfordert, als ich hatte.

Das Ergebnis meiner Überlegungen war, dass ich aufstand, ihm die Plastikflasche hinstellte und sagte: »Kann ich dir irgendwie helfen?«

»Nein«, entgegnete er und sah zu mir auf. »Das kann ich nur mit mir allein ausmachen.« Seine Stimme wackelte nicht mehr. Die stummen Tränen waren versiegt.

Ich hätte gerne erfahren, wie und vor allem weshalb Jarrett seine Pflegeeltern verletzt hatte und ob er vor ihnen oder vor sich selbst auf die Farm der Giddeys geflohen war. Aber er saß nur da und schien kein Bedürfnis zu haben, sich mir gegenüber noch mehr zu öffnen. Ich hatte nicht das Gefühl, dass es an mir lag. Ich hatte mich sicher nicht mit Ruhm bekleckert, aber ich hatte es auch nicht komplett vermasselt. Vielleicht hatten die Tränen fürs Erste genug Last von seiner Seele genommen. Vielleicht war er auch einfach noch nicht bereit, mich an diesem Teil seiner Vergangenheit, diesem mutmaßlichen Einschnitt, teilhaben zu lassen.

Ich ging um unsere Tisch-Bett-Blockade herum und ließ mich wieder vor dem Schrank nieder. Die Fliege hatte offenbar genug Schweiß getankt und flog brummend gegen die Fensterscheibe. Wieder und wieder, ohne dass sie daraus schlau wurde. Ich gähnte, immer öfter und länger. Das Adrenalin war verpufft.

»Schlaf ruhig ein wenig«, sagte Jarrett. »Ich behalte die Tür im Auge.«

Eine Weile wartete ich vergeblich darauf, dass er noch etwas anderes sagte, doch das passierte nicht und ich beschloss, seiner Aufforderung nachzukommen. Ich war platt und es sah nicht so aus, als ob ich in der Zwischenzeit viel verpassen würde. Die Klinke war zwar noch immer heruntergedrückt, aber auf dieser Seite der Tür waren der Tisch, das Bett und Jarrett.

Also legte ich mich parallel zum Schrank auf den Dielenboden, zog mein T-Shirt lang, damit es über den Bund der Hose reichte, und schob einen Arm unter den Kopf. Schlucken war eine Qual, mein Kopf voller kleiner Hämmer und jetzt, da ich zur Ruhe kam, spürte ich auch wieder, dass meine Augen nach wie vor brannten. Auch meine Haut brannte und spannte, was ich allerdings nicht dem Pflanzenschutzmittel anlastete. Ich tippte stark auf Sonnenbrand, denn ich hatte mich nicht eingecremt (mit was auch?) und ich war Sonne eindeutig nicht gewohnt. Nur gut, dass ich mich nicht selbst sehen musste. Schlecht, dass jemand anders mich so zu Gesicht bekam.

Ich schielte durch die Tischbeine zu Jarrett. Von Geburt an dunkle Haut löste alle Probleme, die im Zusammenhang mit der Farbe Rot standen: Pflanzenschutzmittel. Sonne. Scham. Aber natürlich brachte es andere Probleme mit sich. Auch jetzt noch, hundert Jahre nach Rosa Parks.

Es dauerte noch eine Weile, doch schließlich kamen meine Gedanken zur Ruhe. Ich gähnte, dass mein Kiefergelenk knackte, und wenig später stahl sich der Schlaf über mich.

* * *

Als ich aufwachte, spannte und brannte meine Haut noch immer. Sonnenbrand, definitiv, wenn auch hoffentlich im Anfangsstadium. Die Kopfschmerzen waren ebenfalls noch da und das, was 16 Jahre lang mein Mundraum gewesen war, hatte sich in eine Wüste verwandelt. Ich richtete mich auf, doch das Zimmer drehte sich. Der Tisch, das Bettgestell, Jarrett, der Schrank – alles war in Bewegung. Stöhnend sank ich zu Boden.

Es dauerte, bis ich etwas klarer im Kopf wurde. Ich spürte Hände unter meinen Kniekehlen und als ich die Augen aufriss, sah ich, dass Jarrett mir die Beine nach oben streckte. Mein Gesicht wurde heiß. Hastig stützte ich mich auf die Unterarme.

»Langsam, Hannah. Langsam. Dein Kreislauf ist noch im Keller.«

Und wenn schon. Noch nie hatte jemand, der nicht Pöltl mit Nachnamen hieß, meine Beine hochgehalten. Wie sah mein mickriger Hintern dabei aus? Wie spitz mein Kinn, wenn Jarrett von oben auf mich herabschaute? Ich konnte gar nicht anders, als zu zucken und zu strampeln. Irritiert ließ Jarrett meine Beine los. Scheiße, gerade aufgewacht und schon benahm ich mich wie ein Idiot.

Ich lehnte mich an den Schrank und nahm den Bodybuilderdrink, den Jarrett mir reichte. Ich ließ ein wenig Konzentrat in meinen Mund rinnen, aber erst nach mehreren Anläufen bekam ich es runter. Leider brachte es die Wüstenlandschaft nicht mal im Ansatz zum Erblühen und meinen Kreislauf kein bisschen in Schwung. Was wohl daran lag, dass der Schwindel nicht nur vom plötzlichen Aufstehen rührte, sondern vom Flüssigkeitsmangel.

Es kam mir vor, als ob Jarrett mich musterte, aber ich konnte mich nicht aufraffen, zu ihm hochzuschauen. Geschweige denn aufzustehen. Vielleicht war die Dehydrierung schon zu weit fortgeschritten? Auf der anderen Seite war mein Gehirn noch in der Lage zu denken. Mein Körper musste ebenfalls noch funktionieren, zumindest auf rudimentäre Art.

Ich blickte zur Türklinke. Sie war noch immer heruntergedrückt. Oder wieder, jetzt da der Android Jarrett reden hören hatte. Durchs Fenster fiel längst nicht mehr so helles Licht wie vor meinem Nachmittagsschlaf. Ich erinnerte mich nicht, geträumt zu haben, und wie es schien, hatte ich nicht nur tief, sondern auch lang geschlafen.

»Was meinst du, wie spät es ist?« Auch Reden funktionierte nicht gerade gut.

»Ich schätze, in einer Stunde geht die Sonne unter. Hannah, wir müssen unbedingt Wasser finden.«

Ich nickte, dankbar, dass ich es nicht selbst zu sagen brauchte. In der Tat, wir *mussten* Wasser finden, dringender als alles andere. Aber ich wusste auch, was das bedeutete. Erstens: Ich musste aufstehen und meinen Körper zum Funktionieren bringen. Zweitens: Ich musste aus dem Fenster springen. Drittens: Wir mussten in die Stadt. Jedenfalls sofern die Drohnen nicht freundlicherweise eine Palette Deer Park in den Garten gestellt hatten.

Ich fing mit erstens an, genauer gesagt mit dem Aufstehen. Ich war 16, aber ich kam schlechter hoch als eine 66-Jährige. Ich wackelte zum Fenster, allerdings nicht, weil ich »zweitens« schnell hinter mich bringen wollte, sondern um zu schauen, was die Stadt, der Zeppelin und die Drohnen machten. Die Stadt war noch immer ein Standbild, abgesehen von der rot untergehenden Sonne, die die Häuser in warmes Licht tauchte. Der Zeppelin war nirgends zu sehen und mit ihm waren offenbar auch die Drohnen verschwunden. Alles war still.

»Das schwebende Warenhaus ist noch nicht lange weg. Aber wie ich gehofft habe – es muss eine Basis haben.« Jarrett stellte sich neben mich. Deutlich dichter, als ich es vor einigen Stunden getan hatte, beinahe Haut an Haut. Sein Hologramm schwebte über dem Fensterbrett, auf dem die Fliege lag. Auf der Scheibe war ein kleiner schmieriger Fleck. Jarrett war nicht so langsam wie ich.

Ich öffnete das Fenster und schaute hinunter. Die Palette Deer Park konnte ich abhaken, da waren nur Unkraut und die Pflanzen mit den violetten Blüten, bei denen es sich wahrscheinlich auch um Unkraut handelte. Uns blieb nicht viel übrig, als in die Stadt zu gehen, zumindest an ihren Rand. Oh Gott, das war nicht gut. Überhaupt nicht gut.

Vorsichtig beugte ich mich aus dem Fenster. Entfernungen zu schätzen war nicht gerade meine Spezialität, aber vom Fensterbrett zum Boden mussten es allemal … Ach, egal, es war hoch. Wie zum Teufel sollte ich ins Gras kommen, ohne mir die Knochen zu brechen?

»Ich weiß nicht, ob ich mich das traue«, sagte ich leise, denn vermutlich war das jetzt der Zeitpunkt, um über Details zu sprechen.

»Lass uns noch warten«, sagte Jarrett. »Bis die Sonne untergegangen und dein Kreislauf in Schwung gekommen ist. Und dann setzt du dich aufs Fensterbrett, hältst dich am Rahmen fest und lässt die Beine herunter. Von deinen Schuhen aus gerechnet sind es vielleicht noch acht Fuß bis zum Boden.«

Ich konnte nicht in Fuß rechnen, wie es Jarrett und die Ohioaner taten, und ich wollte auch gar nicht wissen, wie viele Meter acht Fuß ergaben.

»Du lässt dich einfach auf den Boden fallen. Und wenn du dich nicht traust, bremse oder fange dich.«

Das also hatte er mit Hilfe gemeint. Irgendwie fühlte ich mich geschmeichelt bei dem Gedanken, dass er bereit war, mich aufzufangen. Aber ich sah es schon vor mir, wie ich ihm im Fallen ins Gesicht trat, ihn unter mir begrub und mein spitzes Kinn ihm als Krönung die Zähne ausschlug.

Jarrett holte die Flasche und seinen Rucksack. »Was darf's sein? Drink? Nudeln? Frische Socken? Oder ein wenig Desinfektionsspray?«

Ich schüttelte den Kopf, lächelte aber auch ein bisschen. Zum einen, weil das, was wir dabeihatten, so lächerlich war. Zum anderen, weil Jarrett das sehr genau wusste, was bedeutete, dass er mich nur aufheitern wollte. Und das war ein schöner Gedanke.

Wir setzten uns auf den Tisch, stellten die Beine auf das Bettgestell und sahen zu, wie der Himmel über der unbewegten Stadt die Farben wechselte: Von Rot über Rosa zu einem Violett, das ungleich zarter war als das der Blüten im verwilderten Garten. Als das Violett in ein tiefes Blau überging, das sich anschickte, die Häuser der Stadt zu verschlucken, nahm Jarrett den Batmanrucksack, der wie ein winziger Raumteiler zwischen uns auf dem Tisch gestanden hatte.

»Bereit?«

Ich war nicht bereit. Es war ewig her, dass ich der Sonne beim Untergehen zugesehen hatte, ich war nie auf die Idee gekommen, es zu tun. Aber hier und jetzt, irgendwo in Ohio, neben einem Jungen, der so anders war als ich, war es irgendwie schön und stimmungsvoll – und auf einmal schmerzte mich der Gedanke, dass es das letzte Mal gewesen sein könnte. Ich hatte Angst vor dem Sprung ins Gras, vor allem aber vor dem, was danach kommen würde. Wenn wir in diese Stadt gingen, die keinerlei Lebenszeichen von sich gab, würde sich vermutlich noch heute Nacht dasselbe über uns sagen lassen. Wenn wir nicht gingen, würde es länger dauern und friedlicher ablaufen. Aber es würde nichtsdestotrotz zu Ende gehen. Und für das Ende war ich nicht …

»Bereit«, piepste ich.

Hatford Dale
Hannah

Jarrett zog den Batmanrucksack an und schmiss unsere Latten aus dem Fenster. Wortlos setzte er sich aufs Fensterbrett, drehte sich herum und ließ die Füße herunter, während er sich mit den Händen unten am Rahmen festhielt. Dann ließ er los und sprang.

Ich beugte mich aus dem Fenster und sah nach unten. Jarrett stand schon wieder. Aufmunternd nickte er mir zu und genau wie er gesagt hatte: Es *war* einfach, sich aufs Fensterbrett zu setzen. Aber dann kam auch schon der schwierige Teil. Ich drehte mich auf den Bauch, krallte die Finger um die Holzleiste des Rahmens und ließ meine Beine herunter. Ich war genauso groß wie Jarrett, was hieß, dass meine Füße dem Boden jetzt genau so nah waren wie seine vorher. Nur leider war ich längst nicht so mutig wie er, was in direktem Zusammenhang mit der Tatsache stand, dass ich mich viel, viel ungeschickter anstellte.

Ich traute mich nicht, und wenn ich gekonnt hätte – ich hätte noch lange dort gehangen. Aber meine Finger verließ schon die Kraft. Ich sträubte mich gegen den Sturz in den Garten, aber ich konnte mich nicht mehr am Rahmen festkrallen, verlor den Halt, rutschte und fiel. Keine Ahnung, ob ich einfach auf dem Boden aufgeschlagen wäre oder ob ich zumindest *versucht* hätte, mich abzufangen. Es kam nicht dazu, denn auf einmal waren da Hände, schlossen sich um meine Taille und fingen mich.

Jarrett setzte mich ab und ließ mich los. Mit wackligen Knien stand ich inmitten von Unkraut und wusste nicht, was ich sagen sollte. Er hatte mich aus der Luft gefangen. Was ebenfalls noch nie jemand getan hatte, der nicht mit Nachnamen Pöltl hieß.

Ich drehte mich zu ihm um, hauchte »Danke« und schaffte es für den Bruchteil einer Sekunde, ihm in die Augen zu schauen.

Er nickte, hob die Latten auf und hielt mir eine hin. Ich nahm sie und folgte ihm durch den mit Unkraut bewachsenen Garten. Das Herz schlug mir bis zum ausgetrockneten Hals, mein Kreislauf war jetzt in Fahrt, der Schwindel Vergangenheit und die Kopfschmerzen zur Nebensache verkommen. Denn meine Adrenalinproduktion lief auf Hochtouren.

Wir sprachen nicht, liefen stumm über den Kiesweg, der vom Haus zur Stadt führte. Hinter uns war alles ruhig, der Androide schien nicht bemerkt zu haben, dass wir das Kleinod auf dem Lande verlassen hatten. Auch vor uns war alles ruhig, aber mit jedem Schritt kamen die Häuser näher und Jarrett fing an, die Latte wie einen Baseballschläger zu halten. Ich machte es genauso. An irgendetwas musste ich mich festhalten. Und mein Daumen konnte seine Kreise auch auf die Latte malen.

Ich versuchte, gleichmäßig zu atmen. Die Drohnen waren weg und wir brauchten nur einen Wasserhahn. Wir mussten die Stadt nicht *durchqueren*.

Ein Stück vor uns mündete der Weg in eine Straße. Die Laternen funktionierten und warfen warmes, gelbes Licht auf den Asphalt. Es sah einladend, regelrecht freundlich aus. In den Häusern brannte nirgendwo Licht. War es sämtlichen Bewohnern dieser Stadt wie Lauren Giddey ergangen? Oder gab es Überlebende, die in dunklen Kellern oder Dachböden ausharrten, bis irgendwann alles wieder normal war? Es musste sie geben, aber würden wir sie finden? Würde uns das Schicksal ins richtige Haus führen oder in eine tödliche Falle?

Es waren große Häuser, die auf großen, gepflegten Grundstücken standen, mit breiten Einfahrten, Doppel- und Dreifachgaragen. Es war offensichtlich, dass die Leute in dieser Straße Geld hatten, und wer Geld hatte, gab es gerne für Komfort, Technik und Sicherheit aus. Gestern jedoch hatte sich das alles ins Gegenteil verkehrt und Autos, Haushalts- und Wachandroiden waren zum Risiko geworden. Zur Todesursache Nummer eins.

Unsere Sneakers knirschten über den Kies. Die Straße rückte näher, doch die ersten Gärten grenzten schon an den Weg und sie waren nicht umzäunt.

Jarrett deutete auf das Grundstück links von uns. Ich nickte und betete, dass es dort eine dunkle Ecke mit einem Wasserhahn oder von mir aus auch einen Rasensprinkler gab.

Das Gras schluckte unsere Schritte. Es war kurz gemäht, machte aber stellenweise einen ziemlich vertrockneten Eindruck. Einen Sprinkler konnte ich mir abschminken, aber einen außen liegenden Wasseranschluss musste es doch geben. Gehörte so etwas nicht zur Grundausrüstung von Häusern?

Aus der Dunkelheit löste sich ein Schatten. Hätte meine Blase Flüssigkeit enthalten, ich hätte mir vor Angst in die Hose gemacht. Doch was da auf uns zurollte, war nur ein Mähroboter. Ziemlich groß, aber keine wirkliche Gefahr, sofern wir ihn nicht über unsere Füße rollen und unsere Sneakers zerhäckseln ließen.

Jarrett nahm eine Hand von seinem Prügel und legte einen kleinen Sprint ein. Er rannte in den angrenzenden Garten und ich schaffte es halbwegs, mit ihm Schritt zu halten, trotz meiner verkaterten, entwässerten Muskeln. Einen Moment lang hoffte ich, dass zumindest der Roboter stehen bleiben würde, weil unter der Grasnarbe ein Begrenzungskabel lag. Wenn dem so war, dann definierte es nicht länger seinen Bewegungsradius. Der Roboter war frei, die Welt zu sehen, doch sein sehnlichster Wunsch war es offenbar, die Kappen unserer Turnschuhe abzusäbeln. Er blieb uns auf den Fersen und aus dem Dunkel klackerte ein weiterer Mähroboter heran. Jarrett stöhnte, aber es klang nicht verängstigt, sondern genervt.

Aus dem nächsten Garten grüßten zwei beleuchtete Fahnenmasten. An dem einen baumelte träge die US-Flagge, an dem anderen etwas, von dem ich nicht sicher war, ob es eine Flagge oder ein horizontaler Wimpel war. Auch hier prangten Sterne und Streifen auf dem Stoff, aber die Anordnung war anders als auf der Amerikaflagge und außerdem war da noch ein Kreis. Oder war es ein O? Ein O für Ohio? Wenn das so etwas wie ein Bundesstaatswappen sein sollte, war es ganz schön hässlich.

Wir hielten uns fern von den beleuchteten Masten, doch unter ihnen rollte ein weiterer Roboter heran. Jarrett, der inzwischen an meiner Seite joggte, rollte mit den Augen.

Im darauffolgenden Garten reagierte ein Bewegungsmelder, obwohl wir alles andere als nah an der Terrasse vorbeiliefen. Strahler gingen an und beleuchteten Rasen und Wände. Im Haus selbst glimmten zwei kleine rote Punkte auf. Sie wuchsen und während ich vor Schreck zu laufen aufhörte, sprangen die roten Punkte aus der offen stehenden Terrassentür. Die Wandstrahler ließen ihnen einen Körper wachsen, der über die Terrasse und den Rasen auf uns zuwieselte. Ein Roboterhund. Ein Spielzeug für Kinder oder vielleicht auch ein Gefährte für einsame alte Damen. Das Ding fletschte seine kleinen Plastikzähnchen, doch Jarrett trat nach ihm. Einmal, zweimal, dann hielt nur noch ein Kabel den Kopf am Rumpf. Als Jarrett es abriss, hörten die Beinchen schlagartig zu strampeln auf. Die roten Augen erloschen.

»Lass uns von hier verschwinden!«, zischte Jarrett. Ich nickte, denn mir gruselte davor, was in diesem Haus sonst noch lauern konnte.

Das nächste Grundstück war umzäunt. Der Zaun überragte uns, was Jarrett vermutlich nicht aufgehalten hätte, für mich jedoch war er ein nahezu unüberwindbares Hindernis. Unentschlossen schaute Jarrett sich um. Nach vorne zum Zaun. Nach hinten, wo die Mähroboter heranrollten. Nach links, wo nach dem Garten freies, dunkles Feld begann. Und nach rechts, wo die beleuchtete Straße lag.

Ich wusste, was er dachte. Über den Zaun konnte er mir nicht helfen und zurück wollten wir nicht. Aufs Feld und raus aus der Stadt konnten wir erst, nachdem wir an Wasser gekommen waren, und damit blieb nur eine Option. Die Straße.

Wir verlangsamten unsere Schritte erst, als wir sie erreicht hatten. Ich legte eine Hand auf mein T-Shirt und rieb mein galoppierendes Herz. Wenn es weiter so wild pochte, würde das die Ursache meines Todes sein und nicht die Maschinen. Mein Blick flog über die Häuser auf der anderen Straßenseite. Überall standen die Türen offen. Ich machte Jarrett darauf aufmerksam, doch wir wagten nicht, Worte darüber zu verlieren. Vor allem aber wagten wir es nicht, die Häuser oder die Grundstücke zu betreten. Also gingen wir weiter, vorbei an verwaisten Hofeinfahrten, leeren Garagen und sich langsam drehenden Gartenwindrädern.

Die Wohnsiedlung für Betuchte endete mit unbebauten Wiesenflächen beidseits der Straße. Auf der linken Seite schloss eine asphaltierte Fläche an, die einem Autohandel zu gehören schien. *Melton Cars* stand auf einem beleuchteten Werbeschild, das auf der Ladefläche eines alten, aufgemotzten Pick-ups mit übergroßen Reifen angebracht war – dem einzigen Fahrzeug auf dem Gelände. Ich hatte mehr als eine Ahnung, wo die richtigen Autos abgeblieben waren, aber im Augenblick gab es Wichtigeres. Die Leuchtreklame bezog ihren Strom mutmaßlich von den Solarzellen auf dem Dach des Verkaufscontainers – und wo es Strom gab und jemand Autos verkaufte, gab es vielleicht auch einen Kühlschrank mit Getränken. Vielleicht auch nicht, aber irgendwo mussten wir unser Glück ja versuchen.

Also gingen wir auf den Container zu, dessen Tür offen stand, was praktisch, aber auch unheimlich unheimlich war. An der Längswand des Containers waren Reifen gestapelt. Gewöhnliche, nicht so riesige, wie man sie an den alten Pick-up montiert hatte. In einem Versuch, mich zu beruhigen, las ich, was außer dem Firmennamen noch auf dem Werbeschild stand. Der Ort, an dem mein Leben enden würde, hieß Hatford Dale.

Der Container besaß ein Fenster und nachdem Jarrett hineingesehen hatte, traute auch ich mich. Aber ich konnte nicht viel sehen. Eine Schrankwand versperrte die Sicht. Zu hören war nichts. Alles war still. Gespenstisch still. Jarrett schlich zur Tür, ich hinterher. Sie war nicht ins Schloss gezogen und bis jemand sie reparierte, würde sie auch nicht mehr geschlossen werden können, denn irgendjemand hatte sie gewaltsam aufgebrochen. Oder eher: *ein nichtmenschliches Etwas.*

Auf meinen Armen stellten sich Heerscharen von Härchen auf. Jarrett umklammerte die Holzlatte und schob mit dem Fuß die Tür weiter auf. Auf seinen Händen traten die Sehnen hervor. Er machte einen kleinen Schritt, dann drehte er sich ruckartig um die eigene Achse, blickte umher und nahm schließlich den Prügel runter.

»Es ist niemand hier.«

Meine Härchen legten sich wieder. Da nun auch Feiglinge und Memmen den Container betreten durften, ging ich hinein. Es gab keinen Kühlschrank. Noch nicht einmal eine geöffnete Dose Dr. Pepper und leider auch keinen Wasseranschluss.

Enttäuscht, aber lebendig ging ich wieder hinaus. Wir liefen weiter. Auf der anderen Straßenseite beleuchteten die Laternen eine noch nicht ganz abgerissene Lagerhalle. Auf unserer Seite schloss sich an *Melton Cars* eine namenlose Tankstelle an, die sechs Ladestationen und Bezahlautomaten, aber kein Gebäude und damit auch keinen Shop besaß. Einen Moment lang fragte ich mich, was ich getan hätte, wenn es einen Autowaschplatz gegeben hätte. War ich schon derart verzweifelt, dass ich mir mit einem Hochdruckreiniger Wasser zweifelhafter Beschaffenheit in den Mund gespritzt hätte? Was für eine Frage. Natürlich hätte ich es getan. Und ich hätte nicht einmal mit der Wimper gezuckt.

Nach der Tankstelle folgte ein Anhängerverleih. Mit Anhängern. Die nicht selbst fahren konnten. Doch gleich danach kam eine Straße und die Autos waren so gezielt ineinandergekracht, als hätten sie die Kreuzung mit einem Autoscooter auf dem Rummel verwechselt.

In die größte Karambolage war auch ein Lastwagen mit der Aufschrift *Hyland Home Care* verwickelt. Die Ladebordwand war abgesenkt. Oder heruntergekracht. Unter dem Lastwagen waren Beine zu sehen. Verdrehte, verrenkte menschliche Beine. Mir wurde übel. Jarrett nickte mich vorwärts.

Auch auf dem Bürgersteig lag ein Mensch. Er rührte sich nicht, aber er schien nicht überfahren worden zu sein und da war auch kein Blut. Es gab noch Hoffnung, einen Funken zumindest. Während wir auf ihn zugingen, nahm ich eine Hand von der Latte und rieb erneut mein hämmerndes Herz. Mein Daumen rieb über meinen Zeigefinger. Er war sein eigener Herr.

Es war ein Mann, der da rücklings auf dem Gehsteig lag, nicht alt, vielleicht Mitte dreißig. Er schien nicht überfahren worden zu sein und abgesehen von Malen an seinem Hals waren da auch keine Wunden an seinem Körper. Trotzdem sah er verdammt tot aus und roch auch so. Ich drehte mich weg. In meiner verödeten Kehle schmeckte ich Galle.

»Hannah! Da!« Jarrett starrte die Straße runter. Im kalten weißen Licht einer Straßenlampe waren Gestalten zu sehen. Roboter.

Zielstrebig bewegten sie sich auf uns zu und instinktiv rannten wir in die entgegengesetzte Richtung. Aber schon nach ein paar Metern mussten wir abrupt bremsen. Auch hier näherten sich Roboter. Wir schossen herum, sprinteten auf die Kreuzung zurück und nun hielt Jarrett sich nach rechts, doch auch das war keine Option mehr. Genauso wenig wie links. Von allen Seiten kamen sie. Alles dieselben Modelle, mit weißem Kunststoff verkleidet, nur die Gelenke blau. Die Augen jedoch leuchteten rot.

»Wo kommen die auf einmal alle her?!«, quietschte ich.

»Ich weiß nicht. Wahrscheinlich kommunizieren sie miteinander!«

Wie die Paketdrohnen. Doch diesmal konnten wir nicht einfach wegrennen. Die Roboter näherten sich von allen Seiten. Und wir – wir standen mitten auf der gottverdammten Kreuzung und wussten nicht, wohin.

Sie umzingelten uns. Die vordersten streckten ihre Kunststofffinger wie Klauen in unsere Richtung, und als ich das sah, wusste ich, weshalb der Mann auf dem Bürgersteig tot war. Hyland Home Care. Ein Lastwagen voller Pflegeroboter. Aber jetzt pflegten die Maschinen keine Menschen mehr. Jetzt erwürgten sie sie.

Um uns schloss sich der Kreis. Verzweifelt sah ich zu Jarrett.

»Wir schlagen uns durch«, sagte er leise. »Wir müssen es zumindest versuchen.« Er drehte sich um die eigene Achse, doch wohin er auch schaute: Überall waren Roboter. Und sosehr ich auch darauf hoffte – da war keine Zuversicht in seinen Augen. Nur Angst.

»Okay.« Jarrett blies Luft aus. »Okay.« Dann reckte er seine Holzlatte, machte einen Satz nach vorn und schwang sie.

Sein Hologramm malte Schlieren in den Abendhimmel. Die Latte traf den Roboter am Arm, Zentimeter über der ausgestreckten Klauenhand. Der mit Kunststoff verkleidete Arm schlug gegen den anderen und in einer fließenden Bewegung riss Jarrett die Latte wieder herum und knallte sie der Maschine gegen den Schädel. Die roten Sensoraugen flackerten, doch der Roboter wankte kaum. Jarrett stöhnte, drosch die Latte gegen das blaue Kniegelenk und fällte die verdammte Maschine.

Doch die anderen Roboter zeigten sich kein bisschen beeindruckt, dass da einer von ihnen auf dem Asphalt lag. Und da waren so viele, die nachdrängten. Nicht nur von vorn, wo sich die aufgerissene Lücke schon wieder schloss, von überall. Und Jarrett konnte nicht überall sein. Ich musste ihm helfen. Ich, die so wenig Kraft in den Armen hatte, dass ich kaum eine Latte aus dem Lattenrost hatte brechen können. Und jetzt musste ich sie schwingen.

Ich schwang sie. Mit allem, was ich hatte. Todesangst verleiht Flügel. Ein bisschen zumindest. Dem ersten Roboter schlug ich zuerst gegen die Klauenhände, dann gegen die Knie. Doch seine Hände waren nicht die einzigen, die meinem Hals bedrohlich nahe kamen. Ich fuhr herum und traf eine weitere Maschine an der Hüfte. Aber nicht sie verlor das Gleichgewicht, sondern ich. Ich konnte keinen Gegenschwung folgen lassen und schon waren die Kunststoffhände meinem Hals näher als meine eigenen. Ich riss die Latte hoch, stieß sie von unten gegen die ausgestreckten Arme und trat gleichzeitig nach einem blauen Knie. Der Roboter knickte ein, kippte ein Stück nach vorn und mit einem tiefen Schwung gab ich ihm den Rest.

Nach Luft schnappend schoss ich herum und drosch auf den nächsten Hyland-Roboter ein. Wir sprachen uns nicht ab, Jarrett und ich, aber irgendwie fügte es sich, dass wir Rücken an Rücken kämpften. Doch wofür? Die Roboter, die zu Boden gingen, kamen wieder hoch. Steif und ungelenk, aber dem Anschein nach unversehrt. Ich schlug hoch, tief, von der Seite, frontal, doch die Kunststoffschale hielt jeden Schaden von der dahinter befindlichen Technik ab.

»Das führt zu nichts!«, keuchte ich, was im Grunde nicht stimmte, denn genau genommen führte das alles schon zu etwas. Nämlich zu Atemlosigkeit, völliger Erschöpfung, langsamen Reflexen, schwächlichen Schlägen und letztlich zum Tod durch Erwürgen.

»Wir müssen uns eine Schneise schlagen!«, keuchte Jarrett zurück. »Du gibst die Richtung vor! Ich halte uns den Rücken frei!«

Scheiße. Wahrscheinlich hatte Jarrett recht und es war besser, wenn *er* sich im Rückwärtsgehen gegen die Roboter zu behaupten versuchte. Aber kämpfend die Richtung vorgeben war nicht gerade eine Aufgabe, die nach Hannah Pöltl schrie.

Ich visierte blaue Kniekehlen und weiße Arme an. Schwang die Latte, trat und kickte. Dazwischen ging ich vorwärts, machte kleine Schritte und einen großen Satz über einen zu Boden gegangenen Roboter. Längst nicht alle fielen auf den Asphalt. Manche schwankten nur. Wieder andere wackelten nicht einmal. Die Abwärtsspirale hatte begonnen.

Immerhin kamen Jarrett und ich vom Fleck, wenn auch nur langsam. Meist blieb er hinter mir, manchmal war er auch neben mir. Wir bewegten uns, waren jetzt wieder in der Straße, aus der wir gekommen waren, aber die Robotermeute bewegte sich mit uns. Ich hatte kaum noch Luft, meine Schläge wurden immer kraftloser, meine Reflexe langsamer. Die Abwärtsspirale drehte sich immer schneller.

Und dann war ich endgültig zu langsam. Einer der Roboter bekam meine Latte zu packen und so verzweifelt ich auch an ihr zerrte – ich schaffte es nicht, sie seinem Klammergriff zu entreißen. Der Roboter war stärker. Viel stärker, was kein Wunder war bei einem Modell, das dafür gebaut war, bettlägerige Menschen zu mobilisieren. Er wand die Latte aus meinen Händen und da er offenbar ein kluges Kerlchen war, schwang er sie nun selbst. Er schwang sie hoch und ich schaffte es im letzten Moment, mich zu ducken.

Ich hörte, wie Jarrett aufstöhnte. Die Latte, die mich verfehlt hatte, war ihm ins Kreuz gefahren, und diesen Moment der Schwäche nutzte ein anderer Roboter, um Jarrett seine Latte zu entreißen. Jetzt konnten wir uns nicht mal mehr wehren.

Jarretts Roboter schlug hoch, doch Jarrett tauchte unter der Latte durch und wand sich um seinen Gegner herum. Mein Roboter schlug tief und ich sprang, als wäre ich wieder sieben und die Latte ein Springseil. Und damit fällte der tief schlagende Roboter seinen Kollegen, um den Jarrett sich herumgewunden hatte. Jarrett entriss ihm seine Latte und teilte krachend aus.

Jetzt war auch meine Latte wieder frei, und so schnell ich konnte, hob ich sie auf und schwang sie gegen die nachrückenden Maschinen. Ich weiß nicht, ob es der Schreck und die Flut an Adrenalin waren oder ob ich irgendwo in meinem Körper eine noch nicht angezapfte Energiereserve fand – jedenfalls zeigten meine Schläge wieder Wirkung. Es reichte nur selten, um die Roboter zu Fall zu bringen, aber fürs Erste konnte ich sie mir zumindest vom Leib halten.

Wir waren wieder in Bewegung, hatten den Anhängerverleih passiert und befanden uns nun neben der Tankstelle ohne Tankstellengebäude. Doch die Hyland-Armee vermochte jedes Loch zu stopfen, das wir vorübergehend in sie hineinrissen, und marschierte im Gleichschritt mit uns mit. Manche der Roboter, die außer unserer Reichweite waren, schoben sich an ihren Kameraden vorbei und schnitten uns von vorne den Weg ab, sodass sich der Pulk vor uns einfach nicht lichtete. Die Schneise, die wir in das weiß-blaue Kunststoffmeer schlugen, war kein Fluchtweg, sondern eine Sackgasse.

»Das bringt nichts!«, kreischte ich, denn genau so war es. Die Roboter würden uns bedrängen, bis ihnen der Strom ausging und ihnen nichts übrig blieb, als sich an von der Sonne befeuerten Ladestationen anzustöpseln – und bis es so weit war, konnten noch Stunden vergehen.

Trotzdem. Eine andere Chance hatten wir nicht. Wir mussten irgendwo ausharren und darauf hoffen, dass wir länger durchhielten als die Roboter. Aber wo? Wo konnten wir die ganze Sache aussitzen, ohne uns permanent verteidigen zu müssen?

Die Lösung fing mit *M* an und hörte mit *elton Cars* auf.

Schwingend, schlagend und tretend nahm ich Kurs auf den Verkaufscontainer. Ich wusste, dass die Tür kaputt war (vermutlich ein Werk der Roboter), aber ich wollte auch nicht *in* den Container, ich wollte *auf* ihn. Und dank der Reifen, die in unterschiedlich hohen Stapeln daneben lagen, glaubte ich auch, dorthin kommen zu können.

Ich hechelte inzwischen wie der Border Collie, den Mara zu ihrem achten Geburtstag bekommen hatte. Aber so atemlos ich auch war, ich musste Jarrett einweihen, denn wir hatten den Container erreicht.

»Jarrett – wir – müssen – aufs – Dach!«, presste ich hervor.

Den kläglichen Rest meiner Luft brauchte ich, um auf die Reifen zu klettern und mir die Roboter vom Leib zu halten.

Endlich einmal war ich im Vorteil, denn mit dem Steigen auf wacklige Gummireifen hatten diese Mistkerle größere Probleme als ich. Ich schaffte es, den Roboter, der mir von der Seite auf die Pelle rückte, zurückzudrängen, und zog mich auf einen hohen Stapel. Um die Latte zu schwingen, war ich schon zu hoch, also warf ich sie aufs Dach und trat nach dem Roboter. Jarrett war neben mir. Sein Reifenstapel war niedriger, aber ich zweifelte nicht daran, dass er es von dort auf den Container schaffen konnte. Ich trat noch einmal, dann versuchte ich es von meinem erhöhten Standpunkt aus. Nannte man das Klimmzug? Ich hing an der Containerkante, meine Beine baumelten über Reifen und Robotern und plötzlich erinnerte ich mich daran, dass ich es nur auf den Heuballen geschafft hatte, weil Jarrett mich geschoben hatte. Hatte er mich am Hintern gepackt? Er *hatte* mich am Hintern gepackt. Mann, wie peinlich.

Das Mondlicht tilgte die mutmaßlich stoppschildrote Farbe meiner Wangen, aber nicht die Hitze, die sie überzog. Diesmal würde ich es alleine schaffen, nahm ich mir vor, und obwohl ich in den letzten Jahren nicht viele Vorsätze in die Tat umgesetzt hatte (nicht im *realen* Leben jedenfalls) – dieses eine Mal klappte es. Zu meinem grenzenlosen Erstaunen wuchtete ich mich aufs Dach des Containers. Zweifellos alles andere als elegant, aber trotzdem. *Trotzdem.*

Keine zwei Sekunden später war Jarrett neben mir. Unter uns reckten die Hyland-Roboter ihre Würgehände, aber sie kamen nicht hoch genug.

Zwei versuchten, über die Reifenstapel aufs Dach zu gelangen, aber einer fiel rücklings auf den Asphalt, der andere rutschte in die Reifen und blieb darin stecken. Nur die Arme und der Kopf schauten noch heraus und in meinen Gehirnwindungen ploppte das Bild dieses Werbemännchens auf, dessen Körper aus nichts als Reifen bestand. Ich kam nicht auf den Namen, aber Hauptsache, die Roboter kamen nicht auf den Container. Ganz offensichtlich waren sie nicht zum Klettern und Springen konstruiert.

Japsend, aber erleichtert ließ ich mich auf eine freie Stelle des Dachs sinken, auf dem mehrere Solarzellen aufgestellt waren. Am Himmel leuchteten eine Menge Sterne, was hübsch war und sich irgendwie exklusiv anfühlte, denn vielleicht gab es ja nur noch Jarrett und mich auf der Welt. Oder zumindest in Hatford Dale. Gut, einige der Einwohner mussten sich rechtzeitig im Keller oder auf dem Dachboden verbarrikadiert haben, doch da würden sie auch bleiben, bis die Maschinen nicht mehr verrücktspielten. Und Jarrett und ich, wir würden auf diesem Dach bleiben müssen, bis die Hyland-Home-Care-Armee abzog oder energielos zusammenklappte.

Wartend auf einem Containerdach zu liegen, war nicht das Übelste auf der Welt, aber wir waren immer noch dehydriert und das schlimmer als zuvor. Mein Körper bestand inzwischen wahrscheinlich nur noch zu einem Bruchteil aus Wasser, meine Kopfschmerzen meldeten sich mit Karacho zurück und – Achtung, neu! – in meinem linken Bein und meinem rechten Arm bekam ich Krämpfe. Immerhin erst jetzt, nicht mitten im Gefecht. Aber schmerzhaft war es trotzdem. Tja, sich eine Schlacht mit Robotern zu liefern, war der Aufrechterhaltung von Körperfunktionen nicht gerade zuträglich. Aber hey, noch lebten wir.

»Dieses Dach war unsere Rettung«, brach Jarrett das Schweigen, das eindeutig auch an einem Mangel an Flüssigkeit lag. Er nahm den Batmanrucksack vom Rücken, holte die Flasche mit dem Bodybuilder-Konzentrat heraus und hielt sie mir hin. Ich rappelte mich auf und setzte sie an meine zerklüfteten Lippen an. Mit Müh und Not brachte ich einen Schluck herunter.

Wir tranken abwechselnd, lauter kleine Schlucke, bis die Flasche leer war. Dann warf Jarrett sie einem der Roboter an den Kopf. Weiches Plastik traf auf hartes. Ich fragte mich, ob der Roboter überhaupt etwas gemerkt hatte.

»Jetzt haben wir nur noch ungekochte Nudeln, Socken, ein Taschenmesser und das Spray«, sagte Jarrett und zog den Reißverschluss des Rucksacks zu.

»Meinst du, wir kommen hier jemals wieder runter?«

Er zuckte verhalten mit den Schultern. *Immer noch besser, als da unten zu sterben*, schien sein Blick zu besagen.

Und er hatte recht damit. Lieber dehydriert als erwürgt. Schätzte ich.

»Das ist ein Monstertruck, oder?« Er meinte den alten, zum Werbehingucker umfunktionierten Pick-up. Das einzige Fahrzeug, das noch auf dem Verkaufsgelände stand.

»Was ist ein Monstertruck?«

»Ein für Shows hergerichtetes Auto mit riesigen Reifen. Riesig, damit man auf alte Schrottautos fahren und sie plattmachen konnte. Früher mal.« Jarrett raffte sich auf, nahm eine unserer Latten und ging zum Rand des Dachs. Wo er ausholte und die Latte auf die Ladefläche des Pick-ups warf. Dann ging er an mir vorbei zum anderen Ende des Containerdachs, holte kurz Luft und rannte los.

»Was …?« Die Worte blieben mir in der vertrockneten Kehle stecken.

Das Containerdach dröhnte, während Jarrett an mir vorbeisprintete und von null auf Was-weiß-ich beschleunigte. Dann sprang er und mit einem Mal war alles still. Er sprang über die nach oben gereckten Arme der Roboter und wie gesagt – ich war nicht gut darin, Entfernungen zu schätzen, aber vom Containerrand zum Monstertruck war es *viel zu weit*.

Doch offenbar nicht für Jarrett. Er kam auf einem der riesigen Räder auf, genauer gesagt auf dem rechts hinten, schaffte es, nicht gegen die Seitenwand der Ladefläche zu krachen, und hielt sich an ihr fest, bis er sein Gleichgewicht wiederhatte. Bevor die Roboter seine Füße zu greifen bekamen, zog er sich auf die Ladefläche.

Ich war vor Aufregung hochgeschossen. Sicher, ich war froh, dass er es geschafft hatte, aber irgendwie war ich gleichzeitig auch wütend. Was war das für ein verrückter Sprung! Und wozu überhaupt?

»Warum hast du das gemacht?!«

Er antwortete nicht. Stattdessen beugte er sich nach vorn zur Fahrerkabine und betätigte den Türöffner. Ohne Erfolg. Die Tür war abgeschlossen. Doch Jarrett hob die Holzlatte auf und schwang sie. Klirrend zerbarst die Scheibe. Er bugsierte die scharfkantigen Glasreste aus dem Rahmen, machte sich lang und entriegelte von innen die Tür. Dann stieg er über die begierig ihre Klauen reckenden Roboter in die Kabine, wo er sich umsah und ausgiebige Blicke in Türfächer und Konsole warf.

Ich glaubte mittlerweile zu wissen, was ihn ritt, aber dieser Monstertruck war nicht mehr als eine Werbefläche, ein Hingucker für den Handel mit richtigen, zeitgemäßen Autos. Er war definitiv *nicht* Little John. Und selbst wenn er noch fahrtüchtig sein sollte (ein verdammt großes Wenn): Wir hatten nicht einmal einen Schlüssel.

»Schau mal, was ich im Handschuhfach gefunden habe!« Jarrett beugte sich aus der offenen Tür. In seiner Hand baumelte …

»Ein Ersatzschlüssel, Hannah!«

Jarrett strahlte, aber ich lächelte nicht mal. Ein Schlüssel, wirklich cool, aber das hieß noch lange nicht, dass der Pickup auch ansprang. Was ich gerade zur Sprache bringen wollte, aber Jarrett war schon auf den Fahrersitz gerutscht, hantierte mit dem Schlüssel und wahrscheinlich drückte er auch irgendwelche Pedale.

Scheppernd sprang der Motor an. Er war laut, abartig laut, aber das war so was von egal. Wichtig war nur, dass ich mich gründlich geirrt hatte. Das da drüben *war* Little John 2.0, mit noch größeren Reifen, anderer Lackierung und Werbeschild auf der Ladefläche. Aber verdammte Kacke, das Ding funktionierte noch! Und was immer Jarrett da tat – er hielt den Motor am Laufen. Seit den holprigen Startversuchen von Little John the Original hatte er eindeutig dazugelernt.

»Die Tankanzeige ist im roten Bereich. Aber es reicht hoffentlich, um uns hier rauszubringen!«

Das wär der Wahnsinn, Jarrett, wirklich. Nur ... ich, äh, kann nicht so weit springen wie –

»Ich hol dich ab, Hannah!«, rief er und dann fuhr er tatsächlich los. Die Roboter setzten ihm nach, während er am Lenkrad kurbelte und in einer lang gezogenen Kurve wieder auf den Container zuhielt. Auf die roboterfreie Seite, wo er so abrupt bremste, dass sein Kopf beinahe aufs Lenkrad knallte.

»Komm, Hannah! Jetzt!«

Es war nicht weit vom Dach zur Ladefläche, aber ich war nun mal nicht Jarrett. Gleichzeitig konnte ich aber auch nicht von ihm erwarten, dass er den Truck noch näher an den Container heranmanövrierte. Ich musste meinen hageren Arsch schon selbst retten.

Also nahm ich Anlauf. Das Containerdach dröhnte ein bisschen unter meinen Schritten und dann war ich auch schon am

Rand und musste springen. Ich schloss die Augen, schwebte für eine geschätzte Viertelsekunde durch die Luft, dann landete ich unsanft. Aber nicht auf dem Asphalt, auf der Ladefläche.

Jarrett drehte sich zu mir um. »Magst du erst mal hintenbleiben?«

Ich mochte, denn ich war mir alles andere als sicher, ob ich es von der Ladefläche in die Kabine schaffen würde. Außerdem hatten die Roboter den Pick-up umringt. Auf einmal musste ich an den Androiden der Giddeys denken, der mit seinem Barbecuespieß gegen die Felge des Traktorrades gestochen hatte. Die Hyland-Modelle hatten keine Spieße, aber auch sie besaßen eine künstliche Intelligenz. Und die Reifen des Monstertrucks Ventile.

»Jarrett, fahr los! Schnell!«

Die Reifen quietschten. Die Roboter an den Seiten wurden weggeschleudert, die vor der Motorhaube überfahren. Knackend wie die Schalen von Haselnüssen brachen ihre Kunststoffpanzer auf. Es holperte und ich fiel rücklings auf die Ladefläche. Aber scheiße nochmal, wir hatten es den Hyland-Würgern gezeigt!

Jarrett lenkte eine wilde Kurve und ich beeilte mich, meine Arme um eine der Werbeschildstangen zu winden, die auf der Ladefläche verschweißt waren. Wir rumpelten auf die Straße und ich blickte zurück zum Autohandel der Meltons, denen wir das letzte verbliebene Fahrzeug und ihren Eyecatcher geklaut hatten. Als Gegenleistung hatten wir ein Dutzend zermalmter Pflegeroboter zurückgelassen. Die, die nicht unter die Räder gekommen waren, liefen uns auf die Straße nach, aber sie hatten nicht den Hauch einer Chance, mit uns Schritt zu halten.

Jarrett drückte aufs Gas. Am Anhängerverleih und der kleinen Tankstelle vorbei rasten wir auf den Schrottplatz zu, der bis gestern eine Straßenkreuzung gewesen war.

»Halt dich fest!«, rief Jarrett und als wäre das hier eine dieser Monstertruck-Shows von früher, fuhren wir *über* eine ausgebrannte Limousine und plätteten sie. Ich schrie, aber es war ein Schrei wie in der Achterbahn. Und nach all dem Schrecken war das nicht nur eine willkommene Abwechslung, es war auch eine Befreiung.

Radio
Hannah

Als wir die Kreuzung hinter uns gelassen hatten, wurden die Wracks weniger und Jarrett hatte genug Platz, um an ihnen vorbeilenken zu können. Wahrscheinlich plättete er zwar gerne Autos, aber keine menschlichen Leichen, was ich ausgesprochen sympathisch fand.

Wir fuhren über so etwas wie eine Gewerbestraße. Nirgendwo war eine Menschenseele, aber die Werbeschilder waren alle beleuchtet. Walgreens, offenbar eine Apotheke. Ein McDonalds, in den ein Lastwagen gerauscht war. Danach ein Supermarkt oder was immer Family Dollar sonst war. Über den Parkplatz patrouillierte ein Sicherheitsandroide. Der Truck wurde langsamer, wahrscheinlich überlegte Jarrett, ob er den Androiden überfahren sollte, damit wir den Supermarktkühlschrank plündern konnten. Aber dann sah ich, dass das Rotauge eine Waffe hatte, presste mich flach auf die Ladefläche und Jarrett gab Gas. Röhrend nahm der Monstertruck wieder Fahrt auf.

»Vielleicht ist es nur eine Elektroschockpistole!«, schrie Jarrett nach ein paar Sekunden. »Sollen wir umdrehen?«

»Lieber nicht.« Ich kam wieder hoch und klammerte mich an

meiner Stange fest. Jarrett blieb auf dem Gas. Er fand auch den Schalter für die Scheinwerfer, von denen einer sogar funktionierte.

Schräg gegenüber von Family Dollar war ein Friedhof. Was ich seltsam fand, da es sich bei der Straße, auf der wir fuhren, um so etwas wie die Einkaufsmeile von Hatford Dale handelte. Aber andererseits war es wohl auch irgendwie praktisch, Grabbesuche mit einem Familieneinkauf oder einem Supersparmenü bei McDonalds zu verbinden.

Der Friedhof war wenig stilvoll von einem Maschendrahtzaun umgeben. Soweit ich sehen konnte, gab es nicht einen einzigen Baum. Nur Grabsteine. Es war noch viel freier Platz innerhalb der Umzäunung, aber er würde niemals reichen. Na ja, vielleicht doch. Vielleicht gab es in ein paar Tagen – oder Stunden – niemanden mehr, der Grabsteine aufstellen und Särge unter die Erde bringen konnte. Oder Särge *herstellte*. Gott, die Apokalypse war so was von real.

Als wir aus der Stadt heraus waren, hielt Jarrett an und ich stieg nach vorne auf den Beifahrersitz. Es gab einen Gurt und ich benutzte ihn. Auch Jarrett hatte sich unterwegs angeschnallt.

»Wo hast du eigentlich gelernt, einen Monstertruck zu fahren?«

»Nirgends. Aber die Pedale bewirken genau das Gleiche wie bei Little John.«

Ich sah, nein, starrte ihn mal wieder an. Jarrett vermittelte nie den Eindruck, dass er stolz auf sich war. Dabei hatte er uns von der Farm gebracht und jetzt aus dieser Stadt – und es war nicht so, dass er zwischendrin nichts geleistet hätte. Wahrscheinlich hatte er mir mindestens dreimal das Leben gerettet, es aber nicht einmal erwähnt.

Und ich auch nicht. Fuck.

»Danke.« Ich schluckte. »Danke, dass du nicht ohne mich gefahren bist. Aus Hatford Dale und … von der Farm und … überhaupt.«

Er sah mich an, nickte und lächelte ein bisschen. Auch jetzt, da ich mich *(endlich!)* bei ihm bedankt hatte, lag nicht ein Anflug von Stolz in seinen Augen.

»Wo fahren wir eigentlich hin?« Ich fragte mehr aus Unsicherheit, als dass ich es wirklich wissen wollte.

»Keine Ahnung. Laut der Anzeige hier müsste der Tank schon leer sein. Und außerdem – wo *könnten* wir denn noch hinfahren?«

Irgendwohin, wo kein Auslieferungslastwagen voller Roboter durchgekommen war. Irgendwohin, wo es keine Sicherheitsandroiden, aber Wasser gab. Ich hätte ja einen Fluss oder so was vorgeschlagen, aber ich hatte keine Ahnung, wo einer war. Und außerdem war man nicht einmal mehr in der Natur sicher, wie unsere Begegnungen mit den Metallaffen, dem Heuballenroboter und den Drohnen gezeigt hatten.

Ich schaltete das Radio an. Zu Hause hörte ich nie Radio, noch nicht einmal meine Eltern taten es. Aber auf der Motorhaube des Monstertrucks war eine Antenne und da unsere Smartwatches nur die immer gleichen Sätze anzeigten, war Radio zumindest eine Chance auf Informationen. Sofern es denn noch Radio gab. Denn Radio war Technik, wenn auch alte, und wie Jarretts Hologramm und unsere Uhren ununterbrochen propagierten, gab es seit gestern Nachmittag ja keinen Grund mehr für Technik.

Es rauschte, was schon mal bewies, dass die Lautsprecher noch funktionierten. Nach einer Weile begriff ich, wie ich die Frequenz wechseln konnte, und ein paar Tastendrücke später fand ich einen Kanal.

... hat in Ohio offenbar sämtliche im Einsatz befindliche Software infiziert. Überall im Bundesstaat kommt es zu Übergriffen von Maschinen, Robotern und Androiden, in unzähligen Fällen mit Todesfolge. Ausgehend von den Militärstützpunkten, arbeitet die US-Armee fieberhaft daran, die Lage unter Kontrolle zu bringen und Gefahren zu eliminieren. Bis eine Softwarelösung gefunden ist, ergeht der dringende Appell an die Bevölkerung, zu Hause zu bleiben und jeglichen Kontakt mit Maschinen zu meiden.

Aus Sicherheitsgründen ist die öffentliche Stromversorgung in Ohio bis auf Weiteres unterbunden. Nehmen Sie, sofern Sie sich dadurch nicht in Gefahr begeben, auch etwaige Stromspeicherbatterien vom Netz, damit infizierte Maschinen keine Möglichkeit haben, sich aufzuladen. Stay safe.

Ein Logikvirus ungeahnter Dimension und unbekannten Ursprungs hat in Ohio offenbar sämtliche im Einsatz befindliche Software infiziert. Überall im Bundesstaat kommt es zu ...

Es war eine Bandansage, die ständig wiederholt wurde, zweimal auf Englisch, einmal auf Spanisch, dann wieder von vorne, und zwar auf allen Kanälen, wohin ich auch schaltete. Ich weiß nicht, wie oft wir uns die Ansage anhörten, bis ich endlich das Radio abschaltete.

»Bis eine Softwarelösung gefunden ist ... Und wie lange dauert das, verdammt nochmal?!« Jarrett schlug mit der Faust gegen die Fensterscheibe.

Ich schwieg. Was hätte ich auch sagen sollen? *Ich* hatte keine Antworten. Nur Fragen.

»Wenn es stimmt, was sie im Radio sagen, dann ... betrifft es nur Ohio?«

»Nur?« Jarrett funkelte mich an.

»Entschuldigung, so …« Hatte ich es nicht gemeint, wenngleich ich tatsächlich erleichtert war, dass ich um meine Familie in Deutschland keine Angst haben musste. »Aber … seit wann hält sich ein Virus an Staatsgrenzen?«

Jarrett zuckte nicht einmal mit den Schultern. Ich ließ den Kopf gegen die Kopfstütze sinken.

… *ergeht der dringende Appell, zu Hause zu bleiben.* Mein Zuhause war eine halbe Welt entfernt und von all dem offenbar nicht betroffen. Aber Jarrett? Ich wusste lediglich, dass seine leibliche Mutter früher einmal in der Polizeidienststelle von East Cleveland geputzt hatte. Doch ich wusste weder, ob Cleveland in Ohio lag, noch, wo Jarrett mit seinen Pflegeeltern gelebt hatte.

»Kommst du aus Ohio, Jarrett? Wo bist du zu Hause?«

Er richtete den Blick starr auf die Windschutzscheibe und die Straße. »Ich komme aus Ohio. Aber ein Zuhause habe ich nicht mehr.«

Scheiße, das war nicht die Art von Antwort, mit der ich gerechnet hatte. Aber nach dem, was er mir in dem verbarrikadierten Zimmer erzählt hatte, war es vermutlich auch die falsche Frage gewesen. Ich bohrte nicht weiter nach. Es war offensichtlich, dass Jarrett nicht über das, was zwischen ihm und seinen Pflegeeltern vorgefallen war, sprechen wollte, und ich konnte ihn gut verstehen: Die Bandansage des Militärs war deprimierend genug.

Gedankenverloren sah ich meinem Daumen beim Kreisemalen zu. Wenn ich so weitermachte, würde ich noch den Gelenkknochen meines Zeigefingers freirubbeln.

Am Straßenrand waren Schilder. Eines enthielt nur eine Zahl. 35. Die hatte ich schon einmal gesehen, als wir noch mit Little

John unterwegs gewesen waren. Direkt unter der 35 war ein Pfeil angebracht, der nach rechts zeigte. Ein weiteres Schild warb für die *Sunoco Gas Station*, die anscheinend in derselben Richtung lag. Jarrett fuhr langsamer.

»Wir wollen doch nicht auf den Highway, oder?«, fragte ich.

»Nein. Aber vielleicht zu dieser Tankstelle. Es müsste eine große sein.«

»Du meinst, sie hat noch eine Benzinzapfsäule?«

»Nein, wohl kaum. Aber ziemlich sicher einen Shop.«

Und Getränke. Wie mir mein Körper unmissverständlich anzeigte, war es höchste Zeit für Getränke.

»Klingt gut«, sagte ich. »Aber was, wenn es in der Tankstelle einen Sicherheitsandroiden gibt? So wie auf dem Supermarktparkplatz?«

»Wahrscheinlich hatte der Androide bei Family Dollar nur eine Elektroschockpistole. Ich glaube, Sicherheitsandroiden dürfen gar nichts anderes besitzen.«

»Dürfen? Diese Typen halten sich nicht mehr an Regeln!«

Jarrett trat auf irgendein Pedal. Der Monstertruck kam jäh zum Stehen.

»Okay, Vorschlag«, sagte Jarrett ruhig. »Wir machen uns ein Bild von der Lage vor Ort und wenn da ein Typ mit Knarre sein sollte, fahren wir weiter. Wenn nicht, bleiben wir im Auto und machen uns bemerkbar. Und wenn daraufhin ein Android rauskommt, fahre ich ihn über den Haufen.«

»Und wenn dann kein Benzin mehr im Tank ist?«

»Hast du einen besseren Plan?«

Hatte ich nicht, weshalb ich schwieg. Und nachdachte. Ich hatte mir geschworen, nicht mehr in Gleichungen zu denken, aber irgendwie war das eine klare, aufs Wesentliche reduzierte Methode, um zu einem Ergebnis zu kommen. Erst recht, wenn das Gehirn in den letzten 36 Stunden nicht mit Flüssigkeit versorgt worden war. Was war größer? Die Gefahr, völlig zu dehydrieren? Oder meine Angst vor einer neuen Konfrontation mit Maschinen?

»Mal angenommen, es klappt und da ist kein Androide. Oder du überfährst ihn. Angenommen, wir kommen an Wasser. Was dann?« Ich wollte keine Diskussion vom Zaun brechen und erst recht keinen Streit. Aber um eine Entscheidung zu treffen, hätte ich gerne so etwas wie einen längerfristigen Plan gekannt.

»Dann, Hannah, suchen wir einen Ort, an dem wir uns verkriechen, bis das alles vorbei ist. Und wenn es nur ein beschissener Jägerstand ist.«

Und damit hatte er mich.

Sunoco
Hannah

Zum Glück mussten wir nicht auf den Highway, um zur Sunoco Gas Station zu gelangen, es gab auch eine Zufahrt von der Landstraße aus. Eigentlich war es mehr ein Feldweg, an dem ein *Do Not Enter*-Schild stand, aber Jarrett enterte trotzdem.

Er war ein guter Fahrer, erst recht wenn man bedachte, dass er a) zum zweiten Mal in seinem Leben fuhr und b) erst fünfzehn war. *Fünfzehn!* Jünger als ich, es schockierte mich noch immer.

Die Tankstelle lag auf der Kuppe eines sanften Hügels, der voller Solarzellen war. Oder sagte man Photovoltaik? Egal, jedenfalls war das Gebäude beleuchtet und das Sunocoschild auch. Blaue Schrift auf gelbem Grund, dazu ein markanter roter Pfeil:

retromäßig und ziemlich cool für eine Tankstelle. Jedenfalls cooler als Aral- oder Esso-Logos.

Der Feldweg endete an einem Zufahrtstor zu dem umzäunten Solarpark, doch Jarrett fuhr einfach nebenan die Wiese hoch. Der Motor hatte irgendwie Schnappatmung, vielleicht weil so gut wie kein Benzin mehr im Tank war. Aber es reichte noch, um durch die Büsche zu brechen.

Und dann standen wir neben dem Tankstellengebäude. An dieser Seite gab es kein Fenster, aber zwei Toilettentüren und vergitterte Lüftungsschächte. Nicht der optimale Standort für Jarretts Plan, aber auch nicht der schlechteste – Androiden gingen nicht aufs Klo. Und um den Shop herumzufahren, hätte uns nur zur potenziellen Zielscheibe gemacht. Wir hatten uns ohnehin nicht gerade angeschlichen, denn der Benzinmotor des Monstertrucks verursachte einen ganz schönen Krach. Selbst jetzt, da er nur noch stotterte.

Jarrett hielt sich bereit, jeden Moment loszubrettern. Ich saß da und hatte Angst. Ich beschloss, mich abzuschnallen, für den Fall, dass ich schnell den Kopf runternehmen musste. Also für den Fall, dass jemand auf uns schoss. Jarrett blieb angeschnallt, vermutlich weil er die Hände am Lenkrad behalten wollte. Seine Füße ruhten auf den Pedalen. Sein rechter Oberschenkel zitterte ein wenig.

Ich verspürte das Bedürfnis, rüberzulangen und seinen Gurt auszulösen. Es fühlte sich nicht richtig an, dass ich abtauchen konnte und er nicht. Also tat ich es, fingerte nach dem orangefarbenen Drücker und ließ seinen Gurt ausrasten. Überrascht sah er mich an und wäre in diesem Moment ein Sicherheitsandroide aufgekreuzt, wir wären am Arsch gewesen. So aber richtete Jarrett den Blick wieder nach vorn, wurstelte seinen linken Arm aus dem Gurt und griff das Lenkrad abermals mit beiden Händen.

Schweigend starrten wir aus der Windschutzscheibe. Nicht nur der Shop, auch die Ladesäulen waren beleuchtet und demnach wohl funktionstüchtig. Das riesige Solarfeld musste an diesem Tag eine Menge Sonnenstrom inhaliert haben und offenbar war niemand da gewesen, der den Appell des Militärs beherzigt und den Stecker gezogen hatte.

»Soll ich … hupen?«

Puh, ich hatte keine Ahnung, ob Jarrett hupen sollte. Zu seinem Plan gehörte es, sich bemerkbar zu machen, um einen eventuell im Shop herumlungernden Sicherheitsandroiden herauszulocken. Aber hupen? Das kam mir zu krass vor.

Jarrett hupte. Sein zitternder Oberschenkel zitterte jetzt noch etwas mehr. Ich rutschte schon mal ein Stück auf meinem Sitz nach unten.

Nichts passierte, außer dass der Motor immer schlimmer stotterte. Nach einer Weile stellte Jarrett ihn ab, nahm den Batmanrucksack, den er auf der Konsole abgestellt hatte, und stieg aus der Fahrerkabine. Er ließ die Tür offen, was ich auf meiner Seite genauso machte, und angelte seine Holzlatte von der Ladefläche. Dann sprang er auf den Asphalt, griff sie wie einen Prügel und schlich los. Da meine Latte auf dem Dach von *Melton Cars* lag, blieb mir nur mein Daumen. Er drehte sich schneller als ein Ventilator.

Von der Gebäudeecke aus hatten wir freien Blick auf die Ladesäulen und den Eingangsbereich des Shops. Keine Autos, keine Androiden, keine Leichen. Ich wollte meinen Daumen dazu bringen, langsamer zu machen, aber er war nicht zu bremsen.

Die Scheiben des Shops gingen nicht bis zum Boden und so huschten wir gebückt vorbei, bis Jarrett vorsichtig den Kopf hob. Ich war hin- und hergerissen, aber schließlich tauchte ich ebenfalls auf. Ich wollte mich nicht immer nur auf Jarrett verlassen. Und ich wollte nicht, dass er in mir nur die feige, unnütze Klette sah, als die ich mich fühlte.

Was ich vom Sunoco-Shop erkannte, unterschied sich nicht allzu sehr von Aral- und Esso-Shops. Regale, eine Gefriertruhe und – lechz! – ein Kühlschrank. Aber kein Verkaufsandroide, dafür eine Kasse zum digitalen Bezahlen sowie Kameras, die jeden Winkel des Shops abdeckten. Bestimmt waren sie mit der Eingangstüre gekoppelt, die sich nur wieder öffnete, wenn man alles, was man aus den Regalen genommen hatte, auch bezahlt hatte. Was wir nicht können würden, denn unsere eingefrorenen Uhren verwehrten uns den Zugriff auf unsere Digi-Wallets. Aber egal, Jarrett hatte ja noch seine Holzlatte.

Wir gingen weiter, denn der Kühlschrank schien auch Jarrett magnetisch anzuziehen. Der Bewegungsmelder schlug an, die automatische Schiebetür öffnete sich und eine wohlklingende Frauenstimme hieß uns bei Sunoco willkommen. Jarrett ging hinter dem nächsten Regal in Deckung, ich hinterher. Wenn es doch einen Sicherheitsandroiden gab, dann war das der Moment, da er auf der Bildfläche erscheinen musste. Aber offenbar genügte Sunoco das Triumvirat aus Kameras, digitaler Kasse und Sicherheitstüre. Niemand kam, niemand schoss. Jarrett ließ die Holzlatte fallen, dann stürzten wir auf den Kühlschrank zu, rissen ihn auf und strahlten uns an.

Hinter uns klickte die Tür, weil wir uns jeder eine Flasche Deer Park Sparkling Water nahmen, aber wir gaben einen Scheiß auf das Klicken und schraubten gierig die blauen Deckel auf. Zum ersten Mal seit anderthalb Tagen trank ich etwas, das kein pappsüßes, klebriges Konzentrat war – und ich merkte schnell, dass mein Körper richtiges, noch dazu eiskaltes Wasser nicht mehr gewohnt war. Mein Bauch zog sich zusammen, ich krümmte mich vor Magenkrämpfen und auch Jarrett schien es nicht viel besser zu ergehen. Er ging an eines der Regale, riss einen Zwölferpack *Arrowhead* auf und drückte mir eine der Plastikflaschen in die Hand. *100 % Mountain Spring Water* stand auf dem Etikett, aber wichtig war nur, dass es nicht kalt, sondern lauwarm war und meinen Magen nicht zum Krampfen brachte.

Nach den ersten vorsichtigen Schlucken ließ ich es einfach in mich hineinlaufen. Binnen Sekunden war die Flasche leer, doch ich nahm mir einfach eine neue, denn wir waren im Schlaraffenland, und wenn es dort draußen so etwas wie eine Apokalypse gab, dann war sie weit, weit weg. Für den Moment gab es nur Wasser, Wasser und noch mehr Wasser. Ich spülte meine Kopfschmerzen einfach weg, flutete meinen matten Körper mit Flüssigkeit und er dankte es mir, indem er immer weiter Glückshormone produzierte.

Ich hatte gerade meine vierte Flasche Arrowhead aufgeschraubt, als unser Paradies jäh Risse bekam. An einer der Ladesäulen stand ein Auto. Wir hatten es beide nicht kommen hören, denn es war kein alter, krachmachender Monstertruck, sondern ein modernes, leises, autonom fahrendes Auto.

Reflexartig tauchten wir zwischen den Regalen ab. Es knackte laut, denn zielsicher, wie ich war, hatte mein Knie eine leere Plastikflasche gefunden. Jarrett langte nach seiner Holzlatte. In meinem Bauch gluckerte es.

»Da kann kein Mensch drinsitzen, oder?«

»Nein.« Laut der Militärdurchsage hatte der Logikvirus *sämtliche* Software in Ohio infiziert. Und die Softwarelösung dieses Problems konnte noch nicht gefunden worden sein, auch nicht während wir Arrowhead getrunken hatten, denn Jarretts Hologramm zeigte die ewig gleichen Sätze an.

Vorsichtig spähte er über das Regal nach draußen. »Ich glaube, das Auto hat uns nicht bemerkt. Es steht nur an der Ladesäule und … lädt.«

»Ja, aber wir müssen die Scheibe einschlagen, um hier rauszukommen.« Ich nickte in Richtung der Shoptüre, über der ein rotes Licht leuchtete. Es würde erst ausgehen, wenn wir unsere Getränke an der digitalen Kasse bezahlt hatten. Also nie. »Und wenn die Scheibe zu Bruch geht, wird uns das Auto ziemlich sicher bemerken.«

Jarrett nahm seinen Batmanrucksack ab und stellte ihn auf den Boden. »Tja, in dem Fall bleiben wir wohl lieber erst mal hier.«

Bis das Auto aufgeladen war? Das würde dauern. Aber andererseits: Gezapfter Strom konnte direkt an der Ladesäule bezahlt werden, falls Bezahlen für virenverseuchte Autos überhaupt noch ein Thema war. So oder so – das Auto würde weiterfahren, sobald es voll war. Und wenn es einen Ort gab, an dem wir mühelos Zeit überbrücken konnten, dann war es der Sunoco-Shop.

»Okay«, sagte Jarrett nach einer Weile und krabbelte ein Regal weiter, »kennst du dich mit amerikanischen Schokoriegeln aus?«

»Meinst du so was wie Snickers und Mars?«, antwortete ich überrascht.

»Nein, die nicht.« Er rutschte zurück, alle möglichen Riegel vor sich herschiebend. »Willst du mit dem Besten anfangen?«

Ich überlegte. »Nein, mit dem Zweitbesten.« Ich glaubte, zwei Riegel schaffen zu können, ohne dass mein Magen rebellierte.

»Mit dem Zweitbesten? Hm. Die Nummer eins ist klar. Aber danach ist das Feld ziemlich umkämpft. Also … was magst du denn so an Schokoriegeln?«

»Du meinst, was drin sein soll?« Ich zuckte mit den Schultern. Klar, ich aß die Dinger, vor allem, wenn ich mir die Nacht im Metaverse um die Ohren schlug. Aber ich hatte keine besonderen Vorlieben. »Kannst du für mich aussuchen?«

»Ohne zu wissen, was du so magst? Na schön, dann … probier den.« Er warf mir einen beige eingepackten Riegel namens *Whatchamacallit* zu. »Meine persönliche Nummer zwei.«

Ich setzte mich in den Schneidersitz und packte ihn aus. Der Riegel war ziemlich flach, aber breit, außenrum Schokolade, innen zerkleinerte Erdnüsse, Karamell und irgendwelche Knusperstückchen, Puffreis vielleicht.

»Und?« Jarrett machte sich ebenfalls einen Whatchamacallit auf. Mit nur einem Biss schrumpfte seiner um ein Drittel zusammen.

»Richtig gut«, sagte ich wahrheitsgemäß und mit vollem Mund. Der Whatchamacallit kam mir gar nicht so süß vor, aber wahrscheinlich lag das an meinem 1:0-Konsum von 1:80-Konzentrat. Ich blickte auf den Haufen von Schokoriegeln, der zwischen mir und Jarrett lag. »Und was ist deine Nummer eins?«

»Der hier.« Jarrett schob einen *Butterfinger* über den Fliesenboden.

Schon die blaue Schrift auf gelbem Grund kam mir irgendwie bekannt vor. Und als ich dann abbiss, wusste ich es. »Den kenne ich. Aber in Deutschland heißt er *Wunderbar*.«

»Won – da – bar?«

»Ja.« Ich lachte. »Aber Butterfinger ist der coolere Name.« Und der passendere für einen Riegel, der zur Hälfte aus Erdnussbutter bestand.

»Und? Wie findest du ihn?«

»Gut. Aber nicht besser als den Whatchamacallit.«

Jarrett lächelte und gab ein »O-kay« von sich. Mehr war nicht drin, in seinem Mundraum machte sich jetzt ein halber Butterfinger breit.

Ich ließ ihn fertig kauen, dann deutete ich aus dem Fenster unserer Schokoriegelbastion nach draußen. »Das Auto da – wieso ist es noch fahrtüchtig?« Alle anderen Autos, die wir seit unserer Flucht von der Farm gesehen hatten, waren es nicht mehr. Sie waren in entgegenkommende Fahrzeuge oder verglaste Gebäudefronten gekracht. Wie Selbstmordattentäter waren sie überall hineingerast, wo sie Menschen geortet hatten.

Jarrett schluckte den Rest *Butterfinger* hinunter. Sein Blick war wieder ernst. »Wahrscheinlich hat es noch keine Opfer gefunden.«

»Ja. Aber weißt du, was das heißt? Dass die Opfer ausgehen.«

Jarrett sagte nichts. Stumm verstaute er Wasserflaschen im Rucksack. Nach der sechsten waren Batmans Brustmuskeln ziemlich ausgebeult und Jarrett machte mit Schokoriegeln weiter. Doch er wirkte abwesend und seine Augen sahen glasig aus. Er war derjenige von uns, der aus Ohio stammte. Ich kannte niemand von den möglichen Opfern. Jarrett schon.

»Aber das muss nicht heißen, dass niemand mehr lebt«, sagte ich leise. »Autosensoren können keine Menschen erkennen, die sich in Kellern oder Dachböden verbarrikadieren.«

Jarrett zwang den Reißverschluss über den vollgepackten Kinderrucksack. Dann schluckte er und sah mich an. »Ich glaube, wir brauchen noch Tüten. Und vielleicht stehen irgendwo Benzinkanister herum. Der Monstertruck hat auch Durst.«

Wir krabbelten über den Fliesenboden und inspizierten die Regale, aber nirgendwo standen Kanister. Wir fanden auch keine Tüten, dafür sah Jarrett etwas anderes: Zahnpasta und Elektrozahnbürsten. Sie waren nicht aufgeladen, aber das hielt ihn nicht davon ab, sich die Zähne zu putzen. Kurz wunderte ich mich über seinen Eifer, dann fiel mir wieder ein, dass er das Thema Zähneputzen schon zweimal angeschnitten hatte. Ziemlich oft für anderthalb Tage Apokalypse. Ich für meinen Teil hatte bisher ganz gut mit ungeputzten Zähnen leben können – mein verschwitztes T-Shirt und mein ungeduschter Körper störten mich viel mehr. Aber gut, wir hatten Zeit und ich wollte nicht wie ein Neandertaler wirken, also drückte auch ich Paste auf eine Bürste, goss einen Schwapp Wasser drüber und fing an, mir die Zähne zu putzen.

Ich spürte Jarretts Blick auf mir, was das Ganze noch peinlicher machte. Sabberte ich etwa schon wieder? Möglichst unauffällig strich ich über mein spitzes Kinn, spürte aber weder Zahnpasta noch Speichel oder eine Mischung davon. Doch Jarrett sah mich weiter an. Und lächelte.

»Was? Was ist?«

»Nichts, nur …« Er lächelte noch immer, obwohl mein Tonfall unangemessen patzig gewesen war. »Als du gestern in Columbus in den SUV gestiegen bist, hätte ich nicht im Traum gedacht, dass wir anderthalb Tage später auf dem Boden einer Tankstelle sitzen und uns die Zähne putzen.«

Schlagartig entspannte ich mich, doch leider hielt die Wirkung nicht lange an. Kein Sabber, keine neue Peinlichkeit, dafür so etwas wie Vertrautheit. Die schön war. Mich aber auch nervös machte.

Ich hörte erst auf zu schrubben, als Jarrett aufhörte. Und jetzt, wohin mit dem Zahnpastaspeichel? Runterschlucken? Auf den Boden spucken? Jarrett klemmte sich die Bürste zwischen die Zähne, fingerte das Taschenmesser aus dem Seitenfach des Rucksacks und rammte die Klinge in eine leere Arrowhead-Flasche. Die obere Hälfte säbelte er ab. In die untere spuckte er aus. Als ob es das Normalste der Welt wäre. Ich versuchte, es ihm souverän nachzumachen, aber ich war nicht weniger nervös als vor dem Sprung vom Containerdach auf den Truck. Ich wollte meinen Zahnpastaspeichel kräftig auf seinen spucken, um zu vermeiden, dass mir ein Rest als Faden aus dem Mund hing, aber ich wollte auch kein lautes Spuckgeräusch von mir geben. Gott, in was für Dilemmas mich dieser Maschinenvirus zwang. Und war Dilemmas eigentlich die korrekte Pluralform?

Ich spuckte und bekam es einigermaßen hin. Kein Faden, kein allzu schlimmes Geräusch, kein irritierter Jarrett-Blick. Ich schob die abgesäbelte Flasche hinters Regal und dachte mir, dass wir unsere Spucke auch auf andere Art hätten vermischen können.

Na, jetzt werd mal nicht größenwahnsinnig, Hannah. Nur weil Jarrett immerzu deinen Arsch rettet und seinen Zahnputzbecher mit dir teilt, heißt das noch längst nicht, dass er dich küssen würde.

Eine Tatsache, der ich mir bewusst war und die mich ehrlich nicht störte. Denn diese neue, schöne und absolut ungewohnte Vertrautheit machte mich auch so schon nervös genug. Und wenn ich nervös war, machte ich komische Sachen. Manchmal drehte sich nur mein Daumen. Manchmal versuchte ich auch, meine Unsicherheit mit Worten zu überspielen.

»Warum bist du eigentlich so versessen aufs Zähneputzen?« Uh, üble Wortwahl. Und üble Frage.

Prompt verfinsterten sich Jarretts Züge. »Wie oft in deinem Leben«, presste er zwischen den frisch geputzten Zähnen hervor, »bist du ohne Zähneputzen ins Bett gegangen?«

»Ein paarmal«, piepste ich. Manchmal hatte ich es vergessen, meist war ich einfach zu faul gewesen.

»Bei mir waren es nicht nur ein paarmal. Wenn man klein ist und einem niemand sagt, dass man etwas Lästiges tun soll, tut man es auch nicht.« Sein zorniger Blick verlor sich im Zigarettenregal. Ziemlich genau dort, wo die türkisen Schachteln standen. »Ich bekam Zahnweh. So übel, dass ich anfing, freiwillig Zähne zu putzen. Einmal, als ich nichts mehr aus der Tube kriegte, bin ich abends um zehn noch zu Walmart. Das Geld hat gerade so für Zahnpasta und eine Schachtel Newports gereicht.« Er nahm den Blick von den Zigaretten und sah mich an. »Jetzt weißt du, warum ich so *versessen* aufs Zähneputzen bin.« Es klang nicht gut, wie er dieses Wort betonte. Geradezu ausspuckte. »Und du? Warum reibst du immer mit deinem Daumen über deinen Zeigefinger?«

Verdammt, da hatten wir es. Meine Wortwahl hatte ihn verletzt und jetzt schlug er verbal zurück.

»Weil …« Mein Gesicht konnte innerhalb einer halben Sekunde auf Brennofen-Modus schalten. »Weil …«

Weil ich ein Junkie ohne Droge bin. Weil ich einen kalten, radikalen Entzug durchmache. Und weil ich, verdammt nochmal, lieber im Metaverse unterwegs bin als im echten Leben, wo ich mich lächerlich mache mit meinem hochroten Schädel, meinem spitzen Kinn und meinen Härchen, und wo mein Daumen mich nicht einfach wegteleportieren und aus Situationen wie dieser retten kann.

»Ist es, weil du die meiste Zeit einen Meta-Controller in der Hand hältst?«

»W-was?« Er wusste es?! »Woher …?!«

»Lauren Giddey hat mir von dir erzählt, nachdem du dich in dein Zimmer verzogen hattest. Sie hat gesagt, dass sie und Quentin den Ferienjob ausgeschrieben hätten, weil sie jemanden brauchten, der die Maschinen einsetzt, während sie mit dir Ausflüge unternehmen. Dass du ein nettes Mädchen wärst, nur sehr unsicher, weil du dich mehr und mehr in die virtuelle Welt zurückgezogen hättest. Und dass sie und Quentin es toll fänden, wenn ich auch ein wenig Zeit mit dir verbrächte.«

Oh Gott, nein. Alles brach zusammen. Jarrett wusste nicht nur Bescheid über mich, er war auch *beauftragt* worden, sich mit mir abzugeben. Und ich, der lebensfremde Freak, hatte eben noch geglaubt, dass wir so etwas wie Freunde geworden waren. Und dass das womöglich noch gar nicht das letzte Level sein musste. Aber das war ein Trugschluss gewesen, typischer Hannah-Pöltl-Bullshit, denn der Multiplayer-Modus war Jarrett nur aufgezwungen worden. Und jetzt, da ich das endlich begriffen hatte, wollte ich nur noch eines: allein sein.

Mein Daumen konnte mich nicht retten, also kratzte ich meinen letzten Rest Würde zusammen, stand auf und nahm die Holzlatte. Ich holte aus und drosch meine kanalisierte Wut und die heiß glühende Scham gegen die Glastüre. Es regnete Scherben und wie aus weiter Ferne vernahm ich Jarretts Stimme. Aber ich hörte nicht hin und schaute nicht zurück. Ich schob mich an den Splittern vorbei durch die Tür und rannte los.

Ob ich wollte oder nicht – ich war ein Singleplayer.

Solar Single – Part I
Hannah

Ich war nicht blöd und auch nicht lebensmüde. Ich rannte nicht durch die Ladesäulen, wo sich das autonome Auto bereits abnabelte und den Motor startete. Ich rannte auch nicht zum Monstertruck, den ich nicht einmal hätte fahren können, wenn ich gewollt hätte. Nein, ich rannte in Richtung Solarpark, der gleich neben dem Parkplatz begann, und zwar umzäunt war, aber der Maschendraht reichte mir lediglich bis zur Hüfte. Ich musste nur ein Bein hinüberschwingen.

Natürlich war es nicht ganz so einfach. Nicht für mich. Ich drückte den Zaun mit den Händen runter, aber trotzdem musste ich mir das Bein schier ausrenken, um es mit Ach und Krach über den Maschendraht zu wuchten. Und das war nur das linke Bein. Beim rechten war es noch schwieriger, denn ich konnte keinerlei Schwung holen.

Ich plumpste über den Zaun und als ich mich auf der anderen Seite aufrappelte, sah ich, dass das Auto um die Ladesäule herum in meine Richtung fuhr. Jarrett war nirgendwo zu sehen. Er rief auch nicht nach mir. Alles, was ich hörte, war der nahezu lautlose Elektromotor meines Jägers.

Ich rannte an dem Spalier aus Solarmodulen entlang, bis ich so etwas wie einen Wartungsgang zwischen den Modulen fand: breit genug für mich, nicht breit genug für das Auto, das sich allein vom Zaun vermutlich nicht aufhalten ließ. Wenn ich das einzige Ziel war, das es geortet hatte, versteckte sich Jarrett wohl noch im Sunoco-Shop, verdrückte Schokoriegel und ließ die naive, weltfremde Hannah Pöltl den Köder spielen. Um dann, wenn mein Jäger weit genug weg war, mit seinem vollgepackten Rucksack das Weite zu suchen.

Singleplayer, Hannah. Du hast es selbst so gewollt.

Hatte ich. Und trotzdem taumelte ich schluchzend durch das Solarfeld. Als es hinter mir laut wurde, drehte ich mich um. Das Auto war durch den Zaun gebrochen, genau, wie ich es erwartet hatte. Doch ich hatte nicht erwartet, dass es *weiterfahren* würde. Wie ein Bulldozer pflügte es durch die zu beiden Seiten des Wartungsganges aufgestellten Solarmodule. Berstend brachen ihre Glasplatten.

Ich fuhr herum und rannte. Ich war immer noch traurig und zornig, doch vor allem hatte ich Angst, panische Angst.

Die Autoscheinwerfer leuchteten mir den Weg. Es ging beständig bergab, den Hügel hinunter, was meinem Tempo zugutekam. Trotzdem leuchteten die Scheinwerfer immer mehr des Ganges vor mir aus, denn offensichtlich hielten Solarmodule meinen Jäger nicht auf. Ich schaute über die Schulter, wollte sehen, ob sein Kühlergrill verbeult war oder seine Reifen platt. Ich musste dringend Hoffnung tanken, aber die Scheinwerfer blendeten mich.

Der Lichtkegel eilte mir immer mehr voraus und panisch stach ich vom Wartungsgang zwischen die Solarmodule. Der Kegel folgte mir, der Krach schwoll zu ohrenbetäubender Lautstärke an. Jetzt, da wir beide vom Weg abgekommen waren, musste das Auto noch mehr Hindernisse plätten, und tatsächlich: Es wurde etwas langsamer, der Lichtkegel schwächer. Auch seine Form hatte sich verändert und da das Licht nicht mehr ganz so grell war, erkannte ich, dass es nur noch aus einem Scheinwerfer stammte. Der Elektrojäger zeigte Zeichen von Schwäche, aber er war ja auch ein Auto, kein Panzer. Irgendwann *musste* er zu beschädigt sein, um mich weiter zu verfolgen.

Doch noch fuhr er und mein Vorsprung wuchs einfach nicht. Dadurch, dass ich nicht mehr bergab, sondern parallel zum Hang lief, war auch ich langsamer geworden. Und es gab noch ein Problem: Das Solarfeld war zwar riesig, aber nicht unendlich. Wenn ich am Ende angelangt war, musste ich es zügig über den Zaun schaffen, der eine echte Hürde darstellte. Und selbst wenn ich das irgendwie hinkriegte – auf dem freien Feld würde ich leichte Beute sein.

Solar Single – Part II
Jarrett

Jarrett hatte gewollt, dass seine Worte Wirkung zeigten. Er hatte erwartet, dass Hannah schweigen und wie auf Knopfdruck rot werden würde. Aber er hatte nicht damit gerechnet, dass sie die Holzlatte nehmen, die Glastür zerschlagen und losrennen würde. Ein derart entschlossenes Handeln hatte er ihr im Leben nicht zugetraut und nun war er derjenige, der bedröppelt zurückblieb und nicht wusste, was er tun sollte.

Er hatte nicht unüberlegt gehandelt, nein, er hatte Hannah bewusst gesagt, dass Lauren Giddey ihn gebeten hatte, sich mit ihr abzugeben. Er hatte sie verletzen wollen, genauso wie er vor dem Ausbruch des Virus seine Pflegeeltern hatte verletzen wollen. Er wusste, dass das ungerecht war, aber das ganze Leben war ungerecht und warum sollten nicht auch die anderen ein wenig von dem Schmerz und der Wut spüren, die seit seiner Kindheit in ihm brodelten?

Er hatte versucht, diese Empfindungen in sich einzuschließen, sie *wegzuschließen*, und die meiste Zeit funktionierte das auch. Aber manchmal brach die Wut einfach durch und dann richtete sie sich gegen diejenigen, die sich mit ihm abgaben. Gegen Desmond und Jazmine. Und gegen Hannah, deren Frage, warum er eigentlich so *versessen* aufs Zähneputzen war, ihn gedanklich zurück nach East Cleveland teleportiert hatte. Zurück auf die Brandfleckencouch, zurück zu seiner Mutter, die ständig geraucht, ihn aber nicht ein einziges Mal zum Zähneputzen angehalten hatte.

Doch seine Mutter war krank. Ernsthaft krank. Sie konnte nichts dafür. Und auch wenn sie sich nicht um ihn gekümmert hatte, *geliebt* hatte sie ihn.

Und Hannah? Das Mädchen aus Deutschland hatte ihm lediglich eine unbedachte Frage gestellt, ein unpassendes Wort in den Mund genommen. Das war alles und außerdem kannte sie ihn kaum, konnte nicht wissen, was in ihm gärte, und jetzt war sie weg und das war nicht, was er gewollt hatte. Und sie war nicht nur weg, sie war in Gefahr. In Lebensgefahr. Da draußen war ein Auto und dem Lärm nach zu schließen, war es hinter Hannah her.

Auf dem Boden standen die Zahnbürsten und die Zahnpasta und abgesehen vom Wasser gab es in diesem Sunoco-Shop nichts Wichtigeres. Aber in den verdammten Rucksack passte nicht mal mehr die Tube und er hatte keine Zeit, ihn neu zu packen. Also steckte er die Tube in die Hosentasche, ließ die Bürsten stehen, warf den Rucksack über die Schulter und schlüpfte endlich durch die zerborstene Glastür nach draußen.

Er stürzte dem Krach nach, stürmte durch den weggefetzten Zaun auf das Solarfeld, das jetzt einem Trümmerfeld glich. Er schrie sich die Kehle aus dem Leib, doch gegen den Höllenlärm der berstenden Module konnte er nicht ankommen.

Seine Eingeweide krampften sich heftig zusammen. Er hatte Hannah verletzen, seine Wut und seinen Schmerz auf ihr abladen wollen. Doch das Letzte, was er gewollt hatte, war, sie in den Tod zu treiben.

Solar Single – Part III
Hannah

Ich überlegte, auf ein Modul zu steigen und von dort auf die Motorhaube zu springen, aber ich glaubte nicht, dass ich es auf ein fahrendes Auto schaffen würde, geschweige denn, mich auf ihm zu halten. Was ich tun konnte, war in eine neue Reihe zu wechseln und dort weiterzurennen, so lange, bis das Elektroauto am Ende war.

Um die Sonne besser aufzufangen, waren die Solarmodule parallel zum Hang auf schrägen Ständern angebracht. Ich schätzte, dass ich schneller war, wenn ich auf sie kletterte, statt unter ihnen durchzukrabbeln, und sprang aus vollem Lauf auf das niedrige Ende eines Moduls. Meine Knie krachten auf die Glasplatte, ich fing mich mit den Händen ab und während hinter mir die Module platzten, krabbelte ich wie ein Käfer auf Speed höher. Mit wackligen Beinen stand ich auf, sprang ins Gras der nächsten Reihe und machte einen taumelnden Satz zur Seite. Es regnete Scherben, denn das Auto pflügte bereits durch die Module, auf denen ich eben noch gestanden hatte, und die Splitter akupunktierten mir Arme und Gesicht. Ich schrie, stöhnte und stürzte weiter, in die entgegengesetzte Richtung wie zuvor, eine Reihe oberhalb der Schneise der Verwüstung.

Das Auto wendete bereits, aber sein Wendekreis war deutlich größer als meiner. Der Lichtkegel beschrieb einen ausladenden Bogen und als er mich beinahe wieder erfasst hatte, ging das Licht aus.

Zunächst pflügte das Auto unbeirrt hinter mir her, zerstörte Modul um Modul. Aber nach einer Weile wurde es langsamer, der Krach nahm ab. Die Nacht war hell genug, um auch ohne Scheinwerfer etwas erkennen zu können, und mit jedem Blick über die Schulter fiel das Auto weiter zurück. Ob die Reifen platt waren, konnte ich nicht sehen, aber das berstende Glas hielt jetzt nicht mehr den Takt meines Herzschlages. Das Klirren wurde weniger und leiser. Und schließlich hörte es ganz auf.

Ich blieb stehen, drehte mich um und sah den Rauch, der aus der Motorhaube meines stillstehenden Jägers quoll. Und da wusste ich, dass ich gewonnen hatte.

Hannah Pöltl, *Autokiller*.

Socken, Pflaster, Größenwahn
Hannah

Ich keuchte nicht mehr. Ich lächelte sogar ein bisschen, weil ich lebte und das Auto rauchte. Und weil es meine Errungenschaft war, dass es rauchte. Aber dann sah ich Jarrett und da lächelte ich nicht mehr.

»Hannah, ich ...« Er trat auf mich zu und während mein Daumen ruhig war, knetete er nervös die Hände. »Ich wollte nicht, dass du wegrennst. Ich ... Oh, verdammt!« Er hatte meine Verletzungen von den umherschießenden Scherben bemerkt. »Bist du okay?!«

Ich blickte auf meine Hände und Arme, auf die blutigen Striemen, die die Glassplitter auf meiner Haut hinterlassen hatten. Mein Gesicht konnte ich nicht sehen, aber ich spürte eine Wunde auf meiner Wange und falls sie eine Narbe hinterließ, hatte sich das Thema *Real Life* wohl endgültig erledigt. Ich war also durchaus besorgt, aber ich sagte nicht, was ich dachte, sondern: »Das sind nur Kratzer.« Jarrett gegenüber wollte ich keine Schwäche mehr zeigen.

Stattdessen war endlich einmal er unsicher, wusste weder, was er sagen, noch, was er mit seinen Händen tun sollte. Es war äußerst befriedigend, ihm dabei zuzusehen und mich zur Abwechslung mal überlegen zu fühlen.

»Es tut mir leid, Hannah.« Er machte einen Schritt auf mich zu, steckte eine Hand in die Hosentasche und holte eine Zahnpastatube heraus. »Du konntest nicht wissen, warum ich so versessen aufs Zähneputzen bin.« Diesmal schleuderte er mir das Wort nicht entgegen, sondern sprach es normal, fast schon sanft aus. »Du hast nur gefragt und … eigentlich ist es schön, dass du fragst und wissen willst, warum ich bin, wie ich bin. Es gibt nicht viele Leute, die sich wirklich für mich interessieren. Ich meine, es *gab* nicht viele. Es ist nur … Da ist so eine Wut in mir drin und wenn sie rauskommt, bringt sie mich dazu, Menschen zu verletzen, die ich eigentlich nicht verletzen will. Es stimmt, Lauren hat mich gebeten, Zeit mit dir zu verbringen, aber sie ist tot und ich hätte dir das überhaupt nicht erzählen sollen, denn es ist überhaupt nicht mehr wichtig. Wir sollten zusammenbleiben, Hannah, und das sage ich nicht, weil Lauren Giddey es gewollt hätte, sondern weil *ich* es gerne möchte. Und weil dieser Wahnsinn noch nicht vorbei ist.«

Seine Augen waren wie Magnete für mich: Ich konnte mich ihnen einfach nicht entziehen. Und der Ausdruck in ihnen machte mich glauben, dass er seine Worte ernst meinte, was mich nicht kaltließ. Außerdem durfte ich nicht den Fehler machen, in Größenwahn zu verfallen. Ich war jetzt zwar ein Autokiller, aber ich war auch immer noch Hannah Pöltl.

Und trotzdem. Es reichte mir nicht, dass es *vernünftig* war, der Apokalypse zu zweit zu trotzen. Ich wollte mehr, ich wollte eine Bestätigung, dass es Jarrett bei alldem auch wirklich um mich ging. Selbst wenn das größenwahnsinnig war.

»Wir wissen doch beide, dass ich dir nur lästig bin. Oder warum genau willst du auf einmal, dass ich bei dir bleibe?«

»Du bist nicht lästig, Hannah. Du bist clever, hast gute Ideen und … stellst mir Fragen, die nicht einfach für mich sind, aber viel besser als die, die mir die meisten anderen stellen. Aber du kannst auch witzig sein und außerdem …«

Er brach ab, drückte verlegen auf seiner Zahnpastatube herum. Ich hätte gerne noch gehört, was nach dem »außerdem« gekommen wäre und wenn ich ehrlich war, wünschte ich mir auch, dass es noch irgendetwas Nettes über mein Äußeres gewesen wäre. Dass ich auf meine Art doch hübsch war oder so was. Aber ich wollte auch nicht komplett dem Größenwahn verfallen, was er über meine inneren Werte gesagt hatte, war mehr, als ich je von einem Jungen aus Fleisch und Blut vernommen hatte.

Clever. Witzig. Gute Ideen. Gute Fragen. Hatte er wirklich über Real-Life-Hannah-Pöltl gesprochen? Er hatte. Und als ich mir das vor Augen führte, spürte ich, wie sich irgendwo in mir drin ein Knoten löste.

Es fühlte sich gut und befreiend an und am liebsten wäre ich einfach nur dagestanden und hätte diese ungeahnte Veränderung genossen, aber Jarrett wartete auf so etwas wie eine Antwort.

»Okay«, sagte ich und rieb mit dem Daumen über den Zeigefinger. So überwältigt ich war, ich war auch wieder nervös. Doch diesmal verurteilte ich mich nicht dafür. Wenn einem zum ersten Mal ein Junge sagte, dass man clever, witzig und so weiter war, war es in Ordnung, ein bisschen nervös zu sein, schätzte ich.

»Okay … Heißt das, dass wir gemeinsam weiterziehen?« Kein Wunder, dass Jarrett nachfragte, denn *Okay* war nicht gerade eine eindeutige und entschiedene Antwort gewesen.

»Ja«, sagte ich und lächelte. Und dann lächelte auch er und alles, was noch fehlte, war ein Feuerwerk.

Doch wir hatten nur das rauchende Auto und Jarrett meinte, wir sollten verschwinden, ehe es zu brennen anfing, denn er hätte keine Ahnung, ob auch Solarmodule brennen konnten und wenn ja, wäre das ziemlich übel für uns. Ich glaubte, dass er das nur sagte, weil er nervös war und ich nicht der einzige Mensch sein konnte, der in diesem Zustand die Kontrolle über sein Mundwerk verlor. Aber selbst wenn – wir hatten keinen Grund hierzubleiben.

Jarrett konnte nicht sonderlich gut auftreten: Eine Scherbe hatte sich durch die Schuhsohle in seine Fußsohle gebohrt. Doch das war nur *eine* Wunde, wenn auch eine lästige, und ich hatte ein gutes Dutzend. In seinem Rucksack war noch das Desinfektionsspray, aber wir hatten keine Pflaster und er schlug vor, dass wir zum Sunoco-Shop zurückgehen und welche suchen sollten. Doch ich wollte nicht zur Tankstelle zurück, denn es war nicht auszuschließen, dass noch andere heil gebliebene Autos auf der Suche nach Opfern durch Ohio cruisen, und ich glaubte nicht, dass ich noch einen weiteren Autokill in mir hatte. Andererseits gelangte in offene Wunden leicht Dreck und Dreck bedeutete Eiter, Eiter bedeutete schlechte Wundheilung, schlechte Wundheilung klang verdächtig nach Narben und Narben nach einem jähen Ende meines gerade ein wenig in Fahrt gekommenen echten Lebens.

»Vielleicht ist im Kofferraum des Autos ein Verbandskasten«, überlegte ich. »Sind die Pflicht in Ohio?«

Jarrett zuckte mit den Schultern, aber dann lief oder humpelte er schon zum Auto zurück.

»Warte! Was ist, wenn es zu brennen anfängt?«

»Ich beeil mich«, rief er zurück, doch der neue, humpelnde

Jarrett war langsamer als der, den ich vom Paketdrohnenbombardement oder dem Sprint zurück zum Jägerstand kannte.

Außerdem wollte ich nicht mehr das abhängige Anhängsel sein. Ja, na ja, ein Teil von mir wollte es schon noch, aber andererseits wollte ich vor Jarrett auch gern so tun, als wäre ich jetzt eine neue, selbstständige und selbstbewusste Hannah. Also gab ich mir einen Ruck und rannte an ihm vorbei.

»Hannah, was …?« Er versuchte, mich einzuholen, aber ich ließ mich nicht einholen und rief, dass ich den Verbandskasten holen würde. Sollte es einen geben.

Aus der Motorhaube des – und das soll jetzt nicht angeberisch klingen – von *mir* gekillten Autos qualmte es mittlerweile ziemlich heftig.

»Sei vorsichtig!«, schrie Jarrett, woraufhin ich auf den Spitzen meiner Sneakers über den scherbenübersäten Boden stakste, damit es mir nicht wie ihm erging und meine neue läuferische Überlegenheit schon wieder endet.

Das Auto hatte hinten zwei platte Reifen, ansonsten war es an der Heckseite längst nicht so demoliert wie vorn. Die Kofferraumtür ließ sich noch öffnen und auch ohne Licht fand ich auf Anhieb einen Verbandskasten. Eigentlich war es eine Tasche und sie steckte links hinten, genau wie im Wagen meiner Eltern. Ich nahm sie und trippelte wie eine Ballerina, die dringend aufs Klo muss, über die Scherben zurück. Dann gingen wir über den Wartungsweg auf das Zufahrtstor zu, an dem wir mit dem Monstertruck vorbeigefahren waren. Es war verschlossen, also stiegen wir ein paar Meter daneben über den Maschendraht, den Jarrett für mich hinunterdrückte. Auf der anderen Seite angekommen, nahm er seinen Rucksack von der Schulter und räumte den Inhalt aus, bis er das Desinfektionsspray gefunden hatte.

»Streck deine Arme aus«, sagte er und schraubte den Deckel von einer Arrowhead-Flasche. »Zuerst mal müssen wir die Wunden auswaschen.«

Mit wir meinte er wohl sich und eigentlich fand ich den Gedanken, dass Jarrett das übernahm, fürsorglich und prickelnd intim. Aber auf meinen Armen wuchsen Heerscharen von Härchen, also streckte ich immer nur einen aus und goss selbst Wasser darüber. Es brannte ein wenig, aber ich wusste, das Spray würde schlimmer werden.

Jarrett holte ein Tuch aus der Verbandstasche, tropfte Wasser darauf und gab es mir, damit ich meine blutige Wange abtupfen konnte. Als das erledigt war, drückte er mir zwei von den Socken in die Hand, die wir aus einem der Pakete geholt hatten. »Hier, zum Abtrocknen.«

Vor dieser Nacht hatte ich mich noch nie mit Füßlingen abgetrocknet, aber in anderthalb Tagen Apokalypse hatte ich schon seltsamere Dinge getan. Danach spraytе ich mir Desinfektionsmittel auf Hände, Arme und die Wange. Es brannte wie Hölle auf den Wunden und obwohl ich auf die Zähne biss, konnte ich nicht nicht stöhnen.

Ohne dass ich ihn darum bat, übernahm Jarrett das Aufbringen der Pflaster, was praktisch, beängstigend und aufregend war. Praktisch, weil er zwei Hände benutzen konnte. Beängstigend, wegen der Härchen, die er vielleicht noch nicht in ihrer ganzen Bandbreite erfasst hatte, während er jetzt regelrecht mit der Nase darauf stieß, so nah wie er sich über meine Arme beugte. Doch er ließ sich nichts anmerken, schluckte nicht und rollte auch nicht mit den Augen, was mich zum dritten und letzten Punkt bringt. Auch wenn es peinlich ist, das zuzugeben – ja, das Ganze war aufregend für mich, denn bis dahin hatte ich, was Jungenfinger auf meinem Körper anging, nur die Griffel von Alexander

Kragler aufzuweisen und auf die konnte ich nicht gerade stolz sein, genauso wenig wie auf den Rest von Alexander Kragler. Da war Jarrett ein ganz anderes Kaliber.

Huuhuu, Erde an größenwahnsinnig gewordene Hannah! Falls du es nicht bemerkt hast: Er klebt nur Pflaster auf deine Wunden. Pflaster. Auf Wunden. Das. Ist. Alles.

War es. Aber trotzdem fühlte es sich weit aufregender an als bei Alexander Kragler, dem es um mehr als Pflaster gegangen war.

Und während Jarrett pflasterte, was er ziemlich geschickt und sanft tat, ging auf dem Trümmerfeld das Auto in Flammen auf. Es war kein Feuerwerk, aber es unterstrich meinen Triumph. In Gedanken reihte ich ein weiteres Mal die drei Worte aneinander, die jetzt untrennbar und für alle Ewigkeiten zusammengehörten. *Hannah Pöltl, Autokill–*

»Was grinst du so?«

»Nichts, äh, ich …« Ich war froh, dass die Nacht mein rotes Gesicht grau färbte. »Ich bin nur irgendwie stolz, dass ich das Auto geschrottet hab.«

Jetzt lächelte auch Jarrett, nickte und machte weiter. Ich überlegte kurz, ob mein Gesicht nicht lieber pflasterfrei bleiben sollte, schließlich gehörten meine hohen Wangenknochen zu den wenigen Dingen, die ich an mir mochte, aber die Wunde war sicher auch nicht gerade sexy. Und Jarretts Finger fühlten sich gut an auf meiner Wange. Auch wenn er nur pflasterte.

Das Auto stand mittlerweile komplett in Flammen, die Solarmodule nicht. Dem Gestank nach zu urteilen, schmorten sie vor sich hin, doch richtig brennen konnten sie offenbar nicht. Wir zogen weiter, ohne noch einen Abstecher zum Sunoco-Shop zu machen, denn von öffentlichen Orten hatten wir beide genug und außerdem hörte sich ein Rucksack voller Vorräte ziemlich ausreichend an, obwohl wir beide wussten, dass es eigentlich nur fünfeinviertel Flaschen Wasser und ein paar Schokoriegel waren. Doch fürs Erste waren wir satt, nicht mehr durstig und hatten Lust, uns etwas vorzumachen.

Wir liefen über die Wiesen, aber natürlich nicht nach Hatford Dale zurück, sondern in nordwestlicher Richtung, laut Jarrett. Ich hätte ihm auch Südosten abgenommen, denn ich besaß null Orientierungssinn und jetzt in der Nacht rettete mich noch nicht mal der Kinderreim vom Lauf der Sonne. Davon abgesehen war mir die Himmelsrichtung komplett egal, wichtig war nur, dass wir so etwas wie eine nette, einsame Jagdhütte fanden. Die nach Möglichkeit am Rand eines Waldes stand und nicht mitten darin, wo Metallaffen hausten.

Ich merkte, dass Jarrett nicht gut auftreten konnte, doch er thematisierte es nicht. In unserem Rücken erleuchtete das brennende Auto den Nachthimmel, aber nach einer Weile waren wir entweder zu weit weg oder das Feuer aus. Und dann ging plötzlich auch Jarretts Hologramm aus. Wir tauschten einen kurzen Blick, in dem Überraschung und Hoffnung mitschwangen, doch die Ernüchterung folgte sogleich. Denn meine Smartwatch zeigte immer noch die beiden beknackten Sätze an, was wohl bedeutete, dass der Maschinenwahnsinn weiterging und bei Jarretts Smartwatch lediglich der Akku leer war. Kein Wunder nach anderthalb Tagen Dauerhologrammanzeige. Doch vorerst hatten wir noch meine Uhr, um in Sachen Apokalypse auf dem Laufenden zu bleiben.

Es musste mittlerweile weit nach Mitternacht sein und nicht nur ich wurde müde, sondern auch Jarrett, der ja am Nachmittag nicht geschlafen hatte.

Die Jagdhütte aus meinen Träumen wollte und wollte nicht kommen und schließlich hielten wir an einem einsam auf einem

Buckel stehenden Baum an. Jarrett ließ den Rucksack auf den Boden plumpsen und ich mich.

»Das ist eine Rosskastanie«, sagte er und setzte sich ein wenig hölzern wegen seinem verletzten Fuß. »Ohios *State Tree*. Sozusagen ein Wahrzeichen.«

Der Baum war ziemlich mickrig, was ihn nicht gerade wahrzeichenmäßig aussehen ließ, aber mir hatte schon die mutmaßliche Ohioflagge in Hatford Dale nicht imponiert. Gemeinsam tranken wir den Rest unserer ersten Flasche Arrowhead (jetzt hatten wir nur noch fünf), teilten uns einen Butterfinger und putzten uns mit Zahnpastafingern die Zähne, da die Bürsten im Sunoco-Shop auf das Ende der Apokalypse warteten. Ich hatte mir noch nie die Zähne ohne Zahnbürste geputzt, aber es war ganz okay und da es für Jarrett auch das erste Mal war, hatten wir zumindest etwas gemeinsam. Dann verdrückten wir uns nacheinander, um unsere endlich wieder gefüllten Blasen zu entleeren. Ich fragte mich, was ich tun würde, wenn ich irgendwann nicht nur pinkeln musste – auch das war ein Aspekt, den es in der Apokalypse zu bedenken galt.

Als ich zurück war, folgte ich Jarretts Beispiel und rupfte dort, wo ich mein Gesicht abzulegen gedachte, ein paar der längeren Grashalme ab, damit sie mich nicht kitzelten. Wir lagen etwas näher beieinander als im Jägerstand und ich war ein bisschen aufgeregt deshalb, aber natürlich passierte nichts. Jarrett gähnte nur und wünschte mir eine gute Nacht, was ich ihm auch wünschte, und dann drehte ich mich weg, schob meinen vollgepflasterten Arm unter den Kopf und wartete darauf, dass ich einschlief.

Praktischerweise brauchte ich nicht lange zu warten. Blöderweise schlief ich auch nicht lange, denn die Sonne hielt sich sklavisch an den Kinderreim und ging viel zu bald und hell im Osten auf. Ich kann nicht genau sagen, wer von uns zuerst aufwachte, Jarrett oder ich, aber wir regten und streckten uns beide und schließlich sah ich aus dem Augenwinkel, wie er sich aufstützte, und schaute zu ihm rüber.

»Scheiß Sonne, oder?«

Ich nickte und lächelte ein bisschen, woraufhin auch er lächelte. Dann rieb er sich die Augen und stand auf.

»Bin gleich wieder da«, sagte er und ging in die Richtung, in die er schon vor dem Schlafengehen gegangen war. Doch diesmal war es hell und außer der Wahrzeichenkastanie hatte die Wiese keine Bäume oder Büsche zu bieten. Ich meinte, mich zu erinnern, dass Baum- und Buschlosigkeit typische Merkmale einer Steppe waren, aber was viel wichtiger war: Jarrett spürte meinen Blick auf sich. Er entgegnete ihn, woraufhin ich schnell wegsah und mich fürchterlich peinlich fand, weil ich ihm auf seinem Weg zum Pinkeln zugesehen hatte.

Beim eigentlichen Akt sah ich ihm natürlich nicht zu. Ich schaute noch nicht mal auf, als er wieder zurückkam. Ich musste selbst Pipi, aber ich hatte nicht die geringste Ahnung, wo ich jetzt, im Hellen, gehen sollte. Also blieb ich, wo ich war. Ich trank nur zwei oder drei Schlucke Wasser und lehnte auch ab, als Jarrett mir einen Whatchamacallit hinhielt.

Wir unterhielten uns ein bisschen über unsere Verletzungen, was mich an mein Schulpraktikum im Seniorenheim erinnerte, wo manche der alten Leute ritualsmäßig ihre Zipperlein aufgezählt hatten. Um es einigermaßen kurz zu machen: Jarrett hatte noch feine rote Äderchen in den Augen, ansonsten waren sie wohl wieder wie früher und meine auch. Seine Wunden von der Farmdrohne verheilten, dafür behinderte ihn seine verletzte Fußsohle, vor allem beim Auftreten. Ich für meinen Teil freute mich, dass die vom Pflanzenschutzmittel verursachten Pusteln verschwunden waren und mein Sonnenbrand laut Jarrett nicht schlimm aussah, was vielleicht sogar stimmte, denn er brannte und spannte nicht stärker als am Vortag. Dafür juckte es mich unter sämtlichen Pflastern. Doch ich widerstand dem Drang, sie abzumachen, denn wer auf dem Boden schlief, tat gut daran, das Thema Dreck in Wunden ernst zu nehmen. Außerdem waren unter den Pflastern eine Menge Härchen, weshalb das Abmachen eine schmerzhafte Angelegenheit werden würde.

Also kratzte ich durch die Pflaster hindurch und rutschte auf dem platt gelegenen Gras herum, weil ich mittlerweile dringend Pipi musste. Jarrett bemerkte es wohl, denn er schlug vor, schon mal vorauszugehen. Und was soll ich sagen? Ich nahm sein Angebot an, wartete ein bisschen und tat, was ich tun musste. Der Stamm der Rosskastanie war viel zu dünn und der Buckel, auf dem sie wuchs, viel zu niedrig, um mir Sichtschutz zu geben, aber Jarrett war nicht so peinlich wie ich und drehte sich nicht um.

Ich hatte ihn rasch eingeholt und da er nun lahmte, konnte ich auch in müdem Zustand mit ihm Schritt halten. *What a difference a day makes.*

Von links, was sicher auch irgendeiner Himmelsrichtung entsprach, rückte uns der Wald auf die Pelle, aber ich konnte an seinem Rand keine Jagdhütte entdecken. Noch nicht einmal einen brauchbaren Jägerstand. Wir sprachen darüber, ob wir in den Wald hineingehen sollten, doch weder Jarrett noch mich zog es so richtig dorthin, was nicht unwesentlich an unserer Begegnung mit den Forstrobotern lag. Gedanklich hielt ich mir die Option jedoch offen, auch weil ich immer noch keine Sonnencreme besaß. Fürs Erste war mir die Sonne aber angenehm, denn meine Arme und Füße waren noch ausgekühlt von der Nacht.

Wir hielten uns in Richtung mehrerer Windräder, die gar nicht so weit weg von uns in den Morgenhimmel wuchsen. In Deutschland gab es dort, wo Windräder standen, keine Häuser und in der am dünnsten besiedelten Gegend Ohios war es sicher nicht anders. Keine Häuser bedeutete ziemlich sicher keine Androiden oder Würgeroboter, aber natürlich mussten wir immer noch mit autonomen Landwirtschaftsmaschinen rechnen.

An meinen Haaren zupfte ein warmer Sonnenwind, doch die Windräder drehten sich nicht und ihre stillstehenden Rotoren warfen starre Schatten auf die Steppe. Sie sahen wie Mercedes-Logos aus, die man in Photoshop verzogen und ihrer Umrandung beraubt hatte. Tja, die Zeiten der Stromerzeugung waren in Ohio fürs Erste vorbei.

Ich fragte mich, ob es eigentlich Sinn machte, dass wir weiterliefen, oder ob wir uns nicht einfach in den Schatten eines Windrads setzen und die Zeit verstreichen lassen sollten. Aber: viereinhalb Flaschen Arrowhead. Nicht nichts, allerdings auch kein Vorrat für die Ewigkeit. Die US-Regierungshacker mussten endlich mal in die Gänge kommen und eine Softwarelösung an den Start bringen, was kein Ding der Unmöglichkeit sein konnte, wenn mit Gott doch alle Dinge möglich waren. Und wir – wir mussten wohl weiterziehen. Neues Wunschziel: Jagdhütte mit Brunnen. Alternativ: Fischerhütte am See.

Ich grübelte mal wieder ein bisschen über die beiden Sätze nach, die vielleicht so etwas wie der Schlüssel für diesen Wahnsinn waren, aber ich hatte keinen Schimmer, wer oder was hinter alldem stecken könnte. Und warum.

»Was machst du eigentlich so im Metaverse?«

Jarretts unerwartete Frage riss mich aus meinen Gedanken. Hatte er beim Marschieren über mich nachgedacht? Nein, natürlich hatte er nur meinen Daumen kreisen sehen. Und jetzt sah er mich rot werden, zum vermutlich hundertachtunddreißigsten Mal. Vielleicht war so ein richtig heftiger Sonnenbrand doch ganz erstrebenswert. Jedenfalls für jemanden wie mich.

»Äh, quatschen. Leute kennenlernen. Tanzen, feiern. Alles eben.«

»Tanzen?«

Klar, warum nicht?, dachte ich. Was ich sagte, war: »Was hast du denn so gemacht?«

»Im Metaverse? Meistens habe ich nur ein bisschen mit meinen Freunden rumgehangen. Meine Pflegeeltern haben meine Onlinezeit beschränkt.«

»Wie viel Zeit hattest du?«

»Eine Stunde am Tag.«

»Eine Stunde?!«

»Na ja, sie wollten, dass ich mich richtig mit meinen Freunden treffe. Nicht online.« Jarrett zuckte mit den Schultern. »Desmond und Jazmine sind was Technik und so angeht ziemlich altmodisch.«

»Aber … eine Stunde?!«

»Ich kann nichts dafür. Und irgendwie konnte ich sie auch verstehen, zumindest anfangs, als ich noch jünger war. Aber später habe ich mich natürlich ausgegrenzt gefühlt.«

Ein Gefühl, das ich nur allzu gut kannte – allerdings aus dem ach so tollen echten Leben, in dem ich keine einzige Freundin mehr hatte. Früher hatte ich eine *beste* Freundin gehabt, doch in der sechsten Klasse hatten die anderen angefangen, mich zu mobben, und nach einer Weile hatte sich auch meine Freundin beteiligt, wahrscheinlich um nicht selbst ausgegrenzt zu werden. Seitdem bedeutete das Metaverse für mich nicht nur Freiheit, sondern auch Realitätsflucht. Ich konnte dort anonym sein, aber ich war nicht unsichtbar.

Ich gab mir einen Ruck und suchte Jarretts Blick. Es gab nicht viel, was wir gemeinsam hatten, und es gab nicht viel, was ich von ihm wusste. Aber wenn ich seine Bemerkungen und die Tränen gestern richtig deutete, wollte auch er vor einer schmerzhaften Wahrheit fliehen. Es hatte mit seiner Mutter zu tun und mit seinen Pflegeeltern, die er auf eine Art und Weise verletzt haben musste, dass er nun glaubte, kein Zuhause mehr zu haben.

Sein noch frisches Kompliment über meine nicht einfachen, aber wichtigen Fragen ermunterte mich, dieses heikle Thema vorsichtig anzuschneiden.

»Wenn der Logikvirus deaktiviert ist und das alles hier vorbei ist … wohin gehst du dann, Jarrett?«

»Weißt du, warum ich mich für den Ferienjob bei den Giddeys gemeldet hatte?« Er blieb stehen und sah mich an. »Weil er mit Übernachtung war und ich nicht wusste, wo ich hinsollte. Tja, also, ich weiß es noch immer nicht.«

»Kannst du denn nicht zurück zu deinen Pflegeeltern? Zu Desmond und Jazmine?«

»Du weißt nicht, was passiert ist. Und was ich kaputt gemacht habe.«

»Nein. Aber … ich würde es gerne wissen.«

Sein Blick verlor sich im Nichts. »Du würdest es nicht verstehen. Du würdest *mich* nicht verstehen.«

»Vielleicht ja doch.«

Sein Mund klappte auf und wieder zu. »Das … kann ich nicht in fünf Sätzen erzählen«, sagte er schließlich. »Das ist eine längere Geschichte. Und keine schöne.«

»Ich würde sie trotzdem gern hören«, sagte ich leise. Und dann gab sich Jarrett einen Ruck und erzählte.

Muttermedizin
Jarrett

Eigentlich wollte Jarrett das, was vor dem Ausbruch des Logikvirus passiert war, nicht noch einmal durchleben. Er hatte kein Bedürfnis, seine Geschichte zu erzählen, denn die Fehler, die er gemacht hatte, ließen sich nicht rückgängig machen.

Aber vielleicht trieben sie ihn danach nicht mehr ganz so sehr um? Außerdem war Hannah klug und, wie es den Anschein machte, mitfühlend. Obwohl er sie gewarnt hatte, *wollte* sie seine Geschichte hören. Na schön. Sie würde sie kriegen, auch auf die Gefahr hin, dass sie ihn danach mit anderen Augen sah. Bloß, wo sollte er anfangen?

Vielleicht eine Woche vor Ausbruch des Logikvirus. An dem Tag, an dem ausnahmsweise nicht nur Jazmine, sondern auch Desmond und er Pinsel in den Händen gehalten hatten.

Meine Pflegemutter malt. Im Hard-Edge-Stil, ziemlich abstrakt. Stell dir eine Mischung aus Street-Art und Mathe-Graphen vor. Sie malt nur hobbymäßig, aber sie ist gut. So gut, dass eine Galerie in Columbus ihre Bilder ausstellen wollte. Ihre erste eigene Ausstellung – sie war richtig stolz, aber ich glaube, Desmond war noch stolzer.

Er und ich waren eigentlich auf dem Weg nach draußen, aber er blieb hinter Jazmine stehen und schaute ihr, wie so oft, über die Schulter.

»Das ist dein bisher bestes Bild, Jaz! Sie werden es lieben!« Und das sagte er nicht nur, weil er sie liebt. Es stimmte auch.

Wir nahmen Jazmines Radio mit, das älter ist als sie und voller Farbspritzer und man kriegt damit auch nur Radiosender für alte Leute rein. Aber wie gesagt, meine Pflegeeltern sind nicht gerade

Technikfreaks. Desmond steckte Akkus in das Radio und dann gingen wir nach draußen, hörten Musik und strichen Bitumen auf unsere Kellerwände, denn wir hatten im Frühjahr Wasser im Keller gehabt.

Auf einmal stand meine leibliche Mutter im Garten, einfach so. Es war Jahre her, dass sie mich besucht hatte und nicht ich sie, und sie hatte nicht Bescheid gegeben oder sich angemeldet oder so was. Ich spürte, dass Desmond sauer war, weil sie sich nicht an die vorgegebenen Regeln hielt, aber er schickte sie auch nicht gleich wieder weg. Er ging sogar mit dem Eimer Bitumen und seinem Pinsel nach hinten, um die Rückwand unseres Hauses anzustreichen, obwohl wir mit der Vorderseite noch gar nicht fertig waren.

Meine Mutter sagte, dass es ihr viel besser gehen würde, und als wir redeten, war sie voller Energie. Gar nicht so, wie ich sie kannte und ich war irritiert deswegen, aber es war auch schön, sie so zu sehen. So … lebendig.

Irgendwann kam Desmond wieder um die Ecke. Aber bevor meine Mutter ging, umarmten wir uns und sie hauchte mir ins Ohr, dass sie mich anrufen würde. Eigentlich hatten wir feste Telefonzeiten verabredet, doch sie ging nur selten dran und rief auch nie zurück. Aber an dem Tag, an dem sie auf einmal aufkreuzte, redete sie mehr als in zehn Telefonaten zusammen.

Später hörte ich, wie Desmond Jazmine davon erzählte. Er hatte gelauscht hinter dem Haus und soweit ich das von meinem Zimmer aus mitbekam, war auch Jazmine nicht begeistert über den unangemeldeten Besuch. Und sie waren beide skeptisch, was den veränderten Zustand meiner Mutter anging.

Zwei Tage bevor der Virus ausbrach, wollte ich dann bei einem Jungen aus der Schule übernachten. Seine Eltern waren weggefahren, doch Desmond und Jazmine wussten, um wen es ging, und *ließen mich nicht. Kein guter Umgang und so weiter. Also war ich in meinem Zimmer, als auf einmal meine Mutter anrief. Sie hörte sich gut und gesund an und wir redeten ein bisschen, aber dann kam Desmond rein. Er musste wieder gelauscht haben, denn er ging sofort an meine Smartwatch und sagte meiner Mutter, dass sie nicht mehr unangemeldet vorbeikommen oder anrufen sollte, ansonsten würde er das CPS informieren. Und dann beendete er das Gespräch und sagte, dass er und Jazmine mit mir reden müssten. Über meine Mutter. Aber ich wollte nicht über sie reden, ich wollte mit ihr reden!*

Und dann stritten meine Pflegeeltern und ich. Streiten wollte ich, denn sie ließen mich nicht zu der Übernachtungsparty, ließen mich nur eine Stunde am Tag ins Metaverse und jetzt ließen sie mich noch nicht mal mit meiner Mutter reden – und das, wo es ihr endlich besser ging.

Was Jazmine und Desmond bezweifelten. Wir stritten heftig und ich hatte nicht das Gefühl, dass sie mich verstanden. Irgendwann ging ich in mein Zimmer, knallte die Tür zu und schrieb meiner Mutter, dass die beiden mir nichts erlaubten und nicht wahrhaben wollten, dass sie, also meine Mutter, nicht mehr krank war. Es dauerte keine Minute, dann war ihre Antwort da. Sie schrieb, dass sie sich so gut wie ewig nicht mehr fühle und dass ich ihr leidtäte, denn sie wüsste ja, wie selbstständig ich schon immer gewesen sei. Und dann schrieben wir hin und her, während Desmond und Jazmine in einem fort an meine Tür klopften. Irgendwann fragte ich meine Mutter, ob ich nicht wieder bei ihr leben konnte, jetzt da es ihr gut gehe. Sie schickte zwanzig Herzen und schrieb, dass sie gleich morgen einen entsprechenden Antrag stellen würde. Ich war glücklich, aber dann recherchierte ich im Netz und las in einem Forum, dass es Monate dauert, bis so ein Antrag geprüft und genehmigt wird – wenn überhaupt.

Ich schrieb meiner Mutter und sie antwortete, dass ich doch auch schon vorher kommen könne. Wenn ich wollte, gleich morgen, schließlich seien ja Ferien, und dann könnten wir den Antrag zusammen ausfüllen und alles würde gut werden, zwischen uns und überhaupt. Ihre Nachrichten klangen euphorisch und ich ließ mich nur zu gerne anstecken. Also suchte ich eine Busverbindung nach Cleveland heraus, holte meine alte Tasche aus dem Schrank, stopfte ein paar Klamotten hinein und wartete, bis meine Pflegeeltern ins Bett gegangen waren – denn sie hätten mich niemals allein zu meiner Mutter fahren lassen.

Spätabends gab es ein Gewitter. Was gut war, denn der Regen prasselte so laut in die Dachrinne, dass er meine Schritte auf der Treppe übertönte. Im Wohnzimmer stand das Bild, an dem Jazmine für die Ausstellung malte, und da stand auch wieder das Radio mit den Spritzern, aber der Eimer mit der Bitumenfarbe war noch draußen unter dem Vordach, da Desmond noch ein zweites Mal über die Kellerwände gehen wollte. Weißt du, was Bitumenfarbe ist? Nein? Also, im Grunde ist es flüssiger Teer, den man zum Abdichten von Wänden und für Straßen und so nimmt, aber ich ... Ich bin ins Haus zurückgeschlichen und habe mich vor Jazmines Bild gestellt, auf das sie und Desmond so stolz waren und das so gut wie fertig war, nachdem sie wochenlang daran gemalt hatte. Ich war wütend auf meine Pflegeeltern und voller Adrenalin, wollte mich an ihnen rächen und ... ihnen wehtun, so wie dir im Sunoco-Shop. Also tunkte ich den dicken Pinsel in die Bitumenfarbe und beschmierte die Leinwand, bis sie ganz schwarz und mit einer dicken, stinkenden Teerschicht überzogen war. Danach rannte ich aus dem Haus, stieg in den Nachtbus und fuhr nach East Cleveland.

»Und dann?«, sagte Hannah nach einer Weile.

Jarrett lief schweigend weiter. Das Gelände stieg jetzt sanft, aber beständig an. Eine weitere Anhöhe, von denen es im Süden von Ohio anscheinend so einige gab.

»Was war in East Cleveland? Warum bist du nicht bei deiner Mutter geblieben?«, fragte Hannah zaghaft.

Jarrett sah sie an. Offenbar wollte Hannah also auch diesen Teil seiner beschissenen Geschichte hören. Na gut, wenn sie die volle Dröhnung wollte, hier war sie.

Als ich in East Cleveland aus dem Nachtbus gestiegen bin, rief Desmond an. Aber ich ging nicht dran, sondern umarmte meine Mutter, die an der Haltestelle wartete und mich anlächelte. Wir frühstückten, saßen nebeneinander auf der Couch und füllten den Antrag auf ihrer Smartwatch aus. Keine Ahnung, ob er durchgegangen wäre und ob ich je wieder offiziell bei ihr hätte leben dürfen, aber an diesem Vormittag lebte ich nur im Augenblick. Der Antrag war lang, aber wir füllten abwechselnd die Felder aus und meine Mutter lachte, wenn ich auf ihrem Unterarm herumdrückte, auf den die Tasten projiziert waren. Danach kochten wir zum ersten Mal überhaupt gemeinsam Mittagessen und sie sagte mir, wie stolz sie auf mich war.

Als es klingelte, wusste ich sofort, dass es Desmond und Jazmine waren. Wir machten nicht auf, aber sie klingelten immer weiter und redeten gegen die Wohnungstür an, so wie am Abend vorher gegen meine Zimmertür. Es zog mich runter und meine Mutter auch, jedenfalls dachte ich das, denn sie wirkte niedergeschlagen und … abwesend.

Ich wollte sie so nicht sehen. Also rief ich, dass Desmond und Jazmine verschwinden und mich in Ruhe lassen sollten. Dass mein Zuhause hier sei, bei meiner Mutter, und dass ich nie wieder zu-

rück in ihr verdammtes Gefängnis wollte. Als ich Atem holte, sah ich, dass meine Mutter Löcher in die Luft starrte, und da riss ich die Tür auf, funkelte Desmond und Jazmine an und schrie ihnen ins Gesicht, dass ich nicht nur ein Bild hätte übermalen sollen, sondern alle. Dass ich sie hasste und dass sie sich endlich verpissen sollten. Aus East Cleveland und aus meinem Leben. Und dann knallte ich ihnen die Tür vor der Nase zu und ging zu meiner Mutter zurück.

Ich wartete darauf, dass sie mich in den Arm nahm und tröstete. Oder wenigstens etwas sagte. Aber sie murmelte nur: »Bin gleich wieder da«, und ging ins Bad. Durch die Wohnungstür hörte ich die Stimmen von Desmond und Jazmine, aber auch die von Mamas Nachbar, der ziemlich aggressiv war wegen des Krachs. Es war noch derselbe Nachbar wie früher. Niemand, mit dem man sich gerne anlegt.

Meine Pflegeeltern kuschten, aber kurz darauf rief Desmond auf meiner Smartwatch an. Ich ging nicht dran, ließ seine Anrufe und Nachrichten blockieren. Dann war meine Mutter wieder da und diesmal nahm sie mich in den Arm. Sie sagte mir, dass ich mich nicht länger über meine Pflegeeltern ärgern müsste, weil ich einfach bei ihr bleiben könnte. Sie war wieder richtig euphorisch und ich schob es darauf, dass wir nicht mehr von Desmond und Jazmine terrorisiert wurden, und nach einer Weile ließ ich mich wieder von ihr anstecken. Wir saßen auf der Brandfleckencouch, aßen unsere Makkaroni, redeten und lachten und ich dachte mir, dass diesmal vielleicht wirklich alles gut werden würde.

Aber irgendwann wurde sie wieder stiller. Sie wirkte müde und ich fragte sie, ob sie sich ein wenig hinlegen wollte. Sie sagte, dass sie nur kurz ins Bad müsse, und als sie nach ein paar Minuten zurückkam, war sie aufgekratzt, schaltete Musik an und fragte mich, ob ich Lust hätte zu tanzen. Ich war ziemlich verwirrt und *sagte nein, aber sie zog mich von der Couch und dann tanzten wir und es war nur am Anfang seltsam. Als sie erschöpft war, setzten wir uns wieder. Ich erzählte ihr vom Leichtathletikteam und sie drückte meine Hand und fing zu weinen an. Ich hatte sie davor nur ein einziges Mal weinen sehen, damals, als ich neun war und klar wurde, dass ich zu Pflegeeltern kommen würde. Ich fragte sie, warum sie weinte, und sie sagte, weil sie so stolz auf mich sei. Und dann weinte sie immer heftiger und schluchzte, dass sie eine furchtbare Mutter sei und ich sagte, dass das nicht stimme, dass sie ja nichts dafür könne und dass ihre beschissenen Depressionen schuld seien, nicht sie.*

Aber ich schaffte es nicht, sie zu trösten, und sie weinte immer weiter, bis sie irgendwann aufstand und ins Bad ging. Als sie nach ein paar Minuten zurückkam, war sie wieder wie verwandelt. Ich fragte sie, was sie da im Bad eigentlich mache, und sie sagte, sie habe endlich eine Medizin gefunden, die ihr helfe, und die nehme sie nun regelmäßig. Sie war wieder aufgekratzt, aber ich konnte mir nicht vorstellen, dass Tabletten gegen Depressionen so schnell und so radikal wirkten. Ich sagte, ich müsse mal aufs Klo, aber ich ging nicht aufs Klo, ich durchsuchte ihr Bad und schließlich fand ich ihre … Medizin.

»Und die war?«, fragte Hannah, weil er verstummt war.

»Weißt du, East Cleveland ist eine üble Gegend«, antwortete er mit einem Schnauben. »Kriminalität, kaum Arbeit, keine Perspektiven. Wahrscheinlich hört sich das komisch an, aber ich war immer stolz darauf, dass meine Mutter nur süchtig nach Mentholzigaretten war. Doch dann fand ich in ihrem Bad weißes Pulver und wusste sofort, dass es Kokain war. Und wie ich da so stand, mit dem Tütchen Kokain in der Hand, da begriff ich, was ich schon vorher hätte begreifen müssen: dass die euphorischen Momente meiner Mutter von der Droge kamen. *Nur* von der Droge. Dass sie nicht gesund war und dass sie es auch nicht werden würde, denn es war nur eine Frage der Zeit, bis sie das Kokain nicht mehr nur schnupfen, sondern spritzen würde. Und da sie mit dem Verticken von Tabletten nicht weit kommt, ist es auch nur eine Frage der Zeit, bis sie *alles* tun wird, um an Geld für neuen Stoff zu gelangen. Ich weiß, wie das läuft, Hannah. Ich wusste es schon als Kind.«

Sie schluckte. Das war alles ziemlich viel für sie, er konnte es sehen. Und es war auch kein Wunder, schließlich war sie nicht wie er auf einem Scherbenhaufen aufgewachsen.

»Hast du … mit ihr darüber geredet?«

»Mit meiner Mutter? Nein, sie war auf ihrem Trip und ich so enttäuscht und … angewidert. Ich habe meine Tasche genommen, bin aus ihrer Wohnung und ohne Ziel und Plan durch East Cleveland geirrt. Und wenn die Maschinen da schon durchgedreht wären – ich weiß nicht, ob ich mich gewehrt hätte. Aber da waren keine würgenden Roboter und ich hatte keine Ahnung, wo ich hinsollte, ich wusste nur, dass ich auf keinen Fall zu meiner Mutter zurückwollte oder zu Desmond und Jazmine. Und da Ferien sind, habe ich meine Smartwatch nach Ferienjobs mit Übernachtung suchen lassen. Ich habe Quentin angerufen, mich noch ein wenig in East Cleveland herumgetrieben und bin dann wieder in den Nachtbus gestiegen. Und am nächsten Tag in den SUV der Giddeys.«

Hannahs Gesicht sah jetzt aus wie ein Batikshirt. An den roten Flecken war die Sonne schuld. An den weißen seine Geschichte. Sie nahm tatsächlich Anteil an ihm.

»Hast du noch mit deiner Mutter oder deinen Pflegeeltern telefoniert? Ich meine, bevor der Virus ausbrach?«

Sie waren beinahe auf der Kuppe der Anhöhe angelangt, aber

das letzte Stück war am steilsten und durch seinen verletzten Fuß zuckte jedes Mal, wenn er auftrat, ein dumpfer Schmerz.

»Nein, ich wollte nicht mit meiner Mutter sprechen. Ich war voller Hoffnung gewesen, Hannah, aber sie hat diese Hoffnung zerschmettert und mit Füßen getreten.«

»Und deine Pflegeeltern? Hast du mit denen noch gesprochen?«

»Nein«, sagte er und spürte, wie ihm Tränen in die Augen traten. Er hatte sich nicht dazu durchringen können, seine Pflegeeltern anzurufen, denn dazu hatte er sich viel zu sehr geschämt. Und jetzt … jetzt würde er vielleicht nie mehr mit ihnen sprechen können. Jazmine und Desmond besaßen nur einen Staubsaugerroboter, doch ihre Nachbarn hatten eine Menge Maschinen.

Er würgte die Tränen ab, denn er wollte nicht schon wieder vor Hannah weinen. Sie suchte seinen Blick und anscheinend las sie in seinen Augen, wovor er Angst hatte, denn sie sagte: »Wir beide leben noch, Jarrett. Warum nicht auch deine Pflegeeltern?«

»Hannah. Columbus ist eine Millionenstadt und außer meinen Pflegeeltern haben alle, wirklich ALLE Haushalts- und Sicherheitsandroiden. In Columbus braucht es keinen Auslieferungslastwagen voller Pflegeroboter. Da wimmelt es auch so vor Maschinen!«

»Ja, aber vielleicht hatte Jazmine ihr altes Radio angeschaltet und sie und Desmond haben sich rechtzeitig verbarrikadiert. Und außerdem: Columbus ist die größte Stadt in Ohio, oder? Dann müsste es da doch einen dieser Militärstützpunkte geben, von denen sie im Radio gesprochen haben?«

»Ja«, sagte er, »es gibt eine Militärbasis nördlich der Stadt.«

»Dann«, sagte Hannah, »gibt es auch Hoffnung.«

Er schwieg und dachte an die Radiodurchsage, in der es geheißen hatte, dass das Militär von seinen Stützpunkten aus versuche, die Lage unter Kontrolle zu bringen. Vermutlich versuchten sie es wirklich, denn sie konnten ja schlecht zuschauen und nichts tun. Aber mehr als auf das Militär kam es auf seine Pflegeeltern an. Darauf, ob sie sich rechtzeitig von der Außenwelt abgeschottet hatten.

Er hatte seine Geschichte eigentlich nicht erzählen wollen, aber jetzt war er froh, es getan zu haben. Hannah war eine gute Zuhörerin und obwohl sie nicht viel gesagt hatte, hatte sie es geschafft, ihm ein Stück Zuversicht zurückzugeben.

Ein wenig steif, aber dankbar nickte er ihr zu und sie schien sich über diese kleine Geste zu freuen, denn sie lächelte und die weißen Flecken in ihrem Gesicht wurden zu roten. Sie merkte es wohl, denn sofort beschleunigte sie ihre Schritte.

»Fuck«, stöhnte sie, als sie oben auf der Anhöhe angelangt war.

Und dann war auch er oben auf der Kuppe und stöhnte innerlich, denn auf der anderen Seite duckte sich eine Farm an den Hügel.

Jarrett musste an Quentin und Lauren Giddey denken, an den Feldpanzer und die sprühenden Drohnen. Von Farmen hatte er definitiv genug und er wollte schon von der Kuppe zurücktreten, aber dann blieb er doch stehen und schaute auf die zwei Wohnhäuser und die Scheune, auf deren Dächern *keine* Solarzellen waren. Und da war auch kein Windrad und vor allem nirgendwo Maschinen, nur zwei Pferde, die auf einer Koppel am Hang grasten, und Hühner, die zwischen Gemüsebeeten und einem Gewächshaus herumliefen. Hinter einer Hecke aus Beerensträuchern begann eine Apfelbaumwiese und unten, auf der ebenen Fläche, reihten sich ein kleines Maisfeld, ein überschaubarer Acker und zwei Stoppelfelder aneinander. Aus den abgeernteten

Stoppeln erhoben sich Getreidebündel, die wie Zelte zusammengestellt waren, und hinter einem der Bündel tauchte plötzlich ein Kind auf.

Deitsch
Hannah

Eigentlich hätte ich gerne Jarretts Geschichte verdaut oder es zumindest versuchen wollen, aber da waren diese kleine, irgendwie aus der Zeit gefallene Farm und dieses Kind. Nein, da waren zwei Kinder, die eindeutig lebten und eindeutig keine Androiden waren, denn Androiden tapsten nicht ziellos über Stoppelfelder und kauerten sich auch nicht hinter Getreidewigwams, so wie dieses kleine Mädchen und der nicht viel größere Junge, die unschuldig Verstecken spielten, während der noch atmende Rest Ohios sich tatsächlich versteckte. Oder es endlich tun wollte, so wie Jarrett und ich.

»Weißt du, was das hier ist, Hannah?«

Ich wusste, was es *nicht* war. Nämlich kein Wunschtraum und Hirngespinst wie die einsame Jagdhütte oder die Fischerhütte am See. Diese Farm war real und mit ihr die Tiere und Kinder, die nicht verwahrlost oder verzweifelt wirkten, weshalb es auch irgendwo Erwachsene geben musste. Und als ich das verstanden hatte, wusste ich auch, was die Farm für uns sein konnte.

»Wenn die Menschen hier nett sind, Jarrett, dann ist das der Ort, an dem wir bleiben, bis der Wahnsinn vorbei ist!«

Wir liefen den Hang hinunter und anfangs hatte ich Angst, dass dieser wahr gewordene Traum wie eine Seifenblase zerplatzen könnte. Wir gingen an Apfelbäumen vorbei, an gackernden

Hühnern und der nach Scheune riechenden Scheune und nichts davon zerstob oder zerplatzte vor meinen Augen. Erst als wir den Kindern so nahe waren, dass ich einen genauen Blick auf ihre Kleidung werfen konnte, bekam ich wieder Zweifel. Der Junge trug ein kurzes Hemd, eine Stoffhose mit am Rücken überkreuzten Hosenträgern und jetzt zog er hinter einem der Getreidewigwams auch noch einen Strohhut hervor. Das Mädchen hatte ein Kleid an, aber es besaß keinen Aufdruck, keine Pailletten und noch nicht einmal ein Muster, nur ein paar Knöpfe am Rücken, das war alles – und diese einfache, altertümlich wirkende Kleidung ließ mich stutzen. Waren Jarrett und ich vielleicht durch irgendein unsichtbares Wurmloch geschritten oder auf andere Weise in der Zeit zurückgereist? *Weit* in der Zeit, denn noch nicht einmal meine Eltern sahen auf ihren Kinderfotos *so* altmodisch aus.

Ich war nicht gut darin, das Alter von Kindern anhand ihres Aussehens zu schätzen, aber die beiden hier waren noch klein, und mit klein meine ich, richtig klein, nicht so wie meine Schwester Mara. Sie waren auch barfuß, obwohl sie sich über ein Stoppelfeld bewegten, und allein beim Zuschauen konnte ich das Piksen der Stoppeln spüren. Die Kinder aber schien es nicht zu stören.

Wir waren nun schon in Hörweite. Das Mädchen beklagte sich, dass der Junge sie zu schnell gefunden hatte, und auch wenn ich es nicht glauben konnte: Das Mädchen tat es nicht in amerikanischem Englisch. Und der Junge rechtfertigte sich auch nicht auf Englisch.

»Jarrett, sie reden Deutsch!«
»Das ist Deutsch?«
»Ja. Nein. Ich meine … es ist schon Deutsch. Aber ein komisches.« Ich war verwirrt, denn die Kinder sprachen irgend-

einen seltsamen Dialekt. Sie verschluckten Konsonanten, vertauschten Vokale und benutzten komische Wörter. Aber das meiste konnte ich verstehen.

»Hannah, wenn das wirklich Deutsch ist, dann … weiß ich, warum es hier keine Maschinen gibt und warum die Kinder aussehen, als hätten sie ihre Kleidung aus einem Museum!«

Jarrett kam nicht dazu, mir zu erklären, was hier seiner Meinung nach los war, denn die beiden Kinder hatten uns bemerkt. Sie waren wohl Geschwister, denn auch wenn das Mädchen blonde Haare hatte und unter dem Strohhut des Jungen braune hervorschauten, sahen sie sich irgendwie ähnlich. Das Mädchen versteckte sich hinter ihrem Bruder, spitzelte aber pausbäckig und neugierig an ihm vorbei. Der Junge starrte uns ungeniert an.

»Ferwas hoscht du so viele Blaschder?«

Die Frage galt mir. Ich verstand sie und beantwortete sie auf Deutsch, das ich seit dem Flughafen nicht mehr gesprochen hatte.

»Ich habe so viele Pflaster, weil ich vor einem Auto weggelaufen bin.«

»Au-doo?«

»Auto. Car.« Ich stellte mich schon darauf ein, Brumm-Brumm oder Vroom-Vroom zu machen, aber der Junge nickte verständig.

»Aah, Kar. Ya, Maschiene sinn iwwel.«

»Äh … ja. Ich bin übrigens Hannah. Und das ist Tschärett. Er spricht nur Englisch. Sprecht ihr auch Englisch?«

»Nee, eensich Deitsch. Awwer Maemm un Daedd duh Englisch schwetze.«

»Eure Mum und euer Dad? Könnt ihr uns zu ihnen bringen?«

»Zu ihne bringe? Allreit. Kumm, Märy.« Der Junge nahm die Hand seiner Schwester und lief mit ihr auf die beiden Häuser zu, von denen eines deutlich größer als das andere war.

»Sie sprechen kein Englisch«, wisperte ich Jarrett zu, natürlich auf Englisch. »Aber ihre Eltern. Sie bringen uns zu ihnen.«

»Oh, gut. Hannah«, er berührte mich am Arm, »das sind Amische!«

»Amische?« Irgendwo ganz hinten in meinem Kopf klingelte etwas, aber ich konnte dem Wort kein Wissen zuordnen, jedenfalls nicht auf die Schnelle. Mary und ihr Bruder drehten sich jedoch sofort zu uns um. Sie wussten, was das Wort bedeutete.

»Was hot er vunwege Amische gsaat?«, fragte der Junge mich.

»Äh, Tschärett glaubt, dass ihr welche seid. Also Amische. Stimmt das?«

»Yaa un nee«, sagte der Junge und dann lief er weiter, mit Mary an der Hand. Jarrett und ich dackelten hinterher.

»Was sind A…?«, ich verschluckte bewusst die letzten Silben.

»Eine Glaubensgemeinschaft«, sagte Jarrett. »Vor mehreren hundert Jahren von einem Schweizer gegründet, aber durch deutsche Auswanderer auch in Amerika angekommen. In Ohio hat sie immer noch viele Anhänger.«

»Und an was glauben die Menschen?«

»An Gott. An die Familie. Und an ein einfaches, abgeschiedenes Leben ohne Technik und so was. Viele Amische fahren immer noch mit Pferdekutschen.«

Mein früheres Ich, also das von vor zwei Tagen, hätte jetzt gestöhnt. Keine Technik, kein Metaverse, nur Kutschen. Apokalypsen-Hannah aber jauchzte. »Keine Technik? Echt jetzt?! Jarrett! Das heißt, wir haben den perfekten Ort gefunden, um auf das Ende zu warten!« Und mit Ende meinte ich natürlich das Ende des Maschinen-Wahnsinns, nicht das von Jarrett und mir.

Jarrett nickte und zuckte mit den Schultern. Gleichzeitig. Er war sich offensichtlich nicht so sicher wie ich.

Die Wohnhäuser waren wohl beide aus Holz gebaut, das lindgrün gestrichen war bis auf die weißen Fenster. Marys Bruder öffnete die Tür des größeren Hauses und rief: »Maemm! Daedd! Do sinn Leit fer eich!«

»Leit?! Wer, Noah?«, rief eine aufgeregt klingende männliche Stimme.

Noah kam nicht mehr dazu, unsere Namen zu nennen oder »Zwee Seldsame« oder so was zu rufen, denn sein Vater eilte schon durch den Hausflur.

»Hallo, das ist Hannah und ich bin Jarrett. Entschuldigen Sie die Störung, aber Ihr Sohn hat gesagt, Sie sprechen Englisch?«, fragte Jarrett auf Englisch.

»Ja, obwohl ich Pennsylvania-Deitsch vorziehe«, antwortete der Mann, der sich tatsächlich nicht wie ein *Native Speaker* anhörte. Seine Aussprache glich eher der von Alexander Kragler.

Aber er sah nicht wie Alexander Kragler aus, zum Glück, und war auch nicht so gekleidet. Stattdessen sah er wie die erwachsene Version seines Sohnes aus. Stoffhose. Hosenträger statt Gürtel. Kurzärmeliges Hemd. Braunes, etwas zerrupftes Haar. Erste kleine Fältchen um die Augen. Ein sympathisches Gesicht, auch wenn sein Blick ziemlich forschend war.

»Caleb. Caleb Shetler«, stellte er sich vor. Hinter ihm knarzten die Dielen. »Und das ist Susanna. Meine Frau.«

Susanna trug ein hochgeschlossenes, aber kurzärmeliges Kleid, das ihr bis zu den Knöcheln ging und eher weit geschnitten war. Trotzdem zeichnete sich unter dem dunkelblauen Stoff ein kleiner Bauch ab. Schwangerschaftsstadien konnte ich nicht besser schätzen als das Alter kleiner Kinder, aber es waren wohl noch ein paar Monate hin, bis sie ihr drittes zur Welt brachte. Ihr hellbraunes Haar hatte Susanna hochgesteckt. An den Armen hatte sie keine Haare, jedenfalls keine sichtbaren.

»Freut mich, euch kennenzulernen«, sagte sie und lächelte freundlich. Ihr Englisch klang genauso wenig *native* wie das von Caleb. »Was führt euch her?«

Ach, wir wollen hier nur gerne abhängen, bis die Apokalypse vorbei ist. Passt das für euch?

Hätte ich sagen können. Müssen, wenn ich ehrlich gewesen wäre. Doch das war ich nicht und außerdem hatte ja Jarrett das Reden übernommen.

»Ich stamme aus Columbus, Hannah aus Deutschland«, fing Jarrett an und beim Wort Deutschland wurden Calebs und Susannas Mienen gleich noch ein wenig freundlicher. Jarrett bemerkte es und fuhr schnell fort, bevor die Shetlers auf die Idee kommen konnten, dass sie sich lieber mit mir auf Deutsch unterhalten wollten. Also, ich meine, auf *Deitsch*.

»Ich weiß nicht, wie viel Sie hier mitgekriegt haben, weil Sie ja keine Technik haben und … Sie sind doch Amische, oder?«

Yaa un nee, hatte Noah dazu gesagt und ich war gespannt, was seine Eltern sagen würden.

Calebs Lächeln erinnerte mich an das meines Vaters, wenn er über Ahnenforschung und Familienstammbäume sprach: das selige Lächeln eines Mannes, der nicht müde wurde, über sein Lieblingsthema zu dozieren. »Du hast recht, Jarrett, unsere Familie sieht sich vielen Idealen und Traditionen der Amisch verpflichtet. Aber wir Shetlers gehören weder den Amischen alter Ordnung noch denen neuer Ordnung an. Was jedoch nicht heißen soll, dass wir Eigenbrötler sind. Nein, wir stehen in regelmäßigem Austausch mit unseren Glaubensbrüdern und Schwestern und wie die Menschen in den großen Amisch-Siedlungen führen auch wir ein selbstbestimmtes Leben im Einklang mit Gott. Aber wir gehen auch unseren eigenen Weg. Susannas Kleid zum Beispiel hat kurze Ärmel – etwas, was in vielen

Amisch-Siedlungen undenkbar wäre. Dort müsste Susanna sogar ihr Haar mit einer Haube bedecken. Aber wie heißt es in der Bibel: *Gleicht euch nicht dieser Welt an, sondern lasst euch verwandeln durch die Erneuerung des Denkens, damit ihr prüfen und erkennen könnt, was der Wille Gottes ist.* Ein Leitsatz, den wir leben. Und da wir unser Denken permanent zu erneuern versuchen, sind wir zu der Auffassung gekommen, dass es nicht Gottes Wille ist, aus übersteigerter Keuschheit an einem heißen Tag wie diesem unsinnig zu schwitzen. Deshalb die kurzen Ärmel«, schloss Caleb. Seine Aussprache mochte der von Alexander Kragler gleichen, sein Vokabular aber war ungleich größer.

Calebs Monolog war nicht gerade kurz und schon gar nicht inhaltsarm gewesen und so wunderte es mich nicht, dass Jarrett vergessen zu haben schien, was er eigentlich hatte sagen wollen. Also sagte ich es. Auf Englisch, um Jarrett nicht auszuschließen.

»Wie Jarrett schon erwähnt hat: Ich komme aus Deutschland und er selbst ist auch nicht aus dieser Gegend. Wir waren auf einer Farm in Vinton County, als der Logikvirus ausbrach und jetzt … Wissen Sie eigentlich, was in Ohio los ist?«

»Was in Ohio los ist?«, wiederholte Susanna und sah ihren Mann und dann wieder uns an.

»Was … ist denn in Ohio los?« Caleb schluckte sichtbar.

Jarrett und ich versuchten, die Apokalypse, die über uns und den ganzen Bundesstaat hereingebrochen war, in ein paar Sätzen zusammenzufassen. Caleb wippte unablässig auf seinen nackten Füßen, was wohl den gleichen Zweck wie meine Daumenkreise erfüllte. Susannas Füße verhielten sich ruhig, doch mit jedem unserer Sätze weiteten sich ihre Augen mehr. Mary und Noah verstanden offensichtlich nichts oder kaum etwas, was gut war, denn unsere Geschichte war nicht gerade kindertauglich. Aber zumindest Noah blieb die Reaktion seiner Eltern nicht verborgen und als wir ans Ende unserer Kurzzusammenfassung kamen, sagte er: »Was duh die zwee plaudre?«

»Nemm Märy un geh schpiele, Noah«, erwiderte Caleb sanft. »Des iss kee Gschicht fer eich.« Er drückte die Schultern seines Sohnes, gab ihm einen zärtlichen Klaps auf den Hintern und Mary einen Kuss auf die Wange. Die beiden fassten sich an den Händen und zogen ab.

»Duh mer nochemol Versteckle schpiele?«, hörte ich Noah noch sagen, dann richtete ich meine Aufmerksamkeit wieder auf die beiden erwachsenen Shetlers.

»Und dieser Virus hat wirklich alle Maschinen in Ohio erfasst?«, fragte Caleb, der wieder auf seinen nackten Füßen wippte.

»Sieht ganz so aus. Also der alte Traktor und der Monstertruck waren zwar nicht betroffen, aber alle Maschinen, die über Software verfügen … Und im Radio haben sie es auch gesagt«, schob Jarrett hinterher.

»Du lieber Himmel.« Susanna griff nach Calebs Hand. »Dann muss es ja schrecklich viele Opfer geben.«

Jarrett blieb stumm. Ich wusste, an wen er dachte.

»Bestimmt«, sagte ich, »aber hoffentlich haben sich viele Menschen rechtzeitig zu Hause eingeschlossen und verbarrikadiert.«

»Ja, hoffentlich.« Susanna drückte die Hand ihres Mannes.

Jarrett schwieg noch immer und ich wusste nicht, wie ich auf das Thema zu sprechen kommen sollte, wegen dem er und ich hergekommen waren. Mein Daumen war wieder in Aktion.

»Ihr könnt natürlich hierbleiben«, sagte Susanna und lächelte uns an. »Oder müsst ihr weiter?«

Ich hätte am liebsten: *Nein, wir bleiben natürlich! Ist doch klar!*, gebrüllt, aber das wäre etwas unpassend gewesen und außerdem wusste ich, dass die Entscheidung für Jarrett nicht so einfach war wie für mich. Ich kannte nach Laurens und Quentins Tod in ganz Ohio niemanden außer Jarrett und jetzt den Shetlers – er hatte Menschen, um die er bangte.

Seine Mundwinkel zuckten ein wenig, als er meinen Blick erwiderte, dann drehte er sich zu den Shetlers und sagte: »Vielen Dank. Wir bleiben gern.«

Und damit war klar, dass mich dieser beschissene Logikvirus kreuzweise konnte. Oder besser gesagt: uns, wenngleich Jarrett sich natürlich weiter um seine Pflegeeltern und sicher auch um seine leibliche Mutter sorgen würde. Aber nun musste er sich zumindest keine Gedanken mehr wegen unseren Wasservorräten machen und ich auch nicht. Wir würden nicht mehr verdursten, mussten nicht mehr marschieren und nicht mehr in Jägerständen oder unter Bäumen übernachten. Wir hatten endlich einmal Glück gehabt.

Mt. 19,26
Hannah

Die Farm war wie ein Fels im unablässig strömenden Meer der Zeit. Ein Bollwerk gegen den Fortschritt, eine Bastion der unbeugsamen Selbstversorger. Die Shetlers bauten Gemüse, Kartoffeln, Getreide, Mais und Obst an, mahlten ihr eigenes Mehl, backten ihr eigenes Brot und machten sogar ihre Nudeln selbst – und das alles ohne Maschinen. Fleisch aßen sie anscheinend nur, wenn sie eines ihrer frei laufenden Hühner schlachteten und ihre Beete und Felder gossen sie mit Wasser, das sie aus ihrem eigenen Brunnen pumpten – obwohl sie ans Trink- und Abwassernetz angeschlossen waren, was sozusagen ihr einziges Bindeglied zum Rest der modernen Welt war. Ein Bindeglied, über das ich sehr froh war, denn dadurch gab es Wasserhähne, Klos mit Spülung und eine Dusche. Sie hatte zwar keine Wasserfallfunktion wie die der Giddeys, aber das Wasser kam mit Druck aus der Leitung und ließ sich exakt temperieren.

Ich genoss es, mir den Schweiß von der Haut zu waschen, und war auch froh, dass ich nicht gleich wieder in meine Klamotten schlüpfen musste, die Susanna ebenfalls waschen wollte. Im Vergleich zu Hardcore-Amischen fanden sich die Shetlers wohl ziemlich freigeistig, unter anderem wegen ihrer kurzen Ärmel und vielleicht auch, weil sie im Bad einen Spiegel hängen hatten. Hannah *Teenwolf* Pöltl hingegen hätte an langen Ärmeln und einer spiegellosen Wand nichts auszusetzen gehabt. Ich fand, dass ich in dem weit geschnittenen, aber kurzärmeligen Kleid, das Susanna mir bereitgelegt hatte, wie der verkleidete Wolf bei Rotkäppchen aussah. Fehlte nur noch die Schnauze.

Ich zupfte an Susannas BH herum, der mir eindeutig zu groß war, und zog die Pflaster ab, die nicht schon unter der Dusche abgegangen waren. Es tat ziemlich weh, was natürlich an den Heerscharen von Härchen lag. Auf neue Pflaster verzichtete ich, da meine Tage im Dreck ja nun vorbei waren und die Wunde auf meiner Backe zum Glück nicht soo schlimm und damit auch nicht nach Narbe aussah.

Da Caleb und Susanna sich anscheinend eine große Familie wünschten, gab es genügend Räume, in denen im Augenblick noch niemand schlief, weshalb Jarrett und ich eigene Zimmer bekamen. Meines sah noch gar nicht nach Kinderzimmer aus. An den Wänden hingen keine Bilder und die einzigen Möbel waren ein Schrank, ein Regal und das Bett, das zum Glück Erwachsenenlänge hatte. Ich dachte daran, dass das Kind, das hier einmal schlafen würde, vielleicht niemals eine Brille aufsetzen und ins Metaverse eintauchen würde, denn die Shetlers lebten ja ein Leben ohne Elektrizität und Technik.

Dann nickte ich ein, denn Mittags- oder Nachmittagsschläfe waren ein fester Bestandteil meines komplett durcheinandergeratenen Schlafrhythmus geworden. Und in einem richtigen Bett mit richtigem Kissen schlief es sich so viel besser und bequemer als auf der Bank eines Arbeitscontainers oder auf dem Boden eines verrammelten Zimmers.

Wahrscheinlich wachte ich auf, weil ich aufs Klo musste. Der Sonne nach zu schließen, war es später Nachmittag. Ich tapste ins Bad, schloss die Tür und genoss die Vorzüge einer Toilette. Anschließend schaute ich ein weiteres Mal in den Spiegel und vielleicht war es nur der Gewöhnungseffekt, aber ich kam mir nicht mehr ganz so verkleidet vor. Susanna war nur unwesentlich kleiner als ich, weshalb mir ihr Kleid an sich durchaus passte. Aber es war eben immer noch ein Kleid und ich hatte seit der Grundschule keines mehr getragen.

Ich strich den Stoff glatt, drehte den Schlüssel herum und trat auf den Flur. In einem der Türrahmen stand ein Junge, der Stoffhose, Hemd und Hosenträger trug und Jarretts Kopf aufhatte. Einen Moment lang fragte ich mich, wie das sein konnte, aber dann schnallte ich endlich, dass auch Jarrett neu ausstaffiert worden war.

Verschlafen rieb er sich die Augen, doch dann starrte er mich an und während ich ihn schon oft angestarrt hatte, war es andersherum wahrscheinlich das erste Mal. Ehrensache, dass ich rot und schrecklich verlegen wurde. Am liebsten wäre ich schnell in mein Zimmer gehuscht, aber das wäre a) unhöflich gewesen und b) konnte ich Jarretts unausweichlichen Kommentar so wenigstens gleich hinter mich bringen. Ich würde dieses Kleid schließlich noch eine Weile tragen müssen.

Aber es kam kein Kommentar, stattdessen forderte er mich zu einem auf. »Na los, sag es schon.«

»Was?«, sagte ich und grinste ein bisschen. Wenn ich wie der Wolf aus dem Märchen aussah, dann war er Tom Sawyer. Oder Huckleberry Finn, keine Ahnung, wer da wer war. Jedenfalls sah er nach neunzehntem Jahrhundert und nicht nach Jarrett aus.

»Ist nicht gerade mein Stil, oder?«

Ich schüttelte den Kopf.

»Aber dir steht dein Kleid. Du würdest eine gute Amische abgeben.«

Mit dem zweiten Teil veräppelte er mich. Und mit dem ersten natürlich auch. Oder etwa nicht? Er verzog keine Miene, weshalb ich zu hoffen wagte, dass sein Kompliment ernst gemeint war. Aber das war natürlich lächerlich und deshalb verdrehte ich die Augen, sagte viel zu schnippisch »Klar« und ging die Treppe hinunter.

Ich traf die komplette Familie in der Küche an, die wahrscheinlich noch nicht einmal vor hundert Jahren modern gewirkt hätte, vom fehlenden Strom mal ganz abgesehen.

»Hannah. Du siehst hübsch aus«, sagte Susanna und sofort veränderten sich Temperatur und Farbe meines Gesichts. Komplimente, die das Wort *hübsch* beinhalteten, hörte ich sonst nur von meiner Mutter. Und Komplimente von Müttern waren wahrscheinlich die subjektivsten und unaufrichtigsten überhaupt. Susanna war zwar auch eine Mutter, aber nicht meine und deshalb *musste* sie mir nicht sagen, dass ich hübsch aussah. Na ja, wahrscheinlich wollte sie einfach nur höflich sein.

Kurz darauf kam Jarrett herunter. Caleb musterte ihn in seinem Aufzug und nickte, was wohl eine Art Männerkompliment war, dann rührte er wieder in einem großen Topf, der auf einem gasbetriebenen Herd stand. Die Shetlers kochten Marmelade ein. Das heißt, Caleb rührte im Topf, Susanna spülte Einmachgläser und Noah und Mary saßen auf dem Fußboden und schoben sich übrig gebliebene, matschige Himbeeren in die Münder. Ihre Finger und Marys babyspeckige Backen waren schon ganz rot.

Susanna erzählte, dass sie unsere Kleidung gewaschen habe und zeigte durchs Fenster auf die zwischen zwei Apfelbäumen gespannte Wäscheleine. Ganz links hingen unsere Sneakerssocken, dann kamen unsere Jeans, ein fliegenpapiergelbes und ein weißes T-Shirt, dunkelblaue Boxershorts, ein schwarzer BH und ein schwarzer Slip, dessen weiße Pünktchen aus der Ferne nicht zu erkennen waren. Jetzt kannte Jarrett also sogar meine Unterwäsche.

»Was hoscht du daa?« Noah war vom Dielenboden aufgestanden und zeigte auf meine Smartwatch. Er hatte sie wohl erst jetzt, da meine Arme nicht mehr bepflastert waren, bemerkt.

»Eine Uhr. Für die Zeit. Und zum Telefonieren und so. Aber sie geht nicht mehr richtig.«

»Was schteht da gschriwwe?« Noah drückte die Nase fast an meinem Display platt.

»Na ja, da …« Fragend sah ich zu seinen Eltern, denen ich die apokalyptischen Sätze schon an der Haustür gezeigt hatte. Caleb hörte auf zu rühren, Susanna nickte. Ich verstand das als Signal, dass ich die beiden Sätze übersetzen durfte.

»Also da steht: ›Mit Gott sind alle Dinge möglich. Mit Gott gibt es keinen Grund für Technik.‹«

»Iss der zwett Schpruch aa vun der Biewel, Daedd?«

»Nee, Noah«, sagte Caleb und widmete sich wieder der kochenden Marmelade im Topf.

Doch ich konnte nicht an mich halten. »Heißt das, der erste Satz stammt aus der Bibel? Ich dachte, das ist Ohios Staatsmotto«, sagte ich an Jarrett und die erwachsenen Shetlers gewandt.

»Es ist Ohios Staatsmotto«, bestätigte Susanna und reihte die frisch gespülten Einmachgläser nebeneinander auf. »Aber das Motto beruht auf einem Bibelvers. Matthäusevangelium, Kapitel 19, Vers 26.«

»Emtee Punkt Neunzehn Komma Sechsundzwanzig!«, stieß ich aus. »Das also bedeutet der Nachsatz in der Klammer!«

»Ja!« Jarrett beugte sich über meine Smartwatch. Unsere Arme berührten sich, doch ich bemerkte es kaum, denn aufgeregt las ich zum wahrscheinlich vierhundertsechsundzwanzigsten Mal, was auf dem Display stand. Aber zum ersten Mal wusste ich, was es mit dem in Klammern gesetzten *Mt. 19,26* auf sich hatte.

Doch so schnell meine Aufregung gekommen war, so schnell legte sie sich auch wieder. Okay, der erste der beiden Sätze war also nicht nur Ohios Staatsmotto, sondern auch ein Bibelvers, aber änderte das irgendetwas? Wenn ja, dann begriff ich es nicht. Und Jarrett offenbar auch nicht.

Caleb war damit beschäftigt, die eingekochte Marmelade in die leeren Gläser zu schütten, Susanna schraubte Deckel darauf und drehte sie um. Als sie fertig waren, machte sich Mrs Shetler ans Putzen und Mr Shetler scheuchte die Kinder neckisch aus der Küche.

»Kommt ihr mit nach draußen?«, wandte er sich an Jarrett und mich. »Wenn ihr wollt, führe ich euch ein wenig herum.«

Eigentlich wollte ich nicht, aber meine Eltern hatten mich an und für sich gut erzogen und Jarrett sich selbst offensichtlich auch, also nickten wir und folgten Caleb. Im Hausflur setzte er Mary, Noah und sich selbst Strohhüte auf und reichte auch

Jarrett und mir welche. Sie hatten alle dunkelblaue Hutbänder, genau wie der, der einsam auf dem Regal zurückblieb. Wahrscheinlich war es Susannas, aber gehörten die Hüte, die Jarrett und ich trugen, auch jemandem?

Ich schlüpfte ausnahmsweise mit nackten Füßen in meine Sneakers. Jarrett trug Socken, aus Rücksicht auf seine frisch verbundene und mit Salbe betupfte Wunde am Fuß. Caleb, der barfuß ging, hielt uns die Haustür auf. Ich trat hindurch und schaute von dem Strohhut in meiner Hand auf das lindgrün gestrichene Wohnhaus gegenüber. Und dann fragte ich.

»Wohnt hier eigentlich noch jemand?«

»Seit meine Eltern gestorben sind, nicht mehr«, antwortete Caleb. »Sie haben diese Siedlung gegründet, weil sie sich auf Anhieb in die Landschaft und die Hügel verliebt hatten. Wisst ihr, jetzt, da ich selbst Vater bin, verstehe ich sie noch besser als früher. Zum Aufwachsen gibt es keinen schöneren Ort als diesen.« Er schluckte. »Ich hätte mir nur gewünscht, dass meine Eltern auch ihre Enkel hier aufwachsen sehen.«

Ich nickte ein bisschen, dann beobachtete ich, wie Noah und Mary einem Schmetterling hinterherjagten. Auch Caleb sah ihnen zu und lächelte dabei. Doch dann wurden seine Züge auf einmal hart.

»Meine Eltern sind am selben Tag gestorben, an dem Noah geboren wurde. Er kam einige Wochen zu früh und als Susanna entband, waren sie gerade auf einem Amischtreffen. Noah war klein bei der Geburt, aber er war gesund und Susanna und ich waren so glücklich, dass ich meinen Eltern Bescheid gab und sie sich sofort auf den Rückweg machten.« Caleb trat auf die Scheune zu und zog das Tor auf. »Seht ihr die Kutsche? Natürlich seht ihr sie. Sie ist nicht zu übersehen, jedenfalls nicht für Menschen. Doch das selbstfahrende Auto, das meine Eltern überfuhr, registrierte sie nicht.« Caleb verengte die Augen zu Schlitzen. »Daraufhin wurden alle Autos dieses Modells zurückgerufen und erhielten ein Softwareupdate. Die Programmierer hatten nicht an Kutschen gedacht. Und ich … ich erhielt einen Batzen Geld. *Schadensersatz.*« Caleb lachte bitter. »Doch wer mit Gott lebt, braucht kein Geld. Ich hätte meine Eltern gebraucht. Und meine Kinder ihre Großeltern.«

Wir standen am Scheunentor und schwiegen. Ich hatte noch Großeltern. Einen Opa und eine Oma, aber wir standen uns irgendwie nicht mehr so nahe wie noch vor einigen Jahren. Wahrscheinlich war das normal, wenn man älter wurde. Aber früher war ich gerne bei meinen Großeltern gewesen und hatte gerne Zeit mit ihnen verbracht. Und deshalb konnte ich Caleb ganz gut verstehen. Es war schade für Noah und Mary, dass es außer ihren Eltern nicht noch jemand in ihrem Leben gab, der sie liebte und den auch sie lieben konnten.

»Wollt ihr eure Eltern anrufen?«

»Äh, was?«, stammelte ich. Auch Jarrett guckte verdutzt. Ob wir unsere Eltern anrufen wollten?

»Wir leben hier ein Leben ohne Technik, weil sie den Blick vernebelt und träge macht. In der Bibel heißt es nicht umsonst: *Lässige Hand macht arm; der Fleißigen Hand jedoch macht reich.*« Calebs Gesichtszüge waren nun wieder weicher und sein Lächeln das eines Mannes, der über sein Lieblingsthema sprach. »Aber wir haben ein Telefon. Ein altes Smartphone, das hier in der Scheune liegt und das ich nur anschalte, wenn wir Kontakt zu unseren Glaubensbrüdern und -schwestern aufnehmen. Oder in Notfällen.«

Ich hatte mich schon gefragt, wie Caleb seine Eltern damals so schnell über die Geburt ihres Enkelkindes informiert hatte. Jetzt wusste ich es.

»Also, wollt ihr eure Eltern anrufen und ihnen sagen, dass es euch gut geht?«

Für mich war die Antwort klar. Meine Eltern machten sich sicher große Sorgen und obwohl ich sauer auf sie war wegen meiner zwangsverordneten Entziehungskur, war das kein Grund, sie *nicht* anzurufen. Jarrett jedoch …

»Es wird nicht funktionieren«, lautete seine Antwort. »Im Radio haben sie gesagt, dass die öffentliche Stromversorgung bis auf Weiteres unterbunden ist. Und ohne Strom gibt es kein Mobilfunknetz, oder? Außerdem reagieren die Smartwatches nicht mehr. Wahrscheinlich reagiert nicht mal mehr euer altes Smartphone«, sagte er an Caleb gewandt.

»Hm, lasst es uns zumindest versuchen.« Caleb ging an einem Pflug vorbei, den wahrscheinlich die Pferde ziehen mussten, und zu einem an der Scheunenwand angebrachten Brett. Neben dem Brett lehnten Heugabeln, Sensen und Schaufeln, darunter spannten sich mehrere Spinnweben und am Boden stand ein großes, ziemlich technisch aussehendes Gerät. Auf dem Brett lag ein Smartphone. Ich hatte mal eines auf dem Flohmarkt gesehen, verloren zwischen alten Messingkerzenständern. Caleb drückte auf einen Knopf an der Seite, das Display ging an und kurz darauf kam eine Maske zur PIN-Eingabe. Jarrett und ich sahen demonstrativ weg.

Als ich wieder hinschaute, war der Startbildschirm da. Es war wohl der standardisierte, jedenfalls war im Hintergrund kein Familienbild oder so was.

»Tja, sieht aus, als hätten wir kein Netz«, sagte Caleb, denn ganz oben auf dem Display stand: *Kein Netz*, was Jarrett ja schon vermutet hatte und nicht gerade eine Überraschung war, wenn man bedachte, dass die Regierung oder das Militär ganz Ohio den Stecker gezogen hatten. Aber dass wir den Standardhintergrund und die mutmaßlichen Standard-Apps sahen und nicht die zwei Apokalypsensätze, war ein kleines Wunder. Ich wartete jeden Moment darauf, dass die Sätze auftauchten, aber es passierte nicht.

»Wie kann das sein?«, sagte ich und ich sagte es zu Jarrett, denn von Technikverweigerer Caleb erwartete ich keine Erklärung für dieses Technikphänomen.

Jarrett schwieg einen Moment, dann wandte er sich an unseren Gastgeber: »Wann war dieses Smartphone zuletzt mit dem Mobilfunknetz verbunden?«

»Hm, müsste so vor vier Wochen gewesen sein. Kurz vor dem Amischtreffen in Walnut Creek.«

»Dann ist alles klar«, sagte Jarrett und nickte. »Der Logikvirus muss irgendwann im letzten Monat in die Systeme eingeschleust worden sein. Da das Smartphone seitdem nicht mehr am Netz war, ist es nicht infiziert worden. Und da es jetzt kein Netz mehr gibt, kann es auch nicht mehr nachträglich infiziert werden.«

Ja, das war wohl die Erklärung. Doch damit hatte dieses alte Samsung-Handy nur noch einen Nutzen: Wenn sich der Akku meiner Smartwatch verabschiedete, konnten wir anhand seiner Netzanzeige checken, ob die Regierung den Strom wieder angeschaltet hatte und die Apokalypse vorbei war.

Ich teilte meine Gedanken Jarrett und Caleb mit und einen Moment lang war ich mir unsicher, ob das vielleicht zu forsch war und Caleb meine Worte so auffassen könnte, dass wir uns dauerhaft bei ihm einnisten wollten. Aber er entgegnete, dass wir das alte Smartphone gerne dazu benutzen durften, um auf dem Laufenden zu bleiben. Auch ohne ihn vorher zu fragen.

»Die PIN ist 1234«, sagte er lächelnd. Und dann schaltete er das Smartphone aus, das, wie ich erkannt hatte, nur noch zu acht Prozent geladen war, was eine neue Frage aufwarf. Nämlich die, wie man einen Akku auflud, ohne Steckdosen und Strom zu haben. Caleb deutete auf das große, technisch aussehende Gerät unterhalb der Smartphone-Ablage und erklärte, dass es sich um einen benzinbetriebenen Generator handle. Also ein Ding, das Strom macht.

»Benzin ist drin, das Ladekabel steckt auch schon und hier könnt ihr ihn anschalten. Er ist nur nicht gerade leise, also am besten ladet ihr das Smartphone nicht beim Telefonieren auf, wenn es dann wieder Netz hat.«

Wir dankten Caleb für seine Hilfsbereitschaft und folgten ihm aus der Scheune ins Freie. Sein Blick verharrte noch einen Moment auf der Kutsche, dann zog er das Scheunentor zu.

»Wisst ihr, der Unfalltod meiner Eltern hat mir eine große Summe Geld beschert. Aber wahrer Reichtum ist es, eine Familie zu haben und mit ihr und Gott an einem Ort wie diesem zu leben.« Caleb unterstrich seine Worte mit einer ausschweifenden Armbewegung. Die Geste war ziemlich kitschig, was sich auch über diesen ganzen Ort sagen ließ. Ich meine: lindgrüne Gebäude mit weißen Fenstern. Eine zwischen Apfelbäumen gespannte Wäscheleine. Auf der Koppel grasende Pferde. Schmetterlingen hinterherjagende Kinder. Und Strohhüte.

Doch selbst wenn es kitschig war – irgendwie war es auch schön. Und ich war froh, dass ich für eine Weile Teil dieser kitschigen, heilen Welt sein durfte.

Wie Motten ums Licht
Hannah

Caleb führte uns noch ein bisschen über die Shetler'schen Ländereien, wobei er uns auch erklärte, was es mit den Getreidewigwams auf den Stoppelfeldern auf sich hatte. Eigentlich nannte man sie Diemen und es handelte sich dabei um zum Trocknen zusammengestellte Garben, bei denen es sich wiederum um gebündeltes, noch nicht gedroschenes Getreide handelte. Ich verstand nicht alles, aber es klang nach verdammt viel Arbeit, bis aus den Körnern Mehl wurde. Vor allem, wenn man keine Maschinen benutzte.

»›Wer im Sommer sammelt, ist ein kluger Sohn‹«, zitierte Caleb aus der Bibel, genauer gesagt aus dem Buch der Sprichwörter von König Salomo. »›Wer aber in der Ernte schläft, macht seinen Eltern Schande.‹«

Ich nickte artig und für einen kurzen Moment fühlte ich mich fast ein bisschen schäbig, dass ich den Großteil des Nachmittags verschlafen hatte. Aber zumindest die Hartweizen- und Roggenfelder waren ja schon abgeerntet, weshalb sich die Schande, die meine Eltern wegen mir erdulden mussten, hoffentlich in Grenzen hielt.

Inzwischen trugen Jarrett und ich die Strohhüte auf den Köpfen, denn obwohl es auf den Abend zuging, hatte die Sonne immer noch Kraft und ich meinen Sonnenbrand noch nicht vergessen. Jarrett sah mit Hut noch mehr nach Tom Sawyer oder Huckleberry Finn aus und ich noch mehr wie eine Amische. Sagte jedenfalls Jarrett, als Caleb von seinen Kindern gerufen wurde und wir kurz unter uns waren.

Fürs Abendessen steuerten wir die Chinanudeln aus den nicht gerade unendlichen Tiefen des Batmanrucksacks bei. Sie schmeckten gut zusammen mit Calebs selbst gemachter Tomatensoße, aber Susanna hatte auch noch selbst gemachte Nudeln in den Topf geworfen und die schmeckten noch besser. Wir aßen auf der Terrasse, mit Blick auf Beete, Sträucher und Apfelbäume, und als Mary ihre Nudeln nicht mehr schaffte, gab sie sie einfach den Hühnern.

Caleb erzählte, dass sie am Vormittag ihren sonntäglichen Hausgottesdienst auf der Terrasse gefeiert hatten und da wurde mir wieder bewusst, dass es ja so was wie Wochentage gab. Selbst jetzt noch. Caleb fragte, ob wir gläubig seien, woraufhin Jarrett sofort Nein sagte und ich erst mal eine Weile überlegen musste.

Eigentlich glaubte ich ja schon an Gott oder so was in der Art und ich wollte auch daran glauben, dass mit dem Tod nicht alles vorbei war. Aber noch lebte ich und irgendwie hatte es schon vor der Apokalypse immer Wichtigeres gegeben, als über diese Dinge nachzudenken und … zu glauben. Ich zuckte also mit den Schultern und sagte: »Ich weiß nicht. Nicht so richtig, schätze ich.«

Caleb nickte. »Und warum nicht, wenn ich fragen darf? Weil du mit anderen Dingen beschäftigt bist?«

»Ja«, räumte ich offenherzig ein. Entweder besaß Caleb eine gute Menschenkenntnis oder beim letzten Amischtreffen hatte jemand einen Vortrag über die vergnügungssüchtige Jugend von heute gehalten.

»Weißt du, Hannah«, sagte Caleb, »die Menschen umgeben sich mit Maschinen und Technik, aber sie vergessen Gott. Sie fliehen in künstliche Welten, wo sie Dinge sagen, die sie niemals von Angesicht zu Angesicht sagen würden. Gleichzeitig aber sprechen sie nicht mehr mit den Menschen, die ihnen nahestehen. Sie leben immer hektischer und schneller, entfernen sich immer mehr von sich selbst. Aber wir Menschen brauchen keine Technik und keine Maschinen. Was wir brauchen, ist Liebe und jemanden, der uns leitet.«

Ich fand Calebs missionarischen Eifer ziemlich unsympathisch und außerdem dachte er mir zu sehr in Schubladen. Aber es wäre gelogen, wenn ich behauptet hätte, dass ich mich nicht zum Teil auch angesprochen fühlte. Denn ja, ich konnte stundenlang mit einer jungen Norwegerin, von der ich nicht einmal die richtige Augenfarbe kannte, über die Einrichtung virtueller Lofts, virtuelle Ausstellungen und virtuelle Konzerte reden, aber wenn mein Vater mich fragte, wie es in der Schule gewesen war, bestand meine Antwort aus einem Wort, das noch nicht einmal ehrlich war.

Andererseits machte es eben Spaß, mit Fjella über Metaverse-Kram zu plaudern, was ich von der Beantwortung gut gemeinter, aber nerviger Elternfragen nicht behaupten konnte. Und dass ich Liebe und Wertschätzung brauchte, war mir schon vor Calebs Predigt klar gewesen, doch im realen Leben hatte ich beides nun mal nicht gefunden, von meinen Eltern einmal abgesehen, also warum sollte ich nicht im Metaverse suchen?

Mit einem aber hatte Caleb womöglich recht. Hätte ich vor drei Tagen eine Personenbeschreibung über mich selbst verfassen müssen, ich hätte an mein virtuelles Ich gedacht und danach mein virtuelles Ich beschrieben. Zur leibhaftigen Hannah Pöltl wäre mir nicht viel eingefallen und wenn ich dann eingesehen hätte, dass ich über *sie* schreiben oder sprechen musste, wäre es wie über eine Bekannte gewesen. Doch jetzt, nach mehr als fünfzig Stunden Real Life am Stück, fühlte ich mich in meiner leiblichen Hülle irgendwie wieder mehr zu Hause. Vertrauter und wohler mit mir selbst.

Oh Mann, begann die heile Shetler-Welt etwa schon auf mich

abzufärben? Noch ein paar Tage und ich würde freiwillig Kleider anziehen und bereitwillig ihrem Kult beitreten.

Als Nachtisch und weil wir es Noah und Mary versprochen hatten, aßen wir Schokoriegel. Jarrett und ich vertilgten jeder einen Baby Ruth, der es nur auf Platz drei meiner vorläufigen American Chocolate Bar Charts brachte. Karamell, Nougat, Erdnüsse, daran war nichts verkehrt. Aber irgendwie fehlte das gewisse Etwas. Der Baby Ruth war … langweilig. Und damit hatte er zwar einiges mit Real-Life-Hannah gemein, aber trotzdem oder gerade deshalb: nein.

Susanna aß einen Zero, der eine für Schokoriegel ungewöhnliche Farbe besaß, nämlich weiß. Mary und Noah erwiesen sich als Butterfingerfans und Caleb nutzte die Gelegenheit, um zu erwähnen, dass es bei den Amischen keine Essensregeln gab, woraufhin Jarrett mir einen heimlichen *Da hörst du's! Du solltest beitreten!*-Blick zuwarf.

Es wurde dunkel, Caleb zündete eine Gaslaterne an und dann schmiegte sich Noah an Susanna und Mary schmierte ihre Schokoschnute an die Schulter ihres Vaters. Ich sah ihren Augenlidern beim Zufallen zu und plötzlich dachte ich sehnsüchtig an meine eigene Kindheit. Wenn man klein war, brauchte man zum Glücklichsein nur Schokolade und einen elterlichen Schoß.

Auch Jarrett war schweigsam und nachdenklich geworden. Vielleicht, weil er nie einen elterlichen Schoß gehabt hatte. Vielleicht hatte er nie richtig Kind sein dürfen und die Unbeschwertheit, die ich irgendwann verloren hatte, gar nicht erst kennengelernt. Er tat mir leid und als Caleb und Susanna die Kinder ins Bett brachten und wir allein am Tisch zurückblieben, nahm ich all meinen Mut zusammen und fragte ihn, was in ihm vorging, wenn er Zeuge des Shetler'schen Familienglücks wurde.

»Als ich klein war«, sagte er nach einer Weile, »haben meine Mutter und ich auch manchmal gekuschelt. Es störte mich nicht, dass sie nach Mentholzigaretten roch, ich war den Geruch gewöhnt und er gehörte nun mal zu ihr. Aber es ging fast immer von mir aus, wenn sie mich in den Arm nahm, und ich hatte nie das Gefühl, dass sie richtig da war. Aber das hatte ich sonst auch nie. Scheiß Depressionen.«

Jarrett stierte ins Licht der flackernden Gaslaterne. Überall um uns herum zirpte es. Wahrscheinlich Grillen, wie schon vor zwei Nächten beim Jägerstand, und wenn man sich darauf konzentrierte, waren sie abartig laut.

»Ich glaube, auf Jazmines Schoß habe ich nie gesessen«, brach Jarrett das Schweigen. »Es dauerte, bis ich Vertrauen zu ihr und Desmond aufbaute. Und dann war ich wahrscheinlich schon zu alt. Oder zu abgestumpft. Aber manchmal, wenn wir Filme geschaut haben, lehnte ich meinen Kopf an Jazmines Schulter. Kennst du Harry Potter?«

Ich nickte.

»Jazmine liebt die alten Filme. Sie sind so was wie eine Weihnachtstradition für sie. Desmond findet die Bücher besser. Er hat alle Bände daheim. Gedruckt. Früher hat er für Allstate Versicherungen verkauft. Wie er gesagt hat, hauptsächlich solche, die die Leute nicht brauchen. Oder die ihnen gar nicht helfen, wenn es darauf ankommt. Aber dann konnte oder wollte er nicht mehr. Ein paar Monate bevor sie mich bei sich aufnahmen, fing er in einem Antiquariat an. Seitdem verkauft er gedruckte Bücher. Er verdient nicht gerade gut, aber er ist glücklich. Als ich jünger war, hat er mir vor dem Einschlafen immer vorgelesen, auch aus Harry Potter. Weißt du, wen ich am liebsten mag? Neville Longbottom. Aber mich hätte der sprechende Hut sicher nach Slytherin geschickt.«

Ich hatte die Bücher nie gelesen, aber die alten Filme und die Serie kannte ich und daher wusste ich, dass Slytherin mehr oder weniger das Haus für Fieslinge war. Zu denen sich Jarrett offenbar zählte.

»Nein, nicht Slytherin. Gryffindor.«

»Gryffindor?!« Er runzelte die Stirn. »Hast du das beschmierte Bild vergessen? Wie ich meine Pflegeeltern beschimpft habe? Und was ich zu dir gesagt habe, gestern Abend im Sunoco-Shop?«

»Nein, aber … das ist nur ein Teil von dir. Einer, für den du wahrscheinlich nicht mal was kannst und den du selbst nicht magst. Harry Potter hat der sprechende Hut auch nicht nach Slytherin geschickt, obwohl es zur Debatte stand. Aber Harry wusste, dass der Slytherinteil in ihm ihn nicht ausmacht. Und bei dir ist es dasselbe. Gryffindor, auf jeden Fall.«

Jarrett sah mich an. Seine Augen sogen meine ein und vielleicht hätten sie auch den Rest von mir eingesogen oder meinen Körper wie ein Magnet über den Tisch gezogen, doch auf einmal meldete sich mein Daumen zu Wort und ich wandte den Blick ab. Wir schwiegen beide und als ich irgendwann wieder verstohlen zu Jarrett schaute, beobachtete er eine Motte, die um die Gaslaterne schwirrte.

»Bei dir ist es schwierig«, sagte er. »Ravenclaw oder Hufflepuff.«

»Ravenclaw oder Hufflepuff?!«, wiederholte ich verdutzt.

»Ja, ich meine, Slytherin kommt nicht infrage. Und Gryffindor? Nimms mir nicht übel, Hannah, aber ich glaube, dafür bist du nicht mutig genug.«

War ich nicht. Eindeutig.

»Daher bleiben Ravenclaw und Hufflepuff. Aber die passen beide. Oder findest du nicht?«

Fand ich das? Nach Ravenclaw kamen die Klugen und

Schlauen. Jarrett hatte schon einmal gesagt, dass er mich für clever hielt. Cleverer als ich mich selbst. Doch dumm war ich wohl wirklich nicht, also stand Ravenclaw zumindest im Raum. Aber bei Hufflepuff fiel mir nur Cedric Diggory ein.

»Wie kommst du da drauf? Also auf Hufflepuff?«

»Wieso nicht? Hufflepuffs sind hilfsbereit. Gerecht. Und loyal.«

»Ich … bin nicht hilfsbereit!« War ich wirklich nicht. Loyal? Okay. Und vielleicht hatte ich sogar so etwas wie einen Sinn für Gerechtigkeit, auch wenn der hauptsächlich daher stammte, dass ich mich selbst oft ungerecht behandelt fühlte. Aber hilfsbereit?! Es war mir schon zu viel, Mara den Regenschirm aufzuspannen.

»Vielleicht ist hilfsbereit nicht ganz das richtige Wort«, sagte Jarrett, der nach meiner Reaktion etwas verunsichert wirkte. »Aber du nimmst Anteil. Mehr als andere Menschen. Und das ist auch eine Form von Hilfsbereitschaft. Aber okay, wenn du nicht nach Hufflepuff willst, dann … RAVENCLAW!«

Ich lachte, denn er posaunte das Wort regelrecht in die Nacht hinaus. Er selbst grinste auch. Die Grillen zirpten. Und die Motte drehte ihre Kreise um die Gaslaterne.

»Jazmine hat mir mal gesagt, dass es am Mond liegt, warum Motten immer zum Licht fliegen.« Jarretts Grinsen war verschwunden. »Ich schätze, für die Maschinen da draußen sind wir Menschen das Licht. Ein Licht, das sie auslöschen wollen.«

Ich schaute von der Kreise fliegenden Motte auf meinen kreisenden Daumen. Und dann zu Jarrett. »Und für dich?«, fragte ich zaghaft. »Wer ist dein Licht?«

»Früher war es meine Mutter«, sagte er, den Blick auf die immer heftiger flackernde Laterne gerichtet. »Aber mittlerweile habe ich begriffen, dass ich ein Licht brauche, das zuverlässig brennt.«

We all fall down
Hannah

Ich schlief gut in dieser Nacht und auch der nächste Tag begann vielversprechend. Meine Splitterwunden vom Solarfeld sahen noch einmal besser, also kleiner aus, und neuen Sonnenbrand hatte ich auch nicht bekommen, was ich dem Strohhut und der Sonnencreme von Susanna zu verdanken hatte. Meine Klamotten waren getrocknet und nach einer Morgendusche und kurzem Nachdenken beschloss ich, sie wieder anzuziehen. Ich glaubte zwar, dass Caleb und Susanna sich gefreut hätten, wenn ich weiterhin das Kleid getragen hätte, aber in Jeans und T-Shirt fühlte ich mich doch wohler. Und in meiner eigenen Unterwäsche auch.

Als ich nach unten kam, sah ich, dass Jarrett ebenfalls ins 21. Jahrhundert zurückgekehrt war. Sein gelbes T-Shirt wies mir den Weg zum Frühstückstisch, wo Caleb aus der Bibel las, was offenbar zur Shetler'schen Morgenroutine gehörte. An diesem Tag war ein Kapitel aus dem Johannes-Evangelium an der Reihe. Es handelte von Jesus, der der frisch wiederauferstanden Maria Magdalena und den Jüngern erschien.

»›Thomas, genannt Didymus, einer der zwölf, war nicht bei ihnen, als Jesus kam‹«, las Caleb aus der in deutscher Sprache gedruckten Bibel. »›Die anderen Jünger sagten zu ihm: Wir haben den Herrn gesehen. Thomas aber entgegnete ihnen: Wenn ich nicht die Male der Nägel an seinen Händen sehe und wenn ich meinen Finger nicht in die Male der Nägel und meine Hand nicht in seine Seite lege, glaube ich nicht.‹« Caleb schaute von der Bibel auf. »So wie der ungläubige Thomas sind viele Menschen. Sie glauben und lernen erst, wenn sie fühlen.«

»Was fiehle, Daedd?«

»In d'r Biewwel Jesus sei Kaerper. Im Lewe, Noah, duh sie gmeenerhand erscht darich Schmerze und Leid laerne.«

Ich seufzte innerlich, weil Caleb offenbar wieder in den Missionarsmodus schaltete und weil Jarrett als Einziger im Raum nichts verstand. Aber vielleicht war er auch ganz froh darüber.

Caleb las weiter und nachdem der ungläubige Thomas seine Hand ans Jesus' Seite gelegt und seinen Glauben bekannt hatte, durften wir *Peanut Butter Jelly*-Sandwiches essen. Also Sandwiches mit Erdnussbutter und Marmelade. Da es sich um die selbst gemachte Himbeermarmelade vom Vortag handelte, war es wohl nicht die typisch amerikanische Kombination, aber eine absolut leckere.

»Da schteht nix meh«, sagte Noah zwischen zwei Bissen und deutete auf meine Uhr, die, wie ich erst jetzt merkte, ausgegangen war.

Ich versuchte einen Neustart, aber es tat sich nichts, wodurch klar war, dass es am leeren Akku lag. Aber wir hatten ja noch das alte Samsung-Handy in der Scheune, um den Status der Apokalypse zu checken.

Obwohl ich zu Hause nie frühstückte, schaffte ich ein ganzes Sandwich. Danach bot ich an, das Abspülen zu übernehmen, denn irgendwie wollte ich mich für die Gastfreundschaft der Shetlers revanchieren und außerdem musste ich etwas für mein Image tun, denn Jarrett hatte mich ja schließlich auch in Hufflepuff gesehen. Ich spülte, er trocknete ab und räumte das Geschirr in Schränke und Schubladen. Da wir allein in der Küche waren, musste er erst einmal die richtigen finden. An einem Schrank, in dem er Teller vermutete, in dem sich tatsächlich aber Geschirrtücher und Tischdecken stapelten, hing ein selbst gestalteter Wandkalender.

»Hey, Noah hat vor drei Tagen Geburtstag gehabt«, stellte

Jarrett fest und versuchte sein Glück beim nächsten Schrank, während ich mich den mit Erdnussbutter und Marmelade beschmierten Messern widmete. Es war gar nicht so leicht, die Schmiere wegzukriegen und meine einzige Spülerfahrung stammte von einem Zeltlager in der vierten Klasse, denn zu Hause hatten wir natürlich eine Spülmaschine und einen Haushaltsandroiden.

Als wir fertig waren, gingen wir in die Scheune und schalteten das Smartphone an. Ich gab die PIN ein, aber es gab kein Netz, was ziemlich sicher bedeutete, dass die im Radio angekündigte Softwarelösung weiter auf sich warten ließ. Na ja, man konnte ja auch schlecht verlangen, dass Regierungsangestellte wegen einer Apokalypse ihr Wochenende opferten. Aber jetzt war Montag. *Time to work.*

Wir überlegten, das Smartphone anzulassen, damit wir später noch einmal das Netz checken konnten, aber der Akku war nur noch zu fünf Prozent geladen.

»Dann schmeißen wir eben den Generator an. Caleb hat es ausdrücklich erlaubt«, meinte Jarrett und bückte sich unter die Smartphone-Ablage, um das entsprechende Kabel aufzuheben. Wie sich zeigte, waren da zwei Kabel: Eines hatte ein gewöhnliches USB-Ende, das andere ein Micro-USB-Ende und sie waren ziemlich miteinander verwurstelt, weshalb Jarrett den Generator herumdrehte, damit wir an die anderen Enden kamen. Eines steckte in einem Samsung-Adapterstecker, der seinerseits im Generator steckte, und es stellte sich heraus, dass es das richtige war. Ich stöpselte das Micro-USB-Ende in das Smartphone, Jarrett schaltete den Generator an. Er war ziemlich laut, genau wie Caleb gesagt hatte, aber das Display des Smartphones zeigte sofort eine Ladeanimation. Nichts Besonderes, nur ein sich verändernder Kreis um die Prozentzahl, aber wir sahen ihr trotzdem eine Weile zu, bis wir merkten, dass Noah und Mary in die Scheune gekommen waren. Noah wollte wissen, was wir da machten, und als ich es ihm auf Deutsch erklärt hatte, fragte er, ob wir mit ihm und Mary Verstecken spielen wollten. Ich hatte nicht gerade Riesenlust, aber im Gegenzug für Calebs und Susannas Gastfreundschaft war es wohl angebracht, auch ein bisschen mit ihren Kindern zu spielen. Also ließen wir den Generator vor sich hintuckern und gingen nach draußen.

Auf Marys und Noahs Wunsch hin spielten wir auf den abgeernteten Feldern, wo man sich nur hinter den Diemen verstecken konnte, die ich in Gedanken weiterhin Getreidewigwams nannte. Als Sucher hatte man es natürlich lächerlich einfach, aber die Kinder hatten ihren Spaß und Mary war ziemlich süß, wie sie mit todernster Miene hinter den Wigwams kauerte. Wenn ich mit Suchen dran war und mich in ihrem Rücken näherte, tat ich jedes Mal so, als hätte ich sie nicht gesehen.

»Ach ja«, sagte ich irgendwann, »nachträglich alles Gute zum Geburtstag, Noah. Feiert ihr Geburtstage eigentlich?«

»Eensich Märys un mein. Awwer mer duh aa drauere weich de Grooseldre.« Richtig, Noahs Geburtstag fiel ja mit dem Todestag von Calebs Eltern zusammen. »Un nau duh i uffsuche«, sagte er, weshalb ich nichts mehr sagte und mich versteckte. Natürlich hinter einem Wigwam.

Als Noah »Daa iss eener!« rief, dachte ich zuerst, er hätte Jarrett gefunden, aber er meinte jemand anderen. Denn auf dem Grasweg, der sich an den Getreidefeldern vorbeischlängelte und auf dem die Shetlers wohl mit der Kutsche zu Amischtreffen fuhren, lief ein Mann. Er lief langsam, was mich an mich erinnerte, trug kurze Hose und T-Shirt und hatte dunkle Haut und schwarze Haare.

»Aah, 's iss Ravi.«

»Ihr kennt ihn?«

»Er waar schunn eemol do.«

Ravi schnaufte, als er bei uns ankam. Obwohl er uns nicht gerade auf die Pelle rückte, konnte ich seinen Schweiß riechen. Hatte ich vor meiner gestrigen Dusche auch so gestunken? Hoffentlich nicht. Ravi war wohl so zwischen 30 und 40 und eigentlich nicht dick, doch am Bauch spannte sein T-Shirt. Es war schwarz, abgesehen von vielen weiß aufgedruckten Nullen und Einsen. Ein System konnte ich in den Zahlenreihen nicht erkennen, doch ungefähr in ihrer Mitte trafen sich die unter den Achseln beginnenden Schweißflecken.

»Hey, Leute.« Ravi fuhr sich mit dem Handrücken über die tropfende Stirn. Seine Haut war nicht so dunkel wie die von Jarrett und er sah auch kein bisschen afroamerikanisch aus. Eher indisch, was natürlich zu seinem Namen passen würde, wie ich ravenclawmäßig kombinierte. Oder raviclawmäßig, dachte ich in einem Anflug kindischer Albernheit.

»Ihr beide seid aber keine Amischen, oder?« Ravi hatte nicht gerade eine Bassstimme, sprach aber Englisch, weshalb Jarrett das Antworten übernahm.

»Wir sind hier nur durch Zufall gestrandet. Der Logikvirus –.«

»Ja, ja, schon klar«, würgte Ravi ihn ab und nahm seinen Rucksack von der Schulter. Er war schwarz, hatte aber keine Batmanmuskeln zu bieten. Was, wie ich fand, für schwarze Rucksäcke verpflichtend sein sollte. Ravi fischte eine Coladose heraus und öffnete sie. Es spritzte und ein paar der Tropfen landeten auf meinem frisch gewaschenen weißen T-Shirt. »Oops«, sagte Ravi und das war auch schon seine Entschuldigung.

»Was ist mit dir?«, knurrte Jarrett ihn an. »Du siehst auch nicht gerade wie ein Amischer aus.«

Ravi gab ein Grunzen von sich. »Scheiße nein. Ich habs nicht so mit der Bibel. Wobei – ich kenne einen Typen, der hat ein Vermögen gemacht mit dem Verkauf von Bibelvers-NFTs.«

»Okay, du hast es nicht mit der Bibel. Aber du warst schon mal hier«, sagte ich, denn das wusste ich ja von Noah.

Ravi nickte beim Trinken und als er fertig war, setzte er zu einer Bewegung an, die ganz nach Dosewegwerfen aussah. Aber da vier Paar Augen auf ihm lagen, überlegte er es sich anders und steckte die Dose in seinen abgestellten Rucksack.

»Und warum warst du schon mal hier?«, hakte Jarrett nach. Ich merkte ihm an, dass er Ravi genauso wenig mochte wie ich.

»Ich bin auf einem Backpackertrip. Nationalparks, Naturschutzgebiete, ihr wisst schon. Und auf dem Weg zum Zaleski State Forest bin ich hier durchgekommen.« Ravi setzte seinen Rucksack wieder auf. Er war zwar deutlich größer als der von Jarrett, kam mir für eine wochenlange Rucksacktour aber ziemlich klein vor.

»Bist du an Maschinen geraten?«, fragte ich.

»Maschinen? Ja, klar, aber zum Glück nicht an viele. Also, ich werd dann mal zu Caleb gehen und mir ein Zimmer buchen, bis diese Virusgeschichte vorbei ist. Wir sehen uns.«

Und damit zog er ab. Als er außer Hörweite war, lästerten Jarrett und ich über ihn, natürlich auf Englisch.

»Duh mer nau weiersschpiele?«

Ich seufzte. »Okay, aber können wir nicht wenigstens woanders spielen? Irgendwo, wo es richtige Verstecke gibt?«

»Hm«, machte Noah und beratschlagte sich mit Mary. Das Ergebnis war, dass sie mit uns ins Haus ihrer verstorbenen Großeltern gehen wollten. Ich war mir nicht sicher, ob Caleb das gern sah, aber Noah erklärte, dass er und Mary dort öfters spielten.

»Manchmol duhd Daedd do drin bede. Awwer sunscht daerfe Märy un ich allfatt nei. Un ihr ferschur aa.«

Ich übersetzte Jarrett, was Noah gesagt hatte, und dann gingen wir in das leer stehende Haus und spielten. Es war ein wenig seltsam, vor allem am Anfang, denn ich wusste ja, dass hier Menschen gelebt hatten, die schmerzlich vermisst wurden. Und auch wenn sie tot waren – irgendwie kam es mir vor, als würde ich ihre Privatsphäre verletzen, wenn ich mich unter ihre Betten quetschte oder in ihre leeren Schränke stieg. Aber zum Glück gab es auch unpersönlichere Verstecke, hinter Türen oder unter der Treppe, und außerdem durfte ich es den Kindern ohnehin nicht so schwer machen.

Mary traute sich nur in Begleitung zu suchen und als sie das zusammen mit Noah tat, setzte ich mich im Wohnraum unter einen Schreibtisch, was mich nicht gerade unsichtbar machte. Ich wartete darauf, dass die beiden ins Zimmer kamen und mich entdeckten, aber dann machte ich selbst eine Entdeckung. In einem Spalt zwischen der Wand und dem massiven Schreibtisch steckte etwas. Mary und Noah waren noch nicht da, also drückte ich von hinten gegen das Etwas, langte vorne um den Schreibtisch herum und zog es heraus. Es war ein Laptop. Also Technik. In einer Siedlung, deren Bewohner angeblich ein Leben ohne Technik lebten, weil Technik den Blick vernebelte und träge machte. Ich hatte Calebs Worte noch im Ohr. Aber jetzt hielt ich einen silbergrauen Samsung-Laptop in den Händen. Der im Spalt eines Hauses versteckt gewesen war, in das Caleb angeblich ging, um zu beten.

Ich saß im Schneidersitz unter dem Schreibtisch und klappte den Laptop auf. Ich konnte nicht anders.

Das winzige Lämpchen in der Einschalttaste fing zu leuchten an, doch der Bildschirm zeigte nur ein Ladesymbol. Der Laptop musste ans Netz, aber die einzigen Steckdosen auf der Farm befanden sich am Benzingenerator in der Scheune, wo … es zwei

Kabel für den Samsung-Stecker gab. *Zwei.* Eines für das Siedlungshandy, das andere … für den Laptop?

Das Geräusch der aufgehenden Tür ließ mich zusammenzucken. Hastig klappte ich den Laptop zu und schob ihn unter meine überkreuzten Beine. Ich hatte nicht die geringste Lust, Noah und Mary zu erklären, was das für ein Gerät war und was ihr Vater womöglich heimlich damit machte. Aber es waren nicht Noah und Mary, es war ihr Vater.

Er bemerkte mich sofort, denn der vor dem Schreibtisch stehende Stuhl verbarg grob geschätzt neunzehn Prozent von mir. Das noch viel größere Problem war, dass meine Schneidersitzbeine nicht einhundert Prozent des Laptops verbargen. Sofort senkte ich die Knie und presste meine Unterschenkel auf das Gehäuse. Meine Wangen brannten. Caleb hingegen sah blass aus. Seine Füße wippten. Aber starrte er mich an, weil ich unter dem Schreibtisch seiner Eltern kauerte? Oder weil ich auf seinem geheimen Laptop saß? Meine Beine taten ihr Möglichstes und eigentlich konnten von Calebs Standpunkt aus höchstens noch ein paar Millimeter Silbergrau zu sehen sein. Aber vielleicht war ich nicht schnell genug gewesen. Vielleicht musste er mir nur ins Gesicht schauen, um zu wissen, was los war. Oder eins und eins zusammenzählen, denn ich war schließlich nur eine Armlänge von seinem Versteck entfernt.

Andererseits lag der schmale Spalt im Schatten der überstehenden Tischplatte, weshalb man von weiter weg nicht erkennen konnte, ob darin ein Laptop steckte – was sicher auch der Grund war, warum Caleb dieses Versteck gewählt hatte. Und mein rotes Gesicht konnte ja theoretisch auch daher rühren, dass ich mich schämte, unter einem Schreibtisch zu sitzen. Immerhin war ich sechzehn, nicht sechs. Doch sagen musste ich langsam mal was.

»Wir spielen Verstecken. Noah und Mary suchen.«

Ich schaffte auch ein Lächeln, war mir aber nicht sicher, ob es etwas besser machte. Caleb wippte weiter mit den Füßen und starrte mich wie eingefroren an. Zum Glück kamen seine Kinder ins Zimmer.

»Daedd! Meegsch du aa mitschpiele? Doanne sin so viel Versteckla.«

Calebs Gesicht taute auf. »Nee, Noah. Ich duh nare ebbes hole. N annermol, allreit?«

Noah nickte enttäuscht und Caleb sah ein weiteres Mal zu mir, aber es kam mir so vor, als schaute er nicht auf meine auf den Laptop gepressten Beine, sondern in mein Gesicht. Was an sich besser war, doch aus seinem Blick wurde ich nicht schlau. Dann ging er. Noah und Mary mussten zum Glück noch Jarrett suchen und als ich allein war, steckte ich den Laptop schnell in den Spalt zwischen Tisch und Wand zurück.

Am liebsten hätte ich Jarrett sofort alles gesagt, aber es war nicht auszuschließen, dass zumindest Noah das ein oder andere englische Wort kannte. Als er und Mary endlich genug vom Verstecken hatten, wollten sie Beeren pflücken. Mit uns, aber ich vertröstete sie auf später und nickte Jarrett in Richtung Scheune.

Das Handy war mittlerweile zu 76 Prozent geladen: mehr als genug für unsere Zwecke, denn wir wollten ja nur die Netzanzeige checken. Doch es war besser, wenn der Generator noch anblieb, damit draußen das Wummern zu hören war und nicht das, was ich Jarrett sagte.

»Ein Laptop?«, wiederholte er. »Und er funktioniert?«

»Ja, bloß war der Akku so gut wie leer. Es ist ein Samsung und ich wette, Caleb lädt ihn hier in der Scheune auf. Und wenn er dann angeblich zum Beten ins Haus seiner Eltern geht, benutzt er ihn!«

»Ja, wahrscheinlich.« Jarrett wirkte kein bisschen aufgeregt. Was ich kein bisschen verstehen konnte.

»Jarrett! Caleb tut immer so heilig, faselt von einem Leben ohne Technik und dann benutzt er heimlich einen Laptop!«

»Ja, sieht so aus.«

»Und du findest das nicht komisch!?«

»Hannah. Caleb wäre nicht der Erste, der sich nach außen hin anders gibt, als er in Wirklichkeit ist. Das tun eine Menge Leute.«

»Ja, schon klar. Aber weißt du noch, wie er uns gleich am Anfang darauf hingewiesen hat, dass Susanna ein Kleid mit kurzen Ärmeln trägt? Er war stolz darauf, wie freigeistig und fortschrittlich er ist! Jedenfalls im Vergleich zu anderen Amischen. Also warum stellt er sich nicht hin und sagt: ›Zu viel Technik ist scheiße, aber manchmal braucht man eben einen Computer. Deshalb haben wir einen.‹ Warum benutzt er ihn stattdessen heimlich im Haus seiner Eltern?«

»Wahrscheinlich weil er übers Mobilfunknetz ins Internet geht und weil er dort … Hannah, du weißt doch, weswegen viele Leute ins Netz gehen. Und wahrscheinlich gerade solche Leute wie Caleb, die nach außen hin heilig tun. Außerdem – der Laptop könnte auch Ravi gehören.«

»Ravi?«

»Hast du sein T-Shirt gesehen?«

»Ja. Das heißt, ich habe Schweißflecken gesehen.«

Jarrett grinste. »Ja, aber es hatte auch einen Aufdruck.«

»Nullen und Einsen.«

»Genau. Das ist Binärcode. Sozusagen die Grundlage von Computern. Der Typ ist ein Nerd, Hannah. Und Computernerds haben garantiert auch auf Rucksacktouren Laptops dabei.«

Ich dachte darüber nach. Aber ich war nicht überzeugt von Jarretts Theorie.

»Okay, angenommen es ist der Laptop von Ravi, der schon zum zweiten Mal hier ist und Caleb und Susanna zuliebe keine Technik in ihr Wohnhaus mitbringen will … Warum steckt er den Laptop dann in einen dunklen Spalt im Haus von Calebs Eltern, statt ihn einfach hier in die Scheune zu legen?«

»Aus Angst vor Diebstahl? Aber du hast recht, das macht wenig Sinn. Also ist es ziemlich sicher Calebs Laptop, den er vor seiner Familie geheim hält. Was nicht cool ist, aber … Weiß er eigentlich, dass du seinen Laptop gefunden hast?«

»Ich habe ihn unter meine Beine geschoben, als die Tür aufging, aber … vielleicht war ich nicht schnell genug, keine Ahnung.«

»Na ja, ist eigentlich auch egal. Wir sollten uns da nicht einmischen, Hannah.«

Irgendwie fand ich es enttäuschend, meinen Sensationsfund einfach unter den Teppich zu kehren, aber wahrscheinlich hatte Jarrett recht. So aufregend die Sache mit dem versteckten Laptop war – uns beide ging sie nichts an. Und saß ich nicht eigentlich im selben Boot wie Caleb? Auch ich hatte ein technisches Gerät geheim gehalten, um es unbemerkt zu benutzen. Wobei es in meinem Fall mildernde Umstände gab: Erstens lebte ich nicht nach den Prinzipien der Amisch. Zweitens war ich kein predigender Missionar. Und drittens hatte ich nur ins Metaverse fliehen wollen, wohingegen Caleb … Egal. Das hier ging mich nichts an.

Also schaltete Jarrett den Generator aus und ich warf einen überflüssigen Blick auf die Netzanzeige des Smartphones. Aber da ich schon dabei war, sah ich mir auch noch die Anrufliste an. Obwohl es mich nichts anging. Der letzte Anruf war an einen Kontakt namens Eli Brandenberger gegangen, was sich ziemlich *deitsch* und damit amisch, unverdächtig und langweilig anhörte.

Außerdem lag der Anruf gut vier Wochen zurück, was sich mit dem deckte, was Caleb bezüglich der letzten Netzbenutzung gesagt hatte.

»Lass gut sein, Hannah«, sagte Jarrett. Und da er vermutlich auch damit recht hatte, drückte ich die Anrufliste weg, legte das Smartphone auf die Ablage und verließ mit Jarrett die Scheune. Draußen hatten Mary und Noah ein neues Attentat auf uns vor. Es hieß *Ring Around the Rosie* und war so was die amerikanische Version von *Ringel Ringel Reihen*. Es ging so: Wir hielten uns an den Händen, liefen oder hüpften herumkaspernd im Kreis und skandierten dabei: »Ring-a-round the rosie, a pocket full of posies, Ashes! Ashes! We all fall down!« Und dann ließen wir uns alle auf den Boden fallen, was Mary zuverlässig zum Gackern brachte und dem ein paar Jahre älteren Noah auch noch Spaß machte. Der Aspekt des An-den-Händen-Haltens machte das Spiel allerdings auch für 16-jährige Real-Life-Nieten wie mich interessant. Jedenfalls in der Theorie. In der Praxis positionierten sich Noah und Mary immer so, dass sie sowohl Jarrett als auch mir die Hand geben konnten. Also genau zwischen uns. Was das Spiel wieder uninteressant machte.

Wir spielten im Gras vor dem Wohnhaus und wahrscheinlich hatte Susanna uns gehört, denn sie kam heraus, setzte sich auf die Stufen und erklärte, dass sie ja gerne mitmachen würde, »awwer dohiefalle is nix fer's Bewi«. Und damit Jarrett sich nicht außen vor fühlte, sagte sie es auch noch mal auf Englisch, und dann mussten wir weitermachen und sie sah zu.

Ich war mir nicht sicher, ob Hüpfen das Richtige für Jarretts verletzten Fuß war, aber er meinte, dass er das schon aushalte und die Wunde dank Susannas Salbe kaum noch wehtue. Irgendwann bog Caleb um die Ecke des kleineren Hauses, woraufhin ich so abrupt stehen blieb, dass Noah mir auf die Fersen trat.

Caleb sah mich an, und es kam mir vor, als ob sich seine Augen für einen Moment verengten, aber dann sah er seine Frau und seine Kinder an, stimmte in ihr *Ashes! Ashes!* mit ein und ließ sich mitsamt dem Spaten, den er mit sich trug, ins Gras fallen. Er lachte, Mary plumpste quietschend auf ihn und nach einer Weile hob er sie hoch und ließ sie über sich fliegen und dann kam auch noch Noah, der ebenfalls geflogen werden wollte, und alle vier Shetlers sahen glücklich aus.

»Was hoscht du eegentlich graawe?«, fragte Susanna, als Caleb sich schließlich aufrappelte und nach dem im Gras liegenden Spaten griff.

»Iss naett wichdich, Schetzel«, antwortete er und küsste sie auf die Schläfe. Dann ging er in Richtung Scheune und obwohl mich das alles ja wirklich nichts anging, konnte ich nicht anders, als ihm hinterherzuschauen – ihm und seinem Spaten, den er für etwas benutzt hatte, das nicht wichtig genug war, um seiner Frau davon zu erzählen. Noch vor ein oder zwei Stunden hätte ich mir nichts dabei gedacht, doch jetzt? *Iss naett wichdich.* Hätte er das auch gesagt, wenn Susanna ihn gefragt hätte, warum er im Haus seiner Eltern einen Laptop versteckte?

Je mehr ich darüber nachdachte, umso mehr hatte ich das Gefühl, dass es sehr wohl *wichdich* sein könnte. Meine Gedanken rasten, flogen hierhin und dorthin, und wie sie so flogen und sich verselbstständigten, wich das dumpfe Gefühl in meinem Bauch mehr und mehr einer glühend heißen Erkenntnis.

Aber natürlich war es keine Erkenntnis, sondern nur eine abstruse Theorie, eine wilde, haltlose Spekulation. Meine Fantasie ging mit mir durch, weshalb ich Dingen eine Bedeutung beimaß, die sie gar nicht hatten, Verbindungen sah, wo es keine gab, und Schlussfolgerungen zog, die völlig übers Ziel hinausschossen. Aber vielleicht – vielleicht auch nicht.

»Hannah. Alles okay? Du –«

»Jarrett, ich …« Hektisch schaute ich mich um. Caleb war weg, Ravi nirgends zu sehen und Susanna ging gerade mit den Kindern ins Haus. Jetzt oder nie, dachte ich und zischte: »Ich muss noch mal ins Haus von Calebs Eltern.«

»Was?! Warum?«

»Ich muss mich nur vergewissern, dass ich spinne. Es dauert nicht lang.«

»Hannah! Was ist los?«

»Ich erzähls dir später, okay? Ach ja, falls Caleb in der Zwischenzeit auftaucht und nach mir fragt – ich bin auf dem Klo!« Und dann stürzte ich auf das unbenutzte Haus zu und ging hinein. Aber warum zum Teufel tat ich das? Hatte ich als Kind zu wenig Detektiv gespielt und musste es jetzt nachholen? War ich komplett übergeschnappt? Vermutlich, aber jetzt war ich nun mal hier und der Schreibtisch fast schon zum Greifen nah.

Ich war mir nicht sicher, ob man von außen durch die Fenster sehen konnte, also huschte ich ninjamäßig durch den Raum. Ich, Hannah Pöltl, deren echtes Leben bis vor drei Tagen ereignisloser als das einer Nacktschnecke gewesen war. Aber jetzt, nach Hatford Dale, Sunoco und all dem Maschinenwahnsinn – war ich da etwa ein Adrenalinjunkie geworden? Brauchte ich schon nach 24 angstfrei verbrachten Stunden einen neuen Kick!?

Ich kroch unter den Schreibtisch und langte von hinten in den dunklen Spalt zwischen Tisch und Wand, in den ich den Laptop zurückgesteckt hatte. Aber er war weg. Und damit lebte meine abstruse und schreckliche Theorie weiter, ob ich wollte oder nicht.

Ich krabbelte unter dem Schreibtisch hervor und stand mit wackligen Beinen auf. Ich musste hier raus, und am besten schnell. Ich spähte durch eines der Fenster und sah Caleb, der ohne Spaten aus Richtung Scheune kam. Er ging auf Jarrett zu, der ihm sagen würde, dass ich auf dem Klo war, und vielleicht würde sich Caleb nichts weiter denken und ins Haus oder sonst wohin gehen, aber vielleicht würde er auch bei Jarrett bleiben, um sicherzugehen, dass ich wirklich vom Klo zurückkam und nicht etwa herumschnüffelte. Oder würde er direkt das Haus seiner Eltern ansteuern, das er bis vorhin als Versteck genutzt hatte?

Ich stürzte vom Fenster weg und zuerst schlich ich, dann krabbelte ich, denn mittlerweile war das alles kein Spiel mehr. Und während ich aus dem Wohnraum krabbelte, entschied ich, dass es sinnvoller war, durch die Hintertür zu verschwinden, als mich unter einem Bett zu verstecken. Ich lauschte, doch im Haus war alles still. Bis auf mich, das Trampeltier. Ich mochte ein Autokiller sein, aber ein Ninja war ich nicht.

Als ich die Hintertür erreichte, drückte ich die Klinke herunter und spähte hinaus. Die Luft war rein und so leise wie möglich schloss ich die Tür und huschte in Richtung Hausecke, um einen Blick auf Jarrett und womöglich Caleb erhaschen zu können. Aber dann blieb ich stehen und starrte auf den Boden, auf den gleichförmigen Teppich aus Gras und Unkraut, in dem es eine rechteckige Unregelmäßigkeit gab: eine Stelle, an der Gras und Unkraut platt getreten waren. Ich bückte mich, krallte die Finger um die Halme und zog. Im platten Gras klaffte ein Riss auf und gleich darauf hielt ich eine Erdscholle in den Händen. Und damit war endgültig klar, dass das die Stelle war, an der Caleb seinen Spaten benutzt hatte. Er hatte die Grasnarbe abgestochen, aber er hatte keinen Baum oder Strauch eingegraben und allem Anschein nach hatte er auch nichts ausgegraben. Nein, er hatte etwas *ver*graben, es konnte nicht anders sein.

Mein Herz hämmerte, aber ich zog trotzdem eine weitere

grasbewachsene Erdscholle aus dem Boden, legte sie ab und fing zu buddeln an. Und während ich mit meinen bloßen Händen in der Erde wühlte, blickte ich mich immer wieder um, denn die Zeit war nicht auf meiner Seite. Und Caleb, wenn er mich erwischte, ganz sicher auch nicht mehr.

Meine Finger stießen auf Widerstand. Ich bückte mich tief über das Loch, kratzte die Erde beiseite und sah Grau. Silbergrau. Theoretisch hätte es ein Stein sein können, aber ich klopfte mit den Fingern darauf, und es hörte sich nicht nach Stein an. Es klang nach hartem Kunststoff.

Hastig schaufelte ich die Erde zurück ins Loch, legte die grasigen Erdschollen darauf und drückte sie platt, damit die Übergänge nicht mehr zu sehen waren. Und damit war das Loch zu, meine Theorie aber konnte ich nicht begraben.

Während sich meine Gedankenspirale weiterdrehte, stürzte ich zum Hauseck, spähte daran vorbei und sah Jarrett und Caleb. Fuck, was jetzt? Angeblich war ich auf dem Klo, was schon mal dauern konnte bei Mädchen, aber auch nicht ewig. Und da nur die Klos im Wohnhaus unverdächtig waren, musste ich aus dem Wohnhaus zurückkommen. Was wiederum bedeutete, dass ich erst ins Wohnhaus hineinmusste. Und dafür blieb eigentlich nur der Hintereingang über die Terrasse. Er führte in die Küche, wo Susanna sein konnte, aber das musste ich wohl in Kauf nehmen.

Caleb war noch bei Jarrett, stand im Augenblick aber mit dem Rücken zu mir und da ich keine Zeit zu verlieren hatte, rannte ich los. Das Gras schluckte meine Schritte, aber natürlich brauchte Caleb sich nur umzudrehen, um zu erkennen, dass ich nicht auf dem Klo war und wir ihn belogen. Noch schaute er zu Jarrett, doch der musste mich gesehen haben und wenn er sich etwas anmerken ließ, wenn sein Blick mir nur einen Moment lang folgte, dann war nicht nur ich geliefert, sondern auch er.

Ich überlegte, mich ins Gras zu schmeißen und zu kriechen, aber wahrscheinlich hätte mich nicht einmal das gerettet und obendrein würde ich so viel zu langsam sein. Also rannte ich weiter und endlich erreichte ich das Wohnhaus, duckte mich unter die Fenster und huschte auf die Terrasse. Wo Noah und Mary saßen und mit Holztieren spielten.

»Was duhsch du?«

»Ich … versteck mich nur vor Tschärrett. Aber psst, okay?«

»Allreit.« Noah nickte verschwörerisch und ich stieg schnell über die Holztiere ins Haus.

Von der Shetler'schen Terrasse gelangte man ins Shetler'sche Esszimmer, das direkt mit der Küche verbunden war, in der Susanna werkelte.

»Ach du bist es, Hannah.« An ihren Händen klebte Brotteig, was mich daran erinnerte, dass meine von der Erde braun waren. Schnell steckte ich sie hinter den Rücken. »Hast du schon Hunger?«, erkundigte sich Susanna.

»Nein, überhaupt nicht«, antwortete ich, was nicht mal gelogen war. Mein Blick blieb an dem selbst gemachten Kalender am Schrank hängen.

»Gut, das Mittagessen braucht nämlich noch ein bisschen.«

»Ist mir recht.« Ich rang mir ein Lächeln ab und ging mit hinter den Rücken verschränkten Armen weiter.

»Hannah?«

Ich zwang mich, stehen zu bleiben und Susanna anzuschauen. »Ja?«

»Ich fand es schön, wie ihr mit Noah und Mary *Ring Around the Rosie* gespielt habt.«

»Ach so, äh, ja …«

»Die Kinder mögen euch. Und ich kann sie gut verstehen.«

Ich war mir nicht sicher, ob ich Noah und Mary in dieser Hinsicht verstand. Und ich war mir nicht sicher, ob ich noch eine Sekunde länger in Susannas Augen schauen und so tun konnte, als ob nichts wäre. Wo doch so viel war.

»Ist alles in Ordnung, Hannah?«

»Ja, ja, alles in Ordnung. Bis nachher. Jarrett und ich spülen nach dem Essen dann wieder ab.« Ich setzte noch ein weiteres dünnes Lächeln auf und verschwand in den Flur.

Hatte ich noch Zeit, meine Hände zu waschen? Eigentlich nicht, denn Caleb wartete schon eine ganze Weile vor dem Haus. Aber lieber ließ ich ihn noch zwei Minuten länger warten und trat ihm dafür sauber unter die Nase.

Die Türklinke zur Toilette drückte ich mit dem Ellbogen herunter, damit ich nicht auch noch die Klinke waschen musste. Um die Erde unter meinen Fingernägeln konnte ich mich auf die Schnelle natürlich nicht kümmern, aber von der Haut ging sie gut ab. Ich legte mir noch ein paar Worte zurecht und trat nach draußen. Mein Daumen verausgabte sich. Aber auch Calebs Füße wippten.

»Oh, hi«, begrüßte ich ihn betont beiläufig, dann wandte ich mich Jarrett zu. »Tut mir leid, hat ein bisschen länger gedauert, aber ich habe noch meinen Sonnenbrand im Spiegel inspiziert. Und die Wunde auf der Backe.«

»Kein Problem«, sagte Jarrett. »Aber ich finde, du hast so gut wie keinen Sonnenbrand mehr. Und die Wunde sieht auch besser aus.«

Und dann fiel uns nichts mehr ein. Caleb räusperte sich.

»Gut, dann … Bis nachher beim Essen.«

Als er weg war, fiel mir ein laptopgroßer Stein vom Herzen. Jarrett und ich rupften ein paar Hände amerikanischen Löwenzahn und gingen damit zur Koppel, um den Anschein zu erwecken, dass wir lediglich die Pferde füttern wollten. Noch auf dem Weg erzählte ich ihm von dem leeren Spalt und meinem Fund hinter dem Haus, trompetete aber nicht gleich meine Theorie heraus. Ich war mir noch immer nicht sicher und ich wollte immer noch weniger, dass sie wahr war.

An der Koppel angekommen, streckte Jarrett eine Hand mit Löwenzahn durchs Gatter. Die Pferde schauten uns zwar an, wirkten aber nicht gerade euphorisch. Genau wie Jarrett in Bezug auf meine Neuigkeiten.

»Caleb hat nun mal keine Tonne«, sagte er, was nicht gerade ein Anfang war, mit dem ich gerechnet hatte. »Und weil seine Kinder überall herumkriechen, wollte er wohl auf Nummer sicher gehen. Für den Fall, dass du Susanna von dem Laptop erzählst. Denn wenn es keinen Laptop gibt, kann er dich leichter als Lügnerin hinstellen. Deshalb hat er ihn vergraben. Wobei … Vielleicht gibt es auch noch einen anderen Grund.«

»Ja, genau!«, stieß ich hervor. Mein Körper straffte sich vor Erwartung.

»Caleb will nicht mehr in Versuchung geführt werden. Und wenn er keinen Laptop mehr hat, kann er sich auch keinen Schmuddelkram mehr reinziehen.«

Ich sank in mich zusammen. Jarrett sah mich an und sagte: »Das ist wohl nicht der Grund, den du gemeint hast.«

»Nein, aber …« Jarretts Erklärung war viel naheliegender als meine. Wahrscheinlich ging es hier wirklich um nichts anderes als einen Familienvater, der manchmal aus seinem heiligen Korsett ausbrechen und Schmuddelkram sehen wollte.

»Also. An welchen Grund hast *du* gedacht?«

Ich schüttelte den Kopf und seufzte. Es war sicher besser, wenn ich einfach die Klappe hielt.

»Hannah, jetzt sag schon. Der sprechende Jarrett-Hut hat dich nicht ohne Grund nach Ravenclaw gesteckt.«

Ich musste grinsen, aber dann wurde ich schnell wieder ernst. »Okay«, sagte ich und vielleicht war es ganz gut, dass inzwischen eines der Pferde da war und aus Calebs Hand fraß, denn so konnte ich noch ein wenig Ordnung in mein Gedankenchaos bringen.

»Okay, also … als du heute früh das Geschirr aufgeräumt hast, hast du doch diesen Kalender gesehen.«

Jarrett nickte.

»Heute ist Montag, vor drei Tagen war Freitag. Und am Freitag –«

»Hatte Noah Geburtstag.«

»Richtig. Und was noch?«

»Der Todestag seiner Großeltern.«

»Genau. Aber am Freitag war noch etwas.«

Jarrett überlegte. Das Pferd fraß ihm die Löwenzahnblätter aus der Hand und jetzt trottete auch das andere heran.

»Oh Mann, klar! Der Virus!« Ungläubig schüttelte Jarrett den Kopf. »Krass, dass das erst vor drei Tagen war. Es kommt mir wie eine Ewigkeit vor.«

»Mir auch«, sagte ich und hielt dem zweiten Pferd meinen Löwenzahn hin. »Aber es ist wirklich erst drei Tage her, dass du uns auf Little John von der Farm gebracht hast. Und dass die Nachricht auf unseren Smartwatches aufgetaucht ist. Erinnerst du dich, dass wir nicht wussten, was es mit diesem Nachsatz in Klammern auf sich hat?«

»Mt. 19,26?«

»Genau. Dank Susanna wissen wir jetzt, dass dieses Kürzel für ein Kapitel und einen Vers im Matthäusevangelium steht. Und dass *Mit Gott sind alle Dinge möglich* nicht nur Ohios Staatsmotto ist, sondern auch ein Satz aus diesem Evangelium. Also aus der Bibel.«

»Was ich nicht auf dem Schirm hatte«, gab Jarrett zu. Sein Löwenzahn war alle und jetzt sah sein Pferd meinem beim Fressen zu. Wenn Jarrett es nicht vorgemacht hätte, hätte ich mein Grünzeug einfach in die Koppel geschmissen. Aber so hielt ich es eben durchs Gatter. Es gab Schlimmeres, als von einem Pferd ein wenig in den Finger gebissen zu werden.

»*Mit Gott gibt es keinen Grund für Technik.* Der zweite Satz der Apokalypsennachricht ist nicht aus der Bibel«, sagte ich. »Aber die Amischen würden ihn unterschreiben, oder?«

»Ja, definitiv.«

»Also auch Caleb.«

Jarrett glotzte mich an. Er wollte etwas sagen, aber ich ließ ihn nicht zu Wort kommen.

»Caleb«, fuhr ich fort, »der die Bibel auswendig kennt und Maschinen hasst, weil ihm ein autonom fahrendes Auto die Eltern genommen hat – zufälligerweise am selben Tag, an dem Jahre später der Logikvirus aktiviert wird. Caleb, der mit den Füßen wippt, wenn er nervös ist, der einen Laptop besitzt und einen Batzen Geld, das er gar nicht will, und der Besuch von einem Typen bekommt, der angeblich auf einem Backpackertrip ist, aber einen ziemlich unbackpackermäßigen Rucksack und ein T-Shirt mit lauter Nullen und Einsen trägt, was, wie du mir erklärt hast, Binärcode ist. Also die Grundlage von Computern. Aber was, wenn der Typ nicht nur ein Computernerd, sondern Programmierer ist? Oder Hacker? Wenn er hierhergekommen ist, um seine Kohle zu holen? Vielleicht ist es Zufall, aber Caleb wollte auch etwas holen, als er vorhin ins Haus seiner Eltern kam – was, wenn er dort nicht nur seinen Laptop versteckt hat, sondern auch das Geld? Und außerdem war Ravi schon einmal hier. Aber vielleicht nicht, weil er eine Rucksacktour macht, sondern weil er die erste Rate seines Honorars holen wollte! Und heute ist er gekommen, um die zweite zu kassieren, und dazwischen hat er das getan, wofür Caleb ihn engagiert hat und wofür er ihm den Batzen Geld bezahlt. Jarrett, was ist, wenn Ravi diesen Virus programmiert hat?! Und zwar für Caleb!«

Jarrett starrte mich an. Wie ich erst jetzt merkte, war der Löwenzahn weg und die Pferde auch. Ich holte Luft, dann machte ich mit meiner Anklage weiter.

»Du hast Caleb heute Morgen nicht verstanden bei seiner deutschen Bibelstunde, aber ich schon. Weißt du, was er gesagt hat? Dass viele Menschen erst glauben und lernen, wenn sie fühlen. Und als Noah nachfragte, hat er gesagt, dass sie nur dann lernen, wenn sie Schmerz und Leid erfahren. Schmerz und Leid, Jarrett! Deshalb hat er Ravi einen Virus programmieren lassen, der Maschinen auf Menschen losgehen lässt! Denn er glaubt, dass sie das zum Umdenken bringt und dazu, wie er zu leben! Und Ravi ist vielleicht auch deshalb so ein arrogantes Arschloch, weil er weiß, dass er als Programmierer und Hacker ein Ass ist, weshalb es für diesen beschissenen Logikvirus immer noch keine Softwarelösung gibt. Jarrett, es passt alles zusammen! *Alles!*«

Sein Mund klappte auf und wieder zu. »Ja«, sagte er schließlich, »es passt schon zusammen. Aber es kann genauso gut Zufall sein. Zum Beispiel, dass Caleb ins Haus kam, um etwas zu holen, kurz nachdem Ravi aufgekreuzt ist, von dem wir noch nicht einmal wissen, ob er wirklich Programmierer oder Hacker ist. Denn genauso gut kann er das T-Shirt vom Secondhand-Laden haben. Und es kann auch Zufall sein, dass der Virus am Todestag von Calebs Eltern aktiv wurde. Hannah, ich will damit nicht sagen, dass deine Theorie falsch ist – aber es gibt auch nicht einen Beweis dafür, dass sie richtig ist.«

Jarrett hatte recht, mit allem, was er sagte. Das alles konnte tatsächlich Zufall sein. Aber ... »Vielleicht gibt es einen Beweis.«

»Und welchen? Meinst du, dass sich hinter einem der amischen Kontakte in der Anrufliste des Smartphones in Wirklichkeit Ravi verbirgt?«

»Nein. Hacker kontaktiert oder rekrutiert man wohl kaum per Telefon. Das läuft auf anderen Kanälen. Falls es einen Beweis für meine Theorie gibt, dann finden wir ihn auf dem Laptop.«

Jarrett schwieg. »Ich weiß nicht, Hannah«, sagte er nach einer Weile. »Wenn deine Theorie falsch ist, mischen wir uns in Dinge ein, die nur Caleb und seine Familie angehen. Und wenn sie richtig ist, wenn wirklich Caleb und Ravi hinter alldem stecken sollten, dann ist das hier viel zu groß für uns. Und viel zu gefährlich.«

»Ja, klar, aber wir können den Laptop doch heimlich ausgraben. Heute Nacht, wenn alle schlafen. Und wenn wir auf dem Ding nur Schmuddelkram finden, graben wir ihn einfach wieder ein und verlieren kein Wort mehr über die ganze Sache. Aber falls es darauf so etwas wie einen Beweis für meine Theorie geben sollte, dann ... packen wir den Laptop ein und machen uns aus dem Staub! Und bis Caleb und Ravi merken, was los ist, sind wir schon ganz woanders!«

»Okay, das ... ist ein Plan. Nicht gerade einer, bei dem nichts schiefgehen kann, aber wir haben wohl keine große Wahl. Das heißt, sofern du nicht einfach nichts tun willst.«

Was ich durchaus in Erwägung gezogen hatte, aber ... »Nein, ich fürchte, dafür ist es zu spät.«

»Ja, vermutlich.« Jarrett nickte, doch ein paar Sekunden später schüttelte er grinsend den Kopf.

»Was ist?«

»Nichts, nur ... Über das, was du heute Nacht tun willst, hättest du vor drei Tagen vielleicht nachgedacht. Aber ich kann mir nicht vorstellen, dass du es hättest durchziehen wollen. Und deshalb sollte der sprechende Jarrett-Hut vielleicht auch noch mal über Gryffindor nachdenken.«

* * *

Jarrett täuschte sich, wenn er glaubte, dass ich auf einmal furchtlos und unerschrocken war. Oder eine andere als vor drei Tagen. Denn das war ich nicht. Ich war nur ein Update und auch nicht Hannah 2.0, sondern vielleicht gerade mal 1.3 oder so was. Und da hatte sich in Sachen Mut zwar was getan, aber es war ganz sicher kein Quantensprung.

Was unser nächtliches Vorhaben anging, gab es nicht viel zu besprechen, also zerpflückten wir noch einmal meine Theorie, aber eigentlich kam nichts Neues dabei heraus. Alles hing vom Laptop ab und von dem, was wir womöglich darauf fanden. Auch, ob Jarrett mich letztlich für brillant oder für bescheuert halten würde. Na ja, natürlich musste sein Urteil nicht zwangsläufig so radikal ausfallen, aber viel schien zwischen diesen beiden Extremen nicht zu liegen.

Zum Mittagessen gab es frisch gebackenes Brot und Maiscremesuppe. Der Mais dafür stammte natürlich aus dem Shetler'schen Maisfeld, wo die Shetlers nun so langsam die Früchte ihrer Arbeit ernten konnten, wie Caleb es formulierte. Ich mied seinen Blick weitestgehend, aber hin und wieder musste ich ihn anschauen, damit er keinen Verdacht schöpfte, und dann sah ich in sein Gesicht und überlegte, ob er der große Unbekannte sein konnte, wegen dem Ohio aus den Fugen geraten war. Eine Antwort fand ich nicht, denn eigentlich sah sein Gesicht ziemlich freundlich und entspannt aus, wenn er nicht gerade in den

Missionarsmodus schaltete, was er auch beim Maiscremeschlürfen ein- oder zweimal tat.

Ravi trug noch immer dasselbe T-Shirt. Die Schweißflecken waren weitgehend getrocknet, aber der Geruch war noch ziemlich penetrant. Hannah 2.0 hätte ihm wahrscheinlich mit deutlichen Worten eine Dusche empfohlen, Version 1.3 aß brav ihre Suppe. Jarrett und ich waren übereingekommen, Ravi besser nicht nach seinem T-Shirt, seinem Beruf oder solchen Dingen zu fragen. Aber da er sich ja angeblich auf einer Rucksacktour zu Nationalparks und Naturschutzgebieten befand, trauten wir uns, ihm ein bisschen zu Nationalparks und Naturschutzgebieten auf den Zahn zu fühlen.

»Welche Station auf deiner Tour hat dir bisher am besten gefallen?«

»Ach, kann ich gar nicht sagen. Alle hatten was für sich.«

»Und wo genau warst du schon überall?«

»Hopewell. Zaleski, die ganze Palette.«

»Auch im Cuyahoga?«

»Mmhm.«

Das Fragen übernahm Jarrett, was aus mindestens zwei Gründen besser war. Erstens: Er war nicht ich, womit ich meine, dass Caleb nicht ihn auf dem Laptop sitzen sehen hatte, sondern mich. Zweitens: Er war aus Ohio, weshalb er zumindest ein paar Namen kannte. Der Cuyahoga-Valley-Nationalpark zum Beispiel war in der Nähe von Cleveland und damit ganz schön weit weg von der Gegend, in der wir uns befanden. Doch deswegen konnte Ravi natürlich trotzdem dort gewesen sein. Na ja, alles in allem entkräfteten seine ausweichenden Antworten nicht gerade meinen Verdacht, dass die Rucksacktour nur vorgeschoben war. Aber sie bestätigten mich auch nicht in meiner Theorie.

Nach dem Essen übernahmen Jarrett und ich wieder das Geschirr, ehe ich mich noch schnell um meine schmutzigen Fingernägel kümmerte. Wir spielten ein bisschen mit den Kindern und danach gingen wir mit großen Körben auf die Obstwiese, wo wir die Körbe mit Äpfeln füllten. Da es sich laut Susanna um eine frühe, nicht lagerfähige Sorte handelte, wollte sie Mus oder Kompott aus ihnen machen und dazu mussten die Äpfel geschält und geschnitten werden. Ich zögerte, aber dann bot ich ihr meine Hilfe an. Irgendwie mussten wir die Zeit bis zum Abend ja totschlagen und Mary und Noah waren zwar ganz süß, aber auch anstrengend, weshalb ich mich gegen die Kinder und für Susanna entschied. Jarrett ebenso, was wahrscheinlich an den gleichen Gründen lag. Oder auch ein wenig an mir, wie ich insgeheim hoffte.

Er war gut im Schälen und Schneiden, und in der Zeit, die ich für einen Apfel brauchte, schaffte er beinahe zwei. Susanna war noch geschickter oder geübter, vor allem aber war sie eine angenehme Gesellschaft. Sie wirkte kein bisschen missionarisch und statt über Gott und die Bibel redeten wir über alles Mögliche. Familie, Schule, Deutschland, Amerika. Und ein bisschen auch über den Virus, der für Susanna etwas schwer Fassbares zu sein schien, was wahrscheinlich daran lag, dass sie nur sehr wenig über Maschinen und Technik wusste. Je länger wir da saßen, Äpfel schälten und redeten, umso weniger konnte ich mir vorstellen, dass sie in der ganzen Sache mit drin hing – also, falls es hier eine Sache gab.

Als wir die Äpfel klein gekriegt hatten, ging es schon auf Abend zu. Die Gemüsebeete der Shetlers quollen über, weshalb Susanna Pot Pie kochen wollte, was so etwas wie Gemüseragout mit Teigdecke war. Wir halfen ihr wieder beim Schnippeln und entweder wäre meine Mutter stolz auf mich gewesen oder beleidigt, denn daheim drückte ich mich vor jedem Handgriff.

Der Pot Pie war superlecker, aber ich schaffte trotzdem kaum was davon, denn so langsam wurde ich nervös. Und zwar richtig. Caleb schaute mich ein paarmal an, aber ich hatte nicht das Gefühl, dass er mich permanent beobachtete oder so. Ravi hatte noch immer nicht geduscht und lud sich den ganzen Teller mit Pot Pie voll, stocherte dann aber nur ein bisschen darin herum, was mich auch deshalb störte, weil ich geschätzt ein Fünftel des Gemüses geschnippelt hatte und jetzt zeigte Ravi vielleicht genau diesen Rüben keinen Respekt.

Nach dem Essen holte Jarrett seinen Batmanrucksack und packte den Rest unserer Sunoco-Beute aus. Ich probierte ein Stück von einem Fast Break, den Jarrett gleich in »King Size« mitgehen lassen hatte. Ein ordentliches Pfund, sehr mächtig und sehr erdnussbutterig. Salziger als der Butterfinger, aber ansonsten recht ähnlich, also gemeinsam Platz zwei. Ravi verdrückte unsere letzten beiden Whatchamacallits und sagte nicht einmal Danke.

Als es für Noah und Mary Zeit fürs Bett wurde, nutzten Jarrett und ich die Gelegenheit, uns ebenfalls zu verdrücken. Ich war viel zu aufgeregt, um noch ein wenig vorzuschlafen, aber mittlerweile strengte mich das Unverdächtigtun ganz schön an.

»Gute Nacht, Jarrett«, sagte ich betont deutlich.

»Gute Nacht, Hannah«, erwiderte er laut. Das gehörte auch zum Unverdächtigtun, denn Caleb war ebenfalls im oberen Stockwerk und putzte Mary die Zähne. Später ging ich selbst ins Bad. Und Jarrett wahrscheinlich auch, und den Geräuschen nach auch Susanna und Caleb und vielleicht sogar Körperpflegegegner Ravi. Dann war es still und ich lag in Jeans und T-Shirt auf dem Bett und dachte über verschiedene Fragen nach. Hatte ich das Geschirr eines scheinheiligen, aber harmlosen Hobbymissionars gespült oder war Caleb der Mann, der Ohio die Apokalypse gebracht hatte? War es ein Fehler gewesen, unsere letzten Schokoriegel mit den anderen zu teilen? Würde der Laptop in den Batmanrucksack passen, wenn wir den Reißverschluss offen ließen? Und würde mein Daumen das Zeigefingergelenk endgültig freigerubbelt haben, wenn Jarrett in ein paar Stunden in mein Zimmer kam? Im Augenblick wusste ich auf keine dieser Fragen eine Antwort, aber als irgendwann die Tür aufging, war noch Haut an meinem Zeigefinger.

Ein Teil von mir war froh, dass die quälende Warterei ein Ende hatte. Ein anderer Teil war drauf und dran, Jarrett zuzuraunen, dass wir das Ganze lieber sein ließen. Da fand so was wie ein Tauziehen in mir statt und einen Moment lang sah es ganz danach aus, als ob Teilnehmer Nummer zwei das Kräftemessen für sich entscheiden konnte, aber dann berappelte sich Nummer eins und gewann die Oberhand. Ich hatte eine Scheißangst, aber ich hatte genug davon, mir den Kopf zu zermartern – ich wollte endlich Gewissheit. Auf die eine Art oder die andere.

Meine Füße steckten in frischen Sneakerssocken aus dem Paketbombardement, was die Holzdielen jedoch nicht vom Knarren abhielt. Es gab kein Licht im Flur, weil die Shetlers ja unbedingt ein Leben ohne Elektrizität leben wollten, aber da die Badtür offen stand und ein wenig Mond-, Sternen- oder Nachtlicht durchs Fenster fiel, war es auch nicht ganz finster.

Die Treppe machte glücklicherweise so gut wie keine Geräusche, mein hämmerndes Herz jedoch schon. Hannah 2.0 hätte vielleicht ihre Hand auf Jarretts Brust gelegt, um zu spüren, ob sein Herz auch so wild pochte, und vielleicht hätte sie sogar seine Hand auf ihr Herz gelotst, was verdammt romantisch gewesen wäre, aber Version 1.3. brauchte all ihren Mut für Operation Laptop.

Im unteren Flur war es zappenduster, aber wir tasteten uns

vorwärts, das heißt: Jarrett tastete sich vorwärts, ich zuckelte hinterher. Ich ließ mich vom Batmanrucksack leiten und meine Finger stellten ein für alle Mal fest: Die Muskeln waren wirklich nur aufgedruckt.

Da die Haustür eine kleine Glasscheibe besaß, wurde es unmittelbar vor ihr wieder heller. Wir hoben unsere Sneakers auf, Jarrett öffnete die Tür und wir huschten hinaus. Als die Haustür wieder zu war, wagte ich endlich zu atmen.

Im Vergleich zu drinnen war es draußen beinahe so was wie hell. Jarrett suchte meinen Blick und ich erkannte, dass es ihm nicht anders ging als mir. Er sah nervös aus.

Wir rannten mehr, als dass wir schlichen. Doch das war wahrscheinlich okay, weil wir durch Gras und Unkraut rannten und die Grillen schon wieder ohrenbetäubend laut zirpten. Und dann waren wir auch schon hinter dem Haus, wo der Laptop vergraben war. Bloß, wo genau war die Stelle? Am Vormittag hatte ich sie aufgrund des platten Grases erkannt und außerdem hatte die Sonne geschienen. Jetzt schien nur der Mond und wahrscheinlich war das Gras nicht mehr platt oder ich einfach zu aufgeregt, jedenfalls fand ich die verdammte Stelle nicht.

»Ich finde die verdammte Stelle nicht mehr!« Als ob Jarrett es nicht auch so gemerkt hätte.

»Hannah. Versuch, ruhig zu bleiben, okay? Und versuch, dich zu erinnern, wie weit die Stelle von der Hintertür weg war.«

Ein guter Rat. Ich ging zur Hintertür und versuchte, mir in Erinnerung zu rufen, wie es vor dreizehn oder vierzehn Stunden hier ausgesehen hatte, wie weit ich gegangen war – und wo die Stelle mit dem platten Gras gewesen war. Aber ich war so verdammt aufgeregt und Konturen von Gräsern erkannte man nachts längst nicht so gut wie am Tag. Außerdem war das Gras wohl einfach nicht mehr platt. Womit ich eigentlich hätte rechnen müssen.

»Warte. Ich hole ein Licht.« Sagte Jarrett. Und verschwand.

Ein Licht war eine gute Idee. Einerseits. Andererseits wieder nicht, denn es machte auch uns beide sichtbarer. Und außerdem musste Jarrett wohl ins Haus zurück, um eines zu holen.

Ich ging noch einmal die Strecke ab, die ich am Vormittag ungefähr zurückgelegt haben musste. Also von der Hintertür bis zu der Stelle, die wir suchten. Aber was das Schätzen und Bestimmen von Entfernungen anging, hatte das Hannah-Update keinerlei Verbesserungen mit sich gebracht.

Tränen schossen mir in die Augen. Da wollte ich die Welt retten und konnte mir nicht mal die richtige Stelle merken. Ich war so eine Versagerin und am besten ging ich einfach wieder ins Bett und blieb da, bis die verdammte Softwarelösung gefunden war, und dann flog ich nach Hause und verlagerte mein Leben wieder ins Metaverse.

»Da bin ich wieder.«

Ich wischte mir schnell die Tränen von den Wangen, aber Jarrett hatte sie schon bemerkt. Außerdem schniefte ich.

»Hey.« Er sagte es sanft, trat auf mich zu und dann stellte er die mitgebrachte Laterne auf den Boden und nahm mich in die Arme. Einfach so. Ich spürte eine Hand auf meinem Rücken und eine auf meinem Hinterkopf und dann spürte ich auch seinen Atem, ganz dicht an meinem Ohr. »Schon gut, Hannah, wir schaffen das. Wir finden die Stelle. Es kann nicht so schwer sein. Und wir haben Zeit. Okay?«

Er ließ mich los und sah mich an. Seine Augen sogen mich schon wieder ein und sein Mund war so nah und Hannah 2.0 hätte auf das Kribbeln in ihrem Bauch gehört und sich auf ihn zubewegt und ihn geküsst, aber ich ... ich war nicht mutig genug. Und Jarrett war es entweder auch nicht oder zu aufgeregt oder wollte es gar nicht, was leider am wahrscheinlichsten war.

Er hatte die Laterne vom Terrassentisch geholt. Und die Streichhölzer, die dort bereitlagen. Ich schniefte den Rotz in meiner Nase weg, er zündete die Laterne an. Das flackernde Gaslicht warf tanzende Schatten auf sein Gesicht.

Ich war jetzt ruhiger. Die Nacht war tatsächlich noch jung und auch wenn ich die genaue Stelle nicht mehr wusste, die infrage kommende Fläche war nicht riesig. Wir konnten probieren, konnten systematisch an Grashalmen ziehen und irgendwann würden wir welche erwischen, die sich mitsamt einer Erdscholle herausheben ließen.

Genau das taten wir und es war Jarrett, der schließlich die richtige Stelle fand. Er verkündete seinen Fund, lächelte mir zu und warf die Erdscholle zur Seite. Und dann gruben wir den verdammten Laptop aus.

Ich klappte ihn auf und wischte die Erde von der Tastatur, aber er ging natürlich nicht an. Das Zirpen der Grillen begleitete uns zur Scheune, wo Jarrett die Tür hinter uns schloss und den Rucksack abnahm. Jetzt machte es sich endgültig bezahlt, dass er die Laterne geholt hatte, denn er leuchtete mir, während ich die Kabel entwirrte und den Laptop an den Generator anstöpselte. Jarrett schaltete ihn an und er wummerte noch lauter als am Vormittag, aber wahrscheinlich bildete ich mir das nur ein, weil ich so unglaublich nervös war.

Ich stellte den Laptop auf die Ablage, die ziemlich hoch und damit nicht gerade ergonomisch günstig war, und drückte die Einschalttaste. Mein hämmerndes Herz hatte keine Mühe, den Takt des Generators zu halten. Auf dem Bildschirm erschien das Samsung-Logo und kurz darauf eine Maske zur Eingabe einer PIN. Damit hatte ich gerechnet, denn sogar unsere alten Schullaptops waren derart gesichert, wahrscheinlich war das schlichtweg Standard und Caleb wohl nicht der Typ, der an Standardeinstellungen herumschraubte. Ich schaute auf das Smartphone auf der Ablage und tippte 1234. Es passierte nichts, womit klar war, dass die PIN aus mehr als vier Stellen bestand. In der Schule waren es acht, also machte ich mit 5678 weiter. Unter dem Eingabefeld erschien »Willkommen«, das Betriebssystem lud.

»Jaaaa!« Jarrett reckte die geballte Faust. Wir tauschten einen kurzen, hibbeligen Blick, dann widmete ich mich dem Laptop.

Der Desktop war so gut wie leer. Die Taskleiste enthielt auch nur Standardprogramme. Ich ging in den Dateimanager, klickte Video-, Bilder- und Dokumentenordner – nichts. Irgendwelche eigenen Ordner schien es gar nicht zu geben, nur die üblichen: Programs, Drivers und so weiter. Das sah nicht gut aus für meine Theorie und mich.

Ich öffnete den Internetbrowser. Standardstartseite. Ich ließ mir die Chronik anzeigen. Nicht ein Eintrag in diesem Monat. Auch nicht in dem davor. Wusste Caleb etwa, wie man Verläufe löschte? Ich ging weiter zurück, ließ mir die besuchten Seiten der letzten sechs Monate anzeigen. Es waren nicht gerade viele und es war überhaupt kein Schmuddelkram dabei, aber allein die Google-Suchen … Maschiene. Maschinen. Maschinen Funktionsweise. Software. Software lahmlegen. Was sind Viren. Computerviren. Viren programmieren. Hacker. Hacker kontaktieren. Darknet. Darknetbrowser.

»Oh mein Gott, Hannah! Du hattest recht! Mit allem! Die Maschinen. Der Logikvirus –.«

»Ihr sottet eich in eier Aarsch neischeme!«

Ich fuhr herum und sah mich dem Mann gegenüber, der in Ohio ein Inferno entfesselt hatte. Seine Lippen waren nicht mehr als eine dünne weiße Linie, Hals und Wangen feuerrot. Die Augen loderten.

Mit einer schnellen Bewegung packte er eine der an der Wand

lehnenden Gerätschaften. Es war eine Heugabel und er richtete sie genau auf mich. Ich wich panisch zurück, aber mein Rücken stieß gegen das Brett.

»Niemand muss davon wissen!«, stieß Jarrett hervor. »Niemand muss erfahren, dass du hinter alldem steckst! Lass uns einfach gehen und –«

»Nein!« Caleb riss die Heugabel herum. Die Ader an seiner Schläfe pochte. »Ich gehe nicht ins Gefängnis! Und schon gar nicht wegen euch! Ihr undankbares Pack! Wir haben euch bei uns aufgenommen! In unser Haus und unsere Familie! Und ihr ... Du!« Er riss die Heugabel wieder zu mir herum. »Ich habe nichts gesagt, als du auf dem Laptop saßt. Ich wollte die Sache im Stillen lösen – aber du ... du musstest ja unbedingt graben und herumschnüffeln!« Calebs Augen traten vor Zorn aus den Höhlen. Die Zinken der Heugabel zitterten Zentimeter vor meinem Herz.

Ich wollte etwas sagen. Irgendwas, das ihn besänftigte, aber ich konnte nicht sprechen. Ich bekam kaum noch Luft. Meine Knie gaben nach.

»Es ist nicht Hannahs Schuld, Caleb. Sondern deine.«

»Halts Maul!« Calebs Gesicht war zu einer Fratze verzerrt. »Ihr seid selbst schuld! Ihr und all die Menschen, die mit Maschinen leben, aber nicht mit Gott!« Seine Lippen bebten. »Schalt den Generator ab!«

Jarrett zögerte.

»Schalt ihn ab!«, explodierte Caleb und ließ die Heugabel vorschnellen. Ich spürte, wie die Zinken an meiner Haut kratzten.

»Okay«, sagte Jarrett hastig, »okay.« Er bückte sich, seine Hand tastete nach dem Generator, doch auf einmal schoss er vor und rammte Caleb seinen Kopf in den Bauch. Caleb taumelte rückwärts, die Heugabel entglitt ihm und einen Wimpernschlag später ging er zu Boden. Jarrett trat die Heugabel weg und Caleb in den Magen. Er krümmte sich und Jarrett setzte schon zu einem weiteren Tritt an, aber dann hielt er inne, trat keuchend einen Schritt zurück und drehte sich zu mir.

»Alles okay?«

Oberhalb der Colaflecken waren drei kleine Löcher in meinem T-Shirt. Aber kein Blut. Ich nickte. Und sah, wie der am Boden liegende Caleb sich bewegte. Ich wollte Jarrett warnen, aber Caleb zog ihm schon die Füße weg. Jarrett krachte auf den Scheunenboden. Caleb rappelte sich auf. Doch in dem Moment, da er wieder auf seinen nackten Füßen stand, hatte ich schon eine der Schaufeln in der Hand. Ich schwang sie und traf Calebs Kopf. Gleich neben Jarrett klappte er zusammen und hielt sich schreiend die Schläfe. Zwischen seinen Fingern quoll Blut hervor.

Ich ließ die Schaufel fallen. Von Kabbeleien mit meiner Schwester einmal abgesehen, hatte ich vor dieser Nacht nur Roboter geschlagen, keine Menschen.

Ruckartig nahm Caleb die Hand von der Schläfe, sprang auf und ging auf mich los. Ich war starr vor Schreck, aber Jarrett tacklete ihn wie ein Footballspieler, drückte ihn gegen die Scheunenwand und hieb ihm das Knie zwischen die Beine. Caleb sackte zusammen, doch seinem Blick nach zu urteilen, war er noch nicht zur Besinnung gekommen. Jarrett holte ein weiteres Mal aus und mich überkam eine böse Ahnung, wie das hier enden würde, also stürzte ich vor und zog ihn von Caleb weg. Meine Zunge war wie gelähmt, doch ich schüttelte den Kopf und sprach mit den Augen. Jarrett war vollgepumpt mit Adrenalin, aber er nickte und dann stürzten wir aus der Scheune, bevor da drin noch jemand starb.

Jarrett knallte die Scheunentür zu und Seite an Seite rannten wir in Richtung des Graswegs, den Ravi benutzt hatte und der sich nach den Feldern durch die Steppe wand. Ich hoffte, dass Caleb zurückblieb, aber dann hörte ich, wie die Scheunentür aufgerissen wurde. Jarrett zögerte, und einen Moment lang hatte ich Angst, dass er umkehren würde, dass es von Neuem losging und erst dann endete, wenn einer der beiden nicht mehr aufstand. Aber Jarrett machte nicht kehrt, er nahm meine Hand und zog mich an den Stoppelfeldern vorbei ins Maisfeld.

Es raschelte. Ein scharfkantiges Blatt schnitt mir in die Haut, die Stängel klatschten nur so an meinen Oberkörper und ins Gesicht. Aber hinter und über uns schloss sich der Mais auch wieder und verbarg uns vor dem Mann, der uns nicht ziehen lassen wollte.

Doch es dauerte nicht lange, dann hörte ich Caleb keuchen. Hatte er gesehen oder gehört, wie wir im Maisfeld verschwunden waren? Wenn ja, waren wir besser beraten, brachial durch die Reihen zu brechen, als den Atem anzuhalten und auszuharren. Unschlüssig sah ich zu Jarrett, der genau neben mir stand, von dem ich aber nicht viel mehr als Umrisse erkannte.

»Ich weiß, dass ihr im Maisfeld seid!«

Ich schluckte hart. Vielleicht war es nur ein Trick.

»Kommt raus! Ich habe euch gesehen!«

Hatte Caleb das oder bluffte er nur? Seiner Stimme nach zu urteilen, war er jedenfalls nicht weit weg.

»Ich habe eine Heugabel! Doch wenn ihr jetzt rauskommt, tue ich euch nichts! Durch meine Hand muss niemand sterben!«

Durch seine Hand!? Und was war mit Lauren und Quentin und all den Menschen, die wegen ihm durch Maschinen gestorben waren? Wut stieg in mir auf. Und Jarrett ging es wohl nicht anders, denn ich hörte, wie er schnaubte.

»Ich bin kein Schlächter. Ravi hätte ganz Amerika strafen können, aber Amerika und die Welt sollen von Ohio lernen. Alles, was ich will, ist, den Menschen auf den rechten Weg zu helfen!«

Was nicht mehr als ein grausamer Witz war. Doch während mich der Inhalt von Calebs Botschaft anwiderte, versetzte mich die Form, in der er sie vorbrachte, in Panik. Caleb schrie nicht mehr, er predigte. Was bedeuten konnte, dass er tatsächlich wusste, wo wir waren. Zumindest ungefähr. Er selbst stand wahrscheinlich unmittelbar vor dem Feld, doch wie viele Reihen Mais trennten uns? Drei? Zwei? Und wie viel war das in Heugabeln?

»Bei manchen wird es vergeblich sein«, fuhr Caleb mit seiner Predigt fort. »Aber andere werden begreifen und zu einem Leben mit Gott zurückfinden. Genau wie ich. Mit Gott sind alle Dinge möglich, steht im Matthäusevangelium geschrieben, doch es gab Momente, da haderte ich mit Gott, weil er auch schreckliche Dinge zulässt. Ich zürnte ihm, beschimpfte und verwünschte ihn, doch dann sah ich meinen neugeborenen Sohn an und da wusste ich wieder, dass Gott gut ist. Es ist nicht seine Schuld, dass mir die Eltern genommen wurden. Es ist die Schuld der Menschen, die gottlose Maschinen bauen und benutzen.«

Während er predigte, brach Jarrett leise einen Maiskolben ab.

»Doch für euch beide ist es noch nicht zu spät. Kommt raus und wir reden über alles.«

Calebs Ton sollte uns wohl einlullen, aber natürlich blieben wir, wo wir waren. Es gab nichts mehr zu reden. Es war alles gesagt.

»Es wird aufhören. Der Virus wird nicht mehr aktiv sein und die Menschen werden herauskommen und die Maschinen abschalten. Und viele von ihnen werden sie nie wieder anschalten. Nach diesen Tagen wird die Welt eine bessere sein. Eine glücklichere.«

Jarrett schüttelte grimmig den Kopf.

»Und jetzt kommt raus.«

Den Teufel taten wir.

»Kommt raus, habe ich gesagt!« Caleb verlor die Geduld, es war deutlich zu hören.

Jarrett berührte mich an den Schultern, drehte mich ein wenig und wand sich, mit dem Maiskolben in der Hand, an mir vorbei. Jetzt war er derjenige von uns, der Caleb näher war. Aber was zum Teufel hatte er vor?

»Ich zähle bis drei! Das ist eure letzte Chance! Wenn ihr dann nicht rauskommt, dann ...«

Meine Lippen formten lautlose Fragen, doch Jarrett hob beschwichtigend die Hand.

»Eins!«

Jarrett drehte die Beine und verlagerte seinen Oberkörper. Oh Gott, hoffentlich hatte er nicht vor, sich unbemerkt an Caleb heranzuschleichen! Denn das konnte nicht funktionieren. Überall waren Maisstängel und Blätter und schon bei der kleinsten Bewegung ...

»Zwei!«

Jarrett ging ein wenig in die Knie. Den Maiskolben hielt er jetzt wie eine Bocciakugel in seinem federnden Arm.

»Drei!«

In dem Moment, als Calebs Stimme verklang, warf Jarrett den Kolben zwischen zwei Pflanzen hindurch in die nächste Reihe. Geräuschvoll fand der Kolben einen Stängel. Dann war alles still. Selbst die Grillen hielten den Atem an.

Ein lautes Rascheln zertrümmerte die Stille. Es kam aus der Reihe neben uns und in dem Moment, da es ansetzte, schnellte Jarrett vor und brach durch das Spalier aus Stängeln, das sich hinter ihm wieder schloss. Ich stürzte ihm nach und sah, dass er eine Heugabel in den Händen hielt und sie auf Calebs Brust richtete.

»Falsche Reihe, du Bastard! Du wolltest uns abstechen, aber ich habe dich ausgetrickst!«

Jetzt war es Jarretts Schläfe, an der die Ader wild pochte, und Calebs Brust, an der die Zinken der Gabel kratzten.

»Nein!«, stieß ich hervor. »Tus nicht, Jarrett! Du bist nicht wie er!«

»Nein«, entgegnete er und seine Stimme war beinahe wieder ruhig. Und dann, in einer schnellen ansatzlosen Bewegung, riss er die Heugabel zurück und stieß sie in Calebs Fuß.

Caleb schrie auf und sackte zusammen. Jarrett zog die Zinken aus seinem Fuß und schleuderte die Heugabel in hohem Bogen ins Maisfeld.

»Er hätte uns niemals gehen lassen, Hannah. Irgendwie musste ich ihn davon abhalten, uns zu verfolgen.«

»Ich weiß«, entgegnete ich leise und blickte auf Caleb, der seinen Fuß hielt und vor Schmerz schrie und heulte.

»Lass uns verschwinden«, sagte Jarrett.

Ich nickte und dann gingen wir an den Getreidewigwams vorbei auf den Grasweg zu.

»Der Laptop.« Jarrett blieb stehen, aber ich schüttelte den Kopf. Ich wollte nicht in die Scheune zurück, ich wollte nur noch weg von diesem Ort. Und außerdem waren womöglich gar keine richtigen Beweise auf dem Laptop. Darknetbrowser speicherten keine Verläufe und damit blieben womöglich nur noch die Google-Suchen und die bewiesen gar nichts. Der wahre Beweis lag hinter der Scheune und wimmerte.

»Bitte, ihr dürft mich nicht verraten!«, flehte Caleb. »Meine Familie braucht mich! Noah und Mary und Susanna. Und das Baby! Ich will hierbleiben, bei ihnen! Bitte!«

Er schrie immer so weiter, aber wir antworteten nicht und drehten uns noch nicht einmal mehr um.

Ashes, Ashes, we all fall down.

Down by the River
Hannah

Jarrett und ich sprachen natürlich über das, was in der Scheune und im Maisfeld passiert war, über meine Theorie, die sich tatsächlich als richtig erwiesen hatte, und über den Hundesohn Caleb. Wegen ihm waren Lauren und Quentin tot und der Mann, der auf dem Bürgersteig von Hatford Dale erwürgt worden war, und unzählige andere, von denen ich weder Namen noch Gesichter kannte. Doch Jarrett womöglich schon. Ich spürte, dass er Caleb hasste und dass er ihn noch viel mehr hassen würde, falls auch Desmond, Jazmine und seine Mutter unter den Opfern sein sollten.

Ich für meinen Teil hasste Caleb nicht unbedingt. Ich verabscheute ihn vielmehr. Er hatte Ravi den Logikvirus programmieren lassen, um den Menschen auf einen Weg zu verhelfen, den er für sie als richtig erachtete, weil er so anmaßend war, seine Weltanschauung über die anderer zu stellen. Und er schreckte dabei vor keinem Mittel zurück. Nicht einmal vor einer Apokalypse.

Er hatte es nicht nur aus Verblendung getan, sondern auch aus Trauer und Zorn. Caleb lebte für Gott und die Familie, weshalb der Schmerz über den Verlust seiner Eltern ihn in eine tiefe Sinnkrise gestürzt hatte. Fatalerweise hatte ihn diese Krise sogar noch in seinem fehlgeleiteten missionarischen Eifer bestärkt, und in letzter Konsequenz, nachdem es lange in ihm gebrodelt haben musste, hatte er den Batzen Schadensersatzgeld dazu verwendet, anderen Menschen Schaden zuzufügen. Wofür es keine Entschuldigung gab.

Seinen Kindern jedoch war Caleb wohl ein guter Vater. Mary und Noah liebten ihn. Und Susanna war wieder schwanger. Wenn wir Caleb verrieten, würde sie für drei Kinder sorgen müssen, allein auf einem abgeschiedenen Hof im Nirgendwo. Und vielleicht würde sie jedes Mal, wenn sie Noah, Mary und das Baby anschaute, daran denken müssen, dass deren Vater ein verblendeter Massenmörder war. Den sie geliebt hatte. Je mehr ich darüber nachdachte, umso mehr tat sie mir leid.

»Ich weiß, du magst Susanna«, sagte Jarrett, als wir darüber sprachen. »Und ich mag sie auch. Aber würde sie mit einem Mann zusammenleben wollen, wegen dem viele, viele Menschen gestorben sind?«

Ich hatte Susanna erst vor eineinhalb Tagen kennengelernt, aber eigentlich konnte die Antwort auf diese Frage nur Nein lauten. Und als mir das klar wurde, sah ich die Dinge endgültig wie Jarrett: Sofern wir die Apokalypse überlebten, hatten wir keine andere Wahl, als Caleb ans Messer zu liefern.

Was, wie mir siedend heiß bewusst wurde, eigentlich auch Caleb selbst klar sein musste. Aber was bedeutete das? Würde er Susanna wecken, ihr alles gestehen und sie auf ein Leben ohne ihn vorbereiten? Nein, so viel Rückgrat besaß er nicht. Und ich konnte mir auch nicht vorstellen, dass er sie dazu überreden konnte, mit ihm und den Kindern zu fliehen. Wenn überhaupt, konnte er nur alleine fliehen, aber das würde er nicht, denn dazu liebte er seine Familie zu sehr. Und damit lief es fast schon darauf hinaus, dass …

Ich blieb stehen und starrte Jarrett an. »Caleb kann uns zwar nicht mehr zu Fuß verfolgen, aber er hat Pferde und die Kutsche.«

»Scheiße, du hast recht!«

Ich lauschte in die Nacht, ob da vielleicht schon irgendwo Hufgeklapper oder rumpelnde Räder zu hören waren, aber im Augenblick waren da nur Grillen.

»Verdammt!« Jarrett trat gegen einen Stein. »Dass ich daran nicht gedacht habe!«

»Ich doch auch nicht. Und außerdem hätten wir ja schlecht selbst auf die Pferde steigen können. Oder weißt du, wie man reitet?«

»Nein, aber vielleicht hätten wir Caleb an die Kutsche fesseln sollen. Oder Susanna wecken.«

»Ja, aber hätte sie uns geglaubt? Wahrscheinlich hätte Caleb ihr irgendein Märchen erzählt. Keine Ahnung, vielleicht, dass er uns erwischt hat, wie wir das Schadensersatzgeld gestohlen haben, dass er in Wahrheit Ravi gegeben hat.«

»Ja. Und genau das kann er ihr immer noch erzählen. Scheiße, Hannah, wir müssen von diesem Weg runter! Und vermutlich legen wir auch lieber einen Zahn zu.«

Also beschleunigten wir unsere Schritte und schlugen uns mitten durch die Steppe. Ich fragte Jarrett nach seinem verletzten Fuß, woraufhin er sagte: »Auftreten tut noch ein bisschen weh. Aber ist nicht weiter wild.«

Ich sagte: »Bist du sicher?«

Und er sagte: »Ja.«

Und dann preschten wir weiter durch die Prärie.

Ich hätte gerne etwas getrunken, aber das Arrowhead Wasser von der Tanke steckte im Batmanrucksack und der leistete nun in der Shetler'schen Scheune dem Laptop Gesellschaft. Oder vielleicht auch nicht mehr, denn vielleicht hatte Caleb humpelnd sämtliche Spuren beseitigt. Oder Ravi geweckt, damit der es tat.

Ob sie inzwischen beide auf der Kutsche saßen? Schon möglich, aber vielleicht hatten sie sich auch gestritten. Oder Ravi machte sich bereits selbst aus dem Staub, statt sich an unserer Verfolgung zu beteiligen. Von ihm kannten wir nur sein Gesicht und seinen vermutlich falschen Vornamen und Caleb wusste wahrscheinlich nicht viel mehr über ihn. Vielleicht spekulierte Ravi darauf, dass er sich rechtzeitig absetzen konnte. Nach Kuba oder auf die Philippinen oder sonst wohin. Doch dazu musste er vermutlich einen Flughafen außerhalb von Ohio erreichen, was nicht gerade einfach war, solange die Maschinen auf Menschen losgingen.

Es wird aufhören. Der Virus wird nicht mehr aktiv sein, hatte Caleb gerufen, als wir uns vor ihm im Maisfeld versteckt hatten. Offenbar rechnete er fest damit, dass die im Radio angekündigte Softwarelösung seinem Virus ein Ende machen würde. Doch bis es so weit war, hatten Jarrett und ich nicht nur Caleb und Ravi zum Feind, sondern auch weiterhin die von ihnen aufgestachelten Maschinen.

Mir wurde frisch an den Armen und ich fragte Jarrett, in welche Richtung wir eigentlich gingen, woraufhin er meinte, in nordwestliche, sofern er sich nicht vertat. Ich fragte ihn auch, ob es in Ohio Schlangen gab, woraufhin er antwortete, dass es welche geben würde, auch giftige, dass sie aber eher nicht in Steppen zu finden seien.

Eher nicht. Bei allem, was ich an Jarrett mochte, eines musste er noch lernen: Manchmal wollten Menschen einfach nur belogen werden.

Als es dämmerte, freute ich mich, obwohl ich als alte Apokalypsenveteranin natürlich wusste, dass die Sonne für Probleme sorgen würde. Für Schweiß, Durst und Sonnenbrand. Aber fürs Erste brachte sie Farbe und warme Arme und diese beiden Dinge waren mir so willkommen, dass ich die negativen Aspekte erst einmal verdrängte.

Das Gelände war jetzt flach und ich konnte nirgendwo Häuser oder eine Kutsche entdecken, aber ein Stück vor uns schien eine Straße die Steppe zu durchschneiden. Straßen ließen bei Veteranen wie uns natürlich die Alarmglocken schrillen, aber wenn wir unsere Richtung beibehalten wollten, blieb uns nichts übrig, als die hier zu überqueren.

Es war nur eine schmale Straße, eine von denen, bei der ein zweifacher gelber Mittelstreifen die Fahrspuren trennte. Da, wo wir waren, gab es keine Wracks, doch nicht weit von der aufgehenden Sonne machten wir einen dunklen Punkt auf der Straße aus. Vermutlich eine Karambolage zweier oder mehrerer Autos, aber die Kutsche war ebenfalls denkbar, denn schließlich war das hier ziemlich sicher die Straße, auf die der Grasweg mündete. Jarrett schlug vor, dass wir kurz warteten, um zu sehen, ob der dunkle Punkt größer oder kleiner wurde, was beides mit einiger Wahrscheinlichkeit auf Caleb hinauslaufen würde. Ich fand ebenfalls, dass das eine wesentliche Information war, also streckten wir uns bäuchlings neben der Straße ins Gras und starrten auf den dunklen Punkt im Osten. Er schien sich nicht zu verändern und nach einer Weile schaute ich zur Abwechslung in die andere Richtung. Auch dort bewegte sich nichts, doch am Straßenrand stand ein Schild, dessen Form ich schon kannte und das lediglich eine Zahl zeigte. 23. Darunter war ein gerader Pfeil.

»Geht es da zum Highway?«
»Offenbar«, sagte Jarrett.
»U. S. Route 23, oder?«

Er nickte.

»Und wo führt die hin?«

»In südlicher Richtung nach Chillicothe. In nördlicher nach Columbus.«

Ich spähte wieder zu dem dunklen Punkt, der immer noch gleich aussah, und dachte über das Schild nach.

»Wir sind gar nicht mehr so weit davon entfernt, oder? Also, von Columbus, meine ich.«

»Nein.«

Ich sah Jarrett von der Seite her an. Nein? Mehr hatte er dazu nicht zu sagen?

»Das da vorn ist nicht die Kutsche.« Ruckartig stand er auf. »Wahrscheinlich gecrashte Autos. Aber falls Menschen drin sind, können wir nichts mehr für sie tun. Lass uns weitergehen.«

Wir überquerten die Straße und liefen schweigend durch die Steppe. In nordwestliche Richtung, was uns weiter von der Shetler-Farm wegführte und Columbus näher brachte. Ich fragte mich, ob das nur Zufall war.

Es dauerte nicht lange, bis der erste Schweißtropfen des Tages meinen Hals hinunterrann. Er verschwand in meinem T-Shirt, aber mir war klar, dass er bloß die Vorhut war. Verschwitzt, verbrannt, vertrocknet: die Aussichten des Tages. Hundemüde war ich natürlich jetzt schon. Ich hätte im Stehen schlafen können oder vielleicht sogar auf dem riesigen Ameisenhaufen, den riesige rote Ameisen unweit einer kleinen Baumgruppe zusammengetragen hatten.

Wenn wir uns jetzt umschauten, mussten wir die Augen zusammenkneifen oder sie mit den Händen abschirmen, so gleißend war die Sonne. Und deshalb nahm ich auch an, dass der Fluss, der schließlich vor uns auftauchte, nur eine Luftspiegelung war. Eine Fata Morgana.

Aber das war er nicht. Er war ein richtiger Fluss mit richtigem fließendem Wasser. Leider sah es nicht gerade wie Sprite aus und Jarrett meinte, es könnten Bakterien drin sein, weshalb wir es erst mal lieber nicht tranken. Aber reingehen wollte er trotzdem. Er saß auf der kleinen Uferböschung und fing an, Schuhe und Socken auszuziehen. Ich setzte mich ins Gras und drehte Daumen.

»Was ist los? Willst du dich nicht abkühlen?«

Natürlich wollte ich. Das war nicht der Punkt.

»Kannst du nicht schwimmen?«

Auch das war nicht der Punkt. Ich konnte schwimmen. Außerdem war der Fluss nicht mal so breit wie die Straße mit dem gelben Mittelstreifen.

»Wenn du auch reingehst und wir Schuhe und Kleidung trocken ans andere Ufer kriegen, könnten wir danach drüben weiterlaufen. Dann würde uns auch noch der Fluss von der Shetler-Farm trennen. Und von der Kutsche, falls die hier irgendwo sein sollte.«

Ja, auch das waren gute Gründe, ins Wasser zu gehen, aber es gab eben auch einen sehr guten Grund dagegen. Jedenfalls für mich.

Jarrett zog sich sein T-Shirt über den Kopf. Er hatte Kraft, das war nicht nur in Hatford Dale deutlich geworden, aber seine Oberarme sahen eher athletisch als muskulös aus, und als er sie durchstreckte, zeichneten sich unter seiner Brust sogar die Rippen ab. Schnell sah ich weg.

»Na gut«, hörte ich ihn sagen, »dann machen wir es so: Ich gehe rein und sofern das Wasser nicht eiskalt ist und ich nicht von einer Riesenforelle gebissen werde, kommst du nach.«

Ich wusste nicht, was ich darauf sagen sollte. Aus dem Augenwinkel sah ich, wie Jarrett aufstand, seine Hose auszog und nur mit seinen dunkelblauen Boxershorts bekleidet ins Wasser ging. Er tauchte unter und kam kurz darauf platschend wieder hoch, ziemlich genau in der Mitte des Flusses.

»Du musst unbedingt reinkommen, Hannah! Das Wasser hat genau die richtige Temperatur. Und man kann überall stehen.«

Ich lächelte ein bisschen, strich mein verschwitztes T-Shirt glatt und machte mit meinen Daumenkreisen weiter.

»Hannah. Ich weiß nicht, wovor du Angst hast, aber ... es gibt keinen Grund dafür. Du kannst einfach ins Wasser kommen.«

Ich wand mich. Klar, für Jungs machte es keinen großen Unterschied, ob sie Badeshorts oder Boxershorts anhatten, und vielleicht spielte es auch für selbstbewusste Mädchen keine große Rolle, ob sie Bikini oder Unterwäsche trugen – aber ich war nun mal nicht selbstbewusst, war seit Jahren in keinen Bikini mehr geschlüpft und ich hatte mich noch nie vor einem Jungen in Unterwäsche gezeigt.

»Okay, was hältst du davon? Ich tauche ein bisschen hier rum und du kommst in der Zwischenzeit ins Wasser. Abgemacht?«

Ich schluckte. Dann gab ich mir einen Ruck. »Okay.«

»Cool.« Jarrett lächelte. Und tauchte unter.

Ich trat die Schuhe weg, riss mir die Socken von den Füßen und die Smartwatch vom Arm. So weit alles kein Problem, doch jetzt kam das Wesentliche. Mein Puls raste, als ich mir ans T-Shirt fasste und es über den Kopf zog. Ich hatte es gerade ins Gras geworfen, da platschte es. Jarrett war aufgetaucht. Und sah mich an.

Ich wollte schon »He!« oder so was rufen, aber er grinste oder glotzte nicht, lächelte nur und tauchte wieder unter.

Überall an und in mir kribbelte es. Ich knöpfte die Jeans auf und mit zittrigen Fingern streifte ich sie bis zu den Kniekehlen, ließ mich ins Gras fallen und zog sie über Unterschenkel und Füße. Ich schaute auf meine blassen Beine und war heilfroh, dass Susanna mir ihren nichtelektrischen Damenrasierer geliehen hatte.

Mit großen Schritten ging ich ins Wasser, das wirklich eine angenehme Temperatur hatte. Doch die Steine waren glitschig und so war ich noch nicht weit gekommen, als es abermals aus Jarretts Richtung platschte. Am liebsten hätte ich mich wegteleportiert, doch das ging ja nur im Metaverse, und da das Wasser noch viel zu flach war, konnte ich mich nicht mal bäuchlings hineinstürzen. Ich konnte gar nichts tun, außer der aufregenden, schrecklichen Wahrheit ins Auge zu blicken: Das hier war der Moment, in dem Jarrett mich so sah, wie Billionen anderer Jungs schon Billionen anderer Mädchen gesehen hatten.

Doch für mich war es das erste Mal. Mein Kopf glühte und vermutlich war er so rot, dass er wie der Mars mit Haaren aussah, aber Jarrett lachte oder grinste auch diesmal nicht. Stattdessen sah er mich einfach an und da war ein Ausdruck in seinen Augen, der mich beinahe glauben ließ, dass er mich und meinen Körper gern ansah. Aber das war wahrscheinlich reines Wunschdenken.

Ich schaffte es nicht, seinem Blick standzuhalten. Hastig stolperte ich vorwärts, schlitterte über die Steine und als das Wasser endlich tief genug war, tauchte ich ein.

»Und?«, sagte Jarrett.

»Und was?«, entgegnete ich schnodderig. Diese beschissene Unsicherheit und was sie mit mir machte.

»Das Wasser. Wie findest du es?«

Ach so, das Wasser. »Genau richtig.«

In Gedanken stellte ich Jarrett eine Gegenfrage und in meiner Fantasie sagte er über meinen Körper dasselbe wie ich übers Wasser. Aber wie gesagt: reines Wunschdenken, und deshalb konnte ich wahrscheinlich froh sein, dass das Wasser nicht wie Sprite aussah, sondern alles unterhalb meines Halses mit einem grünen Filter verwischte.

Ich schwamm ein bisschen neben Jarrett her und wir redeten ein wenig über den Fluss, seine niedrige Tiefe und die rutschigen Steine am Grund, aber eigentlich waren das alles Sachen, die mir vollkommen schnurz waren. Und damit war die Liste der bedeutungslos gewordenen Dinge noch längst nicht zu Ende. Caleb: wurscht. Die Apokalypse: egal. Durst: kannte ich nicht. Müde: war ich nicht. Nichts spielte eine Rolle außer diesem Kribbeln und dem Grund, warum ich es verspürte.

Es war aufregend, einem Jungen nur mit Unterwäsche bekleidet unter die Augen zu treten und zu wissen, dass uns beide nur eine Kleidungsschicht, nur ein klein wenig Stoff, von völliger Nacktheit trennte. Aber es war auch deshalb so aufregend, weil es nicht irgendein Junge war, sondern Jarrett. Jarrett mit den Magnetaugen, der jünger und doch weiter und reifer war und noch dazu so mutig, dass es sogar ein wenig auf mich abfärbte. Jarrett, der so schnell rennen und Monstertrucks und Traktoren fahren konnte, der mir mehrfach das Leben gerettet hatte und es schaffte, Bodybuilderdrinks an Tischbeinen vorbeizurollen. Jarrett, der mich auffing, wenn ich kraftlos von Fensterbrettern sackte, der froh war, dass ich ihm Fragen stellte, der mir Komplimente machte, der mich nach Ravenclaw, Hufflepuff und vielleicht sogar nach Gryffindor schicken würde und der mich in den Arm genommen und getröstet hatte, als ich der Verzweiflung nahe gewesen war. Letzte Nacht, hinter dem Haus von Calebs Eltern, hatte ich ihn küssen wollen. Jetzt hatte ich das Gefühl, dass es jede Faser meines Körpers nach ihm verlangte.

Um umgekehrt?

Jarrett und ich standen uns zweifellos näher als zu Beginn der Apokalypse. *Viel näher.* Aber sah er eine Freundin in mir oder wollte auch er mehr? Ein paar Anzeichen für »mehr« gab es, aber vielleicht legte ich sie auch falsch aus. Vielleicht waren es nur Mitleid und Sympathie, die ihn dazu brachten, mich in den Arm zu nehmen und mir nette Dinge zu sagen, und vielleicht war es auch nur Neugier, die ihn dazu verleitete, mich anzuschauen, wenn ich in Unterwäsche ins Wasser stieg.

Spontan fielen mir drei mögliche Methoden ein, seinen Motiven auf den Grund zu gehen. Erstens: fragen, was überhaupt nicht infrage kam. Zweitens: machen, und zwar den ersten Schritt, also nicht fragen, sondern küssen. Gute Möglichkeit, aber nicht für mich. So viel Mut war dann doch nicht von ihm auf mich übergeschwappt. Blieb noch drittens: abwarten, wie sich die Dinge entwickelten. Nicht sehr befriedigend, aber am anspruchslosesten und damit leider am realistischsten für Hannah Version 1.3.1, auch bekannt als Kribbel-Edition.

Wir blieben noch ein wenig im Fluss und waren uns einig, dass es sicherer war, danach am anderen Ufer weiterzulaufen. Doch dazu mussten wir natürlich unsere Kleidung holen und hinüberbringen und dazu wiederum mussten wir aus dem Wasser steigen. Ich zögerte, aus Angst, dass Jarrett dabei Eigenschaften meines Körpers entdecken würde, die er beim ersten Blick vielleicht noch nicht bemerkt hatte, und dass er mich bei genauerer Betrachtung zu dünn und zu wenig kurvig finden würde – eben so, wie ich mich selbst sah. Aber die Alternative, im Wasser zu bleiben, war natürlich lächerlich. Irgendwann musste ich wieder heraus und dann würde Jarrett mich sehen. Und auch wenn ich mich vor seinem Urteil fürchtete – eigentlich wollte ich gesehen werden, endlich einmal auch im echten Leben und vor allem von ihm.

Ich war schon wieder schweineaufgeregt, als ich ein Stück hinter Jarrett aus dem Wasser stieg. Wir nahmen unsere Klamotten und Schuhe und ich spürte seinen Blick auf mir, aber er starrte nicht unverhohlen auf meine Unterwäsche, er schaute mir in die Augen und vielleicht nur heimlich ein wenig auf meinen Körper und irgendwie kam mir das genau richtig und gut vor. Auch ich spitzelte verstohlen zu ihm rüber, sah, wie die Boxershorts an seinen Oberschenkeln klebten und die Form seines Hintern nachzeichneten, der in Anbetracht seines schlanken Körpers erstaunlich groß wirkte, und ich erkannte auch, dass seine Knie knubbelig und die Schulterblätter knochig waren, aber nichts davon störte mich, alles war gut und richtig.

Über die glitschigen Steine tasteten wir uns ins tiefere Wasser vor, wo wir Kleiderknäuel und Schuhe nicht mehr an die Brust pressen konnten, sondern hochhalten mussten. Wir kicherten und gackerten, denn es schien nur eine Frage der Zeit zu sein, bis der Erste von uns ausrutschte. Jarrett wollte seine Sneakers und die hineingestopften Socken retten und warf sie an unser Zielufer. Ich war mir alles andere als sicher, ob ich das nachmachen konnte, aber er triezte mich ein bisschen und so versuchte ich es. Der erste Schuh verfing sich in einem Grasbüschel an der Uferböschung. Der zweite, in dem meine Socken und die Smartwatch steckten, landete in niedrigerem Gras, überschlug sich und kullerte die Böschung hinunter. Schreiend sahen wir zu, wie er dem Wasser entgegentorkelte und schließlich hineinplatschte. Immerhin war er so anständig, nicht unterzugehen, und da der Fluss im Uferbereich keine Strömung aufwies, trieb er auch nicht weg.

Es war klar, dass die Kleiderknäuel niemals so weit fliegen würden, also hielten wir sie weiter hoch und balancierten über die Steine dem Ufer entgegen. Es klappte ganz gut, aber irgendwann trat ich auf einen spitzen Stein, suchte anderweitig Stand und rutschte dabei weg. Ich versuchte noch, meine Arme in die Höhe zu strecken, kippte jedoch in Richtung meines T-Shirt-Arms und schaffte es daher nur, meinen Arm mit der Jeans über Wasser zu halten. Jarrett bekundete mir sein Mitleid. Und als wir am Ufer waren und er meinen Schuh aus dem Wasser geholt hatte, hielt er mir sein T-Shirt hin, damit ich mich damit abtrocknen konnte.

Ich lächelte unsicher, nahm das T-Shirt und fuhr mir damit hastig über die Beine. Jarrett holte inzwischen die Socken und die Smartwatch aus seinen Sneakers und ich wischte mit seinem schon ziemlich nassen Shirt noch schnell über meine Arme und den BH. Dann gab ich es ihm zurück und streifte mein eigenes, noch viel nässeres T-Shirt über. Jarrett zog seine weit geschnittene Jeans an, ich musste mich mit meiner engen abquälen. Sitzend zuckelte ich sie über Schienbeine und Knie, dann blieb mir nichts anderes übrig, als aufzustehen. Meine Oberschenkel waren schon wieder nass von der tropfenden Unterhose und zerrend und hüpfend versuchte ich, sie in die Jeans zu kriegen.

»Brauchst du Hilfe?« Jarrett saß angezogen und grinsend im Gras.

Mein Gesicht gab natürlich sofort wieder seine Marsimitation zum Besten, aber ich schaffte es zumindest, seinen Blick zu erwidern, und dann musste ich sogar selbst grinsen. Ich zog, zerrte und hüpfte weiter, und als ich den erbitterten Kampf Hannah – Hose zu meinen Gunsten entschieden hatte, knöpfte ich sie erleichtert zu und setzte mich wieder, um mit Socken und Schuhen weiterzumachen. Doch bis auf den linken, im Grasbüschel gelandeten Sneaker war alles nass und ich beschloss, es vorerst wie die Shetlers zu machen und barfuß zu gehen. Obwohl ich eigentlich ein ausgesprochenes Barfußweichei war.

Einen Moment lang überlegte ich auch, meine nutzlos gewordene Smartwatch einfach im Gras liegen zu lassen, aber das war mir dann doch zu radikal und obendrein trug Jarrett seine Uhr auch wieder.

Ich fühlte mich erfrischt nach dem Bad, aber mit klatschnasser Unterhose in einer hautengen Jeans zu stecken, war nicht gerade das höchste der Gefühle. Außerdem kam ich mir ziemlich peinlich vor, weil unter dem jetzt eng anliegenden weißen T-Shirt deutlich mein schwarzer BH zu sehen war. Das war entschieden nicht mein Style, aber ich konnte nichts tun, außer zu warten, bis die Sonne mein T-Shirt wieder vom Körper lösen würde. Immerhin war der Colafleck, der mich an Ravi erinnerte, schwächer geworden und statt nach Schweiß roch ich jetzt nach Fluss. Was besser war, wenngleich ich Angst hatte, dass diese Duftnote schlecht altern könnte.

Wir schlugen wieder unsere alte Richtung ein, was uns zunächst vom Fluss wegführte, aber schon bald war er wieder neben uns und daraufhin folgten wir einfach seinem Lauf. Zunächst war da nur Natur: Gras, Sträucher, Bäume und ziemlich große, schleimig aussehende Frösche. Doch dann machten wir einen Anlegesteg, eine winzige Hütte und mehrere Gestelle mit Kanus und Kajaks aus. Ein kleiner Bootsverleih, von dem ein Kiesweg wegführte, der sich in einem Waldstück verlor. Dahinter war vermutlich eine größere Straße oder eine kleine Stadt oder beides. Wir hatten jedenfalls nicht die geringste Lust, es rauszufinden. Was interessant war, war die Schmalspurhütte, auf deren Dach nicht ein einziges Solarmodul prangte.

»Eis aus der Gefriertruhe können wir schon mal vergessen«, sagte Jarrett und patschte nach einer Fliege, die sich auf seinem fliegenpapiergelben T-Shirt niedergelassen hatte. »Und gekühlte Getränke auch. Aber lauwarme Cola könnte drin sein. Ich meine, das ist ein Bootsverleih. Da kommen sicher auch manchmal Leute, die nicht an alles gedacht haben.«

Ich hatte Bedenken, dass sich ein Androide um den Bootsverleih gekümmert haben könnte, aber Jarrett hielt das für unwahrscheinlich.

»Androiden brauchen Strom und hier wird keiner produziert. Außerdem schau dir das Schild an: ›Nur an Wochenenden und nach Vereinbarung geöffnet‹. Spricht ebenfalls nicht für einen Androiden, oder?« Jarrett hob einen Stein auf und wog ihn in der Hand. »Der wird Krach machen, wenn ich ihn gegen die Tür werfe. Und falls da eine Maschine drin ist und noch Saft hat, wird sie reagieren.«

»Und dann?«

Er zuckte mit den Schultern. »Kommt aufs Modell drauf an. Wenn es blöd läuft, müssen wir wieder in den Fluss. Dorthin wird uns ein Android wohl kaum folgen.«

Ich stellte noch ein paar Detailfragen, aber im Grunde teilte ich Jarretts Ansicht. Zum Schlafen und häuslich Einrichten war die Hütte zu klein, doch was Getränke anging, konnte dieser Bootsverleih ein Volltreffer sein.

Also warf Jarrett den Stein. Er traf natürlich, aber es passierte nichts. Und nachdem auch ein weiterer Stein nichts und niemanden triggerte, näherten wir uns der Hütte. Mein Blick flog über die Spalier stehenden Gestelle, in denen verschiedene Boote gelagert waren. Gesichert waren sie mit Spiralschlössern, die durch Ösen gezogen und um die Metallgestelle gewickelt waren.

Die Tür war verschlossen, doch hier handelte es sich sozusagen um einen Notfall und in Notfällen ist beinahe alles erlaubt. Jarrett brauchte nur zwei Tritte, dann war die Tür auf. Um es kurz zu machen: Es gab keinen Androiden und keine Gefriertruhe. Es gab eigentlich nur eine Theke, ein wenig Platz dahinter, ein wenig Platz davor, ein in der Ecke lehnendes Ding, das nach Bootsmotor aussah, eine Autobatterie und ungefähr vierzig verschiedene Paddel.

Doch die Theke war tatsächlich ein Volltreffer. Rechts auf ihr standen kleine Wasserflaschen und Dr.-Pepper-Dosen, links ein Karton mit Kaugummis und Riegeln, die laut Jarrett keine Schokolade enthielten, was ziemlich weitsichtig von den Betreibern war, denn in der Hütte hatte es gut und gerne 87 Grad. Fahrenheit, was aber immer noch 30 Grad Celsius ergab – ein bisschen viel für Schokolade. Und was unbedingt gesagt werden muss: Hinter dem Snackkarton stand Sonnencreme. Die Bootstypen waren die Besten.

Ich griff mir eine Tube Creme und ein paar Riegel, Jarrett lud sich Wasserflaschen und Dr. Pepper Dosen auf, dann gingen wir nach draußen, setzten uns an die Holzwand der Hütte und tranken. Wasser gegen den Durst, Dr. Pepper wegen dem Koffein. Dazu aßen wir einen Riegel namens Zagnut: außen geröstete Kokosflocken, innen hauptsächlich Erdnussbutter. So langsam glaubte ich, dass es in Amerika ein Erdnussbuttergesetz gab.

Oder zumindest ein Erdnussgesetz. Denn der zweite Riegel aus dem Karton, Payday hieß er, bestand zum überwiegenden Teil aus ursprünglichen, unpürierten Erdnüssen. Zusammengehalten wurden sie von salzigem Karamell – eine perfekt abgestimmte, satt machende Mischung und meine neue Nummer zwei. Der Zagnut hatte mich nicht ganz so überzeugt und damit sahen meine American Chocolate Bar Charts, die jetzt von Riegeln *ohne* Schokolade geentert worden waren, wie folgt aus:

Platz 1: Whatchamacallit
Platz 2: Payday, auch wenn der Name unpassend war
Platz 3: Butterfinger und Fast Break
Platz 5, weil zwei dritte Plätze: Zagnut
Platz 6: Baby Ruth
(Einen Zero, den Susanna sich ausgesucht hatte,
hatte ich selbst nie probiert.)

Der Zucker tat gut und das Koffein und Salz auch. Trotzdem hatte ich nicht die geringste Lust weiterzulaufen. Und Jarrett wohl auch nicht.

»Wir könnten ein Boot nehmen«, sagte er, was nicht gerade ein unerwarteter Vorschlag war, denn wir hatten insgesamt sieben Kajaks, sechs Kanus und ein Schlauchboot im Blick.

»Und wie willst du eines der Schlösser aufbekommen?«, fragte ich. »Auftreten wie die Tür kannst du sie wohl kaum.«

»Nein, aber ich wette, da drin ist ein Schlüssel.« Jarrett stand auf und verschwand in der winzigen Hütte. Ich nutzte die Gelegenheit, Arme und Marsmodell mit Sonnencreme einzuschmieren.

Ich war noch nicht ganz fertig, da kam Jarrett mit der Autobatterie und diesem Motordings zurück. »Ich glaube, zusammen machen die aus dem Schlauchboot ein Motorboot. Dann müssten wir nicht mal paddeln.«

»Und das Schloss?«

Jarrett legte Außenbordmotor und Batterie ins Gras und zog einen Schlüssel aus seiner Hosentasche. »War auf der anderen Seite der Theke«, sagte er schlicht und sperrte das Spiralschloss auf, das das Schlauchboot ans Gestell kettete.

»Bist du so was schon gefahren?«

»Nein, aber bis vor ein paar Tagen bin ich auch noch nie Traktor gefahren. Oder Monstertruck.« Jarrett zog das Boot aus dem Gestell und zum Steg. Ich dackelte mit dem Motor und der Batterie hinterher. »Wenn ich das Ding zum Laufen kriege, sind wir bestimmt genauso schnell wie Caleb mit der Kutsche!«

Was durchaus stimmen konnte, keine Ahnung, wie schnell Kutschen und Motorboote so fuhren. Aber wir waren schon ein ganzes Stück von der Farm weg und Caleb nicht gerade ein spurenlesender Indianer oder so was. Theoretisch konnten wir überall sein und mit jeder Stunde, die verging, wurde es unwahrscheinlicher, dass er uns noch finden würde. Fand ich zumindest.

»Wir könnten sogar stromaufwärts fahren!«

Stromaufwärts, aha. »Und das wäre wichtig, weil …?«

»Wir heute schon die ganze Zeit stromaufwärts *gelaufen* sind!« Wir waren jetzt auf dem Steg angelangt und Jarrett nahm mir Batterie und Motor ab. »Zurückfahren macht keinen Sinn, Hannah!«

Ich sah erst zur Sonne, dann folgte ich mit den Augen dem Flusslauf, bis er sich meinem Blick entzog. Jarrett wollte stromaufwärts fahren. Also in die Richtung, aus der der Fluss kam. Aber ich hatte das Gefühl, dass es hier nicht um den Fluss ging, sondern um etwas anderes. Und es war langsam an der Zeit, dass Jarrett mit der Sprache rausrückte.

»Stromaufwärts. Das heißt Nordwesten, oder?«

»Ja, so in etwa«, sagte Jarrett und drehte eine der Stellschrauben zu, die den Außenbordmotor am Boot fixierten.

»Und nordwestlich von hier liegt Columbus, nicht wahr?«

Er widersprach nicht und schaute noch nicht einmal zu mir auf. Er drehte nur stumm die zweite Schraube fest.

»Verdammt, Jarrett!«, brach es aus mir heraus. »Seit wir von der Shetler-Farm weg sind, schlägst du die Richtung Columbus ein! Keine Ahnung, vielleicht machst du es unbewusst, aber –«

»Wohin hätten wir denn gehen sollen?! Zurück zur Sunoco-Tankstelle? Zurück nach Hatford Dale?«

»Natürlich nicht! Aber als wir heute Nacht diesen beschissenen Grasweg verlassen haben, hätten wir auch nach Nord*osten* gehen können, oder? Doch du bist nach Nord*westen* gegangen, weil im Nordwesten Columbus ist und weil in Columbus deine Pflegeeltern leben, wegen denen dich dein schlechtes Gewissen plagt und um die du dir eine Menge Sorgen machst, und ja, das verstehe ich gut, aber scheiße noch mal: Du hast nicht ein einziges Mal erwähnt, dass du nach Columbus zurückwillst! Und du hast nicht ein Mal gefragt, ob ich auch dort hinwill! Und irgendwie, ich weiß nicht, wäre das ganz nett gewesen, denn immerhin ist diese beschissene Apokalypse noch nicht vorbei, und wenn es stimmt, was du mir vor zwei Tagen gesagt hast, WIMMELT es in Columbus vor Maschinen!«

»Ja, schon möglich«, sagte Jarrett finster und stellte die Batterie ins Boot.

»Was ist schon möglich? Dass du es mir hättest sagen sollen? Oder dass in Columbus alles noch viel schlimmer sein könnte als hier auf dem Land?«

»Beides«, sagte er und verband die Kabel, die der Steuereinheit des Motors entsprangen, mit der Batterie. Und dann sah er mich endlich an. »Caleb ist ein verdammter Schweinepriester. Aber er ist seinen Kindern auch ein guter Vater. Ich für meinen Teil hatte nie einen Vater. Und ich hatte auch nie eine Mutter wie Susanna. Aber ich hatte Menschen, die mich geliebt haben *und* die sich um mich sorgten. Oftmals zu viel, aber ... lieber zu viel als zu wenig, schätze ich. Und ja, seit mir das klar geworden ist, zieht es mich tatsächlich zurück nach Columbus. Aber das heißt nicht, dass ich mit diesem Boot in die Stadt fahren oder auch nur einen Fuß in sie setzen will, solange der Wahnsinn nicht vorbei ist. Was immer du von mir denken magst, Hannah – ich bin nicht lebensmüde. Doch wenn wir schon in Bewegung sind und irgendwohin laufen oder irgendwohin *fahren*, dann wähle ich die Richtung, die mich Jazmine und Desmond näher bringt. Ich hoffe, du verstehst das. Und ich hoffe, du bist damit einverstanden. Denn wenn du es nicht bist, dann … halten wir uns ab sofort eben nicht nach Nordwesten, sondern nach Nordosten.«

»Ich will gar nicht nach Nordosten«, sagte ich und das war die reine Wahrheit. Alles, was ich gewollt hatte, war, dass Jarrett ehrlich mit mir war. Ich hätte mir gewünscht, dass er mir seine Beweggründe und Gedanken von sich aus mitgeteilt hätte, aber okay – jetzt wusste ich ja, woran ich war und warum er mit dem Motorboot den Fluss hinauffahren wollte. Ich verstand ihn, und solange er Columbus nur näher kommen und es nicht betreten wollte, sah ich keinen Grund, nicht einverstanden zu sein.

Er lächelte, als ich es ihm sagte, und dann ging ich zur Hütte, holte meine Schuhe und Socken, die restlichen Wasserflaschen, zwei weitere Dr. Pepper, ein paar Paydays und die Sonnencreme, und als ich zurückkam, war das Boot schon im Wasser und Jarrett saß drin. Er nahm mir mein Gepäck ab und wartete, bis ich es in das etwas kippelige Boot geschafft hatte, dann setzte er sich neben den Steuerhebel des Motors und startete ihn. Es gab mehrere Vorwärtsgänge und Jarrett fuhr im ersten los, machte ein paar kleinere Schwenks mit dem Hebel, um ein Gefühl für die Steuerung zu kriegen, und schaltete dann die Gänge hoch. Und entweder ließ er das alles leicht aussehen, weil er der geborene Fahrzeuglenker war, oder es war leicht.

Besonders schnell war der Elektromotor allerdings auch im fünften Gang nicht. Jarrett schätzte ihn auf sechs oder sieben Meilen pro Stunde, was ich aber nicht in Kilometer umrechnen konnte und er auch nicht. Jedenfalls hätte selbst ich neben dem Boot herrennen können. Jedenfalls für ein paar Minuten.

Aber genug gemeckert. Der Motor war leise, weshalb wir keine Angst haben mussten, dass wir von weiter weg zu hören waren. Und er ersparte uns das Laufen, was mindestens genauso wichtig war. Ich machte es mir also am Bug des Bootes gemütlich und sah zu, wie die Ufer gemächlich an uns vorbeizogen. An einem machte ich eine kleine Schildkröte aus, deren Panzer sowohl von der Form als auch von den Farben an einen Militärhelm erinnerte. Auf einem Baum entdeckte ich einen witzigen Vogel, dem über dem schwarzen Gesicht ein roter Mohawk wuchs und der auch sonst überall rot war, sogar am Schnabel. Jarrett erklärte mir, dass das ein Rotkardinal war, Ohios *State Bird*. Ich fragte mich kurz, was Ohio außer diesem Staatsvogel, seinem Staatsmotto und seinem Staatsbaum, der Rosskastanie, noch so für Staatssachen hatte, aber wie gesagt – ich fragte es mich nur kurz und deshalb fragte ich auch nicht Jarrett, sondern fläzte lieber faul in unserem Motorboot.

Nach einer Weile mündete ein anderer Fluss in unseren, der daraufhin breiter wurde und auch etwas klareres Wasser mit sich führte. Es sah noch immer nicht wie Sprite aus, aber wenn es hätte sein müssen, ich hätte es sicher getrunken. Aber es musste ja nicht sein, denn ich hatte ja nicht nur ein Superboot und einen Superlenker, sondern auch Superwasser und Super-Dr.-Pepper, was ich vom Geschmack eigentlich gar nicht so super fand, aber das Koffein konnte ich gut gebrauchen.

Wir fuhren an einem verwaisten Parkplatz vorbei, der zu einem verwaisten Badeplatz gehörte. Eine Straße gab es natürlich auch und wenn ich das in der flimmernden Hitze richtig erkannte, war weiter nördlich eine Ortschaft. Aber sie war weit weg, also konzentrierte ich mich auf den Badeplatz. Zugang zum

Wasser, Grillmöglichkeit, Bänke zum Sitzen, eine Reifenschaukel für Kinder und ein kleines Häuschen, bei dem es sich wohl um eine Umkleide oder eine Toilette oder beides handelte. Auf dem Dach waren jedenfalls keine Solarzellen.

»Ich weiß nicht, wie's dir geht«, sagte Jarrett und schaltete den Motor auf Leerlauf, »aber ich muss mal aufs Klo.«

»Ja, ich auch.« Wir hatten beide eine Menge Wasser und Dr. Pepper getrunken.

»Okay, gut. Das Häuschen da – «

»Hat keine Solarzellen.«

»Genau. Ich geh zwar lieber draußen pinkeln, aber ich denke, wir können hier anhalten.« Er schaltete den Motor noch einmal an und lenkte uns etwas näher ans Ufer. Dann drehte er den Steuerhebel auf null, ließ ihn los und zog sich ohne Vorwarnung das T-Shirt über den Kopf. »Ich will lieber nicht noch näher ranfahren. Am Ufer ist das Wasser wahrscheinlich flach und falls da spitze Steine sind, wars das mit unserem Boot.« Er fing an, seine Hose auszuziehen, weshalb ich nicht wusste, wo ich hinschauen sollte, und das Kribbeln war auch wieder da.

»Wenn du deine Jeans trocken halten willst, musst du sie wohl auch ausziehen.« Er grinste mich an, woraufhin der Miniaturmars wieder seinen angestammten Platz auf meinem Hals einnahm. »Aber bleib ruhig noch im Boot.« Jarrett ließ sich ins Wasser gleiten. »Ich ziehe es noch ein Stück näher ans Ufer. Das heißt, wenn ich es im Schwimmen schaffe. Das Wasser ist noch gar nicht so flach hier, ich kann nicht mal steh–«

Plötzlich weiteten sich seine Augen und einen Wimpernschlag später wurde sein Kopf in die Tiefe gerissen. Ich stürzte nach vorne und sah noch seine Unterarme, die vergeblich nach dem Boot tasteten, dann waren auch sie unter Wasser verschwunden.

Schreiend beugte ich mich über die Seitenwand des Bootes. Unter Wasser war ein Schemen, der nach Jarrett aussah, aber ich konnte nicht erkennen, warum zur Hölle er nicht mehr hochkam. Entsetzen brandete über mich hinweg. Meine Gedanken rasten. Schlingpflanzen? Ein Strudel? Eine Riesenschildkröte? Ich hatte nicht den blassesten Schimmer, aber ich begriff, dass es Jarrett nicht half, wenn ich nachdachte.

Also holte ich Luft und sprang ins Wasser. Angezogen, mit den Füßen voraus. Ich berührte weder den Grund noch sonst irgendwas und weit sehen konnte ich auch nicht, dafür war das Wasser zu trüb. Ich tauchte in die Richtung, in der ich Jarrett vermutete, und zum ersten Mal während dieses wahnsinnigen Ohiotrips hatte ich mehr Angst um ihn, als um mich. Und was ich für Angst hatte. In kalten Wellen packte sie mich und allein die Vorstellung, dass Jarrett vielleicht nie wieder auftauchen würde, zerfetzte förmlich meinen Magen.

Nach ein paar Zügen sah ich ihn. Senkrecht im Wasser und lebendig, noch. Mit den Beinen trat er wild um sich, mit den Händen versuchte er, sich etwas von der nackten Brust zu reißen. Es sah wie Tentakel aus. Ein Krake? Ein echter Krake?! In einem Süßwasserfluss in Ohio?!

Wir rissen gemeinsam an den Tentakeln, die sich anders anfühlten als erwartet. Nicht glitschig, fast schon gummiartig. Sie schnürten Jarretts Oberarme an seinen Oberkörper, sodass er nur die Unterarme bewegen und kaum Kraft aufbringen konnte. Ich hingegen hatte freies Spiel und zerrte mit allem, was ich hatte. Vor allem mit dem Mut der Verzweiflung.

Es waren zwei Tentakel, nur zwei, und ich packte sie so fest, dass ich unter der gummiartigen Masse etwas Hartes spürte. Hatten Kraken Knochen?

Beinekreisend versuchte ich, mich gegen den Auftrieb zu wehren. Meine Lunge schrie nach Luft, aber anders als ich konnte Jarrett nicht auftauchen und er war schon deutlich länger unter Wasser als ich. Eine neue Welle der Angst brandete über mich hinweg und vor meinem geistigen Auge reihte sich Jarrett neben Lauren, Quentin und dem erwürgten Mann in die Galerie der Toten ein. Aber das durfte er nicht. Nicht er.

Ich zerrte jetzt mit beiden Händen am selben Tentakel und endlich bekam ich ihn ein paar Zentimeter von Jarretts Oberkörper. Er wand seinen Arm heraus und nun hatte er freies Spiel, mehr Kraft und einen besseren Winkel. Er packte den Tentakel und schaffte es, ihn auf Abstand zu halten, während ich den anderen umfasste und ein Stück von seiner Haut wegzerrte. Jarrett wand seinen zweiten Arm heraus und gleich darauf den ganzen Oberkörper.

Für den Moment war er frei, aber der Krake war immer noch da, und jetzt, da ich mehr von ihm als nur seine Tentakel sah, erkannte ich, dass es überhaupt kein Krake war. Eher so etwas wie ein Rochen. Ein Rochen mit Tentakelarmen, die sich sofort wieder um Jarrett schließen wollten, doch er schoss Richtung Oberfläche und ich hinterher.

Wir kamen neben dem Boot hoch, japsten nach Luft, husteten, spuckten Wasser und krallten uns ans Halteseil des Boots. Doch der Rochen zerrte schon wieder unerbittlich an Jarrett und es war nur eine Frage der Zeit, bis er abermals unter Wasser gezogen werden würde. Der Rochen war zu stark, selbst für Jarrett.

Aber auch für ein Motorboot?

Ich hangelte mich am Halteseil entlang bis neben den Steuerhebel, schwenkte ihn in Richtung Ufer und jagte ihn vom Stand weg in den höchsten Gang. Das Boot nahm Fahrt auf und Jarrett kämpfte verbissen dagegen an, weggeschleudert und in die

Tiefe gezogen zu werden. An seinem Arm traten die Sehnen hervor. Meine Zehen schrammten über Steine. Dann die Füße, Knie, Oberschenkel, mein Bauch, die Unterseite des Boots und dann war Ende. Der Propeller des Motors hatte sich im Schlamm verhakt und jetzt kamen wir nicht mehr vorwärts.

Im knietiefen Wasser lag Jarrett, an dem noch alles dran war, leider auch der elendige Rochen. Ich watete neben ihn und erst jetzt ließ Jarrett das Seil des Bootes los und griff nach einem der Tentakel. Ich packte den anderen und ich wollte ihn nicht nur von Jarrett zerren, ich wollte seine verdammten Knochen brechen. Was mir nicht gelang, aber von Jarretts Haut bekam ich das Scheißteil und Jarrett wand sich frei.

Er taumelte durchs Wasser, ich hinterher. Bis sich Tentakel um meine Beine schlossen. Ich verlor den Stand, krachte auf Steine und versuchte vergeblich, mich irgendwo festzuhalten. Der Rochen zog mich ins tiefere Wasser, doch dann waren Jarretts Hände da, schlossen sich um meine Unterarme und schleiften mich und meine Klette an Land.

Keuchend starrte ich auf den Rochen, aus dessen Rücken ein nicht gerade rochenartiges Elektronikteil ragte. Jarrett und ich tauschten einen Blick, dann trat er hinter das Ding und versuchte, die Tentakel von meinen Beinen zu lösen. Ich half nach Kräften und als ich mich schließlich befreit hatte, rutschte ich hastig weg, während Jarrett einen Satz zur Seite machte. Die Tentakel griffen ins Leere, und so dynamisch und kraftvoll sich der unnatürliche Rochen im Wasser bewegt hatte – an Land war er hilflos wie ein auf dem Rücken liegender Käfer. Er konnte lediglich noch mit den Tentakeln zappeln.

Mit einem Stöhnen ließ sich Jarrett neben mich ins Gras fallen. »Dass du den Motor gestartet hast, hat mich gerettet. *Du* hast mich gerettet.«

»Und du mich. Zum, lass mich nachdenken, wahrscheinlich siebenunddreißigsten Mal.«

»So oft war es nicht.« Er lächelte, mit dem Mund und seinen Augen. Doch dann wurde sein Blick schnell wieder ernst. »Und außerdem konnte ich dich nur retten, weil du mich zuerst gerettet hast. Ich dachte, ich muss ertrinken.«

»Ja«, sagte ich und dann sagte ich nichts mehr, denn allein die Erinnerung an die Angst, die ich um Jarrett gehabt hatte, schnürte mir die Kehle zusammen. Stumm starrte ich auf meine blutenden Knie, an denen die Steine mir die Jeans und die Haut aufgerissen hatten.

»Weißt du, was das ist?« Jarrett nickte in Richtung des Dings, das uns beinahe getötet hätte und das noch immer seine Tentakel nach uns reckte. Ich hatte es für einen Rochen gehalten, doch Rochen trugen keine Elektronikteile auf dem Rücken und besaßen auch keine neoprenartige Haut, keine Knochen und keine Tentakel.

»Ja«, sagte ich matt. »Irgendein beschissener Roboter.«

Jarrett grinste für einen Moment. »Im Aquatics Center in Columbus haben sie auch so einen. Spart den Bademeister, weil die Sensoren erkennen, wenn jemand am Ertrinken ist. Die Gummiarme fixieren die Person in Not und normalerweise bringt der Roboter sie dann an die Wasseroberfläche zurück. Eigentlich ist das Ding dazu da, Leben zu retten, aber Ravi und Caleb haben das genaue Gegenteil aus ihm gemacht.« Jarrett schüttelte den Kopf und stand auf. »Ich muss jedenfalls immer noch aufs Klo. Oder vielleicht auch wieder, keine Ahnung, ob ich mir unter Wasser vor Angst in die Hose gemacht habe.«

Ich lächelte, weil er so offen darüber sprach, und dann nahm ich seine Hand und ließ mich von ihm hochziehen. Während er auf eine Baumgruppe hinter dem Grillplatz zuging, verdrückte ich mich hinter das Häuschen, das laut den Schildern auch Klos enthielt, aber wahrscheinlich keine sehr ansprechenden. Ich schälte die patschnasse Jeans herunter und ging neben einem Busch in die Hocke. Als ich fertig war, hätte ich die Hose am liebsten ganz ausgezogen, aber ich hüpfte und zerrte sie wieder über meine zerschundenen Schenkel und meine durchnässte Unterhose. Es war mir peinlich genug, dass mein BH sich wieder deutlich unter dem nassen, klebenden T-Shirt abzeichnete.

Jarrett hatte inzwischen das Boot aus dem Wasser geholt und T-Shirt und Hose angezogen.

»Ich glaube, er ist nur verschlammt«, sagte er, über den Propeller des Außenbordmotors gebeugt. »Wenn ich ihn sauber gemacht habe, müsste er wieder funktionieren.«

Ich nahm mir ein Dr. Pepper. Ich hatte zwar überhaupt keinen Durst, aber immer noch ein galliges Gefühl im Mund. »Und dann fahren wir weiter?«

»Nur wenn du einverstanden bist.« Jarrett schaute von seinem Propeller auf.

Ich antwortete nicht gleich, sondern ging ein paar Schritte in Richtung Parkplatz. Ich kniff die Augen gegen die gleißende Sonne zusammen und folgte der Straße mit den Augen. Da waren definitiv Häuser in der Ferne, vielleicht sogar viele. Der Landweg war also nicht gerade verlockend.

»Okay, einverstanden. Aber wenn wir das nächste Mal halten, dann irgendwo in der Pampa und nicht an einem Badeplatz.«

»Geht klar«, sagte Jarrett lächelnd. Dann schaute er auf den Rettungsroboter und seine Augen weiteten sich: Die Tentakel bewegten sich nicht mehr.

Jarrett ging auf den Roboter zu, ließ den Fuß über ihm kreisen und stieg sogar über ihn drüber, aber nichts passierte. Die Tentakel lagen nur noch schlaff im Gras.

»Also entweder ist sein Akku leer. Oder … die Apokalypse ist vorbei.« In Jarretts Augen flackerte Hoffnung auf.

Sie übertrug sich auch auf mich, doch dann sah ich zu dem Dach des Häuschens, auf dem *keine* Solarzellen waren, und jäh machte sich Skepsis in mir breit.

»Ja, wahrscheinlich hast du recht«, murmelte Jarrett, obwohl ich genau genommen gar nichts gesagt hatte. »Wahrscheinlich liegt es nur daran, dass dieser Badeplatz keinen Strom produziert und der öffentliche vor fünf Tagen abgeschaltet wurde. Dem Mistding ist der Saft ausgegangen.« Er trat gegen den Rochenkopf des Roboters und dann kratzten wir den restlichen Dreck vom Propeller, befestigten den Motor wieder am Boot und fuhren weiter stromaufwärts.

Im Westen erkannte ich eine kerzengerade graue Linie am Horizont. Eine Straße konnte es nicht sein, dafür war sie zu hoch und zu hell, und ich wollte schon Jarrett fragen, der wieder hinten im Boot saß und steuerte, aber dann wurde meine Aufmerksamkeit von den Häusern auf der anderen Seite des Flusses in Beschlag genommen. Die meisten hielten Abstand, doch ein großes, neu aussehendes Flachdachhaus war ziemlich nah ans Ufer gebaut. Es hatte einen eigenen Zugang zum Wasser, einen gepflegt aussehenden Garten und so etwas wie eine frei stehende, im Rasen eingelassene Terrasse. Und auf der Terrasse, mit dem Rücken zu uns, saß entweder eine Frau oder ein High-End-Android den man nach einer Frau modelliert hatte.

Jarrett schaltete sofort auf Leerlauf, ließ die Hand aber am Steuerhebel, für den Fall, dass der mutmaßliche Android uns bemerkte. Er hatte schulterlanges schwarzes Haar, trug grau-weiße Kleidung und auch seine Hände waren grau. Neben dem Tisch, an dem er saß, stand noch ein zweiter, leerer Stuhl und auf dem Tisch stand eine hellgrüne Tasse, um die sich jetzt Finger schlossen, die offenbar in einem Handschuh steckten, und aus Fleisch und Haut und Knochen bestanden und nicht aus Kunststoff und Metall. Denn die Finger führten die Tasse zu einem Mund, der unmöglich einem Androiden gehören konnte, denn Androiden tranken nichts und niemals.

Und damit war klar, dass wir am fünften Tag der Apokalypse zum ersten Mal eine menschliche Person vor uns hatten, die a) am Leben war, b) weder Shetler mit Nachname noch Ravi mit falschem Vorname hieß und c) sich nicht oder nicht mehr versteckte.

Was wiederum bedeutete, dass dem Rochenroboter womöglich doch nicht einfach nur der Saft ausgegangen war.

Kontrolle
Jarrett

Die Frau auf der Terrasse spürte offenbar, dass sie beobachtet wurde. Sie drehte den Kopf, erwiderte Hannahs und seinen Blick und dann stand sie auf und kam mit der Tasse in der Hand auf sie zu. Aber war es wirklich eine Frau und kein Android? Mit einem Mal war sich Jarrett wieder unsicher, denn die vermeintliche Frau lief unrund und abgehackt. *Wie ein Roboter.*

Hannahs Daumen malte nervöse Kreise. Ihre Augen flehten ihn an loszufahren. Und er war drauf und dran, es zu tun, doch dann erkannte er die Ausbeulungen an den Beinen, Hüften und Armen der Frau. Und am Rücken. Sie war kein Roboter, aber es gab einen Grund, dass sie wie einer lief.

»Hannah«, wisperte er, »diese Frau steckt in einem Roboteranzug.«

Roboteranzüge mit integriertem elektronischem Antrieb, auch Exoskelette genannt, waren ursprünglich für Rehapatienten entwickelt worden, doch längst kamen sie auch in der Arbeitswelt oder bei Militäroperationen zum Einsatz.

»Und warum trägt sie ein …« Hannah brach ab, denn die Frau war nur noch ein paar Schritte vom Ufer entfernt. Ihre Haut war blass, die schwarzen Haare hatte sie zu einem strengen Mittelscheitel frisiert. Ihre dunklen Augen sahen traurig aus.

»Ihr hättet nicht herkommen sollen«, sagte sie und schleuderte ihre hellgrüne Tasse auf Jarrett.

Er war so perplex, dass er die Hand nicht rechtzeitig vom Steuerhebel kriegte und den Kopf nicht schnell genug runter. Die Tasse krachte ihm gegen die Schläfe. Unter seiner Kopfhaut loderte greller Schmerz auf, vor seinen Augen explodierten Sterne.

Wie aus weiter Ferne vernahm er Hannahs Aufschrei und die bebende Stimme der Frau. »Ihr hättet nicht herkommen sollen! Mein Körper … Ich kann ihn nicht mehr kontrollieren!«

Im nächsten Moment traf ihn etwas Hartes an der Schulter. Aber der Schmerz war nicht das Einzige, was er spürte. Da war auch Hannah. Sie beugte sich über ihn. Und drehte sich, genau wie der Rest der Welt.

»Ich bin vom Hals abwärts gelähmt«, hörte er die Frau rufen. »Deshalb habe ich einen Chip im Gehirn. Um mein Exoskelett zu steuern. Eigentlich soll er meine Gehirnaktivitäten lesen und sie in Befehle für das Exoskelett umwandeln. Damit der Anzug läuft, wenn ich *laufen* denke. Aber …«

Hannah stöhnte vor Schmerz. War jetzt auch sie von etwas getroffen worden?

»Aber der Virus ist stärker als ich. Er hat die Kontrolle übernommen. Über mein Gehirn. Und meinen Körper. Alles, was er mir gelassen hat, ist mein Mund und meine Stimme. Und meine Tränen. Ich bin gefangen. In meinem eigenen Körper!«

Etwas landete neben Jarretts Fingern im Boot, etwas Hartes, Spitzes. Ein Stein. Die Frau warf mit Steinen auf sie. *Musste* mit Steinen auf sie werfen. Den hier hatte Hannah womöglich abgefangen, aber wenn das so weiterging …

»Mein Mann … Ich konnte nichts dagegen tun. Und er wollte nicht hören, er …«

Jarrett spürte, wie Hannah sich über ihm bewegte. Und dann bewegte sich auch das Boot. Schlingernd und ziemlich unkontrolliert. Aber egal, Hannah tat das einzig Richtige. Sie versuchte, sie aus der Schusslinie zu bringen. Fort von dieser fremdgesteuerten Frau.

»Fahrt nicht weg, bitte! Ich heiße Allie. Aber … ich bin nicht mehr ich selbst. Ich bin kein Mensch mehr. Ich habe Dinge getan …« Die Stimme wurde nicht leiser. Die Frau – Allie – rannte offenbar neben dem Boot her.

Und er – er hätte alles dafür gegeben, endlich seine sich drehende Welt anzuhalten.

»Werft mir Steine an den Kopf! Erschlagt mich! Tötet mich! BITTE!«

Hannah stöhnte. Aber diesmal nicht vor Schmerz, wie es sich anhörte, sondern vor Entsetzen.

»Macht dem ein Ende, ich flehe euch an! Ich selbst kann es nicht.«

»Was immer du getan hast«, schrie Hannah und auch ihre Stimme bebte. »Das warst nicht du! Der Virus ist schuld! Er allein! Und wenn das alles vorbei ist – dann bist du wieder du selbst!«

»Nein, ich kann so nicht weiterleben. Nicht mit diesen Erinnerungen. Den Bildern in meinem Kopf. Und dem Blut an meinen

Händen. Aber ich kann mich nicht selbst töten. Ich kann mich noch nicht einmal aus diesem Anzug befreien. Der Chip … Er lässt es nicht zu!«

Ein neuer Stachel des Schmerzes bohrte sich in Jarretts Schlüsselbein. Allie fand offenbar auch beim Rennen Steine.

»Oh Gott, Jarrett!« Hannah schluchzte. »Ich fahre schon Vollgas, aber wir hängen sie einfach nicht ab! Und ich kann nicht gleichzeitig steuern und Steine abwehren!«

Jarrett stemmte die Hände gegen das Gummi des Bootes und richtete sich auf. Die verdammte Tasse hatte ihm den Boden unter den Füßen weggezogen, aber Hannah brauchte ihn, denn der Virus hatte aus Allie ein willenloses Werkzeug gemacht.

Bis vor fünf Tagen musste sie froh gewesen sein über ihr Exoskelett und den Chip in ihrem Kopf – eine Kombination, die sie vor einem Leben im Rollstuhl bewahrte und es ihr trotz Querschnittslähmung ermöglichte, zu laufen, Dinge zu greifen, eigenständig zu essen oder Zähne zu putzen. Doch jetzt, da der Virus ihren Chip infiziert hatte, war Allie nur noch eine Marionette. Eine unfreiwillige Killermaschine.

Zum Glück ließ der Chip sie nicht ins Wasser, weil Wasser für ihren Anzug und die vielen Elektroden an ihrem Körper Gift war. Doch neben dem Ufer herrennen, Steine schmeißen und das Tempo des Motorbootes halten – das konnte Allie wohl mühelos, denn auch sie hatte dank ihres Anzugs einen Motor. Und er war ganz sicher nicht schwächer als der am Heck des Schlauchbootes.

Jarrett fasste sich an die Schläfe. Blut. Nein, doch nicht. Dem Geruch nach zu schließen, war es Kaffee. Seine Nase funktionierte, doch mit dem Gleichgewichtssinn haperte es nach wie vor. Tapsig langte er über die Seitenwand des Bootes, tauchte die Hand ins Wasser und schaufelte es sich ins Gesicht.

Es schien zu helfen. Der Schwindel ließ nach, die Welt pendelte sich etwas ein, sein Blick wurde klarer. Hannah schien nicht zu bluten, aber auf ihrem Arm war ein großer blauer Fleck. Im Boot lagen mehrere Steine und die hellgrüne Tasse.

»Jarrett, pass auf! Allie …«

Allie warf schon, bevor Hannah ihre Warnung zu Ende gebracht hatte. Doch dank ihr sah er den Stein noch kommen und wehrte ihn mit der Hand ab. Der Stein platschte ins Wasser und Hannah erkundigte sich, wie er sich fühlte. Genau wie an dem Tag, an dem es Pakete geregnet hatte, sorgte sie sich, dass er eine Gehirnerschütterung davongetragen haben könnte.

Aber die Tasse war heil geblieben. Unversehrt. Wie konnte es da hinter seiner Schädeldecke anders aussehen?

»Es geht schon wieder«, sagte er also. »Das wirklich Schlimme ist: Calebs verdammter Virus macht nicht einmal vor Menschen halt.«

Hannah durchbohrte ihn mit ihrem Blick. Als wollte sie direkt in sein Gehirn schauen, das, wie er glaubte, *nicht* erschüttert worden war. Dann sah sie zu Allie, die weinend am Ufer entlangrannte.

»Ich kann mir nicht vorstellen, wie das sein muss«, sagte sie leise, »willenlos im eigenen Körper gefangen zu sein. Das kann Caleb nicht gewollt haben, oder? Oder?«

»Hoffentlich nicht.« Hoffentlich hatte Caleb nicht einmal daran *gedacht*, aus Menschen Killermaschinen zu machen.

»Und Ravi? Meinst du, er wollte herausfinden, ob er es konnte? Ob er in der Lage war, einen Virus zu programmieren, der sogar die Gehirnchips von Menschen infiziert?«

Ein neuer Stein, diesmal für Hannah bestimmt. Aber Jarrett fing ihn für sie ab. Er hatte eine Menge Steine gutzumachen.

»Ich weiß nicht, ob Ravi so pervers ist. Und eigentlich will ich es auch gar nicht wissen. Ich will noch nicht mal darüber nachdenken.«

Hannah nickte und starrte zu Allie, die vermutlich wie eine Maschine getötet hatte, aber wie ein Mensch fühlte und litt. Sie war noch immer ein Mensch, aber sie tat nicht mehr, was sie tun wollte, sondern was der infizierte Chip ihr vorgab. Wann immer ihre Augen einen geeigneten Stein ausmachten, schickte er vermutlich ein Signal an ihren Körper. Und dann mussten ihre Beine zu dem Stein laufen, ihre Hüften mussten sich beugen, ihr Arm musste herunterlangen und ihre in Elektrodenhandschuhen steckenden Finger mussten den Stein hochheben und auf die Menschen werfen, die der Chip als Feinde und Ziele bestimmte.

Und sehr wahrscheinlich hatte Allie in den letzten Tagen nicht nur Steine gegen die vom Virus definierten Ziele einsetzen müssen. Ziele, bei denen es sich nicht immer um Fremde gehandelt hatte, denn eines, vielleicht sogar das erste ihrer Ziele, war offenbar ihr Mann gewesen. Mit einem Mal wünschte sich Jarrett beinahe, dass Caleb und Ravi auf der Kutsche angefahren kämen und mit eigenen Augen sähen, was sie aus Allie gemacht hatten.

Während der Motor in ihrem Anzug lief und lief, wurde das Boot auf einmal langsamer.

»Hab ich was falsch gemacht?« Hannahs Daumen malte seine Kreise jetzt auf den Steuerhebel.

Aber sie hatte nichts falsch gemacht. Wahrscheinlich war einfach die Batterie leer. Oder so gut wie. Noch ein paar Minuten, vielleicht auch nur Sekunden, und das Motorboot würde wieder ein Schlauchboot sein. Und das war nicht das einzige Problem. Keine 300 Yards entfernt spannte sich eine Brücke über den Fluss.

»Es ist nicht deine Schuld, Hannah. Die Batterie gibt den Geist auf. Aber die Brücke da vorn.« Jarrett senkte die Stimme. »Wenn Allie da größere Steine runterwirft … oder selbst zu uns ins Boot runterspringt …«

»Soll ich den Motor ausschalten, damit wir mit der Strömung zurücktreiben?«

Ja, das war eine Möglichkeit. Aber eine mit fetten Fragezeichen. »Der Fluss macht Biegungen und wer weiß, wie nah er uns dann an Allies Ufer bringt. Und außerdem haben wir noch nicht einmal Paddel.«

»Okay, aber dann bleibt eigentlich nur …« Hannahs Kopf zuckte zum anderen Ufer hinüber. Dem, an dem keine menschliche Marionette entlangrannte.

Jarrett nickte, denn auch er sah keine andere Möglichkeit. Hannah riss den Steuerhebel herum.

»Beeilt euch!«, rief Allie. »Ich habe die Brücke auch bemerkt und jetzt muss ich hinüber und euch weiterjagen!«

Hannah versuchte, das Boot aufs Ufer aufzusetzen, doch die Böschung war zu hoch. Also sprang Jarrett ins knietiefe Wasser und hielt das Boot am Seil fest, während Hannah Schuhe und Socken ins Gras warf. Dann nahm sie seine Hand und machte einen Satz ans Ufer. Er selbst fischte noch hastig eine Wasserflasche und einen Payday aus dem Boot, ließ beides in seiner Hosentasche verschwinden und stieg eilig hinterher.

Der Schwindel war zum Glück verflogen, die vom Solarfeld stammende Wunde an seiner Fußsohle aber noch nicht ganz verheilt. Wenn der Schnitt beim Rennen an der Schuhsohle scheuerte, konnte er schnell wieder Probleme machen. Und daher war es wohl besser, wenn er sich die Zeit nahm, um zumindest eine Socke anzuziehen.

Allie war schon auf der Brücke, als er in den Füßling und beide Schuhe geschlüpft war. Was weniger als 300 Yards Vorsprung bedeutete. Nicht viel, wenn man von jemandem verfolgt wurde, der in einem Roboteranzug steckte und nicht müde werden würde.

Hannah und er stürmten die Böschung hinauf und in die Steppe hinein. Sie verausgabten sich, verlangten ihren müden Körpern alles ab. Und doch war nach wenigen Minuten klar, dass Allie sie einholen würde. Nicht sofort, aber irgendwann garantiert. Und dann würde ihr Körper Hannah und ihn töten wollen, während ihre Seele sich wünschte, dass Hannah und er *sie* töteten.

Aber Allie war ein Mensch, kein Roboter. Jarrett musste nicht in sich hineinhorchen, um zu wissen, dass er das niemals über sich bringen würde. Er konnte unmöglich derjenige sein, der sie von ihrem Leid erlöste. Er wollte noch nicht einmal gegen sie kämpfen. Denn an dem, was Allie getan hatte und weiterhin tun musste, traf sie keine Schuld. Und wenn man die Moral mal außer Acht ließ: Selbst in Überzahl hatten Hannah und er womöglich nur eine kleine Chance gegen eine Widersacherin, die ihr Roboteranzug zu einem halben Cyborg machte.

»Das da vorne«, Hannah deutete hechelnd auf die graue wie an einer Schnur gezogene Linie am Horizont, »sind Hyperloopröhren, oder?«

Sie hatte recht, es waren tatsächlich die beiden Röhren, in denen im Sommer 2057 die ersten Passagiere einem Nachmittag am Strand entgegenschießen oder mit Schallgeschwindigkeit von dort zurückkehren würden. Na ja, wohl nicht schon übernächsten Sommer. Große Teile der Strecke Columbus–Miami waren inzwischen zwar mehr oder weniger fertig, aber eine Apokalypse hatten die Planer ganz sicher nicht einkalkuliert.

»Warum fragst du? Hast du eine Idee?«

»Vielleicht«, krächzte Hannah. »Vielleicht können wir uns in den Röhren Allies Blick entziehen.«

Und so einem Kampf mit ihr aus dem Weg gehen. Ja, vermutlich waren die Röhren dafür ihre einzige Chance! Denn während Allie sich von hinten unaufhaltsam näherte, war links von ihnen nichts als Steppe und rechts, hinter Feldern, zwar ein Vorort von Columbus, doch er war entschieden zu weit weg.

Also blieben nur die Röhren. Später einmal würde in ihnen massiver Unterdruck herrschen – eine Voraussetzung für die extreme Geschwindigkeit, mit der die Kapseln und die Menschen in den Kapseln unterwegs sein würden. Doch noch gab es keine Kapseln und ziemlich sicher auch noch keinen Unterdruck.

Dafür gab es ein anderes Problem. »Wie kommen wir in die Röhren rein? Oder erst mal auf sie drauf?«

»Wenn wir Glück haben«, japste Hannah, »mit einer Leiter.«

Jarrett hatte da so seine Zweifel. Dieser Abschnitt der Hyperloopstrecke war keine Baustelle mehr. Warum in aller Welt sollte es dort eine Leiter geben?!

Aber Hannah hoffte darauf. Und Hannah war nicht irgendjemand. Sie hatte mehrfach bewiesen, dass ihre Ideen gut waren. Und sie hatte die Drahtzieher der Apokalypse enttarnt. Ganz allein und mal eben so, zwischen Versteckspielen und Äpfelschälen.

Jarrett spürte, wie ihm der Schweiß den Rücken hinunterrann. Sein von der Scherbe aufgeschnittener Fuß pochte, sein Kopf dröhnte, auch wenn er *keine* Gehirnerschütterung hatte. Hannah hielt sich immer öfter die Seiten. Aber sie biss die Zähne zusammen und nicht nur Allie hinter ihnen, auch die Röhren vor ihnen kamen näher und näher.

Und schließlich rannten sie nicht länger auf sie zu, sondern parallel neben ihnen her. In Richtung Columbus, doch es war nicht Jarrett, der diese Richtung gewählt oder vorgegeben hatte, sondern Hannah.

Sie war eisern und so viel ausdauernder als zu Beginn der Apokalypse, doch es war, als ob sie beide sich auf einem Laufband abmühten: Neben ihnen waren immer dieselben zwei Röhren, neun oder zehn Fuß vom Boden weg und damit unerreichbar. Etwa alle dreißig Yards kam der immerselbe Stützpfeiler, aber nirgendwo lehnte oder lag eine Leiter.

Aber irgendwann *hing* da eine. Einfach so, zwei bis drei Stützpfeiler vor ihnen. Wie es aussah, war sie seitlich an der Röhre befestigt und reichte längst nicht bis zum Boden. Genauer gesagt, ragte sie kaum über das untere Ende der Röhre hinaus. Doch das änderte nichts daran, dass es eine Leiter war.

»Woher …?«

Hannah schüttelte nur den Kopf. Keine Luft für Erklärungen. Aber das war okay. Im Augenblick war es ohnehin wichtiger zu rennen.

Wie sich nun erkennen ließ, befand sich oberhalb der Sprossen eine ebenmäßige Plattform, an der die Leiter verankert war. Es handelte sich um eine Teleskopleiter, was bedeutete, dass man sie nach unten hin ausfahren konnte, wenn man entsprechend Druck ausübte. Doch das konnte man nur, wenn man sich schon auf ihr befand. Also von der Röhre nach unten wollte, nicht vom Boden auf sie hinauf. Wahrscheinlich war es so etwas wie eine Feuer- oder Notfallleiter und vermutlich waren die untersten Sprossen bewusst nicht ausgefahren, damit niemand auf die Röhre gelangte, der da oben nichts verloren hatte.

Jarrett scannte noch einmal die Umgebung. Weit und breit nichts, was man als Sprungbrett gebrauchen konnte. Keine Kisten, keine Paletten, keine Bäume. Was immerhin den Vorteil hatte, dass auch Allie sich schwertun würde, an die Leiter zu gelangen. Zumal sie allein war. Und das war buchstäblich der springende Punkt.

»Hannah! Wenn wir gleich da sind ... helfe ich dir hoch.«

»Und ... wie kommst du hoch?«

Diesmal war er es, der nur den Kopf schüttelte. Keine Luft für Erklärungen. Und keine Zeit.

Keuchend erreichten sie die Stelle unterhalb der Leiter. Zwischen ihnen und Allie lagen nur noch drei Stützpfeiler, also verschränkte Jarrett wortlos die Finger ineinander, streckte die Arme durch und bedeutete Hannah, in die Kuhle seiner Handflächen zu steigen.

Sie stützte sich an seinen Schultern ab und er wuchtete sie ächzend nach oben. Mehr als einen Fuß weit bekam er sie nicht hoch, obwohl sie so schlank war. Aber es reichte. Sie straffte sich, stieß sich von seinen Handflächen ab und bekam die Leiter zu greifen. Auch die zweite Hand fand das Metall und nun fuhr die Leiter aus und die Sprossen glitten nahezu geräuschlos in Position. Die unterste war jetzt auf Höhe seiner Schultern.

Hannah bekam die Füße auf die Leiter und kletterte weiter. Jarretts Blick flog zu Allie, die nur noch zwei Stützpfeiler entfernt war.

Schnell umfasste er die unterste Sprosse und zog sich mit einem Klimmzug nach oben. Sein Bizeps schrie, als er sich nur noch mit einer Hand hielt und mit der anderen nach der nächsthöheren Sprosse griff. Seine Finger fanden das Metall und er jagte den anderen Arm hinterher.

Der nächste Klimmzug. Sein Gewicht zog ihn nach unten, aber er musste schnellstens nach oben, denn er hatte erst die dritte Sprosse erreicht und Allie war nur noch einen Pfeiler entfernt.

»Beeil dich!«, hörte er sie schreien. »Du musst außer Reichweite! Schnell!«

Verzweifelt zog er sich höher. Doch Allie bräuchte noch nicht einmal den Arm zu heben, um ihn von der Leiter zu pflücken. Noch ein Klimmzug. Seine Muskeln standen in Flammen. Hannah war oben auf der Plattform und streckte die Hand nach ihm aus. Aber sie kam nicht tief genug, um ihm helfen zu können. Der Blick nach unten verriet ihm, dass Allie ihn jeden Moment erreichen würde. Er stöhnte, aber er hatte keine Wahl. Verbissen krallte er die Finger um die Sprosse, bog den Körper durch und holte mit den Beinen Schwung. Der Chip in Allies Gehirn ließ sie die Arme hochnehmen, aber zu spät. Die Hacken seiner Sneakers trafen sie schon im Gesicht.

Sie taumelte nach hinten und er zwang seine Arme zu einem weiteren Klimmzug. Endlich bekam er die Füße auf die Leiter und kletterte hastig nach oben, denn Allie musste schon von Neuem auf ihn zustürzen und nach seinen Beinen greifen. Sie bekam sie nicht zu fassen, aber die Exoskelettarme fingen an, ihren Körper nach oben zu ziehen, Sprosse für Sprosse.

»Tritt mich!«, forderte sie ihn weinend auf. »Tritt mir ins Gesicht! Und dann zieh die Leiter ein, damit ich euch nicht folgen kann!«

Hilfe suchend blickte Jarrett zu Hannah, doch auch sie schien keine andere Lösung zu wissen. Er schloss für einen Moment die Augen, seufzte und trat Allie von oben gegen die Schultern. Einmal und noch einmal und noch einmal, dann fiel sie endlich. Lautlos und geradezu friedlich. Bis sie krachend auf dem Boden aufschlug.

»Entschuldige. Ich wollte das nicht, ich ...«

»Es war das einzig Richtige.« Allie wirkte erleichtert, doch dann hoben sich ihre Schultern, und ihre Hände und Arme fingen an, ihren Oberkörper vom Boden hochzuwuchten. Schlagartig wich ihre Erleichterung Entsetzen. »Der Anzug … Er ist noch intakt! Zieh die Leiter hoch, schnell!«

Hastig schob Jarrett einen Sneaker unter die unterste Sprosse. Er konnte sie nach oben drücken und die zweitunterste Sprosse gleich mit.

»Beeil dich!« Allie war schon im Begriff aufzustehen.

Jarrett verlagerte sein Standbein und ruckelte zwei weitere Sprossen nach oben. Doch Allie stand schon wieder und grapschte nach seinem Fuß. Sie bekam seine Schuhsohle zu packen, aber er riss den Fuß aus dem Schuh und die Sprossen gleich mit nach oben. Und damit waren die Leiter und er für Allie nicht mehr zu erreichen.

Sein Puls beruhigte sich. Vorsichtig schob er mit seinem schuhlosen Fuß die restlichen Stufen zusammen und stieg zu Hannah auf die Plattform. Für einen kurzen Moment hoffte er, dass Allie ihn mit dem verlorenen Sneaker bewerfen würde, aber anders als Steine und Tassen definierte der Chip in ihrem Kopf Schuhe offenbar nicht als Waffen.

Hannah sah ihm lange in die Augen, dann hielt sie einen ihrer Sneakers neben seinen Fuß. »Okay, wir haben fast die gleiche Größe«, sagte sie und stieg aus den Schuhen. »Wir tauschen. Das heißt, du nimmst meine Schuhe, ich laufe ohne weiter.«

»Hannah, das …«

Sie schüttelte den Kopf. »Du brauchst sie dringender. Du hast eine Wunde am Fuß und ich nicht. Ende der Diskussion.«

Sie sah erschöpft aus, müde und mit den Nerven am Ende. Gut, dann keine Diskussion, nur ein »Danke«.

Ihre Sneakers drückten Jarrett ein bisschen an den Zehen, aber es war okay und zwei verschiedene Schuhe an den Füßen hätten sich wahrscheinlich komischer angefühlt. Fragend hielt er

Hannah seinen verbliebenen Sneaker hin, aber sie lehnte kopfschüttelnd ab, also stellte er ihn auf die Plattform und reichte Hannah die Wasserflasche. Sie war nicht groß, weshalb sie weder beim Klettern noch beim Treten aus seiner Hosentasche gerutscht war.

Während Hannah trank, sah Jarrett zu Allie, der der Chip noch immer befahl, sich nach der Leiter zu strecken. Auch wenn es aussichtslos war.

»Was wird jetzt aus dir?«, rief er herunter.

»Wenn ich es wäre, die entscheidet, würde ich nach Hause gehen und mich im Fluss ertränken.«

Jarrett musste schlucken. »Und was wird der Chip in deinem Kopf entscheiden?«

»Tja, es ist gut, dass es hier nichts gibt, mit dem ich die Leiter erwischen und auf die Röhre kommen kann. Aber solange ich euch sehe oder höre, wird der Virus mir keine andere Wahl lassen, als euch weiter zu verfolgen. Ich werde also wohl neben der Röhre herlaufen.«

»Auf der Plattform sind Luken«, sagte Hannah an Allie gewandt, »eine über jeder Röhre. Wahrscheinlich Notausstiege für den Fall, dass es brennt. Hilft es, wenn Jarrett und ich hineinsteigen und in den Röhren weitergehen?«

»Ich schätze schon«, antwortete Allie. »Obwohl es besser gewesen wäre, wenn du mir das nicht gesagt hättest.«

Hannah gab ihm die Flasche zurück, dann inspizierten sie die Luken, deren Deckel Scharniere, aber keine Griffe hatten. Sicher kein Zufall, denn natürlich wollten die Betreiber verhindern, dass jemand dem in den Röhren herrschenden Unterdruck mir nichts, dir nichts ein Ende machen konnte. Aber noch gab es ziemlich sicher keinen Unterdruck und im Augenblick auch keinen Strom und damit waren die Luken nicht elektronisch gesichert.

Jarrett schob die Fingernägel in die Gummidichtung zwischen Plattform und Lukendeckel. Zuerst tat sich nichts, weil das Gummi neu und der Deckel schwer war. Aber mit Hannahs Hilfe schaffte er es, ihn hochzuklappen. Innen, genau unter dem Loch, war eine weitere Teleskopleiter angebracht, die er ausfuhr und ein Stück weit herunterklappte. An der Röhrendecke wies ein momentan nicht leuchtendes Dauerlicht auf den Notausstieg hin.

»Sag mal, woher hast du eigentlich gewusst, dass es auch außen irgendwo eine Leiter geben muss?«

»Ich habs nicht gewusst. Ich habe es lediglich gehofft«, sagte Hannah matt. »In der Schule habe ich letztes Jahr am Fenster gesessen. Und da ich mich nicht am Unterricht beteiligt habe und niemanden zum Reden hatte, habe ich stundenlang aus dem Fenster gestarrt. Am anderen Flügel des Schulgebäudes war eine Feuerleiter. Das ist alles. Also – sagen wir Allie noch Auf Wiedersehen? Ich meine, Tschüs?«

Jarrett nickte und sie traten vom Loch weg und auf den Rand der Plattform zu.

»Es gibt eine Leiter. Ins Innere der Röhre«, sagte er zu Allie nach unten. »Wir gehen rein und ... kommen erst mal nicht mehr raus. Ich hoffe, du kannst bald nach Hause zurück.«

Allie lachte bitter. »Wenn ihr drin seid, dann redet besser nicht miteinander. Und seid leise. Am besten lautlos, damit ...« Auf einmal hielt sie sich den Mund zu. Sie versuchte zwar weiterzureden, aber es kamen nur noch nuschelnde Laute heraus. Der Chip ließ es nicht mehr zu, dass seine Marionette ihnen Überlebenstipps gab.

»Lass uns gehen«, wisperte Hannah. »Das ist das Einzige, womit wir ihr irgendwie helfen können.«

Jarrett nickte und wandte den Blick von Allie ab, der der Chip in ihrem Kopf jetzt auch noch die Möglichkeit nahm, sich mitzuteilen. Er ging zur Luke, trat die restlichen Stufen nach unten und stieg die Leiter herab. Von oben fiel genug Licht herein, dass er erkennen konnte, wie es in der Röhre aussah. Am Boden zwischen den gewölbten Stahlwänden befand sich eine Art Betonsockel, in der die Führungsschiene für die elektromagnetisch beschleunigten Kapseln eingelassen war. Diese Vertiefung war etwa halb so breit wie die Röhre, was ausreichte, um darin hintereinanderlaufen zu können. Unterdruck herrschte keiner.

Hannah ließ die Luke auf, und als sie unten ankam, wechselten sie noch einmal einen stummen Blick, ehe sie vom Lichtkegel wegtraten und ins Dunkel der Röhre eintauchten. Hannah ging in die Richtung, in die sie auch gerannt waren: nach Norden.

»Bist du sicher?«, zischte Jarrett und hielt sie am Arm fest.

Sie zuckte nur mit den Schultern und ging weiter. Weil sie wusste, dass es die Richtung war, die er gewählt hätte? Oder weil es sie nicht kümmerte, weil sie einfach nur müde und leer war? Die Enttarnung von Caleb und Ravi, eine schlaflose Nacht, der Kampf mit dem Rettungsroboter, die Konfrontation mit Allie und FÜNF Tage Apokalypse. Kein Wunder, dass Hannah ausgelaugt und zerschlagen war. Na schön, Norden. Manchmal war eine Diskussion schon zu Ende, bevor sie richtig angefangen hatte.

Es dauerte keine zwei Minuten, dann war es stockfinster in der Röhre. Wenn Jarrett sich umdrehte, sah er noch einen kleinen hellen Punkt, da, wo das Tageslicht durch die offene Luke fiel, doch vor ihnen war alles schwarz. Schwärzer als die schwärzeste Nacht. Er konnte weder die Röhrenwände noch den Betonsockel sehen, geschweige denn Hannah oder seine eigene Hand.

Beharrlich wartete er darauf, dass seine Augen sich anpassten, dass er zumindest Umrisse erkannte, so wie wenn er nachts aufwachte und sich durchs dunkle Zimmer ins Bad vortastete. Aber die Röhre blieb schwarz, einfach nur schwarz. Die Luft war auch nicht gerade frisch. Und dann war da noch die räumliche Enge. Wenn er die Hände nicht ganz waagrecht, sondern etwas höher ausstreckte, berührte er auf beiden Seiten die gebogene Stahlwand. Er litt eigentlich nicht unter Platzangst, aber in Verbindung mit der Finsternis und der schlechten Luft ließ die Enge ihn schwindeln. Sein Gang war unsicher und wacklig, aber das lag nicht daran, dass Allie ihm eine Tasse gegen den Kopf geworfen hatte, denn beim Rennen war ihm ja auch nicht schwindlig gewesen. Nein, es lag allein an der Röhre.

Für Hannah musste es noch schlimmer sein. Denn sie war es, die vorausging, ohne zu wissen, ob der nächste Schritt wie all die Schritte davor war. Oder ob sie auf einmal gegen ein Hindernis rumpelte. Barfuß in einen Nagel oder ein Schlangennest trat. Oder ob da in der Dunkelheit vor ihr ein Monster lauerte.

Was natürlich Quatsch war. Das hier war kein Horrorstreifen, sondern eine noch nicht benutzte Hyperloopröhre, in die man nicht so einfach eindringen konnte. Auch nicht als wildes Tier. Oder als Monster, die es ja ohnehin nicht gab.

Aber Maschinen, die konnte es geben. Montageroboter oder irgendwelche anderen Modelle, die eigentlich montieren sollten, jetzt aber morden wollten.

Blödsinn, dieser Abschnitt der Strecke war fertig, bis auf den Unterdruck und den fehlenden Strom. Zwischen Chillicothe und Charlotte oder noch südlicher, da mochte es Maschinen in den Röhren geben, aber nicht hier.

Aber was, wenn die Maschinen durch die Finsternis nach Norden krochen? Oder wenn es doch so etwas wie Monster gab?

Irgendeine mutierte Spezies, die in dunklen, nahezu luftleeren Röhren gedieh?

»Jarrett?« Hannah hauchte seinen Namen – und verdammt, war es schön, eine menschliche Stimme zu hören!

»Ja, Hannah? Ja?«

»Ähm ... kannst du vielleicht vorausgehen?«

»Ähh .... Ja. Klar.«

Als er sich an Hannah vorbeischob, berührte ihr Unterarm einen Moment lang seinen, aber seine Gänsehaut stammte nicht von der Berührung.

Lächerlich. Das hier war nur eine Röhre. Nicht gerade gemütlich, arg eng und finsterer als jede Nacht. Aber kein Grund durchzudrehen.

Jarrett schaffte zweihundertsiebenundvierzig schwindlige Schritte, dann reichte es nicht mehr, Schritte zu zählen. Er brauchte ein anderes Ventil. Eine andere Krücke gegen die irrationale Angst, die ihn fest in ihrem Griff hielt.

»Ich denke, wir können zumindest flüstern. Ich meine, es gibt nicht eine klitzekleine Fuge in dieser Röhre. Selbst wenn Allie immer noch neben uns herläuft, wird sie uns wohl kaum flüstern hören, oder?«

Hannah sagte nichts. Wahrscheinlich waren erst zwei Sekunden vergangen seit seinem Oder, aber das war entschieden zu lang.

»Hannah? Bist du noch da!?«

»Ja. Findest du es hier drin auch so schrecklich?«

»Na ja, also, es ist nicht gerade toll, aber ...« *Das* war lächerlich. »Nein, du hast recht, es ist schrecklich! Hattest du gedacht, dass es *so* dunkel sein würde?«

»Nein. Ich hatte gar nicht darüber nachgedacht. Und ehrlich gesagt auch nicht darüber, wie wir hier wieder rauskommen.«

»Puh, ich auch nicht, aber … zwischen Miami und Columbus kann es ja nicht nur einen einzigen Notausstieg geben. So eine Luke muss doch in regelmäßigen Abständen kommen.«

»Ja. Nur … wir sehen sie nicht.«

»Hm. Wenn du willst, taste ich ab sofort die Decke ab.«

»Ja … Ja.«

Erleichtert atmete er aus. Lange konnte er es hier drin nicht mehr aushalten. »Hast du Durst?«

»Ein bisschen.«

Er holte die Flasche aus der Tasche und drehte sich zu Hannah um. Seine freie Hand fand ihre. Er drückte ihr die Flasche in die Finger und hörte zu, wie sie trank. »Sollen wir uns kurz setzen? Ich habe auch noch einen platt gedrückten Payday.«

»Okay.«

Er setzte sich auf die Betonstufe. Hannah tastete mit der Flasche nach ihm.

»Es ist so komisch, überhaupt nichts vom anderen zu sehen. Oder von sich selbst«, hörte er sie leise sagen.

»Ja, absolut.« Er stellte die Flasche neben sich, holte den Payday aus der Hosentasche und packte ihn auf. Das Rascheln der Folie kam ihm ohrenbetäubend laut vor. Mit den Fingern maß er den Riegel ab und riss ihn dort, wo er die Mitte glaubte, entzwei. Er suchte Hannahs Hand und legte das größere der beiden Stücke hinein. Das kleinere Stück steckte er in die Folie zurück. Er wollte es heimlich tun, aber sie musste das Rascheln gehört haben oder vermisste ein Kaugeräusch, jedenfalls sagte sie: »Isst du nichts?«

»Jetzt nicht.« Er konnte unmöglich etwas essen. Erst brauchte er frische Luft. Und Licht. Und Weite. »Ich geb dir jetzt deine Schuhe wieder. Der Beton muss ganz schön kalt an den Füßen sein.«

»Nein, es geht schon. Wirklich. Behalt sie ruhig.« Er hörte, wie Hannah kaute. »Sag mal, meinst du … sie ist noch da draußen?«

»Ich weiß es nicht. Aber wenn der Chip in ihrem Kopf keine Signale mehr von uns empfängt, wird er ihrem Körper vielleicht nicht mehr seinen Willen aufzwingen. Dann kann sie die Kontrolle übernehmen und nach Hause gehen. Hoffentlich«, setzte er hinzu.

»Ja, ich hoffe es auch. Für uns und für sie. Oh Gott, ich habe gar nicht mehr an deine Gehirnerschütterung gedacht! Wie geht es deinem Kopf?«

»Ich habe keine Gehirnerschütterung. Nur eine Beule an der Schläfe.«

»Ist dir schwindlig?«

»Ja, ehrlich gesagt schon. Aber das liegt an der schlechten Luft hier drin. Draußen hatte ich nur leichte Kopfschmerzen.«

»Isst du deshalb nichts? Scheiße, Jarrett. Wenn man eine Gehirnerschütterung hat, braucht man Ruhe.«

»Mag ja sein, aber falls du es vergessen hast: Wir sind verfolgt worden. Es war keine Zeit, um Pause zu machen. Und außerdem habe ich keine Gehirnerschütterung.«

»Bist du sicher?«

»Ja. Und damit Ende der Diskussion«, setzte er hinzu. Ziemlich unfreundlich, wie ihm selbst bewusst wurde. »Entschuldige, ich wollte dich nicht anpampen.«

»Schon gut«, sagte sie leise. »Sollen wir dann … weitergehen? Damit wir hier schneller wieder rauskommen?«

»Okay.« Er stand auf, steckte die ziemlich leere Flasche in die Hosentasche und nahm von Neuem den Kampf gegen die Dunkelheit auf. Seine Schritte waren noch immer etwas wacklig, doch diesmal zählte er sie nicht. Stattdessen redete er flüsternd mit Hannah, was dem Trip durch die Schwärze ein Stück weit den Schrecken nahm. Sie redeten über Allie, über das, was sie hatte tun müssen, und über Caleb, der sie unmöglich noch finden konnte. Seine körperliche Gestalt brauchten sie nicht mehr zu fürchten, doch der Virus, den Ravi in seinem Auftrag programmiert hatte, gehörte vermutlich noch immer nicht der Vergangenheit an.

Auf der Suche nach einem Weg zurück ins Licht streckte Jarrett mal den einen, mal den anderen Arm nach oben, und schließlich fanden seine Fingerkuppen endlich etwas anderes als glatten Stahl. Es war eine Leiter und auch sie ließ sich von der Röhrendecke herunterziehen und ausfahren. Darüber befand sich eine weitere Luke, deren Deckel so dicht schloss, dass nicht das geringste Licht hindurchfiel. Aber von der Leiter aus konnte Jarrett mit Händen, Kopf und Schultern dagegen drücken und schließlich löste sich der Deckel schmatzend von der Dichtung.

Das dünne Lichtband, das um ihn herum erschien, ließ ihn die Augen schließen. Blind stieß er den Deckel auf und saugte gierig die frische Luft ein. Sofort fühlte er sich besser.

Dann stieg er blinzelnd aus der Röhre. Seine Augen gewöhnten sich nur langsam wieder an Licht. Und dabei war es noch nicht mal grell, denn die Sonne war schon hinter dem Horizont verschwunden und der Himmel erstrahlte in dem tiefen, satten Blau, das nur der Anfang und das Ende eines Tages mit sich brachten. Bald schon würde es zu Schwarz werden, doch es würde nicht so dicht wie das in der Röhre sein und Raum für Umrisse und Schattierungen lassen.

Aber noch war es nicht Nacht und mit klopfendem Herzen trat Jarrett an den Rand der Plattform und hielt Ausschau nach Allie. Sie war nicht da, weder auf der einen noch auf der anderen Seite der Röhre. Er atmete auf und als er es Hannah mitteilte, war auch ihr die Erleichterung anzumerken. Dann sah sie sich selbst um, blinzelnd und gleich wieder nervös, denn während ihres Marsches durch die Röhre war der Highway nah an die Hyperloopstrecke herangerückt. U.S. Route 23 bot ein Bild der Verwüstung. Ausgebrannte Autos, umgestürzte Lastwagen, Massenkarambolagen. Mehr vom schrecklichen Gleichen.

»Das ist der Highway, von dem wir heute Morgen das Schild gesehen haben, nicht wahr?«

»Ja. Vor fünfeinhalb Tagen sind wir auf ihm in südliche Richtung gefahren.« Damals, im SUV der Giddeys, als Hannah kaum ein Wort mit ihm gesprochen hatte. »Siehst du den Ort hinter uns? Das müsste South Bloomfield sein, da sind wir damals auch durchgekommen. Ich glaube, kurz danach bist du dann eingeschlafen.« Tja, heute hatten sie South Bloomfield nicht in einem selbstfahrenden Auto, sondern in einer Hyperlooproehre durchquert. Und da sie dabei nicht das leiseste Geräusch gehört hatten, mussten Hyperlooproehren entweder extrem schalldicht sein oder South Bloomfield in Schockstarre.

Jarretts Blick ging nach Norden, wo der Highway und die Hyperlooproehren jetzt parallel verliefen, was auch bis Columbus so bleiben würde. Von hier aus war die Stadt noch nicht zu sehen, aber die südlicheren Viertel konnten kaum mehr als fünf Meilen entfernt sein. Columbus war nah, fast schon zu nah.

»Wir sollten nicht mehr weiterlaufen, Hannah. Weder heute Abend noch morgen früh. Ich weiß, wir haben gerade mal noch einen Viertelliter Wasser, aber wir werden nicht gleich verdursten. Wir haben es schon länger ohne Flüssigkeit ausgehalten. Und morgen ist Mittwoch. Der sechste Tag! Irgendwann muss es diese verdammte Softwarelösung geben!«

»Ja, sollte man meinen.« Hannah seufzte. »Also, wo schlafen wir? Zurück in die Röhre will ich auf keinen Fall.«

»Ich auch nicht. Aber wahrscheinlich wäre es klug, hier oben zu bleiben. Hier sind wir um einiges sicherer als unten im Gras.«

»Ja und es ist auch um einiges härter als unten im Gras«, murmelte Hannah und setzte sich auf die Betonplattform. »Aber egal, ich bin so müde, dass ich überall schlafen kann.« Sie streckte die Beine aus, lehnte sich zurück und schob die gefalteten Hände unter den Kopf. »Hach, endlich liegen. Solltest du auch probieren. Du weißt schon, wegen deiner …«

»Ich habe keine Gehirnerschütterung. Mir ist überhaupt nicht mehr schwindlig hier draußen.«

»Wirklich nicht?«

»Nein, ich habe nur noch ein bisschen Kopfweh, aber das muss nichts heißen. Wir sind seit über sechsunddreißig Stunden wach.«

»So lange schon? Gott, ohne Koffein hätte ich das nie durchgehalten.«

»Vergiss nicht, Dr. Pepper eine Dankesmail zu schreiben, wenn das alles vorbei ist.«

»Dr. Pepper? Wozu? Damit irgendein Bot sie beantwortet? Nein, wenn, dann schreibe ich den Typen vom Bootsverleih.«

»Boote statt Bots.« Er setzte sich neben sie auf die Plattform. »Meinst du, die Dinge werden sich ändern, wenn der Virus vorbei ist? Meinst du, Caleb wird recht behalten und manche Menschen werden ihre Maschinen in den Müll schmeißen?«

»Und wieder wie vor fünfzig oder hundert Jahren leben? Ich weiß nicht. Der Zug ist abgefahren, schätze ich.«

»Ja, wahrscheinlich.« Nachdenklich sah er zum Himmel, wo das Blau jetzt zu Schwarz wurde. Noch war die Luft angenehm warm, aber in ein, zwei Stunden würde Hannah sicher kalt sein und sie hatten nichts, mit dem sie sich zudecken konnte.

Die Dunkelheit senkte sich jetzt schnell herab, aber von dem üblichen Lichtsmog über Columbus war nichts zu sehen. Bis zu der von Caleb heraufbeschworenen Apokalypse hatten in der Stadt mehr als eine Million Menschen gelebt, in der gesamten Metropolregion sogar mehr als doppelt so viele. Wie viele davon mochten gestorben sein? Und was war mit Desmond und Jazmine? Harrten sie im Keller aus und schalteten jede Stunde das alte batteriebetriebene Radio an, in der Hoffnung, dass die Regierung endlich Entwarnung gab? Oder lagen sie tot vor der schwarz überstrichenen Leinwand?

Und seine Mutter? Saß sie auf ihrer Brandfleckencouch und starrte Löcher in die Luft? Oder hatte die Sucht sie auf die Straße getrieben, in der falschen Annahme, sie könnte es bis zu Bobby schaffen und Nachschub besorgen?

»Hey. Alles okay?« Hannah hatte sich aufgesetzt und sah ihn von der Seite her an. Die Haare waren ihr vors Gesicht gefallen, verbargen aber nicht die Wunde auf ihrer Wange. Sie rührte von ihrer Flucht durchs Solarfeld, wohin sie nur geflohen war, weil er sie zuvor mit Worten verletzt hatte.

»Denkst du an Desmond und Jazmine?« Ihre Stimme war weich.

»Ja. Oder nein, nicht mehr. Gerade habe ich an etwas anderes gedacht.«

»Und woran?«

»Wie du ins Solarfeld gerannt bist. Und wie froh ich bin, dass du es lebend herausgeschafft hast.«

Hannah sah ihm tief in die Augen. »Es wäre nicht deine Schuld gewesen, wenn mich das Auto überfahren hätte. Sondern meine. Ich hätte nicht gleich wegrennen müssen, nur weil du etwas gesagt hast, was ich nicht hören wollte.«

Er schüttelte den Kopf, denn das stimmte nicht.

»Hey, lass uns das vergessen, okay? Seitdem ist viel passiert und außerdem ... Ich bin ein Autokiller.« Hannahs Lächeln war wie ein heller Fleck in der Dunkelheit.

Und sie hatte recht. Sie war nicht mehr das heillos überforderte, unbändig unsichere Mädchen, das, hinter ihrer Reisetasche versteckt, in den SUV der Giddeys gestiegen war. Jetzt war sie eine Autokillerin und noch viel mehr als das. Vielleicht hatte die Apokalypse sie verändert, aber wahrscheinlicher schien Jarrett, dass die vergangenen Tage nur ans Licht gebracht hatten, was zuvor schon in ihr geschlummert hatte.

Aber Hannah hatte *ihn* verändert. Als er vor sechs Tagen aus der Wohnung seiner Mutter gerannt war, war er an einem Punkt gewesen, an dem er niemandem mehr vertrauen und niemanden mehr an sich heranlassen hatte wollen. Doch dann hatte Hannah Stück für Stück sein Vertrauen gewonnen und Stück für Stück hatte er sich ihr mehr geöffnet und mittlerweile ... jetzt ...

Das Herz klopfte ihm bis zum Hals, als er ihren Blick suchte. »Weißt du«, sagte er leise, »dass es niemanden gibt, mit dem ich lieber hier sitzen würde als mit dir?«

Im Licht des Vollmonds nahm er jedes Detail ihres schmalen Gesichts wahr. Die müden, aber sanften Augen. Die hohen Wangenknochen. Die Wölbung ihrer Stirn. Die schlanke Nase. Ihr leicht vorstehendes Kinn. Den zarten Schwung ihrer Lippen. Sie sah so hübsch aus, wie sie da saß und ihn ansah. Er konnte gar nicht anders, als sich auf sie zuzubewegen, und gerade als er den ersten Schritt tun wollte, kam sie ihm zuvor.

Die Plattform
Hannah

Ich küsste Jarrett. Ich hatte es schon bei unserer Flussdurchquerung tun wollen und am Abend vorher, hinter dem Haus von Calebs Eltern. Der Drang, es zu tun, war immer stärker geworden, aber ich war mir nicht sicher gewesen, ob er es auch wollte. Ich hatte ein Signal gebraucht, um über meinen Schatten zu springen, und als er jetzt sagte, dass er mit niemandem lieber auf dieser Plattform sitzen würde, da dachte ich mir: Scheiß drauf, Hannah, ein noch eindeutigeres Signal kriegst du vielleicht nie, denn diese steinharte Plattform ist nur eine Insel im tosenden Meer der Apokalypse und vielleicht stirbst du bald und dann hast du nie das getan, was du am meisten tun wolltest.

Na ja, ich bin mir nicht ganz sicher, ob Wollen in diesem Zusammenhang das richtige Wort ist. Denn als Jarrett diesen Satz sagte und mich mit seinen Magnetaugen ansah, da kribbelte es in meinen Armen und am ganzen Körper – und es kribbelte so heftig, dass ich ihn endlich küssen *musste*.

Seine Lippen waren trocken und rissig, genau wie meine, aber unser Zusammenspiel ließ sie weich werden. Seine Finger strichen mir die vors Gesicht gefallenen Haarsträhnen hinter die Ohren, zeichneten die Konturen meiner Wangen nach, bewegten sich an meiner Schläfe entlang zu meinem Hinterkopf und umfassten ihn. Und für nichts anderes schien mein Kopf gemacht zu sein, denn er passte genau in Jarretts Hand. Unsere Lippen verschmolzen und auch unsere Zungen fanden sich, tasteten sich vor und mit einem Mal tanzten sie.

Meine Finger erkundeten seinen Arm, verschwanden unter dem Ärmel seines T-Shirts und schlossen sich um seine nackte Schulter. Meine andere Hand streifte durch sein kurzes, krauses

Haar, fand die Beule an seiner Schläfe und verweilte dann an seiner Wange. Weil wir so verrenkt nebeneinandersaßen, beklagte sich mein Nacken, dass er langsam steif wurde, was ich ziemlich deplatziert und unhöflich von ihm fand, aber dann umfasste Jarrett meine Taille und zog mich nach unten. Wahrscheinlich weil sein eigener Nacken genau so ein Spielverderber war wie meiner.

Wir lagen einander zugewandt auf dem Beton, aber ich musste meinen Kopf mit meiner eigenen Hand abstützen und das fühlte sich einfach nicht richtig an. Ich wollte Jarrett spüren, nicht mich selbst.

Also rutschte ich auf ihn, nahm seinen Kopf in beide Hände und küsste ihn wieder. Seine Hände fühlte ich seitlich an meinen Hüften, dann umfasste eine meinen Hintern, die andere schob sich unter mein T-Shirt. Ich spürte, wie seine Finger meinen Rücken hinaufwanderten, über meine Wirbel, den Träger meines BHs bis zu meinen Schulterblättern. Ich zuckte ein bisschen, weil es so kribbelte, und als ich zum ersten Mal seit einer Ewigkeit die Augen aufmachte, erkannte ich, dass auch Jarrett mich ansah. Seine Augen brauchten keine Farbe, um mich in ihren Bann zu ziehen, und diesmal hielt ich mich nicht zurück, ließ mich einsaugen und in sie hineinfallen.

Seine Hand zog mich sanft an seine Lippen zurück und ich versank in diesem Moment, den ich mir so sehr gewünscht hatte. Zumindest so lange, bis sich mein Nacken wieder zwischen uns drängte und lautstark verkündete, dass er schon ganz verspannt sei. Eigentlich war ich mit meinem Nacken immer gut ausgekommen, aber jetzt plärrte er so penetrant und unpassend, dass ich ihn auf der Liste meiner unbeliebtesten Körperteile ganz oben einsortieren musste. Noch vor meinem spitzen Kinn und den Härchen, die Jarrett seltsamerweise gar nicht so zu stören schienen wie mich.

Jedenfalls ließ ich, als wir einen Moment Luft holten, meinen Kopf kreisen. Jarrett bemerkte es, fasste mich an den Schultern und wollte mich in eine Liegeposition manövrieren. Was gut gemeint war, aber nicht ganz so gut klappte, denn irgendwie verhedderten sich unsere Körper und er plumpste auf mich. Wir lachten und dann rutschte er neben mich, bettete seinen Kopf auf seinen Unterarm und sah mich einfach nur an.

Ich verspürte den Drang, meine Gefühle in Worte zu kleiden, aber ich fand keine für das Glück, das jede Pore meines Körpers ausfüllte. Auch Jarrett schwieg, aber er ließ seine Finger sprechen, strich mir über Stirn, Wange und Kinn. Und er lächelte dabei. Ich lächelte zurück und für eine Weile taten wir nichts anderes, als uns anzusehen. Bis ich gähnen musste. Ich versuchte, es zu unterdrücken, aber ich schaffte es nicht und natürlich bemerkte es Jarrett. Er wartete, bis meine Lippen wieder ruhig waren, schob dann seinen Arm unter meinen Nacken und zog mich an sich.

Mein Kopf lag gut an seiner Brust. Sein T-Shirt roch ein bisschen nach Schweiß. Über uns funkelten Sterne und ich … ich musste schon wieder gähnen.

»Entschuldigung«, sagte ich leise, als ich meinen Mund wieder unter Kontrolle hatte. Es war mir schrecklich unangenehm, dass ich so schlappmachte. »Das hat nichts mit dir zu tun, ich bin nur …«

»Schon gut, Hannah. Ich bin auch müde. Wir sind seit Ewigkeiten wach.« Seine Finger vergruben sich in meinen Haaren. Seine Hand passte wirklich perfekt um meinen Hinterkopf.

»Hast du eigentlich kalte Füße?«, sagte er nach einer Weile.

Ich wusste es nicht, ich hatte nicht auf meine Füße geachtet, aber ja: »Ein bisschen.«

Ich merkte, wie sich seine Beine bewegten, weil er die Sneakers abstreifen wollte, und sagte, dass er sie anlassen sollte. Ich wollte meine Schuhe nicht zurück, ich wollte meine Füße lieber zwischen seine Schienbeine wühlen. Und genau das tat ich.

»Was ist mit deinen Kopfschmerzen?«

»Welche Kopfschmerzen?«, sagte er und küsste mich auf die Stirn.

Ich legte die Hand auf seine Taille, scheuerte noch ein wenig mit meiner Wange an seiner Brust und machte die Augen zu.

»Können wir so liegen bleiben?«, flüsterte ich. »Bis die Apokalypse vorbei ist?«

»Ja«, antwortete er. »Von mir aus auch noch länger.«

Sein Oberkörper hob und senkte sich in gleichmäßigem Takt und mein Kopf hob und senkte sich mit. Ich merkte, wie ich einschlief, und der letzte Gedanke, den mein in den Schlaf gewiegtes Hirn zustande brachte, war, dass ich mich nie in meinem Teenagerleben so glücklich und geborgen gefühlt hatte.

Tag 6
Hannah

Ich weiß nicht, ob es am Licht lag oder ob es das metallene Scheppern war, das mich aus dem Schlaf riss. Jedenfalls wachte ich auf und Jarrett auch.

Es war noch dunkel, abgesehen von dem grellen Lichtkegel, der seinen Ursprung unmittelbar unter uns nahm. Das Scheppern war immer nur kurz zu hören, aber es kam eindeutig von der Röhre. Mein Herz schlug mir bis zum Hals und auch in Jarretts Augen sah ich Angst, als wir vorsichtig an den Rand der Plattform traten.

Am Boden war jemand. Jemand mit einer Stirnlampe, die so hell leuchtete, dass es blendete. Die Gestalt hielt ein Seil in der Hand, an dessen Ende etwas befestigt war, und schwang es wie ein Lasso. Der Gegenstand flog durchs Licht auf uns zu und ich wich so spät zurück, dass er mich garantiert getroffen hätte, wäre er hoch genug gekommen, doch er schepperte irgendwo seitlich gegen die Röhre.

Ich machte einen unsicheren Schritt zum Rand der Plattform zurück. Die Gestalt bückte sich gerade und das Licht ihrer Stirnlampe fiel auf den am Seil festgemachten Gegenstand. Er sah aus wie … eine kleine Gartenkralle. Die Gestalt hob sie auf und kam ruckartig wieder hoch. Ich bemerkte noch, dass sie Handschuhe trug und schulterlanges Haar hatte, dann blendete mich der Lichtkegel aufs Neue.

»Bist du das, Allie?«, rief Jarrett.

Statt einer Antwort flog die Gartenkralle durch den Lichtkegel. Wieder reagierte ich zu spät, doch die Kralle kam erneut nicht hoch genug. Es schepperte, und als ich wieder nach unten sah, erkannte ich, dass die Kralle sich in der Leiter verfangen hatte.

»Allie?«, rief Jarrett wieder.

Ich konnte nicht erkennen, ob es Allie war, das Licht war zu grell und zu nah am Gesicht der Gestalt. Was ich sehen konnte, war, dass die Person mit beiden Händen am Seil zog. Und weil sich die Kralle in den Sprossen verhakt hatte, fuhr die Leiter nach unten aus.

»Scheiße, sie will hochkommen!«

Es war wohl eine Sie. Aber war es Allie? Es sah aus, als zeichneten sich an den Seiten ihres Körpers Ausbeulungen ab, und auch die Art und Weise, wie sie die Arme bewegte, ließ auf Allie schließen. Aber das war es eben: Die Gestalt bewegte die Arme, was hieß, dass sie sich *nicht* den Mund zuhielt, wie Allie es bei unserem Abschied gestern hatte tun müssen.

»Verdammt, sie hat eine Waffe!«

Ich sah es auch. Die Gestalt hatte das Seil losgelassen und aus einer Tasche an ihrer Brust ein Klappmesser herausgezogen. Sie hielt es für einen Moment ins Licht, dann fing sie an, die heruntergezogene Leiter hochzusteigen. Mit dem Messer in der Hand.

Ich sah Jarrett an, was er dachte. Egal, wer die Gestalt auf der Leiter war, wir konnten nicht nach ihr treten, wenn sie gleichzeitig mit einem Messer nach uns stach.

»Wir müssen hier weg!« Er zog mich vom Rand der Plattform, blieb dann aber unschlüssig stehen.

»Nicht in die Röhre!«, stöhnte ich und jetzt war ich es, die Jarrett mit sich zog.

»Ich wollte gar nicht in die Röhre! Ich ...«

Er hatte zwischen South Bloomfield hinter uns und Columbus vor uns geschwankt, mit einem Mal kapierte ich es. Aber ich hatte mich, ohne nachzudenken, für Columbus entschieden. Ob das eine gute Idee war? Keine Ahnung, doch zumindest würden wir in dieser Richtung nicht schon in zehn Minuten von Häusern und damit theoretisch von Maschinen umgeben sein. Jedenfalls war es definitiv keine gute Idee, noch mal umzukehren, denn hinter uns klapperten die Sprossen der Leiter und wir brauchten jeden Meter Vorsprung, den wir kriegen konnten.

Die Röhre war zu schmal, als dass wir nebeneinanderrennen konnten, weshalb Jarrett meine Hand losließ und auf die andere Röhre überwechselte. Der Stahl war kühl, aber nicht rutschig, deshalb hatte ich kaum Angst runterzufallen, doch vor der Gestalt mit dem Messer hatte ich eine Riesenangst. War es Allie? Haare, Statur, Handschuhe, die Ausbeulungen an ihrem Körper, die ruckartigen Bewegungen – all das passte. Außerdem war Allie die Einzige, die gewusst hatte, dass wir irgendwo hier oben waren. Aber wenn es sich um Allie handelte, warum sprach sie dann nicht mit uns oder versuchte es zumindest?

Ich blickte über die Schulter, doch noch war der Lichtkegel hinter uns klein. Noch hatten wir Vorsprung.

»Wie geht es deinem Kopf? Und dem Fuß?«

»Beide pochen. Aber nur ein bisschen.«

Ich hoffte, dass das stimmte, und konzentrierte mich wieder aufs Rennen. Dadurch dass der Untergrund überall gewölbt war und es nicht eine einzige flache Stelle gab, waren wir gezwungen, exakt auf der Mitte der Röhren zu laufen. Spielte uns das in die Karten? Oder spielte die Wölbung für ein Exoskelett keine Rolle? Ich hatte keine Ahnung, aber für den Augenblick schien das Licht hinter uns weder zurückzufallen noch näher zu kommen.

Die Dunkelheit, die uns umfing, kam mir schon weniger dicht vor. Der Highway neben uns war tot, nichts als Wracks. Links von ihm befand sich ein Rastplatz mit einem kleinen Häuschen, wahrscheinlich einer Toilette, und aus der Finsternis schälten sich auch Bänke und Tische, doch nirgendwo war jemand zu sehen.

Als es zu dämmern anfing, stachen meine Seiten schon höllisch. Am Himmel waren mehr Wolken als in den letzten fünf Tagen zusammen, und um uns herum hauptsächlich Äcker und Felder. Vom Highway ging eine Straße ab, die zu einer Farm führte, aber Maschinen konnte ich keine ausmachen. Dafür bekamen wir nun mehr von der Person zu sehen, die uns verfolgte. Die Stirnlampe war noch an, aber jetzt, da es Tag wurde, blendete sie uns nicht mehr. Schulterlanges schwarzes Haar, weißgrauer Anzug, abgehackter Laufstil. Es musste Allie sein.

Es war Allie, mit jeder Minute erkannte ich mehr ihres Gesichts. Sie holte auf, denn natürlich wurden wir langsamer. Das heißt, ich wurde langsamer, Jarrett hätte wahrscheinlich noch schneller rennen können. Er blieb genau neben mir und wir tauschten auch immer wieder kurze Blicke, doch für mehr hatte ich weder Luft noch Speichel. Aus Jarretts Hosentasche ragte zwar der Hals der Wasserflasche, aber wir konnten nicht im Rennen trinken und Anhalten war keine Option, denn hinter uns dröhnte die Röhre von Allies stampfenden Schritten.

Warum hatte sie kein Wort zu uns gesagt? Warum rief sie uns auch jetzt nichts zu, wo sie doch ihre Arme genauso schwang wie wir und sich nicht den Mund zuhalten musste? In Stützpfeilern gerechnet, lag sie noch zwei hinter uns. In Metern, keine Ahnung, aber es wurden jede Minute weniger. Und ich rechnete jede Sekunde damit, dass meine Lungen platzten.

»Das hat keinen Zweck! Hier oben können wir sie nicht abschütteln! Bei der nächsten Plattform müssen wir runter!«

Ich nickte nur. Mehr gab es nicht zu sagen. Ich machte schlapp, Jarrett irgendwann sicher auch, Allie nicht. Wir brauchten einen Ort, an dem wir aus ihrem Sichtfeld verschwinden konnten.

Ich versuchte, meine Konzentration auf die Röhre zu richten und gleichzeitig die Gegend zu scannen. Links vom Highway ging das freie Feld in einiger Entfernung in ein Waldstück über, hinter dem schon die ersten Wolkenkratzer und Farmscraper zu erkennen waren. Rechts von der Röhre kam recht bald eine Wohnwagensiedlung in Sicht und weiter im Nordosten konnte ich die Umrisse des Flughafens ausmachen.

Jäh musste ich daran denken, wie ich in den SUV gestiegen war und lieber den Bordcomputer seine Ohiofakten abspulen lassen hatte, anstatt mich mit Jarrett zu unterhalten. Gott, was musste er damals von mir gedacht haben?

Wahrscheinlich das Gleiche wie ich: wie erbärmlich und peinlich ich mich verhalten hatte. Aber so war ich eben gewesen, vor fünfeinhalb Tagen, und dass ich mich jetzt anders fühlte, lag auch an Jarrett.

Gestern Abend hatten wir uns geküsst, uns gespürt und erkundet, ehe wir Arm in Arm eingeschlafen waren. Bei allem, was ich an der Apokalypse hasste – die vergangene Nacht tauchte diesen wahnwitzigen Trip in ein anderes, wärmeres und kribbelndes Licht. Und während ich jetzt keuchend zu Jarrett sah, betete ich, dass diese Nacht nicht unsere letzte gewesen war.

»Da! Eine Plattform!«

Ich sah sie auch, gar nicht mehr so viele Pfeiler vor uns. Gut, dann konnten wir endlich von der Röhre runter. Doch wo sollten wir hin?

»Hinter den Bäumen«, japste Jarrett, »müsste ein Fluss sein! Der Scioto River. Dort könnte Allie uns nicht auf die andere Seite folgen!«

Ja, sehr wahrscheinlich konnte sie tieferes Wasser mit ihrem Elektrodenanzug nicht durchqueren. Aber der Waldgürtel um den Fluss war noch ein ganzes Stück weg. Und Allie nur noch anderthalb Stützpfeiler hinter uns.

»Was ist damit?« Ich deutete auf die Wohnwagensiedlung östlich der Röhre. Sie war deutlich näher und dort wohnten sicher nicht gerade reiche Leute. Was hoffentlich keine oder kaum Roboter bedeuten würde. Und wie der Fluss boten auch die eng gereihten Wohnwagen eine Chance, Allie abzuschütteln.

»Okay, das könnte auch gehen!« Jarrett hängte mich ab, zum ersten Mal an diesem Tag und ganz bewusst, denn er wollte schon mal die Teleskopleiter nach unten treten. Für mich, wie mir klar war, denn er selbst wäre sicher auch von den höheren Sprossen gesprungen.

Er wartete auf der Plattform und während ich die Leiter runterstieg, rief er mir zu, unten gleich weiterzurennen. Ich gehorchte, schaute aber über die Schulter und sah, wie er von der Mitte der Leiter auf den Boden sprang. Er fing sich geschickt ab, doch dann hielt er sich den Kopf.

»Ist dir wieder schwindlig?«

»Nein, es geht schon«, behauptete er, nahm die Hand runter und rannte neben mir her. Ich musterte ihn, konnte aber nicht erkennen, ob das stimmte oder ob er mich nur beruhigen wollte, weil die harte Landung sein erschüttertes Gehirn in Wahrheit aufs Neue erschüttert hatte.

Hinter uns stieg Allie von der Leiter. Vor uns war ein Grünstreifen, der mit Büschen und Bäumen bepflanzt war und die Wohnwagensiedlung umgab. Wohnwagensiedlung – das klang neutral und wertungslos, was sich von der amerikanischen Entsprechung irgendwie nicht behaupten ließ. Trailer Park. Hoffnung hörte sich anders an.

Jarrett und ich preschten durch den Grünstreifen und fanden uns neben einer Art Lagerraum wieder. Von den davorstehenden Mülltonnen führte eine Blutspur in das Gebäude. Frisch war sie nicht, aber mir stellten sich trotzdem alle Armhärchen auf.

Dann der erste Wohnwagen, mehr Rost als Weiß. Der nächste war ebenfalls schon lange nicht mehr bewegt worden und halb mit einer Terrasse aus Paletten umbaut. Eine der Fensterscheiben war eingeschlagen, die Tür stand offen. Die anderen Wohnwagen um uns herum sahen unbeschädigt aus, aber nirgendwo ein Lebenszeichen. Versiffte Sessel. Ein leeres Planschbecken mit schlabbriger Hülle. Ein toter Hund, von Fliegen besiedelt. Vielleicht hätten wir nicht herkommen sollen, dachte ich, aber was zum Teufel hätten wir sonst tun sollen?

Die Wohnwagen standen ziemlich dicht und wir wechselten die Reihen, um aus Allies Blickfeld zu verschwinden. Was zu klappen schien – schon nach drei oder vier Reihen konnte ich sie nicht mehr hinter uns ausmachen. Aber galt das im Umkehrschluss auch für sie? Oder wusste sie noch immer, wo wir ungefähr sein mussten?

Wir drosselten unser Tempo, machten es wie die Wohnwagen und duckten uns in den Kies. Die Steinchen waren flach und abgerundet, worüber sich meine nackten Füße aufrichtig freuten. Ich rieb mein hämmerndes Herz, dann legte ich mich neben Jarrett auf den Boden. Unter unserem Wohnwagen konnte man durchsehen, aber viele andere Wohnwagen standen auf festen Sockeln oder waren mit irgendwelchem Zeugs verkleidet. Jedenfalls sahen wir nicht überallhin und nirgendwo sah ich das, worauf es ankam: Allies Füße. Wo steckte sie?

Ich hörte sie nicht. Aber das musste nichts heißen, denn es lag nicht überall Kies. An manchen Stellen gab es auch klägliche Reste von Gras, mitunter Asphalt. Ich fragte mich, ob jemand in einem Exoskelett schleichen konnte.

Mein Puls raste. Und raste. Und raste. Auf einmal nahm ich eine Bewegung wahr. Allie! Nein, ein Kind. Ein Junge, vielleicht so alt wie meine Schwester. Hinter einem Wohnwagenfenster, die Hand an der Gardine. Er sah uns an, mit ausdruckslosen Augen, dann wurde er weggezogen und die Gardine fiel vors Fenster zurück.

Ich schluckte hart. Ich hatte die Wohnwagensiedlung vorgeschlagen, weil ich gehofft hatte, Allie hier abzuschütteln. Aber ich hatte nicht einen Gedanken an die Menschen verloren, die hier ausharrten und sich versteckten. Ich hatte überhaupt nicht bedacht, dass wir eine Killerin zu ihnen führten. Allie war wegen uns hier, aber wenn sie den Jungen oder irgendjemand anderen entdeckte, würde der Chip in ihrem Kopf sie diese Person angreifen und töten lassen.

Jarrett bedeutete mir mit einer Handbewegung weiterzugehen. Er trug noch immer meine Sneakers an den Füßen und obwohl er langsam und vorsichtig ging, knirschte der Kies unter seinen Sohlen. Es war ein Fehler gewesen, nicht auf einem Grasstreifen anzuhalten, aber es war schwer, keine Fehler zu machen, wenn es um Leben und Tod ging.

Es fing zu regnen an. Vereinzelte, große Tropfen. Ein paar verirrten sich in das leere Planschbecken und prasselten auf das Gummi. Jarrett und ich schlichen über den knirschenden Kies auf einen fest angelegten Grillplatz zu, wo der Untergrund hauptsächlich aus Erde bestand. Hektisch blickte ich mich um. Keine Allie. Und zum Glück auch keine Gesichter an den Wohnwagenfenstern. Dafür endlich weicher Boden unter den Füßen. Aber auch am Grillplatz: Blut. Oder Ketchup. Verdammt viel altes Ketchup, aber ... na ja, theoretisch konnte es Ketchup sein.

Der Grillplatz war mit Ziegelsteinen umfasst und Jarrett hob einen losen auf. Dann fingen wir wieder an, schneller zu rennen, auf den nächsten Wohnwagen zu, der im Gras stand und unten freien Blick gewährte. Wir umrundeten ihn und pressten uns auf den Boden. Nirgendwo Füße, aber unser Wohnwagen war auch der einzige in diesem Bereich, unter dem man durchschauen konnte.

Ich schätzte, dass wir ungefähr in der Mitte der Siedlung waren, wo offensichtlich niemand an Aufbruch dachte. Für viele der Menschen hier war der Trailer Park augenscheinlich keine Zwischenlösung, sondern die Endstation. Hoffentlich nicht auch für Jarrett und mich.

Er legte den Ziegelstein aus der Hand und massierte sich die

Schläfe. Als er meinen besorgten Blick bemerkte, hauchte er: »Mir gehts gut.« Und dann lächelte er ein bisschen, sein Gesicht zog meines an und offenbar auch umgekehrt. Wir küssten uns. Eigentlich war es mehr eine flüchtige, hektische Berührung unserer aufgesprungenen Lippen als ein echter Kuss. Aber mehr gab die Situation nicht her und immerhin: Ich fühlte mich jetzt sicher, dass der vergangene Abend kein Strohfeuer gewesen war. Zumal da für einen Moment wieder dieser verschwommene Ausdruck in Jarretts Augen lag, aber dann verdrängten ihn aufs Neue Unruhe und Angst.

Und auf einmal war Allie hinter Jarrett. Ihr Mund war mit transparentem Klebeband zugeklebt, in der Hand hielt sie das Messer. Meine Reaktion ließ Jarrett herumfahren, aber in seiner Panik vergaß er den Ziegelstein, also hob ich ihn auf, schoss vom Boden hoch, und warf. Der Stein traf Allie an der Stirn, gerade als sie zustechen wollte. Zustechen *musste*. Sie hielt das Messer weiter in der Hand, aber sie wankte und Jarrett und ich stürzten davon.

Gras, Asphalt, wieder Gras. Panisch wechselten wir die Reihen, aber wir liefen nicht im Kreis, sondern behielten eine grobe Richtung bei. Vor uns war einer der Grünstreifen, hinter uns war niemand, jedenfalls niemand zu sehen, und wir hielten erst an, als wir an den Sträuchern vorbei hinter zwei Bäume sprangen. Ich presste mich seitlich an die Rinde, versuchte, meinen bebenden Oberkörper ruhig zu kriegen, und spähte ängstlich zum Trailer Park zurück.

Da war Allie, in der vorletzten Wohnwagenreihe. Aber sie kam nicht auf uns zu, sie entfernte sich eher. Hatte sie uns endlich aus den Augen verloren? Ich wagte es beinahe zu hoffen.

Jarrett holte die Wasserflasche aus seiner Hosentasche und schraubte den Deckel ab, was geräuschlos abging, wahrscheinlich weil nicht der kleinste Rest Kohlensäure übrig war. Er trank weniger als die Hälfte des lächerlichen Rests Wasser, warf einen vorsichtigen Blick um seinen Baum herum und gab mir zu verstehen, dass er mir die Flasche zuwerfen wollte. Ich ruderte panisch mit den Armen, aber er nickte und warf. Ich sah es schon kommen, dass ich die Flasche verdaddelte und damit einen Riesenlärm verursachte. Doch ich fing sie, zwar alles andere als elegant, aber egal.

Nach zwei Schlücken war sie leer. Ein Tropfen auf den heißen Stein, gerade genug, um die staubtrockenen Schleimhäute zu benetzen. Ich spitzelte um den Stamm herum, sah niemanden, und stellte die Flasche vorsichtig auf den Boden.

»Zum Glück hast du den Stein geworfen«, raunte Jarrett.

»Ja«, raunte ich zurück. »Was jetzt?«

Er zuckte unschlüssig mit den Schultern. »Lass uns noch einen Moment abwarten. Um sicherzugehen, dass sie uns zwischen den Wohnwagen sucht und nicht hier. Okay?«

Ich nickte und spähte wieder hinter dem Baum hervor. Keine Allie, nur Wohnwagen und ein paar vereinzelte Regentropfen, wie Fäden in der Luft. Jarrett fasste in seine Hosentasche und fischte den halben Payday heraus, gleich ohne Folie. Er riss den Rest durch, steckte sich ein Stück in den Mund und warf mir das andere zu. Ich fing es mit beiden Händen, kaute eine Weile darauf herum und würgte es dann runter. Mir war kein bisschen nach Essen zumute, aber ich brauchte jedes Joule Energie, das ich kriegen konnte.

Wir schauten wieder um unsere Stämme. Allie war nirgends zu sehen. Also nickten wir uns zu und schlichen von unseren Baumstämmen weg. Auf meinem Arm landete ein Tropfen, doch der Boden unter meinen Füßen war strohtrocken. Wahrscheinlich hatte er genauso viel Durst wie wir.

Vor uns ging es eine kleine Grasböschung nach unten, dann kam ein Stück Wiese und in einiger Entfernung eine Industriehalle. Inmitten des Trailer Parks hatte ich jede Orientierung verloren, doch jetzt kam es mir so vor, als ob wir die Siedlung auf der Columbus-Seite verlassen hatten. Was nicht unbedingt ideal war, aber hier waren wir nun mal.

Ich drehte den Kopf und mein Herz übersprang einen Schlag. Allie. Am Rand des Trailer Parks. Und sie hatte mich eindeutig gesehen.

Ich musste nichts sagen, damit Jarrett begriff. Wir stürmten die Böschung hinunter und auf die Wiese. Allie verfolgte uns und damit war alles beim Alten, außer dass wir jetzt nicht mehr auf der Röhre flohen, sondern auf dem freien Feld. Das Ganze hatte nur ein Gutes: Wenn Allie uns jagte, waren der Junge und die Menschen in den Wohnwagen fürs Erste sicher.

Die kurze Pause, die zwei Schluck Wasser und die zwei Zentimeter Erdnüsse gaben meinen Schritten vorläufig wieder mehr Pep. Solange wir über die Wiese liefen, konnten wir unseren Vorsprung halten, doch dann mussten wir eine Straße queren. Sie war frei von Wracks, aber an den Rändern lag eine Menge Schotter – spitz und fies. Ich versuchte, die Zähne zusammenzubeißen und das Tempo hochzuhalten, aber es gelang mir nicht. Obwohl ich schon eine ganze Weile ohne Schuhe lief, war ich immer noch ein Barfußweichei.

Allie holte auf, aber auf der anderen Seite der Straße ging es zum Glück wieder besser. Hier war Asphalt, der zu der Industriehalle gehörte, die ich garantiert nicht von innen sehen wollte, denn das Dach war voller Solarzellen. Wir rannten durch eine Schneise zwischen dem Gebäude und mehreren mit Metallresten gefüllten Containern, und als ich wieder einmal ängstlich den Kopf drehte und mich nach Allie umsah, trat ich in etwas.

Ich schrie und wäre das ein normaler Tag im dahinplätschernden Leben eines sorglosen Mädchens gewesen – ich hätte mich an Ort und Stelle auf den Boden sinken lassen. So versuchte ich weiterzurennen, was sich allerdings als unmöglich erwies. Es tat viel zu sehr weh, auch weil das Ding, in das ich getreten war, immer noch in meiner blutenden Fußsohle steckte. Ich nahm den Fuß hoch und erkannte, dass es ein scharfkantiges Metallteil war. *Abfall*. Während ich versuchte, das Gleichgewicht zu halten, zog Jarrett es heraus. Er warf es weg, ich setzte den Fuß auf und stöhnte vor Schmerz.

Ich humpelte mehr, als dass ich lief. Jedes Mal, wenn ich auftrat, durchzuckte der Schmerz aufs Neue meinen Fuß und sosehr ich zu kämpfen versuchte – ich schaffte es nicht mehr zu rennen. Jarretts panischer Blick flog von mir zu Allie und weiter zur Industriehalle neben uns.

»Da rein! Schnell!« Er warf sich meinen Arm um die Schulter und half mir, auf die offen stehende Tür zuzuhumpeln. Vielleicht konnten wir sie von innen verrammeln, doch mit was zusammen würden wir uns dann einsperren? Wir konnten nur hoffen, dass alle Roboter mittlerweile ausgeflogen waren.

Ich versuchte, den Schmerz auszublenden, und taumelte auf die offene Tür zu. Allie war schon auf dem Asphalt, so nah, dass ich die blutende Wunde an ihrer Stirn erkannte. Jarrett schob und zog mich vorwärts. Es war nötig, auch wenn es verflucht wehtat. Ich stürzte in die Halle, er schmiss die Tür zu. Die kein Schlüsselloch und keinen Schlüssel hatte. Wahrscheinlich ließ sie sich nur elektronisch verriegeln und damit waren wir am Arsch.

»Hilf mir!« Jarrett zerrte an einer neben der Tür stehenden Holzpalette, auf der irgendwelche Kartons gestapelt und mit Folie verschweißt waren. Das Teil war schwer, räudig schwer, aber zu zweit bekamen wir es hinter die Tür. Gerade noch rechtzeitig, denn schon krachte sie gegen das Holz der Palette. Sie bewegte sich, aber fürs Erste nur einen Fingerbreit.

Ich fuhr herum, um sicherzugehen, dass nicht auch schon von der anderen Seite Gefahr drohte. Mit einem hastigen Blick durchmaß ich die Halle, die im Wesentlichen aus einer Art Fertigungsstraße bestand: einem breiten und langen Korridor, auf beiden Seiten von Sockeln flankiert, von denen aus Roboter ihre Gelenkarme schwenkten. Normalerweise wohl um irgendwelche Metallteile zu bearbeiten. Jetzt sah es so aus, als ob sie uns drohten. Aber die Dinger waren fest mit ihren Sockeln verbunden und damit lief ihre Drohung ins Leere.

Die Tür krachte wieder gegen die Palette. Jarrett presste sich an die Kartons und drückte von innen dagegen, während er mit den Füßen die Schuhe abstreifte und sich die Socke vom Fuß riss.

»Zieh ihn an! Und die Schuhe auch! Schnell!« Der Spalt wurde größer, obwohl Jarrett dagegen drückte. »Und dann müssen wir weiter! Allie ist zu stark!«

Mit zittrigen Fingern versuchte ich, die Sneakersocke über meinen blutenden Fuß zu kriegen. »Ich kann dir helfen!«, stieß ich hervor, ohne Jarrett anzuschauen. »Zu zweit können wir die Tür vielleicht blockieren!«

»Nein! Es ist zwecklos!« Jarretts Stimme überschlug sich. Die Tür donnerte gegen die Palette. Der Spalt war kein Spalt mehr. »Wir haben keine Chance! Auch nicht zu zweit!«

Dieser verdammte Roboteranzug. Dieses verdammte Metallteil. Diese verdammte Apokalypse. Und diese beknackte Socke! Endlich hatte ich sie über dem Knöchel. Der weiße Stoff färbte sich schon rot, aber in Verbindung mit dem Schuh war sie der beste Druckverband, den ich auf die Schnelle kriegen konnte.

Hoffentlich half sie mir auch, wieder schneller zu laufen. Und hoffentlich war Jarretts Schnittwunde am Fuß schon so weit verheilt, dass er keine neuen Probleme bekam.

»Wohin?«, fragte ich, während ich in die Schuhe stieg, aber im Grunde kannte ich die Antwort schon. Am anderen Ende der Halle war eine Glaskabine. Ein Büro. Mit einem Fenster. Dazwischen waren die stationären Roboter. Sie konnten nicht zu uns, aber wir mussten an ihnen vorbei und damit waren die Drohgebärden ihrer Gelenkarme mit einem Mal alles andere als leer.

Jarrett sprang von den Kartons weg, nahm meine Hand und zog mich mit sich. Aufzutreten tat immer noch schweinemäßig weh, aber ein paar Prozentpunkte besser war es mit dezent gepolstertem Fuß. Und zumindest war meine Wunde jetzt vor weiteren Fremdkörpern geschützt. Doch vor den Gelenkarmen der Roboter schützte uns nichts und niemand.

Jarrett hatte den seitlichen Rand der Halle angesteuert, was ein guter Gedanke war, nur leider konnten sich die Roboter auf ihren Sockeln in jede Richtung drehen und die vorne an ihren Armteilen angebrachten Werkzeuge reichten beinahe bis zur Hallenwand. Theoretisch konnten wir unsere Rücken dagegen pressen und uns seitwärts vorbeizwängen, doch es gab auch Roboter, die blau glimmende Werkzeuge hielten, deren Hitze uns ziemlich sicher erwischen würde.

»Sobald sie auf mich losgehen, rennst du.«

Ehe ich auch nur den Mund zu einer Erwiderung aufmachen konnte, ließ Jarrett meine Hand los und sprintete auf die Mitte der Fertigungsstraße zu. Er war im Leichtathletikteam seiner Highschool und ich wusste, wie schnell er rennen konnte, wenn ich ihn nicht bremste, aber was er jetzt tun wollte, war Wahnsinn. Blanker Wahnsinn.

Mit angehaltenem Atem sah ich zu, wie die Roboterarme in seine Richtung rotierten. Die in der ersten Reihe hielten so etwas wie Schneidbrenner, doch ehe der für uns nähere herumfuhr, war Jarrett schon an ihm vorbei. In den beiden nächsten Gelenkarmen steckten Bohrer und einen Wimpernschlag lang glaubte ich schon, Jarrett würde mittig in sie hineinrennen, doch er schlug im letzten Moment einen Haken. Der bohrende Roboter rotierte herum, aber da war Jarrett schon wieder weg. Er täuschte an, zur Mitte durchbrechen zu wollen, und als der Sägeroboter in der nächsten Reihe seiner Bewegung folgte, machte Jarrett einen Satz zurück nach außen, tauchte unter dem von hinten kommenden Bohrer durch und rannte weiter.

Vielleicht hatte ich mich geirrt. Vielleicht war es doch nicht der blanke Wahnsinn, jedenfalls nicht für Jarrett, der die Fertigungsstraße wie einen Parcours aussehen ließ.

Aus den Augenwinkeln nahm ich eine Bewegung hinter mir wahr. Allie war in die Halle eingedrungen.

Endlich löste ich mich aus meiner Starre und rannte an der Wand entlang. Ich hatte viel zu lange gewartet, die Sensoren des vordersten Roboters erkannten nicht länger Jarrett als Ziel, sondern mich. Ich schaffte es noch, mich unter dem Schneidbrenner wegzuducken, aber da war schon der nächste Arm. Er gehörte dem Roboter mit dem Bohrer – einem Bohrer, der breiter als mein Daumen und länger als mein noch immer heftig schmerzender Fuß war. Doch der Bohrer ließ mich die Schmerzen vergessen, denn er rotierte Zentimeter vor meiner bebenden Brust. Ich drückte mich an die Hallenwand und so schnell ich konnte, schob ich mich an ihm vorbei.

Der nächste Roboter war der mit der Säge. Und ich durfte nicht nur nach vorne schauen, ich musste auch auf Allie achten, die es auf mich, das nähere und ungleich langsamere Ziel, abgesehen hatte. Aber auch sie musste erst einmal an den Robotern vorbei.

Dachte ich. Doch dann sah ich, dass die Gelenkarme sich nicht nach ihr streckten. Sie ignorierten sie einfach, wahrscheinlich weil der Chip in Allies Kopf irgendein Signal aussandte, das sie als Freund, nicht als Feind markierte. Ich wollte rennen, aber das wäre mein Todesurteil gewesen, denn schon so, mit dem Rücken an der Hallenwand, verfehlte die Robotersäge nur um Haaresbreite meine Brust. Zum wahrscheinlich ersten Mal in meinem Teenagerleben war ich froh, dass ich es nur mit großzügiger Auslegung auf Körbchengröße B brachte.

Aber das rettete mich nur vor der Metallsäge, nicht vor Allie und ihrem Messer. Wer mich rettete, war Jarrett. Er rannte zurück in die Fertigungsstraße, aus der er es eigentlich schon herausgeschafft hatte, und in der Hand trug er eine Frisbeescheibe aus Metall, vermutlich irgendein rund herausgesägtes Abfallprodukt. Er warf es jedenfalls wie eine Frisbeescheibe und zu meinem Glück war auch Frisbee eine Disziplin, die er beherrschte. Mit Aufwärtsdrall flog die Metallscheibe unter dem abgespreizten Roboterarm hindurch, traf Allie an der Nasenwurzel und wahrscheinlich auch an den Augen. Ich glaubte zu hören, wie sie unter dem Klebeband aufschrie.

Hastig schob ich mich am Sägeblatt vorbei. Mit dem Roboter, der mir jetzt am nächsten war, spielte Jarrett inzwischen Katz und Maus, also stürzte ich an der Wand entlang und aus der Fertigungsstraße.

Allie bückte sich gerade nach ihrem auf dem Boden liegenden Messer. Sie langte daneben und ich erkannte, dass ihre Augen blutunterlaufen waren. Auch von der Nase tropfte Blut.

Jarrett duckte sich unter einem Schweißkolben hindurch und war dann neben mir. In seinen Augen spiegelten sich meine

Empfindungen: Ungläubige Erleichterung, dass wir beide noch lebten. Entsetzen und Mitgefühl, weil wir Allies Gesicht misshandelten und verstümmelten, und sie einfach nicht aufhören konnte, uns zu jagen.

Auch jetzt nicht. Es war deutlich zu erkennen, dass sie Schwierigkeiten mit dem Sehen hatte, aber sie bewegte sich schon wieder auf uns zu. Also drehten wir ihr den Rücken zu und eilten in das kleine Büro. Die Schuhe wirkten keine Wunder, die Wunde an meinem Fuß schmerzte bei jedem Schritt, aber ich biss die Zähne zusammen und lief.

Das Fenster in dem kleinen Büro begann etwa auf Hüfthöhe und für einen Moment glaubte ich schon, dass Jarrett es eintreten wollte, aber dann erkannte er wohl, dass es einen Griff hatte, und öffnete es auf gewöhnliche Weise. Wir stiegen ins Freie und rannten weiter.

Es regnete, nein, es goss wie aus Kübeln. Zum ersten Mal, seit ich in Amerika war. Zum ersten Mal seit der Nacht, in der Jarrett das Bild seiner Pflegemutter ruiniert hatte. Und jetzt, da das ausgedörrte Land endlich den heiß ersehnten Regen bekam, waren wir zurück in der Stadt, aus der Jarrett geflohen war. Ich suchte seinen Blick. Der Tag war noch nicht alt und doch hatte Jarrett mir schon wieder das Leben gerettet. Und ich ihm wahrscheinlich auch, mit dem Ziegelstein, der im letzten Moment Allies Stirn getroffen hatte. Lange würde unser Tanz auf der Rasierklinge nicht mehr gut gehen. Lange konnte er nicht mehr gut gehen, dafür hatten wir das Schicksal schon entschieden zu oft herausfordern müssen. Aber wahrscheinlich würden wir es wieder tun müssen, denn uns blieb nichts anderes übrig, als weiter vor Allie wegzurennen.

Sie war ebenfalls aus dem Fenster geklettert und obwohl ihre Sehkraft womöglich beeinträchtigt war – das Exoskelett war es nicht. Der Chip ließ sie hinter uns herjagen und es gab keinen Zweifel, dass unser Vorsprung nicht lange halten würde.

Wir hasteten jetzt über einen Grünstreifen auf eine Reihe von rotbraunen Klinkerbauten zu. Meadows Outlet Mall stand auf einem hohen Schild – eine Art Outletcenter, dessen beste Zeiten allerdings wohl schon ein Weilchen zurücklagen. Die Blumenrabatten waren vertrocknet und die zwischen den Häusern gespannten Girlanden konnten nicht darüber hinwegtäuschen, dass jeder zweite Laden leer stand.

Hinter den niedrigen Klinkerbauten des Outletcenters schraubte sich ein Farmscraper in den wolkenverhangenen Himmel: ein Turm aus abgerundeten gläsernen Modulen, die wie flache Steine aufeinandergestapelt waren, dem Anschein nach schief und komplett unsymmetrisch. Es waren bestimmt fünfundzwanzig aufeinandergebaute Stockwerke, einige von ihnen mit Plattformen und Balkonen, auf denen sogar Bäume wuchsen. Drinnen, in den gläsernen Gewächshäusern, wurde wohl Gemüse für die Stadtbewohner angebaut. Doch während die Gurken und Tomaten in den letzten Tagen wahrscheinlich deutlich gewachsen waren, war die Zahl der Abnehmer im selben Zeitraum vermutlich drastisch geschrumpft.

Ich nahm meinen Blick von dem Farmscraper und heftete ihn auf das Outletcenter, dessen Ladenzeilen eine neue, bitter notwendige Chance boten, Allie ein für alle Mal abzuschütteln.

Wir rannten, so schnell es mein Fuß zuließ, bogen um ein Haus und schlugen gerade eine neue Richtung ein, als wir erkannten, dass wir auf einen Outletshop von Hyland Home Care zuhielten. Ein Teil des Schaufensters war zerbrochen und vor der offenen Tür lagen zwei menschliche Körper. Im Inneren des Ladens meinte ich, eine Bewegung wahrzunehmen.

Wir mussten schnellstens irgendwohin, denn auch Allie würde jeden Moment auftauchen. Doch wir brauchten ein Ziel, ein *Versteck*, das uns nicht noch näher an die Basis der Hyland-Würger führte. Mein Kopf zuckte fragend in Richtung des Shops, neben dem wir jäh angehalten hatten. Es war ein Outlet einer mir unbekannten Modemarke namens Llejk-Line. Die gläserne Tür stand offen und im Inneren des Ladens ein hüfthohes Jeansregal: eine Chance, Allie endlich aus den Augen zu verschwinden. Wenn wir schnell genug waren.

Jarrett nickte. Wir preschten über die Fußmatten am Eingang des Ladens und auf die andere Seite des Regals, auf dem oberkörperlose Schaufensterpuppen zeigten, wie gut ihnen die unterhalb bereitliegenden Jeans passten. Von draußen waren wir nicht zu sehen, da das Regal eine Rückwand besaß. Aber den Laden selbst durften wir natürlich nicht außer Acht lassen, denn ich wagte nicht zu hoffen, dass die Kunden bei Llejk-Line nur von Menschen bedient worden waren. Und außerdem hatte die Tür offen gestanden. Hier drin konnte alles Mögliche sein.

War es aber nicht, wie es schien. Von da, wo wir kauerten, konnte ich nichts und niemanden erkennen. Ich hörte auch nichts außer dem gedämpften Prasseln des Regens und dem lauten Wummern meines Herzens. *Ba-bomm. Ba-bomm. Ba-bomm.* Oder war da noch etwas? Leise Schritte? Draußen? Oder vielleicht auch schon drinnen im Laden? Ich war mir nicht sicher, aber Jarretts Augen weiteten sich und dann winkte er mich auch schon weiter. Geduckt schlichen wir weg vom Jeansregal, hinter dem Allie sicher als Erstes nachschauen würde, und auf mehrere Kleiderständer mit Männerhemden zu. Casual, nicht Business.

Wir schafften es zwischen die Ständer, ohne groß Lärm zu machen, und waren jetzt auf einer Seite von karierten Hemden und auf der anderen von karierten Overshirts flankiert.

Jarrett presste sich auf den Boden und spähte unter den Ständern durch: derselbe Trick wie in der Wohnwagensiedlung. Und schon dort hatte er nichts gebracht. Aber hier musste er eigentlich mehr Wirkung zeigen, denn es gab nur wenige Regale und viele Kleiderständer und unter allen konnte man durchschauen.

Ich lag neben Jarrett, spähte in Richtung Eingang und sah auf einmal Füße. *Ihre* Füße, gleich neben dem Jeansregal. Sie hatte also noch gesehen, dass wir in den Laden geflohen waren. Aber konnte sie uns auch jetzt sehen? Schwer zu sagen. Ihr Blickwinkel war ein ganz anderer als unserer und wir lagen nicht sichtbar unter den Hemden, sondern versetzt hinter ihnen. Sie waren alle gerade geschnitten, was, wie ich fand, Vorschrift für karierte Hemden sein sollte. Ein oder zwei Sekunden lang fragte ich mich, wie Jarrett wohl in einem aussehen würde, aber irgendwie konnte ich ihn mir gar nicht anders als in einem fliegenpapiergelben T-Shirt vorstellen.

War es normal, dass mir in einem derart bedrohlichen Moment derart triviale Gedanken durch den Kopf spukten? Vielleicht war es das, wenn die bedrohlichen Momente überhandnahmen. Vielleicht brauchte das menschliche Hirn dann zwischendurch einfach mal Entspannung.

Und Allie? War sie in der Lage, zumindest vorübergehend Ruhe und so etwas wie inneren Frieden zu finden? Oder war das unmöglich, wenn man zur Marionette geworden war und in einem fort Dinge tun musste, die man ums Verrecken nicht tun wollte?

Ihre Füße kamen näher, aber nicht direkt auf uns zu. Ein bloßer Trick, weil sie uns längst entdeckt hatte? Oder hatte sie uns lediglich in den Laden huschen sehen und suchte uns jetzt? Jedenfalls konnten wir nicht bleiben, wo wir waren. Denn wenn Allie ihren Kurs beibehielt, würde sie uns so oder so bemerken.

Es gab noch mehr Kleiderständer, noch mehr Deckung und wir huschten auf die nächste zu. Da, wo wir gelegen hatten, blieb ein nasser Fleck am Boden zurück. Scheiße, hinterließen auch meine Sneakers Spuren? Nein, es sah nicht so aus, vielleicht hatten die Fußmatten am Eingang uns in dieser Hinsicht gerettet. Gott, an was man alles denken musste in einer Apokalypse, die offenbar nicht enden wollte, ehe es mit Jarrett und mir zu Ende war.

Meine Nase nahm einen Geruch wahr. Süßlich, ein bisschen metallisch, widerlich und irgendwie unheilschwanger. Ich wollte nicht mehr schleichen und doch tat ich es. Ich hatte keine Ahnung, wo Allie war. Alles, was ich sah, waren Klamotten. Doch jetzt nahm ich sie nicht mehr wahr, mein Blick ging durch sie hindurch, denn die Angst hatte mich aufs Neue gepackt. Ich wollte, dass es vorbei war, aber auf die gute Art, nicht auf die, die dem Virus vorschwebte.

Vor uns war jetzt etwas anderes als Kleidung und Kleiderständer: eine Öffnung in der Ladenwand. Es ging ums Eck, wie es schien, zu Umkleiden, und Jarrett schlich auf sie zu. Vielleicht sah er sie als Chance, um ums von Allie abzunabeln. Doch genauso gut konnten die Kabinen auch eine Sackgasse bedeuten. Und zwar die letzte. Was Jarrett wahrscheinlich bewusst war, aber offenbar war er bereit, alles auf eine Karte zu setzen: Freiheit oder Entdeckung. Leben oder Tod.

Der süßlich-metallische Gestank wurde schlimmer und auf einmal wusste ich, was da so roch. Wir hatten den Tod gefunden. Noch war es nicht unser eigener, noch war es eine Fremde, die hier gestorben war. Wie es schien, in der hintersten der drei Kabinen. Aus dem Vorhang, der nicht bis zum Boden reichte, ragten ihre regungslos ausgestreckten Beine und Füße. Sie trug nur dünne weiße Socken, denn die Schuhe hatte sie vor ihrem Tod vermutlich ausgezogen, um in eine Jeans zu schlüpfen und zu schauen, ob sie ihr genauso gut passte wie den Schaufensterpuppen auf dem Regal.

Es war eine schwarze Jeans, genau wie meine. Und auch ihre Beine sahen wie meine aus: schlank, beinahe dürr. Die Beine eines Mädchens und es hätte mich kein bisschen gewundert, wenn sie sechzehn gewesen war und ihre Nächte im Metaverse verbracht hatte. Aber damit mussten die verdammten Parallelen auch aufhören, denn ich hatte nicht die geringste Lust, wie sie zu enden. Ich war noch nicht fertig, nicht mit meinem Leben und nicht mit Jarrett.

Stumme Tränen kullerten über meine Wangen, als ich ihm in die mittlere Kabine folgte. Sie war nur von dem schmalen Gang aus einzusehen, nicht vom Laden, und deshalb wagte Jarrett es wohl, den Vorhang vorzuziehen. Nicht ganz, aber genug, dass er uns von außen verbarg. Einen Moment lang sah Jarrett mich an und drückte meine zitternde Hand. Dann ließ er los und blickte gebannt zum Vorhang. Sein ganzer Körper war gespannt. Die hervortretenden Sehnen an seinen Armen sahen wie eine Kriegsbemalung aus.

Ja, er hoffte sicher darauf, dass Allie nicht in den Gang kommen würde. Aber wenn sie es doch tat, dann war er bereit, so viel wusste ich jetzt. Ich fragte mich, woher er die innere Stärke dazu nahm. Trug er sie in sich, weil er schon immer, schon als kleines Kind, hatte stark sein müssen? Oder wollte er einfach nur bis zum Schluss kämpfen? Für sich, seine Pflegeeltern, seine Mutter – und mich?

Da tauchte ein Schuh vor dem Vorhang auf. Zwei Schuhe. Zwei Füße, die liefen und sich jetzt in unsere Richtung drehten. Jarrett sprang. Durch den Vorhang, mitten auf Allie. Ich stürzte ihm nach, sah, wie er sie umriss und das Messer aus ihrer Hand fiel. Jarrett holte mit der Faust aus, doch dann zog er sie zurück, Zentimeter vor Allies Gesicht, dem mit Klebeband umwickelten Mund, der aufgeschlitzten Nase, der blutverschmierten Stirn und den blutunterlaufenen Augen.

Ruckartig erhob er sich, sprang über die Arme, die ihn greifen mussten, wich den Beinen aus, die nach ihm treten mussten, und kickte das Messer weg. Und dann rannten wir aus der Umkleide, durch den Laden und auf den Ausgang an der Hinterseite zu. Wir mussten an der Kasse vorbei und hinter der Theke kam ein Android hervor. Der Krach hatte ihn wohl aus dem Standbymodus gerissen, in den er sich irgendwann versetzt haben musste, nachdem er das Mädchen in der Umkleide getötet hatte. Ich wusste nicht, wie – ob er sie mit einem Schal erwürgt oder mit einer Kleiderschere erstochen hatte. Aber sie war tot und dafür hasste ich den verdammten Androiden.

Er war nicht mit Kunststoff verkleidet, und da, wo sich bei Menschen die Augen befanden, waren auch keine rot glühenden Leuchtdioden, sondern Sensoren, die wie Augen aussahen. Und er lief auch wie ein Mensch, trug Schuhe, Jeans, Hemd und ein Gesicht, das dem eines Menschen nachempfunden war, mit Haaren, die vielleicht sogar einmal einem Menschen gehört hatten. Aber er war kein Mensch, er war nur ein Luxusandroid, und wenn ich einen Baseballschläger oder eine Holzlatte in den Händen gehalten hätte, ich hätte ihm seinen verdrahteten Schädel vom Rumpf geschlagen. Oder es zumindest versucht.

So konnte ich nicht viel tun, außer einen Kleiderständer auf ihn zu kippen, was ihn aufhielt, aber nicht umwarf.

Mein Fuß tat fürchterlich weh, aber der Schmerz in meiner Brust war schlimmer. Ich hatte nur die Beine des toten Mädchens gesehen, aber irgendwas hatten sie mit mir gemacht, genau wie Allies verstümmeltes Gesicht und ihre verletzten, verzweifelten und flehenden Augen. Ich brauchte mich nicht umzudrehen, um zu wissen, dass sie inzwischen aufgestanden und wieder hinter uns her war, genau wie der Mörder dieses Mädchens, das einfach nur nach einer Jeans gesucht hatte, in der sie sich hübsch fand. Es war so banal und doch so nachvollziehbar und auch deshalb sah ich mich selbst in diesem Mädchen, das seit Tagen in einer Umkleide lag und so fürchterlich stank.

Randvoll mit Schmerz, Zorn und Adrenalin rannte ich neben Jarrett ins Freie. Die Fußgängerzone runter war ein Hyland-Roboter. Noch hatte er uns nicht bemerkt und das musste auch so bleiben, damit wir nicht schlagartig die ganze Horde an der Backe hatten. Also flohen wir in den nächsten Laden. Ein Restaurant, neben dessen offener Tür ein Aufsteller stand, der darauf hinwies, dass man hier noch persönlich bedient wurde.

Drinnen gab es mehrere Reihen hoher, rot gepolsterter Bänke, was das Restaurant wie einen Diner aussehen ließ. Auf den Tischen standen Ständer mit Papierservietten, Ketchup und Senf in Plastikflaschen. Es stank nach Tod. Am Boden zwischen der ersten und der zweiten Reihe lag die persönliche Bedienung, eine Frau mittleren Alters, die über Rock und Bluse eine nicht mehr weiße Schürze trug. Drei Sitzecken entfernt war ein grauhaariger Mann auf eine Polsterbank gekippt, in seiner Brust steckte ein Messergriff.

Mir wurde schlecht, aber der Tod dieser beiden Menschen machte mich nicht so betroffen wie der des Mädchens in der Umkleide. Vielleicht weil sie nicht wie ich aussahen, zu alt waren und als persönliche Projektionsfläche nicht taugten. Oder aber weil ich schon abstumpfte.

Wir duckten uns hinter leere Polsterbänke und spähten nach draußen. Waren wir im Restaurant verschwunden, ehe Allie das Bekleidungsgeschäft verlassen hatte? Waren wir nicht, sie rannte genau auf uns zu. Der Luxusandroide war unmittelbar hinter ihr.

»Durch die Küche!« Jarrett hielt auf die Tür im hinteren Bereich des Restaurants zu. Das mit persönlicher Bedienung, aber nicht mit einem menschlichen Küchenchef geworben hatte. Und durch die Schwingtür polterten wir exakt auf Bones' Zwillingsbrüder zu. Entweder hatten sie sich neu bewaffnet, nachdem sie die Bedienung und den einzigen Gast massakriert hatten, oder sie waren es noch immer, jedenfalls hielt jeder von ihnen ein Messer in der Kunststoffpranke. Ihre Sensoren konnten nicht die besten sein, denn sie wurden erst jetzt wach und noch während ihre Augen aufleuchteten, trat Jarrett dem näheren von ihnen unten gegen den Rumpf.

Der Android trudelte rückwärts und stieß gegen eine Arbeitsplatte. Der andere rollte von der Seite auf mich zu. Ich war neben einem Herd, langte nach einem Topf und schmiss ihn, doch obwohl ich traf, hielt das den Androiden nicht auf. Wir sprangen auf den Herd, Jarrett mit den Knien voraus, ich mit dem Hintern. Ehe der Android nach mir stechen konnte, zog ich die Beine hoch und sprang auf der anderen Seite wieder auf den Boden, genau wie Jarrett. Ich bekam eine Pfanne zu greifen und benutzte sie als Schild, denn der erste Androide war wieder im Angriffsmodus und stach nach mir.

Der Stahl seines Messers kratzte über den Boden der Pfanne, dann trat Jarrett ihm mit voller Wucht von hinten gegen den Torso. Der Android rumpelte in seinen Kumpel und wir rannten auf die Hintertür zu. Wir stürmten in eine Art Hinterhof und geistesgegenwärtig zog Jarrett eine Containertonne vor den Ausgang, um unsere Verfolger ein wenig aufzuhalten.

Wir rannten in die schmale Gasse auf der anderen Seite des Hofes, zwischen zwei Gebäuden hindurch, die das diesseitige

Ende der Mall bildeten. Vor uns lag ein verwaister Parkplatz. Aus der Ferne waren leise Schüsse zu hören. Es klang nach Maschinengewehrsalven.

»Sind das Soldaten?«

»Wahrscheinlich«, keuchte Jarrett.

Als wir von der Sunoco-Tankstelle zur Shetler-Farm gelaufen waren, hatte er mir erzählt, dass es nördlich von Columbus einen Militärstützpunkt gab. Aber wir waren am südlichen Ende der Stadt und es sah nicht danach aus, als wären die Soldaten in den vergangenen Tagen schon bis hierhin vorgestoßen.

Es ging jetzt einige Stufen nach oben. Die Schnittverletzung an meinem Fuß brannte und ich spürte sie bei jedem Schritt. Jarrett war barfuß und machte nicht den Eindruck, dass ihn etwas behinderte, sei es seine eigene Fußverletzung oder sein Kopf. Aber war das wirklich so oder konnte er es nur überspielen?

Im Grunde hatte ich nicht die geringste Ahnung, wie es ihm ging. Mittlerweile musste es fast schon Mittag sein, aber wir hatten seit dem Morgengrauen so gut wie kein Wort miteinander gesprochen. Entweder hatten wir uns versteckt und ich hatte keinen Muckser machen dürfen oder wir waren gerannt und ich hatte keine Luft zum Reden gehabt, so wie jetzt.

Aber ich wollte etwas sagen, unbedingt, also ließ ich meine Augen sprechen. Jarrett bemerkte es, sah zu mir rüber und nahm meine Hand. Wir waren ein wenig langsamer, wenn wir auf diese Weise rannten, aber es war mir egal und ihm offenbar auch. Bis er über die Schulter blickte und losließ.

»Die Androiden sind weg! Aber Allie …«

Ließ sich natürlich nicht abschütteln. Um das zu wissen, brauchte ich mich nicht umzudrehen. Und ich brauchte auch nicht zu wissen, wie dicht genau sie hinter uns lag, denn was änderte das noch? Ich wollte überleben, unbedingt und vor allem mit Jarrett. Aber Wille allein genügte nicht. Ich hatte kaum noch Luft, kaum noch Kraft, Allie hingegen ging beides nicht aus. Gut, irgendwann würde kein Strom mehr durch die Elektroden ihres Exoskeletts fließen, aber für mich würde dieser Moment zu spät kommen, denn ich war *jetzt* am Ende und nicht erst irgendwann.

Jarrett merkte es. »Wir müssen irgendwohin, wo sie uns nichts tun kann!«

Ja, klar. Nur wo sollte das sein? Hier war nirgendwo eine Leiter, auf die wir steigen und die wir dann wegtreten konnten. Nirgendwo ein Bunker, in dem wir uns einschließen konnten. Keine Soldaten, die uns beschützten, oder eine von Wasser umtoste Insel, auf die Allie uns nicht folgen konnte. Hier war nur Stadt. Straßen. Dünne Bäumchen. Wohnblocks. Der Farmscraper. *Der Farmscraper* ... Ich war schon in einem gewesen. Und auch wenn er nicht wie dieser aus gläsernen Steinen gestapelte Turm ausgesehen hatte – das Prinzip musste dasselbe sein.

Es war ein Schulausflug gewesen, Ende der siebten Klasse. Meine Mitschüler hatten so gut wie kein Wort mit mir gesprochen, und verunsichert und allein war ich ihnen hinterhergedackelt, durch die endlosen vertikalen Gewächshäuser und über gefühlt alle freiliegenden Plattformen.

Der Farmscraper vor uns war noch größer. Er sah regelrecht labyrinthisch aus und wenn niemand seine Stromversorgung unterbunden hatte, besaß er sicher auch einen funktionierenden Aufzug. Den wir benutzen konnten, um Allie abzuhängen. Und außer dem Aufzug gab es dort auch Balkone und Plattformen, die mit Bäumen bepflanzt waren, die nicht dünn, sondern stattlich waren. So stattlich, dass man auf sie hinaufklettern konnte. Und war Klettern nicht so ziemlich das Einzige, worin wir besser waren als Androiden, Roboter und Menschen in Exoskeletten?

Klettern war nicht das, wofür die meisten Maschinen gemacht waren. Und deshalb war dieser gläserne Turm womöglich unsere beste Chance zu überleben, bis das Militär endlich in die südlichen Viertel von Columbus vordrang.

Der Turm
Hannah

Ich pfiff auf dem letzten Loch, versuchte durchzuhalten und mich abzulenken von meinem pochenden Fuß, meinen platzenden Lungen und der ewigen Bedrohung hinter uns. Ich rannte mit in den Nacken gelegtem Kopf, schaute hinauf zum Turm. Es waren so viele Stockwerke. So viele gläserne und wie Steine aufeinandergestapelte Etagen.

Auf der obersten war ein Kran und ungefähr jede dritte hatte eine Außenplattform, auf der sich Windräder drehten, Bäume wuchsen und Wasser gesammelt wurde.

Ganz unten bestand die Fassade aus dreieckigen, grün schimmernden Paneelen, in denen Algen in flachen Wassertanks schwammen und Sauerstoff und Strom erzeugten. Jarrett und ich rannten an ihnen vorbei in den Turm. Im Erdgeschoss des Farmscrapers waren ein großes Aufbereitungsbecken, eine Wand, die aus nicht ganz so viel Glas bestand wie der Rest des Turms und davor Treppen und ein Aufzug. Nein, zwei Aufzüge nebeneinander. Die Türen waren aus Glas, Panzerglas vermutlich. Die Tasten leuchteten, die Aufzüge hatten Strom. Wenn die Anzeige stimmte, war einer im 15. Stock, der andere im ersten, nur eine Etage über uns.

Jarrett hämmerte auf die Taste. Auf der Anzeige erschien ein

Pfeil, der nach unten zeigte. Der Aufzug fuhr. Zu uns ins Erdgeschoss, wo Allie bereits auf uns zurannte.

Pling. Der Aufzug ist da. Endlich. Die Tür geht auf, wir stürzen hinein und Jarrett prügelt auf die oberste Taste. *31* steht auf ihr, womit klar ist, dass der Farmscraper 31 Etagen hat. Aber es passiert nichts, obwohl Jarrett die Taste regelrecht misshandelt. Währenddessen sprintet Allie auf uns zu. Sie hat keine Waffe mehr in der Hand, aber sie braucht auch keine.

Mir fällt auf einmal der Kran ein, oben auf dem Dach, in der 31. Etage. Aus Sicherheitsgründen braucht man wahrscheinlich eine Keycard, um dorthin fahren zu können, denn neben den Tasten ist auch ein Sensorfeld. Die 31 ist nicht die Lösung. Also drücke ich auf die 30. Die Taste leuchtet, die Glastür fängt an, sich zu schließen. Allie macht einen Satz vorwärts. Der Chip in ihrem Kopf ist wild entschlossen, noch eine Hand vor die Tür zu kriegen und den Schließvorgang zu unterbrechen. Mir stockt das Blut in den Adern. Jarrett strafft seinen ganzen Körper. Alles läuft in Zeitlupe, vor allem die Tür. Aber dann ist sie zu und Allies Elektrodenhandschuh nicht *in* der Tür, sondern davor. Auf der anderen Seite. Sie muss die Faust ballen und aufs Panzerglas schlagen. Aber ich schaue nicht auf ihre Hand, sondern auf das, was Jarrett und ich mit ihrem Gesicht gemacht haben. All die Verletzungen und Wunden sind unser Werk.

Der Aufzug fährt nach oben. Wird Allie den anderen nehmen? Ich schätze schon, auch wenn sie dafür warten muss, bis er vom fünfzehnten Stock nach unten ins Erdgeschoss gefahren ist. Aber selbst sie, die in einem Roboteranzug steckt, ist dann immer noch schneller, als wenn sie die Treppen nimmt.

Die Aufzugkabine ist an zwei Seiten aus Glas und durch die

gläsernen Wände sehe ich Regale voller Gemüse. Durch die gläsernen Außenfassaden des Farmscrapers sehe ich grüne Plattformen und die darunterliegende graue Stadt. Allie hat durch die gläserne Tür gesehen, dass wir ins 30. Stockwerk fahren. Was nicht gut ist, aber vielleicht können wir sie austricksen und auch noch auf Taste 22 oder so drücken und dort schon aussteigen.

Ich weihe Jarrett in meine Überlegungen ein und er nickt und drückt auf Taste 22. Das Täuschungsmanöver wird nur klappen, wenn Allie dann nicht mehr unten im Erdgeschoss unsere Anzeige verfolgt. Aber einen Versuch ist es wert, meint er und ich meine dasselbe.

Ich bemerke die Kamera über unseren Köpfen, zeige sie Jarrett und frage ihn, ob er glaubt, dass es hier Sicherheitsandroiden gibt.

Er sagt: Ja, schon möglich. Aber dass sie hoffentlich nicht mehr vor den Überwachungsbildschirmen sitzen. Und dass sie sich hoffentlich nicht ausgerechnet in dem Stockwerk aufhalten, in dem wir gleich aussteigen werden.

Und dann hält unsere Glaskabine an. Auf der Anzeige über der Tür steht 22. Laut der Zeitanzeige neben den Tasten ist es 13.37 Uhr. Es macht *pling* und die Tür öffnet sich. Wir steigen aus und während sich die Tür wieder schließt, blicken wir aufgeregt auf die Anzeige von Allies Aufzug. Sie ist im sechsten Stock. Jetzt im siebten. Jetzt im achten … Und damit ist klar, dass sie nicht mehr vor der Anzeige im Erdgeschoss steht und nicht weiß, dass wir schon im 22. und nicht erst im 30. Stockwerk ausgestiegen sind. Wohin unser Aufzug jetzt wieder unterwegs ist – allerdings ohne uns. Das sieht gut aus, endlich mal. Jarrett und ich nicken uns zu, dann sehen wir uns hastig um.

Hier, im Inneren einer der gläsernen Etagen, merkt man nicht, dass von außen alle Stockwerke wie durchsichtige, aufeinandergestapelte Steine aussehen. Hier sieht man nur Regale, die dreimal so hoch sind wie wir und in denen alles Mögliche an Gemüse wächst. Aber ich bin heilfroh, dass ich nur Gemüse sehe und keine Androiden. Und deshalb keimt in mir, der nicht gläsernen und völlig vertrockneten Hannah Pöltl, ein zartes Pflänzchen der Hoffnung.

Allies Aufzug ist inzwischen im 16. Stock und Jarrett erinnert sich daran, dass die Kabine eine Glastüre hat, weshalb Allie uns sehen wird, wenn wir hier weiter Wurzeln schlagen. Also eilen wir auf die Regale zu und positionieren uns so, dass wir vom Aufzugschacht aus nicht zu sehen sind. Irgendwann halten wir es nicht mehr aus, spitzeln zwischen den Salatblättern durch und erkennen, dass der Aufzug gerade im 26. Stock ist und weiter nach oben fährt. Das Pflänzchen in mir sprießt und Jarrett und ich strahlen uns an.

Aber auch wir sollten wohl weiter, und zwar zur nächsten frei liegenden Plattform, auf der Bäume wachsen. Im 22. Stock gibt es keine, aber wir können durch die Glasfassade sehen, dass sich gleich unter uns eine befindet. Wir rennen die ersten Stufen hinunter, bis ich Jarretts Arm berühre und den Zeigefinger an den Mund lege, denn mir fällt ein, dass Allie auch schon im Treppenhaus sein kann, acht Etagen über uns. Also schleichen wir nach unten und spähen nach oben, aber von Allie ist nichts zu sehen, was hoffentlich heißt, dass sie uns hinter Regalen im 30. Stock sucht und nicht im Treppenhaus – wo es weitere Kameras gibt, weshalb mein leerer Magen sich etwas zusammenzieht und das Pflänzchen in mir sich weigert zu wachsen.

Wir schaffen es ziemlich lautlos in die 21. Gewächshausetage, in der ich keine Kameras entdecke. Was nicht heißen muss, dass es keine gibt, aber … Vielleicht gibt es keine.

Vorsichtig gehen wir durch die Regalreihen. Es scheint niemand da zu sein. Niemand außer uns und Tausenden von Tomaten. Unbehelligt erreichen wir den Ausgang zur Plattform. Es hat aufgehört zu regnen, doch die Windräder drehen sich und der Wind zupft auch spürbar an mir, schließlich sind wir draußen und verdammt weit oben. Doch das Wetter ist nicht wichtig, es geht darum, dass wir auf einen dieser Bäume klettern und dort oben bleiben, bis alles vorbei ist.

Wir suchen uns einen Baum, der nicht ganz am Rand der Plattform wächst, damit ich im Falle des Fallens nur auf die Plattform falle und nicht 21 Stockwerke in die Tiefe. Wie schon bei der Hyperlooproehre macht Jarrett eine Räuberleiter. Ich steige auf seine ineinandergefalteten Handflächen und ziehe mich auf den untersten Ast. Ich habe nicht den blassesten Schimmer, was das für ein Baum ist, aber er hat keine stupsigen Nadeln, sondern Blätter und hält sogar den Wind ab. Das Pflänzchen der Hoffnung, das ich in mir trage, legt einen kräftigen Wachstumsschub hin.

Auch Jarrett ist jetzt auf dem Baum und wir steigen höher und noch ein bisschen höher. Die Äste sind stark, aber wir können nicht nebeneinandersitzen, eigentlich können wir überhaupt nicht sitzen, wir stehen eher im Baum und lehnen uns an, aber das ist okay, solange wir es unbemerkt und unbehelligt tun können.

»Siehst du drinnen jemand?«, sagt Jarrett leise.

Ich schüttle den Kopf. »Siehst du hier draußen Kameras?«

»Nein. Was denkst du, wo Allie ist?«

»Ich weiß es nicht«, sage ich.

Was ich währenddessen denke, ist: Der Turm hat 31 Stockwerke, theoretisch kann sie überall sein. Aber ob sie auch überall nach uns sucht? Systematisch? Etage für Etage? Plattform für

Plattform? Wenn ja, kommt sie früher oder später zu uns und versucht, auf den Baum zu klettern, und dann müssen wir sie treten und treten und treten. Bis wir nicht mehr können, bis sie nicht mehr aufsteht oder bis die Soldaten kommen und sie vor unseren Augen erschießen.

Aber so muss es nicht laufen, denn der Turm hat 31 Stockwerke. Nicht nur Allie kann theoretisch überall sein, sondern auch Jarrett und ich. Um uns zu entdecken, muss Allie auf die Plattform kommen oder sich in einem Stockwerk über uns die Nase an der Scheibe platt drücken. Es ist nicht ausgeschlossen, dass sie eines von beidem tut. Aber zwangsläufig oder unausweichlich ist es auch nicht und deshalb sage ich zu Jarrett: »Was auch immer Allie tut … Hier, auf diesem Baum, haben wir zumindest eine Chance.«

Er nickt und sagt: »Wie lange ist es her, dass du zum letzten Mal auf einen Baum gestiegen bist?«

Ich überlege und sage: »Vielleicht fünf oder sechs Jahre.«

Ich will schon sagen: Und bei dir?, aber dann fällt mir etwas ein, was Jarrett zu Beginn unseres apokalyptischen Trips erzählt hat. Also frage ich ihn nicht, wann er das *letzte* Mal auf einen Baum gestiegen ist, sondern ob das *erste* Mal mit seinem ersten Besuch im Wald zusammengefallen ist. Als er zehn gewesen ist und Desmond und Jazmine ihn mitgenommen haben.

Er lächelt leise. »Das hast du dir gemerkt?«

Ich nicke und sein Lächeln wächst, sein Blick bekommt diesen verschwommenen Ausdruck. Er beugt sich vor, hält sich mit einer Hand am Ast fest und küsst mich. Ich küsse ihn zurück und vergrabe meine Finger in seinen Haaren, spüre das Kribbeln, das meinen ganzen Körper erfasst. Im Eifer des Gefechts rutscht sein nackter Fuß vom nassen Ast, Jarrett landet auf mir und wir lachen ein bisschen, weil wir uns scheinbar nur an den unmöglichsten Orten küssen können, auf Hyperlooproöhren und auf Bäumen. Und dann sortieren wir uns neu und versuchen es noch mal, in einer anderen Position, und zuerst lassen wir es ruhig angehen, aber es bleibt nicht ruhig und diesmal bin ich es, die rutscht und auf ihn fällt. Diesmal lachen wir nicht, wir machen einfach weiter, denn alles, was zählt, sind unsere tanzenden Zungen und wandernden Hände. Sie kommen nicht überallhin, wo sie gern hinmöchten, weil Äste, Rinde und Kleidung im Weg sind, doch es gibt auch erreichbare Stellen und sie fühlen sich gut und aufregend an. So aufregend, dass ich zwar merke, dass da ein Geräusch über uns ist, aber ich will mich nicht darum kümmern, ich will weitermachen, weiter und weiter.

Und das tue ich, bis sich irgendwo in meinem bis in die Zehenspitzen kribbelnden Körper die Vernunft regt. Und in Jarrett anscheinend auch, denn wir lassen gleichzeitig voneinander ab und schauen in Richtung des viel zu lauten Geräuschs über uns. Ich begreife nicht, was ich da sehe, aber was auch immer es ist – es kommt wie an der Schnur gezogen auf uns zu. Und das schnell.

Jarrett windet sich unter mir heraus und springt auf die Plattform. Ich sehe, wie er sich den Kopf hält, frage, ob alles in Ordnung ist, und klettere währenddessen auf einen niedrigeren Ast. Ich bekomme keine Antwort, aber Jarrett streckt die Hand zu mir hoch und ich nehme sie, springe zu ihm runter und schaue panisch nach oben, zu dem immer lauter werdenden Geräusch und dem immer größer werdenden Körper.

Es ist ein Roboter, der in einer Art Gurt steckt und sich an einem Stahlseil hängend abseilt. Ich weiß nicht, ob er eigentlich damit beauftragt ist, Fenster zu putzen oder Bäume zu schneiden, aber jetzt will er wohl weder das eine noch das andere tun, denn seine Augensensoren leuchten apokalyptisch rot. Er drückt an einer Art Steuerkonsole herum, die an seinem Gurt befestigt ist, und da bewegt sich das Seil zur Seite. Es sieht aus, als ob es an dem Kran hängt, der sich zehn Stockwerke über uns befindet und dessen Arm ebenfalls zur Seite schwenkt.

Das Ding manövriert sich an der Baumkrone vorbei. Es hat beinahe den Boden erreicht und Jarrett ist anzumerken, dass er überlegt, ob er es angreifen soll. Aber das Ding sieht stabil aus, weshalb es wohl wenig bringt, es mit Tritten und Schlägen zu bearbeiten. Jarrett kommt zum selben Schluss, wir tauschen einen schnellen Blick und rennen zurück ins Innere des Turms. Ich könnte heulen, weil uns einfach keine Ruhe vergönnt ist und keine Zeit für uns allein. Immerzu müssen wir Angst haben, immerzu müssen wir rennen oder uns verstecken.

Wir kauern uns hinter eines der Regale, spähen zwischen den Tomaten nach draußen zum Roboter, der noch in seinem Gurt steckt. Er hat Beine, er kann theoretisch reinkommen, aber wird er es tun?

Ich frage Jarrett, doch er weiß es genauso wenig wie ich. Wir starren auf die Anzeige bei den Aufzügen. Der Aufzug, den Allie benutzt hat, ist immer noch im 30. Stockwerk. Der, den wir benutzt haben und der dann ohne uns weiter nach oben gefahren ist, ist nicht mehr im 30. Stock. Er fährt nach unten, gerade ist er in der 27. Etage, jetzt in der 26. und jetzt nimmt Jarrett meine Hand und wir stürzen an den Regalen, an der gläsernen Aufzugtüre und an der Anzeige vorbei, auf der jetzt 23 steht. Wir flüchten in einen toten Winkel vor dem Treppenhaus und harren dort einen Moment lang aus, doch es macht nicht *pling*. Der Aufzug ist ans uns vorbeigefahren.

Leise gehen wir die Treppen nach unten. Mein Herzschlag dröhnt mir in den Ohren. Mit einem Mal gibt es so viele Unwägbarkeiten. Wir wissen nicht, was der Roboter auf der Plattform tut. Ob er in seinem Gurt bleibt oder ob er sich abschnallt und reinkommt. Wir wissen nicht, wo Allie ist. Wir wissen nicht, wohin der Aufzug fährt und ob jemand mit ihm nach unten fährt oder ob jemand ihn gerufen hat, um zu uns hochzufahren. Wir wissen gar nichts und was vielleicht das Schlimmste ist: Ich weiß nicht, wo wir noch hinsollen, wenn wir nicht einmal auf Bäumen sicher sind. Ist da ein Pflänzchen der Hoffnung in mir gewachsen? Vorübergehend ja, aber jetzt ist es eingegangen, vertrocknet und tot.

Noch zwei Stufen, dann sind wir im 20. Stock. Hören kann ich nichts außer meinen einigermaßen leisen Schritten und meinem furchtbar laut hämmernden Herz.

»Sollen wir schauen, wo die Aufzüge gerade sind?«, wispere ich.

Jarrett nickt und wir schleichen zur Anzeige. Der eine Aufzug ist nach wie vor in der 30. Etage. Der andere ist im 15. Stock. Er fährt nicht mehr. Er hat angehalten. Wir stehen da und starren und rätseln.

»Glaubst du, Allie ist mit ihm gefahren?«, raunt Jarrett.

»Ich weiß nicht«, antworte ich leise. Aber ich weiß noch, dass der Aufzug im 15. Stock war, als wir den Farmscraper betreten haben. Der Turm hat 31 Etagen, aber einen fünfzehnkommafünften Stock gibt es nicht und deshalb sind der 15. und der 16. Stock die beiden Etagen, von denen man es in beide Richtungen gleich weit hat, nach oben und nach unten. Und ist die schnelle Erreichbarkeit aller Stockwerke nicht ein wichtiges Kriterium, wenn es um den Standort von so etwas wie einer Kommandozentrale geht? Einer Kommandozentrale für …

»Sicherheitsandroiden!«, stoße ich aus. Sie haben den Aufzug gerufen, vielleicht weil sie mit dem im Gurt steckenden Roboter gekoppelt sind, der sie durch ein Signal alarmiert und dadurch schlussendlich geweckt hat. Das Entscheidende ist: Sie kommen. Der Aufzug fährt. Nach oben. Wahrscheinlich zu uns.

Hilfe suchend schaue ich zu Jarrett. Wir haben keine Zeit, um den anderen Aufzug zu rufen. Wenn wir fliehen wollen, dann nur durchs Treppenhaus. Aber da sind Kameras und es steht zu befürchten, dass die Sicherheitsandroiden einen von ihnen in der Zentrale zurückgelassen haben, der die Bildschirme verfolgt und seine Kollegen mit Informationen versorgt. Vielleicht ist das auch gar nicht nötig, vielleicht wissen die Androiden in wachem Zustand auch so Bescheid, wann immer die Kameras Menschen erfassen. Hier, in diesem Stockwerk, inmitten der Gewächshausregale, scheint es keine Kameras zu geben. Ich sehe jedenfalls noch immer keine. Und Jarrett auch nicht. Er schaut mich an.

»Verstecken wir uns? Hier?«

Ich kann nicht sprechen, die Angst schnürt mir die Kehle zu. Aber wir müssen eine Entscheidung treffen und deshalb nicke ich. Ich bin nicht froh über diese Entscheidung. Es ist keine gute, ich spüre es, aber ich weiß auch keine bessere und wir haben verdammt noch mal keine Zeit.

Wir rennen vom Aufzug und vom Treppenhaus weg, tauchen in die unzähligen Reihen von Gewächshausregalen ein. In dieser Etage werden Gurken angebaut. Nein, wahrscheinlich sind es Zucchini, sie wachsen übereinander, acht oder neun oder zehn Reihen in jedem Regal. Manche ihrer Stängel stoßen von unten gegen die Metallböden, auf denen die nächsten Tröge mit den nächsten Pflanzen stehen. Sie tragen alle Früchte, dicke grüne und gelbe Zucchini. Und sie haben auch große grüne Blätter, aber es sind nicht genug, um uns zuverlässig vor Blicken zu verbergen.

Wir schleichen, damit uns nicht auch noch die Geräusche unserer Schritte verraten. In meinem Rücken macht es leise *pling*. Die Aufzugtür öffnet sich.

Schritte. Die Androiden schleichen nicht. Jarrett hält an und deutet nach oben. Er will auf das Regal klettern, was an und für sich nicht die schlechteste Idee ist, weil die Androiden wohl nicht dort oben nach uns suchen. Aber zuerst müssen wir da hochkommen. Und zwar lautlos.

Wir versuchen es, fangen an hinaufzusteigen. Die Stabilität des Regals ist nicht das Problem, es ist massiv und muss unzählige Tröge mit einer Menge Erde und Zucchini tragen, da kommt es auf Jarrett und mich wohl nicht an. Der Abstand der Metallböden ist ebenfalls nicht das Problem, meine Beine sind lang genug und auch meine Finger finden Halt. Das Problem ist, dass ein unsichtbares Gewicht auf meine Brust drückt, und zwar so fest, dass ich kaum noch atmen kann. Das Problem ist, dass ich zwar lautlos sein will, aber es nicht bin. Und das größte Problem ist, dass ich die Androiden schon sehe.

Es sind zwei und sie sind bewaffnet. Sie halten Pistolen in den Händen. Klobige, seltsame Pistolen. Die Androiden nähern sich, aber anscheinend haben sie uns noch nicht bemerkt, denn sie rennen nicht, sie schießen nicht und sie schauen auch nicht nach oben. Noch nicht.

Was jetzt? Ich suche Jarretts Blick. Er ist gleich neben mir, uns fehlen vielleicht noch zwei oder drei Metallböden bis ganz oben. Er klettert weiter, also klettere ich auch weiter. Meine Knie und mein ganzer Körper wackeln.

Die Androiden sind nur noch eine Regalreihe entfernt. Sie sehen aus wie das Modell, das wir auf dem Supermarktparkplatz in Hatford Dale gesehen haben und das laut Jarrett vielleicht nur mit einer Elektroschockpistole bewaffnet gewesen ist. Wahrscheinlich sind die klobigen Dinger in den Händen dieser

Typen also auch nur Elektroschockpistolen, aber was heißt nur. Wenn sie uns damit treffen, fließt Strom durch unsere Körper und dann sind wir bewegungsunfähig, fallen auf den Boden und die Androiden können uns ohne Widerstand den Rest geben. Jarrett ist jetzt ganz oben auf den Trögen. Ich noch nicht. Ich habe zu viel Angst, Geräusche zu verursachen, und kralle mich mit bebenden Fingern an den obersten Metallboden. Die Androiden schauen noch immer nicht zu mir hoch. Aber jetzt kommen sie in unsere Reihe. Mein Herzschlag erfüllt den ganzen Raum.

Jarrett streckt mir eine Hand entgegen, doch ich kann sie nicht nehmen. Ich zittere zu sehr und wenn ich das Metall loslasse, falle ich, ehe ich seine Hand zu greifen bekomme. Er kniet direkt über mir auf dem Rand eines Troges, gleich neben riesigen Zucchini. Ich will zu ihm, aber ich kann nicht, ich muss hier hängen und darauf hoffen, dass ich mich so lange halte, bis die Androiden verschwunden sind. Vielleicht begreift das auch Jarrett, denn jetzt nimmt er die Hand weg und legt sie an den Trog neben dem, auf dem er kniet.

Unter mir nähern sich die Androiden. Sie laufen hintereinander und der vordere von ihnen ist schon beinahe unter mir. Ich schlottere vor Angst und das Regal schlottert mit mir. Der Zwischenboden vibriert und klappert, die Androiden schauen nach oben. Ihre Augen sind rot. Sie reißen ihre klobigen Pistolen hoch und da weiß ich, dass ich gleich auf den Boden fallen werde. Und Jarrett auch.

Doch da fällt schon etwas anderes, direkt neben mir. Es ist ein Trog, in dem riesige Zucchini wachsen, und er kracht auf die Androiden und begräbt sie unter sich. Jarrett hat es irgendwie geschafft, ihn über den Rand des Regals zu bugsieren und mich zum siebenhundertvierundfünfzigsten Mal zu retten.

Vorläufig, denn die Androiden versuchen bereits, sich unter dem Trog zu befreien.

»Geh aus dem Weg, Hannah!« Jarrett schwingt seine Beine eine Regaletage tiefer und tritt mit den nackten Füßen von hinten gegen einen weiteren Pflanztrog – den, vor dem ich immer noch hänge. Ich hangle mich zur Seite, Jarrett stöhnt vor Anstrengung. Aber er schafft es, der nächste Trog fällt und landet genau auf den sich aufbäumenden Androiden. Sie sind nicht tot oder so und deshalb springe ich neben sie, um zu verhindern, dass sie die Waffen erreichen, die ihnen aus den Kunststofffingern gefallen sind.

Ich lande mehr auf Ellenbogen und Knien als auf Händen und Füßen. Aber für Schmerz ist keine Zeit. Ich hebe die erste Waffe auf, von der anderen trennen mich die Androiden. Einer von ihnen grapscht schon nach mir.

»Vorsicht!«, schreit Jarrett, der mich, wie ich merke, nicht vor dem Androiden warnen will, sondern vor einem weiteren Trog, den er nach unten stößt. Wieder trifft er und nun sieht es so aus, als kämen die Androiden so schnell nicht mehr hoch. Ich weiche ihren Armen aus, bücke mich nach der zweiten Waffe und springe außer Reichweite.

Jarrett springt vom Regal. »Hauen wir ab!« Er fasst sich an den Kopf, aber auch für Fragen ist keine Zeit. Die Tröge werden die Androiden nicht ewig aufhalten. Und außerdem waren wir nicht gerade leise. Wir müssen hier weg und deshalb rennen wir zurück in Richtung Treppenhaus. Wir rennen nebeneinander, ich halte Jarrett eine Pistole hin und nach kurzem Zögern nimmt er sie. Offensichtlich ist es auch für ihn das erste Mal.

Unsere Blicke fliegen zur Anzeige bei den Aufzügen. Der eine ist nach wie vor im 30. Stockwerk. Der andere noch da, wo die Androiden ausgestiegen sind: bei uns, in der 20. Etage. Jarrett sieht mich an. Meine Hoffnungen auf den Farmscraper haben sich zerschlagen. Ich weiß nicht, wo wir noch hinkönnen, aber dieser gläserne Turm ist nicht die Lösung. Und deshalb hämmere ich auf die Taste.

Es macht *pling* und die Glastür geht auf. Aber da ist noch ein anderes Geräusch. Im Treppenhaus. Schritte. Schnelle Schritte. Wir stürzen in den Aufzug.

»Erdgeschoss!«, schreie ich panisch und Jarrett drischt auf die Taste fürs Erdgeschoss – denke ich, doch im letzten Moment hält er inne. Sein Finger verharrt Millimeter vor der Taste. Seine Augen suchen meine.

»Wenn im 15. noch mehr Sicherheitsandroiden sind – dann werden sie den Aufzug stoppen!«

Scheiße, daran habe ich nicht gedacht. Aber was sollen wir sonst tun? Nach oben fahren? Davon kriegen die Androiden auch Wind, wegen der Kamera in der Kabine.

»Hannah! Wohin?!«

Die Schritte im Treppenhaus werden lauter. Sie sind nah, schnell und stampfend.

Ich will auf die Taste fürs Erdgeschoss dreschen. Aber Jarrett hat die Schritte auch gehört und wahrscheinlich denkt er dasselbe wie ich und deshalb klatscht meine Hand auf seine und seine auf die Taste.

Die Glastür fängt an zuzugehen. Sie bewegt sich auch dieses Mal wie in Zeitlupe und da schießt Allie um die Ecke und kriegt die Finger in den Spalt, der gerade noch so breit ist wie ihre in einem Handschuh steckende Hand. Mein Herz setzt einen Schlag lang aus, die Panzerglastür öffnet sich wieder. Ich will zurückweichen, Jarrett will die Waffe heben und schießen, aber Allie packt ihn am Gelenk und reißt ihm den Arm zur Seite. Ihre andere Hand umschließt meine und ehe Jarrett reagieren kann, tritt Allie ihm zwischen die Beine. Er krümmt sich vor Schmerz, sie hat eine Hand frei und rammt sie mir zur Faust geballt in den Magen. Mir bleibt die Luft weg, meine Pistole entgleitet mir und Allie packt mich und schleudert mich gegen die Rückwand der Kabine. Jarrett landet krachend neben mir und während wir versuchen hochzukommen, hat Allie unsere beiden Pistolen aufgehoben und richtet sie auf uns.

Sie sagt nichts. Sie kann nichts sagen, denn sie hat sich das transparente Klebeband mehrfach um Mund und Nacken wickeln müssen. Aber ich sehe, was sie denkt. Sie denkt, dass es ihr leidtut, das hier und wahrscheinlich alles, und im selben Moment betätigt sie die Abzüge.

The End, my Friend
Hannah

Ich sehe nicht, wie die Projektile aus den Pistolen schießen, dafür sind sie viel zu schnell. Aber ich spüre, wie es in meiner Brust einschlägt und ich unter Strom gesetzt werde.

Als Kind habe ich einmal in eine Steckdose gefasst, doch das hier ist tausendmal schlimmer. Der Strom lässt meine Muskeln zucken und ich kann nichts dagegen tun, ich habe keine Kontrolle mehr über meinen Körper. Alles, was ich spüre, ist Schmerz.

Nach ein paar Sekunden lässt er nach und ich sehe die Drähte, die sich von meinem Körper zur Pistole spannen und von Jarretts Körper zur anderen. Wir versuchen, uns beide zu rühren, aber da betätigt Allie erneut den Abzug und eine neue Welle des Schmerzes durchfährt mich. Wieder lässt der Strom mich wild zucken. Wieder verliere ich die Kontrolle über meine Muskeln.

Und Allie macht weiter. Sie betätigt noch einmal den Abzug, sie *muss* noch einmal den Abzug betätigen und abermals jagen Strom und Schmerz durch meinen Körper. Das Zucken hört nach ein paar Sekunden auf, aber regen kann ich mich nicht. Und Jarrett sich offenbar auch nicht. Er ist genau neben mir, aber Allie hat zu viel Strom in uns gepumpt, ich schaffe es nicht mal, den Kopf zu drehen. Ich bin gelähmt. Wir sind beide gelähmt, genau wie Allie, die deshalb einen Roboteranzug trägt und einen Chip im Gehirn hat. Und noch etwas eint uns drei: Keiner von uns kann seinen Körper mehr kontrollieren.

Vor dem Aufzug stehen Androiden. Sie haben sich befreit, denke ich, aber dann sehe ich die Anzeige über der Tür und begreife, dass wir nach unten gefahren sind, auch wenn ich es nicht gemerkt habe. Wir sind im 15. Stock und die Androiden vor dem Aufzug sind baugleich zu denen, die Jarrett unter Trögen begraben hat. Und jetzt fahren wir weiter, die Glastür schließt sich wieder, die Androiden bleiben zurück. Sie überlassen es Allie, es zu Ende zu bringen. Beziehungsweise: Sie überlassen es dem Chip in ihrem Kopf, es Allie zu Ende bringen zu lassen.

Laut Anzeige ist es 15.22 Uhr. Wir durchfahren das 13. Stockwerk. Ich bin immer noch gelähmt und Jarrett auch. Allie kommt auf uns zu und die Pistolen darf sie jetzt wegwerfen. Aber aufhören darf sie nicht. Sie sieht schlimm aus, ihr Gesicht ist ein Schlachtfeld und am schlimmsten ist es um ihre Augen bestellt. Aber so schwer sie auch verletzt sind: Tränen können sie noch produzieren. Ich kann sie glitzern sehen, als Allie sich zu uns runterbeugt und ihre Hände sich um unsere Hälse schließen.

Ihre Finger drücken zu und obwohl ich gelähmt bin – dass ich keine Luft mehr bekomme, spüre ich. Und wie ich es spüre. Verzweifelt ringe ich nach Atem, aber ich finde keinen. Ich versuche, mich aus Allies Griff zu befreien, aber ich kann keinen Finger rühren. Und ich kann mich noch nicht einmal zu Jarrett drehen und ihn ein letztes Mal ansehen.

Aber vielleicht ist es auch besser so, denn bestimmt sind wir beide kein schöner Anblick, jetzt, da wir qualvoll ersticken. Ich hoffe nicht auf ein Wunder, ich hoffe, dass es schnell vorbei ist. Ich hoffe es für Jarrett, für mich und auch für Allie.

Es dauert, bis ich nichts mehr von ihr sehe. Es dauert, bis meine Welt schwarz wird. Aber es passiert und ich bin froh darüber. Ich weiß weder, in welchem Stockwerk ich sterbe, noch zu welcher Uhrzeit. Aber darauf kommt es nicht an, wichtiger ist, was ich getan habe, bevor ich jetzt sterbe. Ich habe alles versucht. Ich habe gekämpft. Gelitten. Gelebt. Und geliebt.

Bis zum Schluss.

Bis jetzt.

Noch immer.

So unwirklich es mir vorkommt – es ist noch nicht vorbei. Röchelnd kriege ich wieder Luft, das Schwarz bekommt Risse. Erst kleine, dann große. Meine Lungen füllen sich. Das Schwarz bricht auf, Farbe und Formen kehren zurück. Ich kann mich noch immer nicht rühren, aber ich kann Jarrett neben mir erkennen. Ich höre ihn atmen. Und ich sehe Allie, die ihre Hände anstarrt. Ungläubig bewegt sie die Finger, die noch immer in Elektrodenhandschuhen stecken, aber sich nicht mehr um unsere Hälse schließen. Und nicht weniger ungläubig sehe ich ihr zu. Erst bewegt sie einzelne Finger, langsam und abgehackt. Dann mehrere, schneller und runder. Und schließlich bewegt sie alle.

Sie sieht mich an, mit blutunterlaufenen, geweiteten Augen. Danach geht ihr Blick zu Jarrett und auf einmal fängt sie an, sich das Klebeband vom Mund zu reißen, Lage um Lage. Ich schaue zu, wie sich ihre Hand um ihren Kopf dreht, wie der durchsichtige Streifen, den sie zwischen den Fingern hält, länger wird, wie er sich auf ihrem Schoß kringelt und wie ihr Mund endlich wieder frei ist.

Zuerst hebt sich die Oberlippe nur ein winziges Stück von der Unterlippe, aber mit einem Mal klafft ihr Mund auf. Sie bewegt die Kiefer, ich sehe ihre Zähne, ihre Zunge, und dann spricht sie. »Ich ...« Mehr sagt sie nicht. Vielleicht weil sie nicht weiß, was sie sagen soll und wie sie es sagen soll, nachdem sie so lange schweigen musste. Oder weil sie das alles nicht glauben kann. Was ich gut verstehe, denn mir geht es genauso.

Die Finger ihrer Hand nähern sich meinem Gesicht, die ihrer anderen gleiten auf Jarrett zu. Aber sie würgt uns nicht, sie streicht uns mit ihren Handschuhen übers Haar und dann beugt sie sich noch weiter vor und küsst uns auf die Stirn, erst Jarrett und dann mich.

Als sich ihr Gesicht wieder von mir wegbewegt, rinnen Tränen über ihre Wangen. Doch sie lächelt, zum ersten Mal, seit wir ihr begegnet sind. Und dann sagt sie leise: »Es ist vorbei. Es ist endlich vorbei.«

Laut der Anzeige über der Tür waren wir im Erdgeschoss. Laut der Anzeige neben den Tasten war es 15.28 Uhr und so unglaublich mir das auch vorkam: Ich lebte.

Ich konnte mich sogar wieder regen. Der Strom hatte mich nicht dauerhaft gelähmt, meine Muskeln waren nicht irreparabel geschädigt, so wie die von Allie. Ich wusste nicht, ob ich schon aufstehen konnte, aber zwischen Allie und Jarrett hin und her schauen und etwas sagen, das konnte ich.

»Wie hast du die Kontrolle zurückerlangt?«

»Einfach ... so«, sagte Allie. »Ich habe den Chip in meinem

Kopf nicht niedergerungen. Und er ist auch nicht defekt. Er funktioniert. Er funktioniert wieder so, wie er eigentlich funktionieren sollte. Er wandelt das, was ich denke, in Impulse für die Elektroden um.«

»Also gibt es endlich eine Softwarelösung?! Auch für die Maschinen?« Jarrett versuchte, sich aufzurichten. In seiner Brust steckten zwei Projektile, die über Drähte mit der Pistole verbunden waren, genau wie bei mir. Es mussten wohl zwei sein, damit sich der Stromkreislauf schließt.

»Ich nehme an, dass sie eine Lösung gefunden haben«, sagte Allie. »Es muss fast so sein.« Und dann warnte sie Jarrett, weil sie ihm das erste Projektil herausziehen wollte.

Er stöhnte leise, als sie es tat, aber das Projektil war nicht groß und obwohl es einen fiesen Widerhaken hatte, konnte es sich nicht tief ins Fleisch gebohrt haben, denn da war nur wenig Blut.

Allie befreite ihn von dem zweiten Projektil und beugte sich dann über mich. »Die Dinger gehören verboten«, sagte sie und zog den Widerhaken heraus. Mir entfuhr ein Laut, obwohl ich die Zähne zusammenbiss. Ich presste sie noch fester aufeinander und wappnete mich fürs zweite Mal. Erneut tat es weh, aber dann hatte ich es überstanden. Auch auf meinem T-Shirt war kaum Blut.

Allie sagte, wie leid ihr alles tat und dass sie hoffte, dass wir keine gesundheitlichen Schäden davontrugen. Was die Stromschläge anging, war ich zuversichtlich, da die Lähmung mehr und mehr von mir abfiel. Aber ich hatte immer noch Angst, dass Jarrett eine Gehirnerschütterung haben könnte, die er bis jetzt nicht hatte auskurieren können. Aber das sagte ich nicht in Allies Gegenwart, denn ich wollte nicht, dass sie sich noch schuldiger fühlte, als sie es ohnehin schon tat.

Jarrett entschuldigte sich dafür, dass auch wir sie hatten verletzen müssen, wieder und wieder. Aber Allie winkte ab und sagte, dass das keine Rolle spiele.

»Was habt ihr jetzt vor?«, fragte sie.

Ich schaute zu Jarrett und sah, wie er schluckte. Wir waren in Columbus und wenn der Wahnsinn wirklich ein Ende haben sollte, dann war es klar, was wir jetzt taten. Und deshalb nickte ich ihm ermutigend zu und er erzählte Allie kurz, wohin wir jetzt gehen würden. Sie nickte und dann streckte sie uns die Hände hin und half uns aufzustehen.

»Kommst du mit uns?«, fragte Jarrett.

Allie wirkte überrascht und gerührt, dass er sie das fragte, nach allem, was wir wegen ihr hatten durchmachen müssen. Aber ich war nicht überrascht, denn ich wusste, dass Jarrett genauso dachte wie ich: Es war nicht Allies Schuld, dass sie uns gejagt, auf uns geschossen und uns gewürgt hatte. Und wir wussten beide, wie sehr sie sich dafür hasste.

»Nein«, sagte sie und drückte unsere Hände. »Ich komme nicht mit euch. Aber ich wünsche euch alles Gute. Von Herzen.«

»Und was hast *du* vor?«, fragte ich und konnte meine Anspannung nicht verbergen, denn ich erinnerte mich genau an Allies flehentliche Worte am Fluss.

»Nichts, weswegen ihr euch Sorgen machen müsstet«, sagte sie und geleitete uns an ihr vorbei aus dem Aufzug.

»Aber … warum steigst du dann nicht aus?«

»Vom 30. Stock aus sieht die Welt so friedlich aus«, sagte sie und drückte auf die Taste.

»Allie«, sagte ich und machte einen Schritt zurück zum Aufzug. Aber sie schüttelte den Kopf und Jarrett packte mich sachte am Arm und hielt mich fest. Die Glastür schloss sich und der Aufzug fuhr los. Ich sah noch, wie Allie uns winkte, dann war sie weg. Für immer, wenn wir nichts unternahmen.

»Wir müssen den anderen Aufzug holen und ihr nachfahren!«

»Nein«, sagte Jarrett. »Das würde sie nicht wollen.«

»Aber sie wird springen!« Ich sprach es nicht wie eine Frage aus und es war auch keine.

»Es ist ihre Entscheidung«, sagte Jarrett leise. »Und sie hat sie vielleicht schon an dem Tag getroffen, an dem sie ihren Mann töten musste. Das hier im Aufzug war ihr Abschied, Hannah. Noch einen würde sie nicht wollen.«

Ich schätzte, dass das stimmte, aber es machte das, was gleich passieren würde, nicht weniger schrecklich. Ich verschränkte meine Finger mit denen von Jarrett und schließlich traten wir vom Aufzug weg und liefen auf den Ausgang zu. Wenn wir nichts ändern konnten, dann wollte ich wenigstens verschwunden sein, bevor Allie auf dem Asphalt aufschlug.

Wir waren beide noch ein wenig wacklig auf den Beinen, aber die Stromschläge schienen nichts dauerhaft kaputt gemacht zu haben. Wir liefen an den schimmernden Algentanks vorbei und für einen Moment erschrak ich, denn auf der Straße sah ich den Androiden aus dem Bekleidungsladen. Aber er griff uns nicht an, er stand einfach da und sah aus, als ob er sich verlaufen hätte.

Ich wusste nicht, wie ich mir diesen Moment vorgestellt hatte. Diesen Moment, in dem es endlich vorbei war. Wahrscheinlich hatte ich gedacht, dass ich ausgelassen sein würde und glücklich und froh, aber in diesem Augenblick war da kein Glück und keine Freude in mir und noch nicht einmal richtige Erleichterung. Ich musste an Allie denken, die jeden Moment springen würde oder es schon getan hatte. Und ich dachte auch an den Mann, der schuld daran war, dass sie all diese schrecklichen Dinge hatte tun müssen und nun keinen anderen Ausweg sah. Ich glaubte nicht, dass Caleb so etwas gewollt hatte. Aber es war trotzdem passiert –

und es ging nicht nur um Allie, sondern auch um die unzähligen Menschen, die hatten sterben müssen, weil Caleb die Überlebenden auf den rechten Weg hatte bringen wollen.

Jarrett und ich liefen tiefer in die Stadt. Wir kamen an Häusern vorbei, deren Türen offen standen und aus denen derselbe Geruch strömte wie aus der Umkleide in der Mall. Und wir rochen den Tod nicht nur, wir begegneten ihm auch. Auf den Straßen, auf Gehwegen und Grünstreifen. An allen möglichen und unmöglichen Orten lagen Leichen und obwohl wir einen Bogen um sie machten und ich es nicht wagte, in ihre Gesichter zu blicken, ließ es mich nicht kalt.

Ich stellte fest, dass ich doch noch nicht abgestumpft war und Jarrett auch nicht und deshalb redeten wir kaum, bis wir an den ersten erschossenen Androiden und Robotern vorbeikamen. Genau wie die toten Menschen lagen auch sie auf der Straße, auf Gehwegen und Grünstreifen, aber im Unterschied zu den Menschen machten wir um sie keinen Bogen und so sah ich, dass manche von ihnen regelrecht von Kugeln durchlöchert worden waren.

Und dann begegneten wir den ersten Soldaten. Sie waren schwer bewaffnet und schwer gepanzert, aber eigentlich waren es junge Kerle, nur ein paar Jahre älter als wir. Sie wirkten überrascht, uns zu sehen, und ich konnte es ihnen nicht verdenken, denn außer uns und ihnen waren nur Tote auf den Straßen.

»He, ihr da!«, sagte einer von ihnen, der sich aus der Gruppe löste und auf uns zukam, ein Maschinengewehr in den Händen. »Ihr solltet nicht hier draußen sein.«

»Aber … ist es denn nicht vorbei?«, sagte Jarrett verwirrt.

»Hoffentlich schon. Doch bis wir das sicher wissen, bleibt ihr besser zu Hause«, sagte der junge Soldat nicht unfreundlich. »Die Regierung hat noch keine Entwarnung gegeben.«

»Okay. Also genau genommen sind wir auf dem Weg nach Hause. Meine Eltern leben zwei Viertel weiter«, sagte Jarrett und mir fiel auf, dass er von seinen Eltern sprach, nicht von seinen Pflegeeltern.

Der Soldat schaute auf Jarretts nackte Füße. »Und wo kommt ihr her?«

»Wir waren in der Nähe von Hatford Dale, als es losging. Und später auf einer Farm etwas nördlich davon. Und deshalb müssen wir auch dringend eine Aussage machen.«

»Hatford Dale?« Ich sah, wie der Soldat unter dem Helm die Stirn runzelte. »Und was für eine Aussage?«

»Ich weiß, Sie sind nicht die Polizei –«, setzte Jarrett an, doch da unterbrach ihn der Soldat schon.

»Nein, sind wir nicht«, sagte er, »und davon abgesehen haben in den letzten Tagen vermutlich eine Menge Leute eine Menge Sachen gemacht, die man eigentlich nicht tun sollte. Also, was auch immer ihr für einen Gesetzesverstoß bemerkt habt, ich denke nicht, dass in einer Ausnahmesituation wie –«

»Nein, so etwas ist es nicht«, unterbrach ich jetzt ihn, »es geht nicht darum, dass jemand irgendwo eingebrochen ist und Lebensmittel gestohlen hat.« Was genau die Verbrechen waren, die Jarrett und ich begangen hatten, aber in Anbetracht der Umstände waren das für mich keine Verbrechen und das war wahrscheinlich auch das, was der Soldat hatte sagen wollen. »Was wir aussagen wollen … *müssen*«, verbesserte ich mich, »ist wirklich wichtig. Oder weiß die Regierung inzwischen, wer hinter alldem steckt?«

An der Reaktion des jungen Soldaten sah ich, dass sie es nicht wusste. Aber das ließ sich ändern und deshalb erzählten wir ihm unsere Geschichte. Und danach erzählten wir sie seinen Kameraden, ihrem Vorgesetzten und über Funk schließlich dessen

Vorgesetztem. Ich rechnete schon damit, dass wir sie auch noch dem Gouverneur von Ohio und der Präsidentin von Amerika erzählen mussten, aber so weit kam es dann doch nicht, denn der Vorgesetzte vom Vorgesetzten kündigte an, dass sie der Sache nachgehen würden, und das schnell. Ich war mir nicht sicher, ob er uns wirklich glaubte oder ob er sich nur nichts nachsagen lassen wollte, aber im Grunde war das egal. Wichtig war allein, dass seinen Worten Taten folgten und dass Caleb und Ravi am Ende bezahlten.

Zwei der Soldaten eskortierten uns in das Viertel, in dem Jarretts Pflegeeltern lebten. Zu Fuß, denn funktionierende Autos waren in Ohio Mangelware geworden. Obwohl es eine ganze Weile gedauert hatte, unsere Geschichte allen zu erzählen, hatte die Regierung noch immer keine Entwarnung gegeben, was mich ein wenig irritierte. Auf den Straßen waren so gut wie keine Menschen und die paar Versprengten, die aus ihren Löchern gekrochen waren, wurden von den Soldaten gleich wieder dorthin zurückgescheucht.

Jarrett war angespannt, was ich gut verstehen konnte. Ich war es auch, denn obwohl ich Jazmine und Desmond nur von seinen Erzählungen kannte, hatte auch ich Angst, dass sie tot waren. Ich wünschte mir, dass sie lebten, damit Jarrett wieder bei ihnen leben konnte. Dass er sich mit ihnen aussprach und versöhnte, anstatt dass er um sie trauern musste und vielleicht ewig mit sich haderte. Ich wollte, dass er glücklich war und dafür mussten Desmond und Jazmine leben. Und hoffentlich auch seine leibliche Mutter, doch so weit waren wir noch nicht. Jetzt standen wir erst einmal vor dem Haus, in dem Jarrett mit offenen Armen aufgenommen worden war und aus dem er vor gut einer Woche zornentbrannt geflohen war. Ich war mir sicher, dass seine Pflegeeltern ihm längst verziehen hatten und ihn abermals mit offenen Armen willkommen heißen würden, aber dazu, und das war der springende Punkt, mussten sie leben.

Wir näherten uns dem Haus und ich konnte die schwarze Bitumenfarbe sehen, die Jarrett und Desmond unten auf die Außenwände gepinselt hatten. Es war still, so still wie im Rest von Columbus, und die Haustür stand offen, kein gutes Zeichen. Die Soldaten fragten, ob sie mit reinkommen sollten, aber Jarrett schüttelte den Kopf.

»Und ich?«, sagte ich.

»Möchtest du lieber draußen bleiben?«, fragte er leise.

»Nein«, sagte ich und nahm seine schwitzige Hand. Wir betraten das Haus, aber Jarrett rief nicht nach seinen Pflegeeltern, vielleicht weil er vor Sorge keinen Ton rauskriegte oder weil er Angst hatte, dass er keine Antwort bekommen würde. Schweigend liefen wir durch Flur und Küche in einen offenen Wohnbereich, wo ein großes Regal mit gedruckten Büchern stand. Darin lag wie ein Fremdkörper eine VR-Brille mit Controllern. Mein Daumen machte keinen Muckser, mein Blick ging zu der pechschwarz beschmierten Leinwand. Jarrett blieb vor ihr stehen und ich sah, wie sich der Adamsapfel an seinem Hals bewegte.

Ich drückte seine Hand und wir gingen an einem auf dem Rücken liegenden Staubsaugerroboter vorbei auf die Treppe zu. Jarrett zögerte einen Moment, dann stieg er die Stufen hinauf. Sie knarzten, doch oben war alles still. Das Haus war nicht groß, im oberen Stockwerk gab es nur zwei Zimmer und ein Bad. Eines der Zimmer gehörte Jarrett und einen Moment lang stellte ich mir vor, wie er dort auf dem Bett lag, seiner leiblichen Mutter schrieb und den Entschluss fasste auszureißen. Jetzt war er wieder da, aber wo waren Desmond und Jazmine?

Die Zimmer im Obergeschoss wirkten alle ordentlich und

aufgeräumt, nirgendwo waren Spuren eines Kampfes zu sehen. Jarrett ließ meine Hand los, er war zu nervös, um sie zu halten. Wir stiegen die Treppe jetzt wieder hinunter, liefen ins Erdgeschoss und weiter in den Keller. Wir kamen durch einen Technikraum, dann folgte ein kleiner Raum mit Bücherkisten und beschrifteten Kartons, von denen die unteren ziemlich wellig waren. Wahrscheinlich weil im Frühjahr Wasser in den Keller gelaufen war, wie ich aus Jarretts Erzählung wusste.

Ein Raum blieb noch. Ein Rest Hoffnung. Eine letzte Tür. Jarrett trat auf sie zu und hielt inne. Auf dem Türblatt waren Dellen und Kratzer und auch die Klinke sah beschädigt aus. Jarrett schluckte und drückte sie herunter. Die Tür bewegte sich nicht.

»Jazmine? Desmond?« Seine Stimme wackelte. Seine zitternden Finger hielten sich an der Klinke fest. »Seid ihr da drin? Ich bin es, Jarrett.«

Ich hörte ein Geräusch von der anderen Seite der Tür. Und anschwellende, aufgeregte Stimmen.

»Jarrett?!«

»Junge? Bist du das? Bist du es wirklich?!«

»Ja, ich bin es!« Jarrett nahm die zitternde Hand von der Klinke. Seine Mundwinkel zuckten, seine glasigen Augen leuchteten sogar im trüben Licht des Kellers.

»Oh Gott, Jarrett! Warte einen Moment, wir müssen die Bretter wegreißen!«

Auf der anderen Seite der Tür wurde es laut. Ich hörte Hammerschläge, das Krachen und Splittern von Holz, vielleicht auch ein Brecheisen, und immer wieder Jarretts Namen. Desmond und Jazmine riefen ihn, ungläubig und überglücklich, und dazwischen beschimpften sie sich ein bisschen, weil sie so viele Bretter an die Tür genagelt hatten und weil es jetzt so lange dauerte, sie alle wieder wegzureißen. Aber es war gut, dass sie sich verbarrikadiert hatten, denn es schien nötig gewesen zu sein und es machte ein Wiedersehen möglich, das die Menschen auf beiden Seiten der Tür herbeigesehnt hatten.

Noch einmal krachte es, dann flog die Tür auf und eine Frau mit dunkler Haut und kurzen Dreadlocks zog Jarrett an sich. Hinter Jazmine stand Desmond, der einige Jahre älter aussah und beide umarmte, und ich schaute zu und musste vor Rührung fast mitweinen.

»Das ist Hannah«, sagte Jarrett, als er sich irgendwann aus der Umarmung löste und zu mir sah. Und obwohl seine Pflegeeltern mich eben erst kennenlernten und nichts von mir wussten außer meinem Namen, umarmten sie auch mich. Ich wusste nicht, ob ich irgendetwas sagen sollte, ein paar Worte, die erklärten, was ich hier in ihrem Keller machte. Aber es schien nicht nötig zu sein, weil Desmond und Jazmine den Augenblick und das Wiedersehen mit ihrem Sohn genossen.

Und das Glück, das sie empfanden, übertrug sich auch auf mich. Das hier war der Moment, den ich mir vorgestellt und die ganze Zeit über gewünscht hatte. Der Moment, in dem die Anspannung von mir abfiel, vielleicht noch nicht die ganze, aber ein ordentlicher Batzen. Der Moment, in dem ich aufatmete und glücklich war. So wie Desmond und Jazmine, die dicke Ringe unter den Augen hatten, aber aussahen, als würden sie von innen heraus strahlen.

Auch Jarrett machte einen glücklichen Eindruck, doch ich wusste, dass er sich immer noch Sorgen um seine Mutter machte und dass er das Gefühl hatte, sich bei seinen Pflegeeltern entschuldigen zu müssen. Es war offensichtlich, dass das nicht nötig war, weil sie ihm längst verziehen hatten, aber er tat es trotzdem. Jazmine schloss ihn abermals in ihre Arme und sagte, dass ihr das ruinierte Bild vollkommen egal sei, dass sie einfach nur froh sei, dass Jarrett lebte und dass er wieder da war. Desmond sagte, dass auch er und Jazmine Fehler gemacht hätten, und ich fand, das hörte sich ganz danach an, als ob Jarrett künftig länger als eine Stunde am Tag ins Metaverse durfte.

Ich schaute auf meinen Daumen, der auch bei diesem Gedanken ruhig blieb. Es schien, als ob er verlernt hatte, Kreise zu malen, und ich war froh, dass ich diese nervige Marotte endlich los war. *Mission accomplished,* jedenfalls was die von meinen Eltern verordnete Entziehungskur vom virtuellen Leben anging – auch wenn die letzten Tage ganz sicher nicht so gewesen waren, wie meine Mutter und mein Vater das im Sinn gehabt hatten.

Ich musste an Lauren denken, die wahrscheinlich noch immer an die Couch gespießt war, und an Quentin, der vermutlich nach wie vor in einem Acker lag und den ich nie persönlich kennengelernt hatte. Es musste so viele Menschen geben, die begraben werden mussten, und es würde noch lange dauern, bis der Tod in Ohio nicht mehr allgegenwärtig war. Aber hier in diesem Haus war er es nicht und das war nichts anderes als großartig.

Jarrett und ich sahen uns den Raum an, in dem seine Pflegeeltern die letzten Tage verbracht hatten. Es war ein Werkraum, was auch der Grund war, warum sie die Tür mit so vielen Brettern hatte zunageln können.

»Wir haben gleich am ersten Tag Besuch bekommen«, erzählte Desmond, »ich glaube, es war der Pflegeroboter von Mrs Hines. Unsere Nachbarin«, fügte er an mich gewandt hinzu. »Deshalb haben wir uns hier unten im Keller verbarrikadiert. Und deshalb haben wir uns auch nicht zu erkennen gegeben, als wir eure Schritte auf der Treppe gehört haben. Wir hatten Angst, dass es wieder Roboter oder Androiden sein würden.«

Mein Blick fiel auf einen Eimer, auf dem ein großes Brett lag und von dem ein nicht gerade appetitanregender Geruch ausging, aber so eine lange Zeit in einem Raum ohne Toilette hinterließ nun mal Spuren. Auf einer Werkbank stand ein Radio, das voller Farbspritzer war. Das Radio, von dem Jarrett erzählt hatte und das Jazmine normalerweise beim Malen anschaltete. In den vergangenen Tagen aber war es ihre Verbindung zur Außenwelt gewesen. Jedenfalls so lange, bis die Batterien keinen Saft mehr gehabt hatten.

»Es hat heftig geregnet heute«, berichtete Jarrett irgendwann. »Aber es ist kein Wasser mehr in den Keller gelaufen, oder?«

»Nein, es ist alles dicht. Wir haben gute Arbeit geleistet«, sagte Desmond und klopfte ihm lachend auf die Schulter.

Und dann gingen wir nach oben und Jarrett warnte seine Pflegeeltern, dass da zwei Soldaten vor der Tür standen. Einer von ihnen hatte ein Funkgerät dabei und sie hatten Anweisung, so lange bei uns zu bleiben, bis es Nachrichten vom Einsatz auf der Shetler-Farm gab. Jazmine und Desmond wechselten ein paar Worte mit ihnen und dann setzten wir uns an den Tisch, tranken Leitungswasser, aßen abgelaufenes, ungetoastetes Toastbrot und erzählten. Zunächst erzählte hauptsächlich Jarrett, aber ich streute auch das ein oder andere Detail ein und als wir an der Stelle der Geschichte ankamen, in der es um Caleb und Ravi ging, weigerte sich Jarrett, auch nur einen weiteren Satz zu sagen.

»Das muss Hannah erzählen«, sagte er und so wie er mich dabei ansah, kam ich nicht umhin zu glauben, dass er stolz auf mich war. Ich war auch stolz auf ihn und versuchte, jede einzelne Situation zu erwähnen, in der er mir das Leben gerettet hatte, aber vielleicht vergaß ich die ein oder andere, weil es einfach so viele waren.

Die Situationen, in denen es andersherum gewesen war, schilderte Jarrett, und das Einzige, was wir bewusst verschwiegen, waren die Momente, in denen wir wild geknutscht und gefummelt hatten. Aber es kam mir vor, als wüssten Jazmine und Desmond auch so Bescheid. Vielleicht konnten sie es in unseren Augen lesen, vielleicht war es die Art und Weise wie wir übereinander und miteinander sprachen, jedenfalls schien es nicht nötig zu sein, sie einzuweihen. Und was noch schöner war: Ich hatte das Gefühl, dass sie sich für Jarrett und mich freuten und ihren verloren geglaubten und wiedergewonnenen Sohn bereitwillig mit mir teilten.

Irgendwann kamen die Soldaten rein, die sich zwischenzeitlich auf die Veranda verzogen hatten, und berichteten, dass Caleb sich auf der Farm aufgehalten hatte und in Gewahrsam genommen worden war. Sie sagten, dass er noch nicht gestanden hatte, worüber ich natürlich nicht begeistert war, aber im Grunde hatte ich es nicht anders erwartet.

Von Ravi gab es keine Spur und ehrlich gesagt: Ich hatte meine Zweifel, dass er noch erwischt werden würde, ehe er sich mit einem Flugzeug ins Ausland absetzte. Aber zumindest hatten sie schon mal Caleb.

»Ihr müsst euch in den nächsten Tagen bereithalten«, sagten die Soldaten an Jarrett und mich gewandt. »Für weitere Angaben und eidesstattliche Aussagen.«

Auch darüber war ich nicht begeistert, denn am liebsten wollte ich das Thema Caleb Shetler gedanklich abhaken, aber mir war klar, dass das ein Wunschtraum bleiben würde.

»Du wohnst natürlich hier bei uns«, sagte Jazmine zu mir. Und dann tätschelte sie mir die Schulter und Jarrett und ich tauschten ein Lächeln.

Die Soldaten verabschiedeten sich und verrieten uns noch,

was ihnen ihr Vorgesetzter über Funk mitgeteilt hatte: nämlich dass gleich offiziell Entwarnung gegeben und im ganzen Bundesstaat der Strom wieder angeschaltet werden würde. Was natürlich gute Nachrichten waren, wenngleich Jarrett damit ein weiterer Moment der Wahrheit bevorstand: Denn wenn es wieder Strom gab, gab es auch wieder ein Telefonnetz und damit die Möglichkeit, seine Mutter anzurufen. Ich hoffte, dass sie noch lebte, und ich spürte, dass es auch Jazmine und Desmond hofften, obwohl sie Jarretts Mutter ganz sicher nicht mochten.

Ich für meinen Teil dachte natürlich auch an *meine* Familie. An Mara, die groß genug war, um Angst um mich gehabt zu haben, und an meine Eltern, die bestimmt verrückt vor Sorge gewesen waren. Aber nicht mehr lange, dann würde ich ihnen endlich ein Lebenszeichen geben können.

Wir zogen unsere Smartwatches aus, stöpselten die Ladekabel ein und steckten sie in Steckdosen. Und nach ein paar Minuten gingen die Uhren an. Der Strom war wieder da und nachdem wir unsere PINs eingegeben hatten, taten die Uhren das, was Uhren tun sollen: Sie zeigten die Uhrzeit an und nicht die zwei Sätze, die Caleb und Ravi ihnen eingetrichtert hatten. Netz gab es auch und ich nickte Jarrett aufmunternd zu, denn ich wusste, dass er Angst hatte. Aber er wusste auch, dass er sich dieser Angst stellen musste und deshalb ließ er seine Smartwatch die Nummer seiner Mutter wählen.

Es klingelte. Einmal. Zweimal. Dreimal. Dann nahm seine Mutter den Anruf entgegen. Sie lebte. Sie war bei Bobby, dem Typen, dem sie seit Jahren ihre Tabletten vertickte und von dem sie neuerdings Kokain dafür nahm. Anscheinend war sie die ganze Zeit, seit der Wahnsinn losgegangen war, bei Bobby gewesen. Was einerseits gut war, weil sie das Haus nicht verlassen hatte und lebte. Andererseits schlecht, weil sie mitten auf einem ihrer Trips war und die letzten Tage wahrscheinlich ein einziger gigantischer Trip für sie gewesen waren.

Jarretts anfängliche Erleichterung wich mehr und mehr Distanziertheit. Er sagte nicht mehr viel, während er auf das Hologramm seiner Mutter starrte, die überdreht und euphorisch drauflosplapperte, und ich fragte mich, ob das der Moment war, in dem er innerlich mit ihr brach. Nicht unbedingt, weil er es wollte, sondern weil er wusste, dass er es über kurz oder lang wahrscheinlich tun musste.

Als er das Gespräch beendet hatte, redeten wir ein bisschen über seine Mutter. Ich sagte ihm, dass ich hoffte, dass sie noch rechtzeitig die Kurve kriegte und vom Kokain loskam. Aber das, was ich von ihr wusste, und das, was ich eben von ihr gesehen hatte, ließ mich nicht gerade zuversichtlich sein. Und Jarrett war es auch nicht, das war deutlich zu spüren. Obwohl seine Mutter lebte, schien es unausweichlich, dass das Ganze ein schlechtes Ende nehmen würde.

Jarrett sagte, dass er einen Moment allein sein wolle, was ich verstehen konnte, und so folgte ich ihm nicht auf die Veranda, sondern rief endlich meine Eltern an. In Deutschland war es bereits weit nach Mitternacht, aber Mama nahm das Gespräch sofort entgegen und Papa war auch schon da, und als sie meine Stimme hörten und mein Gesicht sahen, konnte ich ihre ungeheure Erleichterung über die halbe Erdkugel hinweg spüren.

Ich freute mich auch, ihre Gesichter zu sehen und ihre Stimmen zu hören, und natürlich wollten sie genau wissen, wie es mir ging, ob ich in Sicherheit war und was ich erlebt hatte. Ich glaubte nicht, dass sie alles begriffen, was ich ihnen erzählte, aber sie sagten, dass sie so schnell wie möglich herfliegen wollten, um mich richtig und wirklich zu sehen. Sie weckten auch Mara, die ganz verschlafen und zerzaust aussah und auch völlig verwirrt reagierte, aber dann merkte sie langsam, was los war und dass ich es war, die zu dieser unchristlichen Zeit anrief, und da freute sie sich und ich freute mich, dass sie sich freute. Mara fragte, wann ich nach Hause käme, und ich sagte: »Wahrscheinlich nicht so bald, aber vielleicht kannst du ja mit Mama und Papa zu mir kommen!«

»Morgen?«, fragte sie und dann bremsten meine Eltern und ich sie ein bisschen, weil es sicher noch dauern würde, bis in Ohio wieder Flugzeuge landen konnten. Aber ich versprach, gleich morgen wieder anzurufen, wünschte ihr und meinen Eltern eine gute Nacht, winkte noch einmal in die Kamera und legte dann auf.

Jarrett war inzwischen wieder ins Haus gekommen und ich sah ihm an, dass er traurig war, aber als ich ihn fragte, ob er darüber sprechen wollte, sagte er Nein und dasselbe sagte er auch zu Desmond und Jazmine. Sie hakten nicht nach, Jazmine nahm ihn nur stumm in die Arme, Desmond drückte ihm die Schulter. Nach einer Weile schalteten wir das farbbespritzte Radio ein, das jetzt wieder Strom aus der Leitung bekam, um zu hören, wie die Lage war. Es gab keine Durchsagen vom Band mehr, die Regierung hatte die Frequenzen wieder freigegeben, und Jazmine stellte einen unabhängigen Nachrichtensender ein. Laut der Sprecherin lagen noch keine Zahlen vor, wie viele Opfer in Ohio zu beklagen waren, aber nirgendwo wurden mehr Übergriffe durch Maschinen gemeldet. Seit 15.24 Uhr verhielten sie sich überall im Bundesstaat wieder so, wie sie es eigentlich sollten, nämlich friedlich, und damit hatte die Apokalypse auf die Minute genau fünf Tage gedauert, denn um 15.24 Uhr hatte der Wahnsinn damals auch begonnen.

Reiner Zufall? Die Regierung äußerte sich nicht zu Details,

aber in der Radiosendung kam ein Hacker zu Wort, der angab, in den vergangenen Tagen für die Regierung tätig gewesen zu sein – und das erfolglos. Der Hacker, bei dem es sich der Stimme nach nicht um Ravi handeln konnte, wollte anonym bleiben und behauptete, dass es keine Softwarelösung gegeben habe. Vielmehr habe sich der Logikvirus selbst deaktiviert, was natürlich ein ganz schöner Hammer wäre, wenn das wahr war.

Der Hacker behauptete weiter, dass er erst jetzt, da alles vorbei war, auf den Binärcode zugreifen konnte und dass er darin Codezeilen gefunden habe, die belegen würden, dass der Virus von vorneherein auf exakt fünf Tage beschränkt gewesen war. Deshalb sei um 15.24 Uhr alles vorbei gewesen.

Desmond stellte das Radio leiser. »Glaubt ihr, dass das stimmt?«, fragte er Jarrett und mich.

Wir sahen uns an und auf einmal fiel mir etwas ein. »Weißt du noch, was Caleb gerufen hat, als wir uns vor ihm im Maisfeld versteckt haben?«

»Ja!« Jarretts Augen weiteten sich. »Er hat geschrien, dass es aufhören wird. Dass der Virus nicht mehr aktiv sein wird. Das hat er damit gemeint!«

»Ja, er hat von Anfang an geplant, dass es nach fünf Tagen vorbei ist. Es hat wirklich keine Softwarelösung gegeben! Ravi hat zu gute Arbeit geleistet!«

»Aber er hat ein Ende einprogrammiert. Einprogrammieren müssen«, verbesserte sich Jarrett. »Weil Caleb es vorgegeben hat.«

Wir schwiegen. Natürlich waren das lediglich Vermutungen und Theorien, aber im Grunde war ich mir sicher, dass es so gewesen war. Es passte zu Caleb, denn er hatte ja gewollt, dass die Menschen wieder aus ihren Häusern kamen, die Maschinen abschalteten und sie nie wieder anschalteten.

Nach diesen Tagen wird die Welt eine bessere sein. Eine glücklichere. Das waren seine Worte gewesen, als er mit der Heugabel bewaffnet vor dem Maisfeld gestanden hatte. Aus Verblendung, missionarischem Eifer und fehlgeleiteter Trauer hatte er eine Apokalypse heraufbeschworen. Eine mit einprogrammiertem Ablaufdatum, aber das änderte nicht viel. Fünf Tage waren fünf Tage. Und selbst fünf Sekunden wären fünf Sekunden zu viel gewesen.

Eigentlich unvorstellbar, dass jemand, der über so viele Leichen ging, gleichzeitig ein fürsorglicher Familienvater sein konnte. Für Susanna musste heute eine Welt zusammengebrochen sein und auch Mary und Noah taten mir leid, ganz zu schweigen davon, dass Susanna noch ein weiteres Kind von Caleb im Bauch trug. Doch so entsetzlich das alles für sie sein musste – wir hätten es ihr und ihren Kindern nicht ersparen können.

»Wenn es gar keine Softwarelösung gegeben hat … meint ihr, dass der Virus dann noch mal aktiv werden könnte?«, fragte Jazmine und riss mich damit aus meinen Gedanken.

Jarrett und ich tauschten einen kurzen Blick. »Nein«, sagten wir beinahe gleichzeitig und ich war überzeugt, dass sich das als zutreffend erweisen würde.

Was ich natürlich nicht ausschließen konnte, war, dass Ravi im Auftrag von jemand anderem dasselbe tat, was er für Caleb getan hatte. Aber vielleicht schnappten sie ihn ja doch noch, bevor er sich nach Kuba oder auf die Philippinen absetzte. Und vielleicht zogen ja auch die nicht ganz so fähigen, aber moralisch integren Programmierer irgendetwas aus diesem Binärcode, was eine zweite Apokalypse von vornherein verhinderte.

Wir verfolgten noch ein bisschen die Sondersendungen im Radio und redeten, aber irgendwann war ich so müde, dass ich nur noch duschen und ins Bett wollte. Also in das von Jarrett, denn ein Gästebett gab es nicht und ich hätte auch keines gewollt. Wir gingen in sein Zimmer, wo er seinen Schrank aufmachte, damit ich mir etwas zum Anziehen aussuchen konnte. Für die Nacht brauchte ich nicht viel, also nahm ich mir nur schwarze Boxershorts und ein weißes T-Shirt, womit ich meinen Apokalypsenlook farblich beibehielt. Dann ging Jarrett noch einmal nach unten zu Desmond und Jazmine und ich ins Bad. Ich schälte mich aus meinen Klamotten, stellte das Wasser warm und hüpfte unter die Dusche.

Als ich wieder rauskam und mich abgetrocknet hatte, inspizierte ich meine Wunden. Es war einiges zusammengekommen in fünf Tagen Apokalypse: unzählige Schrammen, blaue Flecke, die Schnittwunde am Fuß und natürlich die Würgemale am Hals. Doch das alles würde verheilen oder verblassen und um über meine seelischen Wunden nachzudenken, war ich viel zu erschöpft und müde. Fürs Erste sah ich die Sache pragmatisch: Ich war einfach nur froh, dass ich noch lebte.

Abgesehen von meinen Verletzungen, zeigte mir der Spiegel im Übrigen dasselbe Mädchen wie vor fünfeinhalb Tagen der Spiegel der Giddeys. Meine Figur war nicht fraulicher geworden, die Härchen nicht weniger und mein Kinn nicht flacher. Aber es störte mich weniger, vielleicht weil es Jarrett nicht zu stören schien, oder weil ich selbstbewusster geworden war, keine Ahnung, jedenfalls hatte ich im Augenblick keine Fehde mit meinem Spiegelbild auszufechten.

Ich schlüpfte in Jarretts T-Shirt und Boxershorts und machte das Bad frei. Jarrett lächelte, als er mich in seinen Klamotten sah, und als er duschen ging, ließ ich mir von Jazmine ein großes Pflaster für meinen verletzten Fuß geben. Eigentlich wollte ich es selbst draufkleben, aber dann machte sie es und das war auch okay.

Es waren nette Leute, bei denen Jarrett lebte, und ich glaubte, mittlerweile wusste er auch selbst, dass er es gut mit ihnen getroffen hatte, auch wenn sie ihm mitunter vielleicht zu wenig Freiheit gelassen hatten. Doch vielleicht wurde das jetzt auch anders, jedenfalls hatten Desmond und Jazmine nichts dagegen, dass wir zu zweit in Jarretts Bett schliefen, und allein deshalb mochte ich sie.

Ich sagte ihnen Gute Nacht, ging nach oben und wartete auf Jarrett. Er kam bald, ebenfalls nur in Boxershorts und T-Shirt, und wir küssten uns, ließen uns auf sein Bett fallen und küssten uns weiter. Es dauerte eine ganze Weile, bis ich gähnen musste, aber natürlich passierte es. Und Jarrett gähnte auch, schließlich war es wieder ein langer, harter, furchtbarer Tag gewesen – wenngleich er auch schöne Momente gehabt hatte, so wie den jetzt.

Ich schätzte, rückblickend ließ sich das über diesen ganzen von Angst und Entsetzen erfüllten Trip sagen. Viele Eindrücke würde ich noch lange, vielleicht für immer mit mir herumtragen. Aber zum Glück würden es nicht nur Bilder sein, die ich am liebsten verdrängen oder vergessen würde, sondern auch solche, von denen ich nicht wollte, dass sie verblassten. Und fast alle Bilder aus der guten Kategorie beinhalteten Jarrett.

»Was macht deine Gehirnerschütterung?«, fragte ich, als ich meinen Kopf an seiner Brust scheuerte.

»Ich habe keine Gehirnerschütterung«, sagte er, zum, keine Ahnung, einundzwanzigsten Mal, seit er sich womöglich eine Gehirnerschütterung zugezogen hatte.

»Damit ist nicht zu spaßen«, entgegnete ich und meinte es ernst, denn während Jarrett im Bad gewesen war, hatte ich noch eine schnelle Smartwatch-Recherche gestartet.

»Ich weiß«, sagte er, während seine Finger über mein Haar strichen, »aber ich habe wirklich keine Gehirnerschütterung.«

Ich wollte es schon dabei bewenden lassen, aber dann überlegte ich es mir anders.

»Also die Sache ist die«, sagte ich und rutschte ein bisschen hoch, »*wenn* du eine Gehirnerschütterung hättest, bräuchtest du viel Ruhe.« Ich küsste ihn auf den Hals. »Du müsstest viel im Bett liegen. Und du würdest jemanden brauchen, der sich um dich kümmert.« Jetzt fanden meine Lippen sein Ohr. »Dir Gesellschaft leistet und –«

Jarretts Lachen ließ mich innehalten. »Also wenn ich es mir recht überlege«, sagte er und fasste mein Gesicht sanft mit den Händen, »habe ich womöglich doch eine.«

»Wusst ich's doch.«

Ich küsste ihn, innig und mit allem Drum und Dran. Und weil dabei alles in mir kribbelte, dachte ich mir, dass wir vielleicht doch nicht *sofort* schlafen mussten.

Meine Hand ging auf Wanderschaft und erstaunt von meiner eigenen Kühnheit, bekam ich augenblicklich heiße Wangen. Bestimmt waren sie auch stoppschildrot, doch a) schluckte die Nacht alle Farben und b) hätte mich in diesem Moment noch nicht mal grelles Scheinwerferlicht gekümmert. Hannah Pöltl 2.0 war mit anderem beschäftigt.

Eine kleine Nachbemerkung

Wer ein wenig über Ohio weiß, wird festgestellt haben, dass sich in diesem Roman reale Schauplätze mit erfundenen mischen. Der Grund ist einfach: Die Geschichte brauchte mehr Raum, als die tatsächliche Geografie ihr gewährt hätte.

Was nun die Maschinen angeht, so habe ich wie die meisten von uns nicht die geringste Ahnung, welche Technologien in den kommenden Jahrzehnten Einzug in den Alltag finden und welche daraus verschwinden werden. Überhaupt ging es mir nur am Rande um Roboter, Hyperloops und Androiden. In erster Linie ging es mir um Hannah und Jarrett. Das hier ist ihr Ohio und sie sind der Grund, warum dieses Ohio existiert.

Andreas Langer, Herbst 2024

Andreas Langer
Schneekinder
352 Seiten
Hardcover
ISBN 978-3-7641-5252-9

Ab 11 Jahren

ebook

Eine Fantasy-Abenteuer durch Schnee und Eis

Ein unheilvoller schwarzer Schleier legt sich über Jorland. Seinen Anfang nimmt er nicht weit vom Dorf der Zwillinge Elin und Kjell, in dem nur noch Kinder und Alte leben. Die junge Elin wird ungewollt zur Anführerin, die ihre Schar durch Schnee und Eis leiten muss – weg von todbringenden schwarzen Schwaden und furchteinflößenden Kreaturen aus Stein. Aber nicht nur von außen, auch aus den eigenen Reihen droht Gefahr ...

Atmosphärisch, feinsinnig, spannend – dieser Text geht unter die Haut

www.ueberreuter.de
Folgt uns bei Facebook & Instagram